미식 예찬

에비사와 야스히사 장편소설 | **김석중** 옮김

서커스

차례

미식 예찬

제1부

1

5월 어느 일요일, 히타카 사부로는 밤새 한숨도 못 자고 아침을 맞았다. 침대 옆의 시계는 조금 있으면 여섯 시를 가리키려 하고 있었다.

그가 지금 누워 있는 방은 오사카의 아베노에 본교가 있는 쓰지 조리사 전문학교의 도쿄 직원용 숙소로, 그는 오사카에서 어젯밤 이곳으로 왔다. 그는 쓰지 조리사 전문학교의 프랑스 요리 교수였다. 그러나 그가 한숨도 눈을 붙이지 못한 것은 익숙하지 않은 침대 탓도 머리에 맞지 않는 베개 때문도 아니었다. 중요한 날을 맞아 긴장이 그만 정점에 달한 것이었다. 이런 일은 그의 35년 인생에서 일찍이 없던 일이었다.

히타카 사부로가 프랑스 요리 주임교수에게 불려가 교장이 도쿄의 친구들을 모아서 여는 디너파티의 셰프를 맡으라는 말을 들은 것은 2주 전이었다. 그때 히타카 사부로는 주임교수가 한 말이 도저히 믿기지가 않았다.

그는 교장의 디너파티에서 그때까지 몇 번인가 선배 교수의 조수로서 세컨드 셰프나 서드 셰프를 맡은 적이 있었다. 그리고 그때마다 교장 앞에서 셰프로서 솜씨를 발휘할 수 있는 선배들을 부럽게 생각하며, 자신도 빨리 그렇게 되고 싶다고 생각해 왔다. 그러나 현실적인 문제로서는, 자신이 셰프를 맡게 되는 것은 훨씬 뒤의 일일 거라고 어느 정도 체념하고 있던 터였다. 어쨌든 학교에는 프랑스 요리, 일본 요리, 중화요리, 이탈리아 요리를 합쳐 400명의 요리 교수가 있고, 그들 모두가 교장의 디너파티에서 셰프를 맡기를 바라고 있는 것이다.

히타카 사부로는 그중에서 발탁된 것이었다. 그는 감격했다. 그러나 무엇보다도 기뻤던 것은 발탁되었다는 게 아니라, 교장한테 직접 자신의 요리를 선보이고 맛을 보일 기회를 얻었다는 사실이었다. 꿈이 드디어 실현된 것이다.

그날 이후 그는 말 그대로 눈이 휙휙 돌아갈 정도로 바빠졌다.

우선 그는 과거의 디너파티 메뉴를 꼼꼼하게 검토했다. 손님은 교장 부처夫妻를 포함해 열두 명이었는데, 그중에는 전에도 몇 번인가 손님으로 온 적이 있는 어느 은행의 회장 부처가 있었기 때문이다. 한 손님에게 똑같은 요리를 두 번 내지 않는다는 게 디너파티에 대한 교장의 원칙이었다.

이어서 히타카 사부로는 학교의 재료 매입부에 가서, 제철 야채, 생선, 거기에 고기의 시장 입하 상황을 체크하고, 프랑스, 벨기에, 오스트리아를 포함해 어느 산지의 것이 지금 가장 좋은지를 조사했다. 메뉴를 정하기 전에 우선 재료를 조사한 것은, 맛있는 요리를 만들려면 우선 좋은 재료를 고르고 그런 뒤에 그것을 어떻게 요리할까를 생각하라는 게 교장의 가르침이었기 때문이다. 물론 히타카 사부로는, 요리사가 되었을 때의 마음가짐으로서 수업에서도 학생들에게 그렇게 가르치고 있었다.

그렇게 해서 이런저런 고려 끝에 간신히 메뉴가 정해진 것은 일주일 뒤였다. 그는 우선 재료로 이세伊勢새우*를 고르고, 그것을 중심으로 도미나 대합 등 열 종류의 어패류를 넣어 부야베스bouillabaisse를 만들어, 그것을 메인 디쉬main dish로 하기로 했다. 분명히 믿을 수 없을 만큼 훌륭한 수프가 나올 거라고 생각했다. 메인 디쉬가 결정되자, 나머지는 비교적 쉬웠다. 메인 디쉬의 맛을 해치지 않을 요리를 생각하면 되었기 때문이다. 그런 이유로 스타터starter로는 가벼운 맛의 푸아그라 파르페와 토마토 드레싱을 곁들인 가열 조리 야채 모둠 두 가지를 준비하기로 했다. 야채 모둠에 들어갈 화이트 아스파라거스와 아티초크artichoke가 분명 뭐라 형용하기 어려운 봄의 향기를 전해 줄 것이다. 그리고 부야베스 뒤에, 입가심으로 셔벗 같은 것을 내고, 마지막으

---

* 일본 미에현 이세 반도 주변 바다에서 나는 특산품. 영문 표기가 California spiny lobster라는 것에서 알 수 있듯이 새우라기보다는 가재에 가깝다. 5~7년 정도 되면 70센티미터까지 자라고 심지어는 1미터까지 되는 놈도 있다.

로 서양와사비와 마데르madère 소스를 곁들인 고베산 소고기 필레살 철판구이를 낸다. 교장도 이거라면 만족할 것이라고 히타카 사부로는 생각했다.

그다음에는 식후 디저트가 필요했기 때문에, 제과 교수 한 명에게 가서 메뉴를 설명하고, 요리에 어울리는 디저트를 만들어 달라고 협력을 요청했다. 교장의 디너파티에는, 식사 중간의 셔벗을 포함해 아이스크림 세 종류에 케이크를 다섯 종류 만들어, 통상 여덟 가지의 디저트를 내는 것으로 되어 있었다.

마지막으로 히타카 사부로는 당일 테이블 서비스를 담당할 서비스 교수를 찾아갔다. 와인과 식기를 선택하지 않으면 안 되었기 때문이다. 두 사람은 상담 끝에, 와인은 1986년 코르통 샤를마뉴Corton Charlemagne와, 1976년 그랑 제셰조Grands Echezeaux 두 병을 골랐다. 둘 다 교장의 와인 셀러 깊숙한 곳에서 잠자고 있는 부르고뉴산 최상의 와인으로, 수확 연도도 둘 다 최고의 해의 것이었다. 그리고 디저트 때 마실 샴페인은 랑송 블랙 라벨Lanson Black Label과 모에 상동Moët Chandon으로 정했다.

식기는 요리와 소스의 색깔 배합을 고려해, 헝가리의 헬렌드Helend 와 영국의 스포드Spode를 골랐다. 어느 쪽 식기에도 산뜻한 초록색이 배색되어 있었다. 나이프와 포크는 프랑스의 크리스토플Christofle에서 만든 스파투르Spatours. 스파투르는 루이 15세풍의 디자인이었기 때문에, 전통적인 요리 부야베스와 어울릴 거라고 생각했다. 그 외에, 부야베스를 테이블로 옮기거나, 케이크를 올려놓거나 할 커다란 은식기는 이탈리아의 베르나스코니Bernasconi로 정했다. 베르나스코니는, 크리스토플, 그리고 영국의 마핀 앤드 웹Maffin and Webb과 나란히 교장이 가장 마음에 들어 하는 은식기의 하나였다. 와인 글래스는 바카라Baccarat를 쓰기로 했지만, 생 루이Saint-Louis도 준비해 두기로 했다. 도중에 교장이 다른 와인을 따라고 말할지도 몰랐기 때문이다. 둘 다 프랑스의 와인 글래스였는데, 어느 것이 테이블 위에 있어도, 그 크리스탈이 촛불빛에 정취 있게 빛나며, 테이블을 차분한 화사함으로 물들일 것이 틀림없었다.

마지막으로 히타카 사부로는 자신의 조수를 맡아 줄 스태프를 프랑스 요리 교수 중에서 다섯 명을 선발해 메뉴의 구성과 재료의 매입 준비를 세세하게 설명했다. 만드는 데 열 시간이나 걸리는 퐁 드 보fond de veau 같은 것은, 오사카의 본교 주방에서 만들지 않으면 안 되기 때문이었다. 피를 뺀 푸아그라foie gras와 함께 미리 준비를 해두지 않으면 안 되었다.

이렇게 해서 그는 학교차에 필요한 재료를 싣고, 디저트 담당 세 명, 서비스 담당 다섯 명 해서 총 열네 명으로 도쿄로 왔다. 그리고 드디어 당일 아침을 맞이한 것이다.

히타카 사부로가 긴장한 나머지 전날 밤부터 한숨도 못 잔 이유는 딱 하나였다.

'내가 교장의 테스트를 패스할 수 있을까?'

이렇게 되기 전에는, 그렇게도 교장의 디너파티에서 셰프를 맡고 싶다고 생각했는데, 실제로 그렇게 되자 불안해서 견딜 수가 없었다. 그는 자신감을 되찾기 위해, 자신의 경력을 생각했다. 그가 쓰지 조리사 전문학교에 입학한 것은 열여덟 살 때였는데, 요리 솜씨에 장래성이 없었다면 아무도 졸업한 뒤에 그를 교원으로서 학교에 남기려고 생각하지 않았을 것이고, 해외연수도 보내지 않았을 것이다. 그는 스물다섯 살 때 해외연수를 가, 피라미드Pyramide와 폴 보퀴즈Paul Bocuse라고 하는 프랑스에서도 최고의 레스토랑으로 손꼽히는 두 군데에서 2년간 공부를 하고 왔다.

'나는 반드시 제대로 할 수 있을 거야.' 그는 자신을 타일렀다.

하지만 소용이 없었다. 그는 자신이 사용한 재료비에 대해 생각했다. 51만 1,899엔. 그 돈이 불과 열두 명의 손님을 위한 디너파티를 위해 들어가는 재료비로, 한 사람당 따지자면 4만 2천 엔이었다. 그는 재료비를 이렇게 들여 요리를 만들 수 있는 요리사가 세상에 몇 명이나 될까 생각했다. 누구나가 그러한 요리를 만들기를 꿈꾸는 건 틀림없지만, 그걸로 채산을 맞추려고 한다면 요리의 가격을 10만 엔에서 12만 엔 정도로 하지 않으면 안 된다. 게다가 오늘 밤의 디너파티처럼, 식기에 스포드나 크리스토플이나 바카라를 사용한다면, 15만 엔으로 해도 채산이 맞지 않을지도 모른다. 그런 가격의 요리를 누가 먹을 것인가. 먹는 손님이 없다면, 요리사는 요리를 만들 수 없는 것이다. 히타카 사부로는 그러한 요리를 만드는 것이었다. 실패는 용서받을 수 없다. 무제한의 돈을 들여 준비한 최고의 재료를 사용해 실패한다면, 아마도 두 번 다시 교장의 디너파티에서 셰프를 맡을 일은 없을 것이다. 학교 안에서의 경력에도 흠이 갈 것이 틀림없었다. 그는 그만큼의 재료를 사용해 요리를 만들 수 있다는 사실은 기뻤지만, 그것과 똑같은 만큼 두려웠다.

'제기랄. 정신 차리자.'

히타카 사부로는 아침햇살이 비쳐 들어오는 침대 위에 드러누운 채, 전날 밤부터 몇 번이나 자신을 타일렀는지 알 수 없는 말을 다시 한 번 중얼거렸다.

2

하라노 켄은, 유럽의 어느 나라 주재 대사로 근무할 때, 쓰지 조리사 전문학교의 직원을 요리사로 고용한 적이 있었다. 대부분의 대사는 요리사를 전문으로 알선하는 외무성의 외곽단체를 통해 고용했지만, 어느 대사한테서 쓰지 조리사 전문학교 직원에 대한 평판을 듣고, 자신도 그렇게 하자고 생각했던 것이다. 그 대사에 따르면, 그가 고용해 데리고 간 그 직원은 일본 요리는 물론 프랑스 요리도 중국 요리도 가능해 대사관에서 개최하는 어떠한 파티에도 당황하는 일이 결코 없다는 것이었다.

하라노 켄이 그 대사한테 소개를 부탁하자, 외무성으로 학교의 부교장이라는 인물이 왔다. 하라노 켄은 그에게 솜씨가 괜찮은 직원을 월급 20만 엔으로 고용하고 싶다고 신청했다. 요리사를 위한 예산에는 좀 더 여유가 있었지만, 그 이상은 내놓고 싶지 않았던 것이다. 부교장은 떨떠름한 얼굴을 했지만, 결국 그것을 승낙했다. 하라노 켄은 국가에서 고용한다고 하는 그 영예가 너무나도 유혹적이기 때문에, 아무리 적은 급료라도 일을 거절하지 않는 거라고 생각해 내심 빙긋이 웃었다.

학교에서 보낸 직원은 성격이 조용하고 사람 좋아 보이는 청년이었다. 실제 유럽으로 데리고 가자, 요리 솜씨는 역시 평판대로였고, 게다가 고분고분하기까지 해서 흠잡을 데가 없었다. 하라노 켄은 보석을 주웠다고 생각했지만, 그러한 청년의 성격을 약점으로 교묘하게 이용한 것은 그의 아내였다.

대사 공관에는 포르투갈에서 시집온 포르투갈 하녀가 있었지만, 그녀는 포르투갈어와 프랑스어 외에는 하지 못했다. 하라노 켄은 영어와 프랑스어를 할 수 있었지만, 그의 아내는 일본어 외에는 떠듬거리는 영어 몇 마디밖에 못했다. 그 때문에 그녀는 하녀를 제대로 마음껏 부릴 수가 없었고, 대신 요리사 청년이 이것저것 명령을 받게 된 것이다. 그 결과, 부인을 위한 자질구레한 장보기도, 세탁소에 가는 것도, 우체국에 가는 것도, 얼마 안 있어 그의 일이 되었다.

청년은 어디에 심부름을 가든 자전거를 타고 갔다. 대사의 차를 사용하는 것은 금지되어 있었기 때문이다. 그가 차를 만질 수 있는 것은, 일요일마다 세차를 할 때뿐이었다. 그러나 그는 어느 비오는 날, 도저히 힘들어서 견디다 못해 파티의 재료를 사러 시장에 갈 때만이라도 차를 사용할 수 있게 해달라고 부탁했다. 자전거로 10인분 20인분이나 되는 음식 재료를 사오는 것은 비가 안 오는 날이라 할지라도 무척이나 힘든 일이었다. 그가 그 말을 하자 대사가 말했다.

"그렇게 차가 필요하면, 자네 돈으로 사는 게 어떤가?"

청년은 어쩔 수 없이 빗속을 뚫고 음식 재료를 사러 갔고, 그 뒤에 일본에 있는 아내한테 편지를 써서 포드 중고차를 살 돈을 송금 받았다. 그는 그 차를 대사 공관 정원에 놓아두었지만, 주차비를 내라는 말을 듣지 않은 게 그나마 다행이었다.

그러고서 2년이 지나, 청년은 대사 부처보다 한 걸음 앞서 일본으로 돌아오게 되었다. 그러한 어느 날의 일이었다. 그가 대사 부처의 저녁 식사 뒷정리를 하고 있는데, 부인이 빙긋빙긋 웃으면서 말했다.

"당신, 차를 일본에 가지고 갈 거예요?"

"아니요, 여기에서 팔고 갈 겁니다" 하고 그는 말했다.

"마침 잘됐네요. 여기에 놓고 가지 않을래요? 중고차 판매인한테 가지고 가는 거나 우리한테 놓고 가는 거나 마찬가지잖아요."

"그야 그렇지만."

"자, 그럼 결정됐네요. 10만 엔이면 되겠어요?"

부인은 힐끗 남편의 얼굴을 봤다.

"그 정도면 적당하겠지" 하고 하라노 켄이 말했다.

이미 벌써 둘이서 말을 맞춰 놓은 것이다. 그리고 그들은 청년이 분명히 10만 엔에 놓고 갈 게 틀림없다는 걸 예상하고 있었다. 이 요리사는 어떤 일이 됐든 거절하는 법이 없었다.

청년은 자신의 귀를 의심했다. 이미 2년을 탔다고 해도, 살 때 60만 엔이나 준 것이었다. 중고차 판매인이 얼마에 인수할지는 알 수 없었지만, 같은 차가 아직 50만 엔 정도에 그 가게 앞에 나와 있다는 걸 그는 알고 있었다. 만약 중고차 판매인에게 넘기지 않고, 신문에 광고를 내 직접 인수할 사람을 찾는다면 40만 엔이라도 충분히 받을 수 있을 것이다. 그러나 청년은 차를 자신의 돈으로 사라는 말을 들었을 때와 마찬가지로, 어쩔 수 없이 고개를 끄덕였다. 어떤 말로 거절해야 좋을지 몰랐던 것이다.

하라노 켄은, 그 차를 후임 대사한테 30만 엔에 팔아치웠다. 요리사한테 차를 주지 않으면 너무 안됐지 않느냐고 말하면서. 그리고 그 차액은 부인의 캐시미어 스웨터로 바뀌었다.

그는 이제부터 쓰지 시즈오의 집에서 열릴 디너파티에 초대받아 가려는 참이었다. 그러나 그가 초대받은 것은 쓰지 시즈오의 학교 직원을 대사 공관에 요리사로 고용해 썼던 인연 때문이 아니었다. 대장성 大藏省의 마치다 슈이치가 권유한 것이었다. 그들은 도쿄대 동창이었다. 하라노 켄은 1개월쯤 전에 임지인 유럽에서 돌아와, 지금은 다음 사령을 기다리고 있었는데, 요리사는 다음에도 또 쓰지 조리사 전문학교의 직원을 고용하자고 생각하고 있었다. 그렇게 부리기 쉬운 요리사는 없었다.

그런 것을 생각하고 있는데 아내가 외출에서 돌아왔다. 그녀는 장바구니를 들고 있었다.

"어디 갔다 와?"

하고 그가 물었다.

"와인을 사왔어요"

하고 그녀가 대답했다. "빈손으로 남의 집에 갈 수는 없잖아요."

"마치다한테 아무것도 들고 오지 말라고 했다며 빈손으로 오라고 하던데."

"당신도 바보네요. 모두들 그렇게 말해도, 정말 빈손으로 가면 나중에 반드시 예의를 모르는 자들이라든가 구두쇠라든가 하는 말을 들을 거예요. 마치다 씨 부인도 분명히 뭘 들고 갈 게 뻔해요."

"좋은 와인이야?"

"설마요. 뭐든, 들고 가기만 하면 되는 거예요. 일본의 대사가 들고 가는 건데요. 뭘 들고 가든 고맙게 생각하지 않을 사람은 없어요. 그것보다 차는 수배해 놓았죠?"

"아니, 아직."

"그러니까 빨리 좀 해요. 나, 택시 같은 걸 타고 가는 건 싫으니까."

물론 그녀는 외무성의 공용차를 말하는 것이었다. 그녀는 남편이 외무성의 차를 맘대로 사용할 수 있는 신분이 되자, 그 이후 온갖 기회가 있을 때마다 그것을 이용해 왔지만, 오늘처럼 사람이 많이 모이는 곳에 갈 때는 더욱더 그러기를 좋아했다. 더구나 쓰지 시즈오는, 그녀에게는 요리사 알선소의 두목에 지나지 않았다. 그녀는 불과 몇 개월 전까지 그의 요리사한테 명령을 내려 온 몸이었다. 그런 사람의 집에 가는데 보통 사람들처럼 택시로 간다는 건, 그녀로서는 참을 수 없는 일이었다.

하라노 켄은 외무성의 배차 담당한테 전화를 걸어 여섯 시에 차를 한 대 보내 달라고 말했다.

3

마치다 슈이치의 자랑거리 하나는, 런던의 일본 요리 레스토랑에서 샤토 페트뤼스를 마신 적이 있다는 사실이었다.

그때 그는 런던에서 열린 세계은행 회의에 대장성 국장으로 참석해, 회의 뒤 일본의 어느 은행 런던 지점장과 만났다. 그는 아무런 예고 없이 갑자기 은행에 전화를 한 것이었는데, 지점장은 두말없이 승낙했을 뿐 아니라, 그 일본 요리 레스토랑으로 그를 안내하면서, 오늘은 중요한 고객과 식사를 할 예정이었지만 취소하고 왔다고 말해 그를 기쁘게 했다. 그리고 뭐든 사양 말고 좋아하는 걸로 드시라고 말했다.

마치다 슈이치는 우선 그 가게에서 가장 가격이 비싼 카이세키* 코스 요리를 시키고, 그러고는 웨이터가 건넨 와인 리스트를 보았다. 바로 CHATEAU PETRUS라는 글자가 눈에 들어왔다. 그 레스토랑에서 최고로 비싼 와인으로, 8백 파운드라고 쓰여 있었다. 일본 돈으로 하면 20만엔이었다.

"이 샤토 페트뤼스라는 건 어떤 와인이죠?"

마치다 슈이치는 검은 디너 재킷을 입은 웨이터에게 물었다.

"샤토 페트뤼스 말입니까? 이건 이미 최고의 와인입니다. 무엇보다, 현재 프랑스에서 가장 높은 가격에 거래되는 와인이니까요. 샤토 라피트 롯실트Château Lafite Rothschild의 두 배나 됩니다. 이건 1984년산인데, 좋은 겁니다."

마치다 슈이치는 마음에 들었다. 어찌됐든 프랑스에서 가장 비싼 가격에 거래되고 있다는 대목이 멋지지 않은가. 하지만 이 남자는 이 비싼 와인을 마시게 해줄까 하고 눈앞의 은행 지점장을 보며 생각했다. 마치다 슈이치는 여태까지 온갖 금융회사로부터 접대를 수백 번은 받아 왔지만, 이 정도로 비싼 술은 아직 주문한 적이 없었다. 요구하는

* 會席. 일본 전통 요리를 간소하게 차려낸 것.

데는 배짱이 필요했다. 하지만 요구해 볼 가치는 있다고 생각했다. 의외로 간단하게 승낙할지도 모른다.

"이걸 마시고 싶은데."

마치다 슈이치는 지점장한테서 거절당할 때 창피를 당하지 않고 끝나도록, 와인 리스트에 눈을 둔 채 가능한 한 아무렇지도 않은 어조로 말했다. 적당한 어조로 잘 말했다고 생각했다. 그렇게 강요하는 듯이 들리지는 않았을 게 틀림없다. 그러고서 지점장의 얼굴을 봤다.

"예, 괜찮습니다. 그걸로 하시죠."

지점장이 말했다.

마치다 슈이치는 안도의 한숨을 내쉬었다. 그러고서 20만 엔이나 되는 와인이 너무도 간단히 손에 들어온 것에 약간 놀랐다. 그는 그 레스토랑에서, 샤토 페트뤼스를 결국 두 병이나 마셨다. 두 병째를 시킬 때는 더 이상 아무런 망설임 같은 것도 느끼지 않았다.

마치다 슈이치가 나가이 테쓰야와 만나 샤토 페트뤼스를 마신 걸 자랑삼아 이야기한 것은, 2개월 전 도시은행협회의 연락 회의 때였다. 나가이 테쓰야는 한 도시 은행의 회장으로, 마치다 슈이치는 참관인 자격으로 그 회의에 참석한 것이었다. 하지만 마치다 슈이치는 맥이 풀렸다. 놀래 주려고 생각하고서 얘기를 했는데 나가이 테쓰야는 샤토 페트뤼스를 몰랐던 것이다.

"나가이 씨는 미식가라고 들었는데, 와인 쪽은 관심이 없으신 모양이군요."

하고 마치다 슈이치는 말했다.

"어디요, 나는 미식가 축에도 못 듭니다."

나가이 테쓰야는 말했다. "단지, 이따금 나를 자택에서의 식사에 초대해 주는 친구가 있어서, 난 그 집에서 내오는 요리를 잠자코 대접받고 올 뿐입니다."

"누군가요? 그 친구란 사람은?"

"쓰지 시즈오란 인물입니다. 아십니까?"

"아뇨, 모르는데요."

"그러시군요. 쓰지 조리사 전문학교라는 요리 학교의 교장입니다."

마치다 슈이치는 그 말을 듣고 생각에 잠겼다. 어떻게 자기도 얻어먹을 수 있을지도 모른다고 생각한 것이다.

"어떤 요리가 나오는데요?"

하고 그는 물었다.

"프랑스 요리인 경우도 있고, 일본 요리인 경우도 있습니다. 중국 요리를 대접받은 적도 있지요."

하고 나가이 테쓰야는 말했다.

"그럼, 맛은?"

"더할 나위 없지요."

"흐음."

마치다 슈이치는 고개를 끄덕이고 나서는 말했다. "프랑스 요리 때는 와인도 나오겠네요?"

"물론 나옵니다. 아까도 말씀드렸다시피, 난 항상 잠자코 주는 대로 마실 뿐 와인에 대해서는 아무것도 모르지만요."

"나라면 알지도 모르겠군요."

"그럴지도 모르겠군요."

"어찌됐든, 나는 세계 최고의 와인 맛을 알고 있으니까요."

"부럽군요."

"그런데 어떻습니까, 나가이 씨. 다음번에는 나도 거기에 데려가 주시지 않겠어요?"

마치다 슈이치는 비장의 미소를 보이며 말했다. 나가이 테쓰야는 그 말을 듣고 자신이 덫에 걸렸다는 것을 알았다. 이 애송이가, 하고 생각했지만 이미 사후 약방문이었다.

4

나가이 테쓰야가 쓰지 시즈오와 알게 된 것은, 그가 아직 사십대로 오사카 텐노지天王寺 지점의 지점장으로 있을 때로, 25년이나 된 일이었다.

어느 날 오후, 그가 밖에서 용무를 끝내고 은행으로 돌아갔더니, 오쿠무라 건설회사의 전무한테서 전화가 걸려와, 만나 주었으면 하는 인물이 있으니 지금 그쪽으로 가겠다고 말해 왔다. 오쿠무라와는 융자 관계가 있었고, 그 전무에 대해서도 업무를 통해 잘 알고 있었기 때문에 그는 흔쾌히 알겠다고 했다. 얼마 안 있어 오쿠무라의 전무는 아직 서른다섯이 될까 말까 한 젊은 남자를 데리고 은행 지점장실로 들어왔다. 그게 쓰지 시즈오였는데, 그는 무척 어려운 문제를 끌어안고 있는 듯한 얼굴을 하고 있었다.

얘기를 들어 보니, 그는 학교를 확장하기 위해 오쿠무라에 공사를 발주해 교사의 신축을 추진하고 있었는데, 융자를 약속했던 은행이 도중에 융자를 거절해 왔다는 것이었다. 심한 처사였지만 없으란 법도 없는 이야기라고 나가이 테쓰야는 생각했다. 은행이라는 데가 그런 곳인 것이다. 돈을 빌리는 사람의 젊음은 신용의 보증이 될 수는 없었고, 학교 쪽도 개교한 지 6~7년째라면, 은행으로서는 앞으로 어떻게 전개될지 판단이 잘 안 서는 대목이다. 깨지 않으면 안 될 약속을 애초에 한 사람이 경솔한 것이다.

"어떻게 안 될까요?"

하고 오쿠무라의 전무가 말했다.

"얼마나 필요하십니까?"

"1억 6천만 엔입니다."

쓰지 시즈오가 말했다.

"알겠습니다."

나가이 테쓰야가 그렇게 말한 것은, 물론 오쿠무라의 전무가 소개했기 때문이었다. 쓰지 시즈오 혼자 왔다면, 그도 융자를 거절했을 것이다. 나가이 테쓰야는 오쿠무라의 전무를 신용한 것이다.

그러나 쓰지 시즈오는 그때 일에 대해 은혜를 입었다고 생각했고, 그 이튿날 학교 돈을 융자를 거절한 은행에서 전액 인출해 나가이 테쓰야의 지점으로 옮겼다. 그리고 지금에 와서는, 쓰지 요리사 전문학교는 나가이 테쓰야가 회장을 맡고 있는 은행 텐노지 지점의 최대 고객의 하나가 되었다. 그 일 이래, 두 사람은 개인적으로도 친해지게 되었다.

나가이 테쓰야는 마치다 슈이치의 일을 쓰지 시즈오한테 얘기한다는 게 내키지 않았다. 그가 부탁한다면 쓰지 시즈오는 절대로 거절하지 않을 것이다. 지금까지 그랬던 것처럼 기꺼이 받아들여 줄 것은 틀림없었다. 그러나 마치다 슈이치처럼 무례한 남자와 식탁을 함께하고서, 그가 식사를 즐길 수 있을까 하는 생각이 든 것이다. 필시 쓰지 시즈오에게 인내를 강요하는 게 될 것이 틀림없다.

하지만 언제까지고 잊어버린 척하고만 있을 수도 없는 노릇이라서, 나가이 테쓰야는 오사카의 학교로 전화를 걸었다. 쓰지 시즈오는 마침 학교에 있었고, 그가 그 얘기를 꺼내자 흔쾌히 승낙했다.

"미안하네"

하고 나가이 테쓰야는 말했다.

"상관없어요. 별거 아닌 일인데요"

하고 쓰지 시즈오는 웃으며 말했다. "대장성의 부탁이니 거절할 수도 없는 거잖아요."

"정말이지, 할 말이 없네."

나가이 테쓰야는 그 말만 반복했다. 쓰지 시즈오가 그 디너를 위해 얼마나 완벽하게 준비하고, 얼마나 완벽하게 서비스를 하는지를 그는 잘 알고 있었다. 그것을 마치다 슈이치 같은 남자를 위해 하게 만든 것이다.

"그런데, 다른 멤버는 어떻게 할까요?"

쓰지 시즈오가 말했다. "제가 연락할까요? 아니면 나가이 씨가 불러주시겠어요?"

"내가 부르지"

하고 나가이 테쓰야는 말했다. 다른 손님을 부르는 일로까지 쓰지 시즈오를 귀찮게 할 수는 없었다. 쓰지 시즈오의 살롱 테이블은 열두 명이 앉을 수 있었다.

"그러면, 그 사람하고 나가이 씨하고, 그 밖에 세 명을 부탁할게요. 언제나처럼, 전원 동부인으로 참석해 달라고 전해 주세요"

하고 쓰지 시즈오는 말했다.

나가이 테쓰야는 마치다 슈이치한테 전화를 걸기 전에, 나머지 세 명을 누구를 부를지를 잠시 생각했다. 은행 관계의 사람이 기질이 가장 잘 통하기 때문에 좋겠지만 그들은 부르지 않기로 했다. 마치다 슈이치의 수다에 비위를 맞추는 웃음을 짓는 것은 자기 혼자로 충분하다고 생각했기 때문이다. 그러나 대장성과 이해관계가 없고, 게다가 디너 테이블을 즐겁게 해줄 것 같은 친구로 하려니, 금방 떠오르지가 않았다.

하지만 대장성에 전화를 하자, 마치다 슈이치가 그 문제를 해결했다. 나가이 테쓰야가 쓰지 시즈오의 디너 건에 대해 전하자, 그는 기쁨의 소리를 내더니, 친구를 두 사람 데리고 가겠다는 것이었다.

"바로 얼마 전까지 유럽에 대사로 있던 남자와 대장성의 후배예요. 얘기를 했더니, 어떤 일이 있어도 가고 싶다고 막무가내예요."

나가이 테쓰야는 마치다 슈이치의 커다란 웃음소리를 들으며, 이 남자는 자신의 요구가 거절당할지도 모른다는 생각은 한 적이 없는 걸까 하고 생각했다. 분명히 없을 것이다.

"그러시죠"

하고 나가이 테쓰야는 불쾌한 기분으로 말했다. "그럼, 그 두 사람한 테도 전해 주세요. 부인과 함께 오라고."

"부인과?"

마치다 슈이치는 말했다. "부인이 아니면 안 되나요?"

"파티의 주인이 그렇게 말하니까요"

하고 나가이 테쓰야는 말했다.

"그렇다면, 그렇게 하지요."

"그리고, 선물 같은 건 필요 없어요."

"허. 먹여 주는 건 공짜로 먹여 주고, 받는 건 아무것도 필요 없다는 말인가요? 불쾌한 남자네요."

나가이 테쓰야는 대답을 하지 않았다.

"그 밖에는요?"

마치다 슈이치가 말했다.

"그 정도예요"

하고 나가이 테쓰야는 말했다.

전화를 끊고, 나가이 테쓰야는 비서한테 커피를 부탁하고 나서 마치다 슈이치가 데리고 온다고 한 두 사람이 테이블을 유쾌하게 만들 사람들일까 하고 생각했다. 손님을 모으는 수고는 덜었지만, 문제는 그 점이었다. 틀림없이 유쾌한 인물일 리가 없다고 생각했다. 하지만 그로서는 어떻게도 할 수 없는 일이었다.

나가이 테쓰야는, 남은 한 사람은 이런저런 생각 끝에 어느 사립대학의 명예교수로 있는 학창 시절 친구를 부르기로 했다. 아직 그 친구는 한 번도 쓰지 시즈오의 디너에 부른 적이 없었고, 프랑스 문학이 전공이기 때문에 쓰지 시즈오와 대화가 통할 거라고 생각했다. 쓰지 시즈오도 불문과 출신이었다. 그리고 그 친구가 테이블의 완충지대가 되어 줄 것이라고 생각했다.

그로부터 2주가 지나, 나가이 테쓰야는 이제부터 쓰지 시즈오네 집으로 갈 준비를 하고 있던 참이었는데 아무래도 마음이 무거워 견딜 수가 없었다. 어째서 마치다 슈이치 같은 녀석한테 쓰지 시즈오의 디너 이야기를 해버렸을까 하고 아직도 후회하고 있었다. 분명히, 무심코 자랑하고 싶다는 기분이 들었던 것이라고 생각했다. 마치다 슈이치의 요구를 거절할 수도 있었지만, 만약 그렇게 했다면 그의 기분을 상하게 해 결국 안 좋은 결과를 가져왔을 것이다. 나가이 테쓰야는 언젠가 쓰지 시즈오가 농담조로 한 말을 떠올렸다.

"나가이 씨. 자신이 다른 사람보다 맛있는 걸 먹는다는 말 따위는 결코 사람들한테 말하시면 안 돼요. 나처럼, 일류 취미의 역겨운 녀석이라고 생각하게 만들 뿐 아무도 칭찬 같은 건 안 해줄 테니까요."

미식을 즐긴다고 하는 것은 어려운 거라고 나가이 테쓰야는 새삼스럽게 생각했다.

저쪽 방에서는 그의 아내가 외출 준비를 하고 있었다. 그녀는 예순 살로 그보다 세 살밖에 어리지 않았지만, 무척이나 들떠 있었다. 나가이 테쓰야가 쓰지의 집에 갈 거라고 말한 뒤부터, 그녀는 이날이 오기를 손꼽아가며 기대에 부풀어 있었다. 쓰지 시즈오의 디너에 그녀는 남편과 함께 벌써 수십 번이나 초대받았지만, 그때마다 이렇게 가슴이 뛰는 것이었다. 나가이 테쓰야한테는 그런 아내의 모습만이 유일한 구원이었다.

5

그 무렵 시부야 구의 다카다이에 있는 쓰지 시즈오의 집 주방에는 이날의 셰프를 맡은 히타카 사부로를 비롯해 열네 명의 요리사, 파티세, 서비스 담당 남자들이 요리의 재료를 앞에 두고 바삐 움직이고 있었다. 거기는 아파트였지만, 조리장이 10평은 족히 되고, 요리에 필요한 기구는 전부 갖춰져 있어서, 그들로서는 학교의 조리장에 섰을 때와 마찬가지로 아무런 불편도 없었다.

히타카 사부로는 생선의 준비를 다 끝내고, 그 서덜로 우려낸 장국에 양파와 당근과 푸아로poireau와 마늘의 미르푸아*를 넣고, 거기에 화이트와인과 페르노Pernod 술, 토마토, 토마토 페이스트, 회향茴香, 사프란을 더해 부야베스를 만들고 있었다. 그 옆에서는 다른 요리사가 냉장고에서 하룻밤 동안 냉장시킨 푸아그라 테린**을 체로 거르고, 생크림을 더해 파르페를 만들 준비를 하고 있었다. 파티셰들은 디저트를 아홉 시에 내가기로 정해졌기 때문에, 다섯 종류의 케이크를 정확히 그 시간에 구워 내기 위해 시간을 역산해, 계란 흰자로 거품을 내고, 버터를 녹이고, 이미 준비된 파이 반죽을 냉장고에 넣어 쉬게 하거나 했다. 무화과와 그레이프프루트를 으깨, 아이스크림과 셔벗에만 매달리고 있는 사람도 있었다.

서비스를 담당할 남자들도 쉴 틈이 없었다. 그들은 아침부터 다섯

---

* mirepoix. 야채, 햄 따위를 삶은 것으로 소스나 요리의 맛을 진하게 하는 데 씀.
** terrine. 고기나 생선을 젤라틴화시켜 차갑게 먹는 애피타이저.

명이 달려들어 글래스와 식기와 은식기를 이제 막 반짝반짝하게 다 닦고 난 참이었다. 열두 명분이면, 글래스만 해도 만만치 않은 양이었다. 아페리티프, 샴페인, 레드와인, 화이트와인, 물, 코냑, 거기에 텀블러 일곱 개가 1인분으로 그것만 해도 84개나 되는데, 그날은 바카라와 생루이 두 종류로 준비했던 것이다. 식기도 170개씩, 스포드와 헬렌드를 갖추어 놓았다. 그리고 그들은 이제 테이블에 다마스크 마직으로 짠 테이블보를 씌우고, 꽃이나 은촛대, 손님 각자의 이름이 쓰인 플레이스 카드를 세팅하고 있었다. 또 소믈리에를 맡게 된 남자는, 고기 요리가 나올 시간이 여덟 시 반이었기 때문에, 시간을 가늠해 고기가 나오기 전 정확히 두 시간 전에 그랑 제셰조 레드와인의 코르크를 뽑았다. 그리고 병 속의 침전물이 가라앉지 않도록, 촛불빛에 병을 비추어 보면서, 신중하게 내용물을 디캔터decanter로 옮겼다. 그러고서 그는 병 밑에 침전물과 함께 남아 있던 와인 한 방울을 입에 머금고는, 만족스럽다는 듯이 고개를 끄덕였다. 완벽한 와인이었다.

쓰지 시즈오는, 키친에서 풍겨오는 부야베스의 향긋한 냄새를 맡으며, 스타인웨이 피아노가 놓여진 한 응접실에서 책을 읽고 있었다. 책 읽는 것 말고는 할 게 없었기 때문이다.

그는 책을 좋아해서, 시간이 허락하면 몇 시간이고 책을 읽을 수 있었지만, 지금 읽고 있는 책만은 난해해서 힘에 부쳤다. 시어도어 젤딘이라는 옥스퍼드 대학 교수가 25년에 걸쳐 집필했다고 하는 『1848년부터 1945년까지의 프랑스』라고 하는 두꺼운 책으로, 영어사전, 불어사전을 노상 참조하며 벌써 2년이나 읽어 왔지만, 아직 못 끝내고 있었다. 반년 전 런던 헤이우드 힐이라고 하는 고서점의 지배인으로부터,

그 책은 다 읽었느냐는 놀림의 편지를 받은 뒤부터는 어떻게든 그의 코를 납작하게 해주어야지 하고 생각해 속도를 올리려고 했지만, 아무래도 힘에 부쳤다. 몇 년 전인가 런던에 갔을 때, 프랑스에 대해 악담을 쓴 책이 없냐고 부탁해 그가 찾아 준 책이었다. 이렇게 쓰라림을 맛본 건, 몽테뉴의 『수상록』과 투키디데스의 『역사』 이래로 처음이었다. 그러나 읽고 있으면 도전욕이 자극되어, 기분이 고양되기 때문에 포기하지 못하고 있었다.

게다가 그날은 또 특별히 진도가 잘 안 나가는 이유가 있었다. 나가이 테쓰야로부터 그 뒤로 또 전화가 걸려와, 외무성의 하라노 켄이 손님으로 온다는 얘기를 듣고 다시 그에 대한 분노가 끓어올라, 그 이후로 그에 관한 생각이 머리에서 떠나지를 않았던 것이다.

쓰지 시즈오가 외국에 부임하는 대사들로부터 학교의 직원을 요리사로 고용하고 싶다는 개인적인 부탁을 받게 된 것은 약 10년 전부터였다. 쓰지 시즈오는 그들한테 직원을 내주는 것이 그다지 내키지 않았다. 학교로서는 전력에 손실이 가는 것이고, 직원으로서도, 재일 프랑스 대사관의 일류 셰프 밑에서 일하는 거라면 또 몰라도, 그것으로 요리사로서의 경력에 영예가 덧붙여지는 것은 아니기 때문이었다. 그러나 쓰지 시즈오는 대사들의 부탁을 받아들여, 지금도 친한 사람들로부터 부탁을 받으면 들어주고 있었다. 이런저런 생각 끝에, 그러한 것도 조리사 학교의 사명 중 하나일 거라고 생각했던 것이다.

부교장인 야마오카 토루가 하라노 켄과 만난 뒤 월급을 20만 엔 주겠다고 했다는 말을 들었을 때도 웃고 끝낸 것은 그 때문이었다. 오히려 그들은, 재외 대사로서 요리사한테도 충분한 월급을 주지 못할 정도의 예산밖에 받지 못한 하라노 켄을 동정했을 정도였다. 그래서 그들은, 그들이 내주려고 생각하고 있던 직원의 학교 월급이 30만 엔이었기 때문에 차액 10만 엔은 학교에서 부담하기로 했었다. 그런 일은 손익 계산을 따져 직원을 내준 것이 아닌 이상 당연한 일이라고 생각했을 뿐 아무렇지도 않게 생각했다. 게다가, 그렇게 한 것은 처음 있는 일도 아니었다.

쓰지 시즈오가 하라노 켄한테 화가 나고, 용서할 수 없는 남자라고 생각한 것은, 그가 직원한테 차를 사용하지 못하게 했을 뿐 아니라 직원한테 자비로 그것을 사게 하고, 마지막에는 그것을 직원한테서 거저나 다름없는 가격으로 놓고 가라고 했다는 말을 들었을 때였다. 그것이 오십을 넘은 출세한 남자가 삼십도 채 되지 않은 청년에게 할 짓인가 하고 생각했던 것이다. 그러한 인간에게 직원을 내준 자신이 한심했다. 그리고, 이제 그 남자가 오는 것이다.

'난 어떠한 얼굴을 해야 할까?'

하고 쓰지 시즈오는 생각했다.

이미 그의 눈에는 책의 활자가 들어오지 않았다. 그는 책을 덮고, 책과 두 개의 사전을 침실로 가지고 갔다. 침실에서는 아내 아키코가 곧 있으면 시작될 디너를 위해 옷을 갈아입고 있었다. 그녀는 쉰여덟 살의 쓰지 시즈오보다 다섯 살이 어렸지만, 골프를 하고 있어서 몸의 움직임이 가벼워 나이에 비해서 훨씬 젊어 보였다. 그녀는 밀라노에서 산 짙은 녹색의 수수한 슈트를 입고 있었다. 쓰지 시즈오도 옷장에서 짙은 감색의 수수한 슈트를 꺼내 옷을 갈아입기 시작했다.

"안색이 언짢아 보이네요" 하고 그녀가 말했다.

"그런가" 하고 그는 말했다.

"몸이 안 좋은 거 아니에요?"

"아니. 그런 게 아니야."

"병원에는 잘 다니고 있죠?"

"다니고 있어."

그는 10년 전에 간이 나빠진 이래, 매달 한 번씩 병원에 검사를 받으러 가지 않으면 안 되는 몸이 되었다. 친구들은 맛있는 걸 너무 많이 먹어서 그렇게 된 거라고 웃으면서 말했지만, 정말 그 말대로였다. 젊었을 때는 그렇게 생각하지 않았지만 이제 와서 생각해 보면 그는 목숨을 걸고 세계를 돌아다니며 맛있는 요리를 먹어 온 것이었다. 그리고 그런 그의 혀의 기억이 집적된 게 현재의 쓰지 조리사 전문학교 요리의 맛이 되었다.

"자 그럼, 웃어 봐요."

아내 아키코가 말했다.

"이렇게?"

쓰지 시즈오는 생긋 웃어 보였다.

"그러면 돼요. 손님들 앞에서는 그 얼굴이에요."

그러고서 그들은 응접실 쪽으로 갔다. 쓰지 시즈오는 도중에 주방에 얼굴을 내밀고 요리를 만들고 있는 직원들에게 말을 걸었다.

"맨 처음 요리를 내는 건 일곱 시니까. 문제없겠지?"

"문제없습니다."

셰프인 히타카 사부로가 대답했다. 그들은 아침 열 시부터, 벌써 여덟 시간 이상이나 주방에 서 있었다.

아내 아키코는 서비스 담당 직원들이 세팅해 놓은 살롱 테이블을 점검했다. 보드라운 면 냅킨이 놓인 열두 매의 스포드의 위치, 접시, 나이프, 포크, 네임 플레이트, 와인 글래스, 노란 장미 꽃꽂이, 은촛대, 그것들 전부가 있어야 할 위치에 균형 있게 놓여 있고, 그것들 사이의 아주 약간 비어 있는 공간에는, 손님의 눈을 즐겁게 하기 위해 악기를 든 작은 은인형이 몇 개인가 놓여 있었다. 그 인형은 꽤 오래전에 런던에서 발견하고서 사 온 것으로, 그녀가 가장 마음에 들어 하는 액세서리 중 하나였다. 멋지게 세팅되어 있다고 그녀는 생각했다. 매만져 고치지 않으면 안 되는 구석은 하나도 없었다.

그때, 손님이 왔음을 알리는 차임벨이 울렸다. 온 사람은 나가이 테쓰야 부부와 그의 친구 신조 후미타카 부부였다. 나가이 테쓰야 부부는 언제나처럼 빈손으로 왔지만, 신조 후미타카 부부는 분홍색 장미 꽃다발을 들고 와 아키코한테 선물했다. 그녀는 넘칠 정도의 미소를 띠며 고맙다고 말하고, 서비스 담당 직원 한 사람한테 꽃병에 꽂아 그녀의 방에 장식해 달라고 말했다.

그들이 응접실의 의자에 앉아 아페리티프로 키르 루아얄kir royal*을 마시고 있으려니, 나머지 세 쌍이 한꺼번에 들어왔다. 쓰지 시즈오는 아내 아키코와 함께 일어서서 입구 가까운 곳에서 그들을 맞았다. 그는 다른 두 사람은 물론 하라노 켄과 인사를 할 때조차, 누가 보더라도 마음에서 우러나온 것으로 생각되는 미소를 보였다.

---

* 카시스 리큐어에 샴페인을 섞은 것.

〈누군가를 식사에 초대한다는 것은, 그 사람이 자신의 집에 있는 동안에 그의 행복을 떠맡는다는 것이다.〉

브리야 사바랭의 『미각의 생리학』이라는 책 속의 한 구절로, 쓰지 시즈오는 명언이라고 생각해 그 말을 가슴에 새겨 두고 있었다. 그것을 실천할 뿐이었다.

그런 연유로, 하라노 켄의 부인이 캘리포니아 와인을 건넸을 때도, 마치다 슈이치의 부인이 치즈 케이크를 건넸을 때도, 마치다의 동료라는 기리야마 타쓰오의 부인이 초콜릿을 건넸을 때도, 누가 보더라도 마음에서 우러나온 것이라고밖에 생각할 수 없는 미소로 감사를 표시했다. 그러나, 마치다 슈이치의 부인이 치즈 케이크를 건네면서 이렇게 말했을 때만큼은, 대꾸할 말을 찾을 수가 없었다.

"식사 뒤에 디저트로 생각하시고."

그때만큼은 나가이 테쓰야도 얼굴이 붉어지지 않을 수 없었다.

세 개의 물건을 받아든 쓰지 아키코는 그것들을 서비스 직원한테 넘겼다.

6

디너는, 손님들의 작은 탄성으로 시작되었다.

촛불빛을 받아 반짝이는 크리스탈 글래스에 코르통 샤를마뉴가 따라지고, 모두가 묵직한 각자의 글래스를 손에 들고 향이 깊은 황금색 액체로 충분히 입 안을 축이자, 최초의 요리 푸아그라 파르페가 나왔다. 셰프 히타카 사부로는 거기에 한 조각 브리오슈brioche와 마슈 mache 샐러드를 살짝 곁들여 푸아그라 위에 잘게 썬 트뤼프*를 뿌려 놓았다. 모두한테서 작은 탄성이 오른 것은, 그것을 한 입 떠서 입에 넣은 순간, 혀 위에서 푸아그라가 트뤼프의 향과 함께 크림처럼 녹기 시작했을 때였다.

"대단해."

접시를 깨끗이 싹싹 비운 다음에 그렇게 말한 것은 신조 후미타카 였다. 그는 행복한 듯이 웃고 있었다.

"나는 삼십 년 전에 파리 대학에 연구 유학을 갔을 때 꽤 푸아그라 를 먹었다고 생각했었는데, 진짜 푸아그라라고 하는 게 이런 거로군요. 게다가 마슈라는 건—"

신조 후미타카는 이날의 메뉴가 적힌 반으로 접힌 작은 카드를 손에 들고서 말했다. "상추 같은 건가요?"

"예, 그렇습니다. 야생 상추입니다"

하고 쓰지 시즈오는 말했다.

"우리 같은 초보자로서는 생각할 수도 없는 조합입니다만, 이렇게 합쳐 놓고 보니 실로 멋지군요. 놀랐습니다."

쓰지 시즈오는 아무 말도 않고, 노교수한테 미소를 보냈다. 그는 너무도 행복했다.

---

* truffe. 송로버섯이라고도 한다. 푸아그라, 캐비아와 더불어 서양 요리의 3대 진미로 꼽힌다. 개나 돼지의 후각을 이용해 땅속에서 자라는 걸 채취한다.

"페르낭은요, 살아 있을 때 항상 이렇게 말했어요."

마담 푸앵이 그렇게 말한 것은, 삼십 년 전에 그녀의 가게에서 뿔닭 속에 밤을 넣어 쪄낸 요리를 대접받았을 때였다. 그녀는, 살아 있을 때 프랑스 최고의 셰프로 불린 페르낭 푸앵의 미망인으로, 그가 죽은 뒤에는 그녀가 그 레스토랑, 피라미드를 지키고 있었다. 쓰지 시즈오가 뿔닭을 먹던 손을 잠시 쉬고 이어져 나올 말을 기다리고 있자, 그녀는 생긋 웃더니 말했다.

"요리를 만드는 사람의 임무는, 손님한테 항상 자그마한 놀람의 기쁨을 바치는 거라고요. 그래서 나도 그렇게 하고 있는 거예요."

그렇다면 자신도 지금 분명히 그런 표정을 하고 있을 거라고 쓰지 시즈오는 생각해, 그녀에게 웃음으로 대꾸했다. 그러자 문득, 머릿속에서 뭔가가 번쩍 했다. 그때 그는 아직 학교를 연 지 얼마 안 됐을 때였는데, 어떠한 방침으로 학교를 운영해 가야 할지 방향을 못 찾고 있었다. 그런데, 마담 푸앵의 아무렇지도 않은 한마디 말이 모든 것을 단번에 해결해 준 것이었다. 손님에게 항상 자그마한 놀람의 기쁨을 준다. 그거야 말로 자신과 자신의 학교가 목표로 삼아야 할 것이라고 생각했다.

그로부터 삼십 년이 지나, 쓰지 시즈오는 지금 그것을 실현시켜 그러한 요리사를 키우고, 그러한 요리를 손님한테 내고 있었다. 요리를 입에 넣은 순간 손님의 얼굴에 퍼지는 작은 놀람의 표정을 바라보는 기쁨은, 그것을 모르는 사람은 절대로 이해할 수 없을 거라고 생각했다.

"이 푸아그라 파르페라는 건 어떻게 만드는 건가요?"

냅킨으로 입술을 닦으며 하라노 켄 대사의 부인이 흥미진진하다는 얼굴로 물었다. 쓰지 시즈오는 설명을 했다.

"푸아그라를 테린해서 준비한 것에 생크림을 더한 뒤에, 그것을 압착기에 넣고 짠 겁니다."

"맛은 어떻게 해서 낸 건가요?"

쓰지 시즈오는 곤란한 손님이다, 라고 대사 부인의 얼굴을 보며 생각했다. 어째서 그런 세세한 걸 묻고 싶은 걸까. 훌륭한 그림을 앞에 놓고, 그것을 그린 화가한테 이 그림은 어떻게 그린 거냐고 묻는 사람이 있을까. 듣는다 해도 그릴 수 없을 것이다. 하지만 그는 빙긋이 웃고는 설명을 했다.

"우선 프랑스에서 생푸아그라를 주문해 갖고 와서, 혈관을 제거하고, 소금, 후추, 포트주, 아르마냑*으로 절이고, 그런 다음 틀에 넣어 오븐에서 약 십오 분 동안 저온에서 찐 뒤 냉장고에서 하룻밤 동안 차게 합니다."

"테린이라는 건?"

"지금 말씀드린 게 테린입니다."

"어머, 그런 거예요."

"부인."

그 대사 부인에게, 반대편 자리에 앉아 있던 신조 후미타카가 말했다. "부인은 그렇게 만드는 방법에 대해 자세히 듣고 나서 댁에 돌아가

---

* Armagnac. 코냑 지방에서 80마일 떨어진 보르도의 서남부 아르마냑 지역에서 생산되는 와인을 증류한 브랜디이다. 코냑과 함께 프랑스를 대표하는 브랜디로 코냑의 섬세하고 여성적인 맛에 비해 남성적이고 야성적인 맛이 난다.

서 만들어 볼 생각이신가요?"

"설마요. 어림도 없죠."

대사 부인은 웃으며 말했다.

"그렇다면, 그런 걸 묻는 것은 관두십시오."

"어째서요?"

대사 부인은 웃음을 지우고, 험한 목소리로 말했다.

"쓸데없기 때문입니다."

신조 후미타카는 학자답게 명확히 말했다. "이런 요리가 앞에 있을 때, 우리 초심자들은 잠자코 그 맛을 감상하면 되는 겁니다. 우리가 할 수 있는 건 그 외에는 없으니까요."

대사 부인은 뾰로통해서는, 기분 나쁜 듯 입을 다물어 버렸다.

"상관없습니다, 저는."

쓰지 시즈오는 웃으면서 그렇게 말했지만, 나가이 테쓰야가 이 노교수를 데리고 온 게 오늘의 적시타라고 생각했다. 나가이 테쓰야의 얼굴을 보니, 그는 쓰지 시즈오만이 알아볼 수 있게 어깨를 으쓱했다.

이어서 제철 야채 모둠이 나왔다. 아티초크, 화이트아스파라거스, 오니언 누보, 어린 푸아로, 까치콩, 거기에 그물삿갓버섯*을 소금물에 데친 뒤 살짝 볶고, 그 위에 트뤼프와 세르푀유cerfeuil와 산파와 파슬리를 뿌린 뒤 토마토 드레싱을 곁들인 것이었다. 쓰지 시즈오는 화이트

---

* morille. 포르치니 버섯과 함께 유럽을 대표하는 버섯. 그물 같은 삿갓 모양이 특징적인 버섯으로 생버섯은 독성이 강하지만 조리해서 먹을 수 있고 기름기 많은 요리와 잘 어울린다.

아스파라거스에 토마토 드레싱을 골고루 묻힌 뒤, 입에 넣으며 그 소스의 맛을 확인했다. 잘 익은 토마토를 굵게 썰어, 마늘, 향초, 레몬즙, 아체토발사미코,* 올리브유와 섞어, 소금과 후추를 넣고 살짝 데운 것이었는데, 쓰지 시즈오는 그 만드는 순서까지 생생하게 떠올릴 수 있었다. 히타카 사부로는 꽤 괜찮은 맛을 내게 했다. 소금과 후추의 양도 딱 알맞았다.

'녀석, 꽤 하는군'

하고 쓰지 시즈오는 생각했다.

하지만 이어서 부야베스가 나오고, 그 수프를 먹으면서는, 뭔가 조금 이상하다고 생각했다. 수프의 맛은 훌륭했다. 그것은 당연한 것이다. 이세새우, 도미, 참억새, 양태, 쏨뱅이, 쑤기미, 붕장어, 거기에다가 벤자리의 뼈를 더해 충분히 국물을 내고, 마지막으로 재료들의 살에 섭조개와 대합을 더해 끓여 낸 것이다. 쓰지 시즈오는 몇 번 그 수프를 맛본 다음, 이 수프는 맛이 다소 진하게 우러났다는 것을 겨우 알아냈다. 완벽한 맛의 밸런스가 지켜야 하는 선을, 이 수프는 아주 약간 넘어서 버린 것이다. 쓰지 시즈오는, 히타카 사부로가 왜 그런 실수를 했는지 생각해 보았다. 그러나 지금은 그 원인을 확실히 파악하는 것이 불가능했다.

그는 자신의 생각을 접고, 손님들의 얼굴로 시선을 돌렸다. 아내 아키코가 이 사람 저 사람 가리지 않고 대화를 나누며, 무탈한 화제로

---

* aceto balsamico. 세계에서 가장 비싼 식초로 그 기품 있는 맛 때문에 '공작의 식초'라는 별명을 갖고 있다.

테이블을 밝게 하고 있었다. 손님들은 행복해 보였는데, 금방도 나가이 테쓰야가 부야베스의 맛을 최고의 언어로 입에 침이 마르도록 칭찬하고 있었다.

쓰지 시즈오가 자신도 저 사람들처럼 저렇게 아무 생각 없이 요리를 맛볼 수 있다면 하고 생각하는 건, 언제나 이런 때였다. 그게 가능하다면 얼마나 행복할까. 그러나 그의 혀는, 보통의 인간이라면 백점만점의 맛이라고 생각하는 부야베스에서 흠을 찾아내고 마는 것이었다. 한 가지 일을 보면 다른 모든 일도 짐작할 수 있다는 옛말이 딱 맞았다. 더 이상 결코 요리를 순수하게 즐기는 것은 불가능했다. 철저하게 요리를 추구하기 위해, 그것을 즐기는 기쁨을 빼앗겨 버리고 만 것이었다.

입가심용 그레이프푸르트 셔벗이 나왔을 때도 그랬다. 셔벗을 입에 넣는 순간에 그가 머릿속에서 한 생각은, 이만큼 설탕을 줄이고도 잘도 이 정도까지 응고시켰구나 하는 것이었다. 손님들은 이 얼마나 산뜻한 맛이냐고 탄성을 올렸지만, 그들은 그렇게 만들기 위해 주방에서 파티셰가 얼마나 정성을 쏟았는가를 모르는 것이다. 하지만 요리를 즐기기 위해서라면, 그런 것은 몰라도 좋다.

서비스 담당이 셔벗 그릇을 내가자, 이번에는 소믈리에가 레드와인 글래스에 그랑 제셰조를 따랐다. 두 시간 전에 코르크 마개를 뽑은 그랑 제셰조는, 15년 동안의 고요한 잠에서 깨어나, 듬뿍 신선한 공기를 접하자 생생한 향을 사방으로 퍼뜨리고 있었다.

"드디어 레드가 나왔군요."

대장성의 마치다 슈이치가 말했다. "난 이걸 기다리고 있었습니다.

무슨 와인인가요?"

"그랑 제셰조라고 하는 부르고뉴 와인입니다"

하고 쓰지 시즈오가 말했다.

"들어 본 적이 없는 이름이군요."

마치다 슈이치는 맥이 빠진다는 듯이 말했다.

이 남자도 라피트Laffitte나 로마네 콩티Romanée Conti를 반가워하는 입인가 하고 쓰지 시즈오는 생각했다. 아닌 게 아니라 코르통 샤를마뉴도 물 마시듯이 마셔 버린 남자였다. 하지만 대부분의 일본인이 그렇기 때문에 어쩔 수가 없었다.

"한 모금 들어 보시죠"

하고 쓰지 시즈오는 웃으면서 말했다. 만약 그가 와인의 맛을 정말로 알고 있다면, 이 그랑 제셰조가 로마네 콩티에도 뒤지지 않는다는 걸 알리라고 생각했다. 그는 이미 시음을 했기 때문에 그걸 알 수 있었다. 훌륭한 그랑 제셰조였다.

마치다 슈이치는 바카라 글래스를 손에 들더니, 향도 맡지 않고 한 모금 벌컥 들이켰다. 쓰지 시즈오는 그 무신경하게 마시는 모습을 보고, 그랑 제셰조를 위해 슬퍼했다. 그러나 마치다 슈이치는 그런 것쯤은 개의치 않고 의기양양하게 말했다.

"나쁘지는 않군요. 하지만, 나는 세계 최고의 와인을 마신 적이 있지요. 샤토 페트뤼스 말입니다."

이 작자는 바보다, 라고 쓰지 시즈오는 생각했다. 하지만 물론 그런 얼굴은 하지 않고, 빙긋이 웃으며 말했다.

"그렇습니까. 좋은 와인을 드셨군요."

놀란 모습을 보이면 마치다 슈이치는 만족하겠지만, 그 외에는 할 말이 없었다. 그러나, 그의 대장성 후배라고 하는 기리야마 타쓰오가 자못 놀란 듯 물었다.

"국장님은 그런 와인을 어디에서 드셨어요?"

마치다 슈이치는 만족스럽다는 듯이 고개를 끄덕이며, 런던의 일본 요리 레스토랑에 갔을 때의 이야기를 시작했다.

쓰지 시즈오는, 마지막 요리인 고베산産 쇠고기 필레 철판구이를 먹기 시작했다. 감자를 버터와 생크림과 함께 오븐에 구운 그라탱 드 피누아Gratin de finnois가 곁들여졌고, 고기에는 마데르주와 퐁 드 보를 졸여 만든 마데르 소스가 끼얹어져 있었다. 미디엄 래어로 알맞게 구워져, 입에 넣고 한 입 씹자 향긋한 육즙이 입 안으로 확 퍼져 갔다.

"쓰지 씨는, 물론 샤토 페트뤼스를 알고 계시겠지요?"

마치다 슈이치가 다시 대화의 방향을 아까 그 얘기로 돌렸다.

"예, 알고 있습니다"

하고 쓰지 시즈오는 말했다. 그가 뉴욕의 와인 상점으로부터, 82년과 85년산 샤토 페트뤼스 세 다스를 2만 달러에 구입한 것은 불과 사흘 전의 일이었다.

"내가 그 가게에서 마신 샤토 페트뤼스는 84년 것으로 한 병에 8백 파운드였어요. 딱 한 병에 말이에요. 하지만 그 정도 가치는 있었지요."

마치다 슈이치는 득의양양하게 말했다.

"8백 파운드면 얼마죠?"

대사 부인이 고기를 자르던 손을 멈추고 대사에게 속삭여 물었다.

"20만 엔 정도 되지."

대사가 말했다. 대사 부인의 입이 떡 벌어졌다. 단지 한 병에 자신의 캐시미어 스웨터와 같은 가격의 술이 있다는 걸, 그녀로서는 믿을 수가 없었다.

"그런 와인을 마시고 나면, 뭐 웬만한 와인에는 놀라지 않게 되죠."

"그건 그렇겠네요."

기리야마 타쓰오가 맞장구를 쳤다.

"자네도 기회가 있으면 한번 마셔 봐. 그걸 마시면, 그 맛을 두 번 다시 잊을 수 없게 되지. 대단한 와인이야. 그렇죠, 쓰지 씨?"

"아뇨, 나 같으면 84년산 페트뤼스에 그런 돈은 안 쓸 겁니다."

쓰지 시즈오는 잠자코 있어야 한다고 생각했지만, 가만히 있을 수가 없어 그렇게 말하고 말았다. 아내 아키코가, 남편이 공격을 가할 생각이라는 것을 알고 눈으로 관두세요, 하고 신호를 보냈지만, 이미 어쩔 수가 없었다. 그는 계속했다. "84년 페트뤼스에 8백 파운드나 내야 한다면 나 같으면 3백 파운드에 85년 샤토 오 브리옹Château Haut-Brion을 마시거나, 그렇지 않으면 이 76년산 그랑 제셰조를 두 병 마시겠습니다."

"샤토 페트뤼스를 싫어하시는 모양이군요."

마치다 슈이치는 목청 높여 웃었다. 쓰지 시즈오는 미소를 지었다. 그리고 그는 그런 짓을 하는 자신을 어른스럽지 못하다고 부끄러워하면서, 철퇴를 내렸다.

"84년이라면 좋은 포도를 수확할 수 없었던 해죠. 특히 보르도의 84년은 87년과 나란히 과거 십 년 동안 최악의 해였습니다. 따라서 보르도의 84년 와인은, 최고로 좋은 와인과는 다소 거리가 멉니다. 82년산 페트뤼스를 그 가격에 마실 수 있죠. 게다가, 제대로 된 프랑스 요리 레스토랑에 가면, 더 싸게 마실 수 있을 거라 생각합니다."

마치다 슈이치는 입을 다물고 말았다. 그러더니 아직 글래스에 남아 있는 그랑 제셰조에 눈길을 던지더니, 쓰지 시즈오가 8백 파운드에 두 병 마실 수 있다고 한 말을 떠올리고 새삼스럽게 입으로 가져갔다. 한 병에 10만 엔의 와인이라면 분명히 맛있을 거라고 생각한 것이다.

"하지만 페트뤼스는 어디까지나 페트뤼스입니다."

쓰지 시즈오는 자신의 말이 조금 지나쳤다고 반성하면서 그렇게 말했다. "앙드레 말로도 페트뤼스를 엄청 좋아했던 모양입니다. 하지만 좋은 해에 나온 페트뤼스는 비싸서 손이 나가지를 않기 때문에, 항상 안 좋은 해의 페트뤼스를 골라서 마셨다고 하니까요."

"와, 그 말로가요?"

신조 후미타카가 말했다.

"예, 파리의 라세르라는 레스토랑의 주인이 그렇게 말했습니다."

"그 자부심 강한 말로에게 그런 면모가 있었나요?"

"따라서 페트뤼스는 안 좋은 해의 것이라도 나름대로 마실 수 있다고 봐야죠."

"흐음. 그 말로가요. 인간적인 재미있는 이야기군요."

노교수만이 몹시 감탄을 하고, 당사자인 마치다 슈이치는 그랑 제셰조를 입에 머금은 채 생각에 잠겨 있었다. 이번에는 그랑 제셰조 얘기를 누구에게 해줄까를 생각하지 않으면 안 되었기 때문이다.

고기 접시가 나가고, 서비스 담당이 테이블 위의 빵 부스러기를 치우기 시작하자, 손님 중에서 가장 나이가 어린 기리야마 타쓰오의 부인이 테이블 여기저기에 놓인 악기를 들고 있는 은제 인형들을 쳐다보며 말했다.

"아주 귀여운 인형들이기는 한데, 이것은 무슨 의미가 있나요?"

"있습니다"

하고 쓰지 시즈오는 말했다. "프랑스 요리가 지금 같은 모습으로 한 가지씩 나오게 된 것은 19세기 후반부터이지요. 그때까지는 전부 한꺼번에 내왔습니다. 따라서 요리를 수북이 담는다거나 그릇 수 같은 게 중요시되어, 손님의 수가 적을 때나 경제적으로 접대하려고 할 때는, 밸런스를 맞추기 위해 장식 접시 위에 꽃을 장식하거나, 이런 인형을 놓거나 해서 그릇 수를 맞추었던 겁니다. 특히 그릇 수는 테이블 위에 좌우 대칭이 되게 놓지 않으면 안 된다는 규칙이 있었으니까요. 그 흔적이라고 할 수 있지요."

"그럼, 나폴레옹도 그런 옛날식 방법으로 먹었겠군요?"

신조 후미타카가 말했다.

"예, 그렇습니다."

"아마, 맛이 없었을 것 같은데요."

"예, 아마도 그랬을 겁니다. 처음에는 음식이 따뜻해도 금방 차가워 버렸을 테니까요."

"어떻게 해서 지금 같은 형태로 변한 건가요?"

"요리를 한 가지씩 낸다고 하는 것은 러시아식 서비스입니다. 러시아 궁정에 고용되어 간 프랑스인 요리사들이, 차츰 그것을 흉내 내게 되었던 겁니다. 1880년대 위르뱅 뒤부아라고 하는 요리사가 러시아에서 프랑스로 돌아와 그 형태를 퍼뜨렸다고 합니다만."

"그렇군요."

신조 후미타카는 감탄한 듯이 말했다. "하지만, 저는 프랑스와 관계된 문헌을 꽤 읽었다고 생각합니다만, 그러한 사실은 어떤 책에서도 못 보았는데요. 알렉상드르 뒤마의 『요리 대사전』에도 그런 사실은 안 적혀 있지 않나요?"

"예, 거기에는 없습니다."

"요리사史도 공부를 하셨나 보군요."

"아주 약간입니다."

"아니요, 대단합니다"

하고 신조 후미타카는 말했다. "문헌도 꽤 갖고 계시겠군요?"

"그 정도는 아닙니다."

쓰지 시즈오는 그렇게 말했지만, 실제로는 18세기부터 19세기에 걸친 요리책을 중심으로, 3천 권이 넘는 프랑스 요리 관련 책을 갖고 있었다. 그것은 세계적으로도 손꼽히는 컬렉션이었다.

"기회가 있으면, 다음번에는 그쪽 방면도 봤으면 좋겠군요"

하고 신조 후미타카는 말했다.

"언제라도 환영입니다"

하고 쓰지 시즈오는 말했다.

서비스 담당이 샴페인 글래스에 샴페인을 따랐다. 그것을 신호로 최초의 디저트가 손님들 한 사람 한 사람 앞으로 날라졌다.

"바닐라 맛의 아몬드유乳젤리 모음과 무화과 콩포트*입니다"

하고 쓰지 시즈오는 말했다.

그의 접시에는, 다른 손님들의 반 정도 분량밖에 담겨 있지 않았다.

부야베스도 고기도 그랬다. 그는 불만이었지만, 아내 아키코가 요리사와 파티셰한테 지시해 줄곧 그렇게 해왔던 것이다. 간을 생각하면, 어쩔 수가 없었다. 너무나도 맛있었기 때문에, 그는 양쪽 덩어리 모두를 한입에 먹어 버렸다. 달콤함이 능란한 솜씨로 억제되어, 뭐라 말로 표현하기 어려운 기품 있는 맛으로 마무리되어 있었다.

다른 열한 명은 좀 더 시간을 들여 먹었다. 그리고 완전히 깨끗하게 비워 버린 뒤, 노교수의 부인이 뭐라 말해야 할지 모르겠다는 웃는 얼굴로 말했다.

"이렇게 맛있는 걸 대접받고 보니, 더 이상 제과점의 것들은 먹고 싶은 생각이 안 드네요. 이걸 어쩌죠?"

"자네는 어때?"

노교수가 나가이 테쓰야한테 말했다. "자네는 시도 때도 없이 여기에서 이런 걸 먹지 않아?"

"그래서 난 제과점 케이크는 안 먹어"

하고 나가이 테쓰야는 말했다. 마치다 슈이치 부인이 치즈 케이크를 어딘가에서 사왔다는 걸 떠올린 것은 그 말이 나오고 나서였다. 그녀는 뾰로통해져 버렸다.

나가이 테쓰야 이외의 손님들은, 그것으로 디너가 전부 끝났다고 생각했다. 그들은 글라스에 남은 샴페인을 마시고, 마지막으로 커피가 나오기를 기다렸다. 이제는 다들 배가 꽉 차서 커피조차 마실 수 있을지

---

* compote. 과일을 통째로 설탕 조림한 것. 디저트용으로 쓰이며 예전에는 높은 굽이 달린 그릇에 담았으므로, 그 그릇도 콩포트라 한다.

어떨지 걱정하고 있었다. 그래서, 이어서 다섯 종류의 케이크를 내왔을 때, 오오 하고 전원이 동시에 놀람의 소리를 냈다. 커다란 은쟁반에 실린 제각각의 케이크를, 쓰지 시즈오는 하나씩 설명했다.

"이것은 마르티프루이martifruit라고 하는데 과일 케이크입니다. 이건 레몬맛의 홍차 가토gâteau. 이쪽은 복숭아 무스mousse고, 이건 초콜릿 타르트tart. 그리고 이것은 피티비에Pithiviers라고 하는데, 아몬드크림이 들어간 파이입니다. 자, 드셔 보시죠."

"아까 먹은 디저트는, 그건 디저트가 아니었나요?"

기리야마 타쓰오가 믿을 수 없다는 얼굴로 말했다.

"아니, 디저트입니다. 이 케이크를 먹기 위해 위를 준비시키는 거죠. 프랑스인이라면 치즈 덩어리를 서너 개 먹겠지만, 나는 이렇게 하고 있습니다"

하고 쓰지 시즈오는 말했다. "괜찮습니다. 요리와 케이크는 들어가는 곳이 다르니까요."

그들이 케이크를 먹고, 다시 바닐라와 라스베리 아이스크림이 나오고, 에스프레소를 다 마시고 났을 때는 아홉 시 반이 지나 있었다. 아무도 그렇게 시간이 흘렀다는 것도 깨닫지 못하고서, 만족스러운 기쁨으로 얼굴을 방긋거리며 행복감에 젖어 있었다. 디저트로 나온 달콤한 과자가 그것을 한층 더 완벽한 것으로 만든 것은 명백해서, 치즈 케이크를 가지고 온 것을 부끄럽게 생각하고 있던 마치다 슈이치의 부인조차 그것을 잊고 빙긋빙긋 웃고 있었다.

쓰지 시즈오는 마지막으로 여섯 명의 요리사와 세 명의 파티셰를 주방에서 불러, 모두한테 소개했다. 주인 부부와 불과 열 명의 손님을 위해 그 많은 사람들이 일했다는 것을 처음으로 알고 손님들은 놀랐다. 서비스 담당 다섯 명을 합하면 열네 명이었다. 그러고서 그들은, 쓰지 시즈오가 셰프를 맡은 히타카 사부로의 요리 강평을 하는 것을 들었다. 강평은 반드시 그 자리에서 한다, 그걸로 디너를 정리한다는 게 쓰지 시즈오의 변함없는 방침이었다. 나중이 되면, 서로 간에 요리의 인상이 희미해지기 때문이었다. 그는 말했다.

"오늘의 부야베스는 맛은 있었지만, 약간 진한 것 같더군. 어째서일까 계속 생각해 봤지만, 잠깐만. 그거군, 대합이 두세 개 더 들어간 거 아닌가?"

"그렇습니다"

하고 히타카 사부로는 말했다.

"그걸로 알겠군. 원인은 그거야. 대합은 맛이 잘 우러나기 때문에 맛을 내려고 하다가 그만 필요한 양보다 더 넣고 싶어진 거지. 앞으로는 주의하게."

"알겠습니다."

"나머지 요리는 백 점이야."

"감사합니다."

히타카 사부로의 얼굴에 겨우 휴 하는 표정이 퍼졌다. 겨드랑이 밑에서는 식은땀이 흐르고 있었다.

"그럼, 이제 가도 좋아."

그들이 주방으로 사라지자, 쓰지 시즈오는 다시 한 번 손님들에게 미소를 보였다.

"엄격하군요"

하고 신조 후미타카가 감탄스럽다는 듯이 말했다.

"저 정도로도 어디에다 내놓아도 부끄럽지 않을 맛입니다. 하지만 구십 점의 맛으로 괜찮다고 말하게 되면, 칠십 점의 맛으로 떨어지는 건 금방이니까요"

하고 쓰지 시즈오는 말했다. "그럼, 자리를 옮기시죠."

그들이 살롱에서 응접실로 자리를 옮기자, 코냑이 나왔다. 1893년산 A. E. 도르 레제르브 넘버 원D'or Reserve No. 1이었다.

"쓰지 씨는 안 마십니까?"

글래스를 들고 있지 않은 쓰지 시즈오를 보고 신조 후미타카가 물었다.

"예. 저는 와인은 마시지만, 원래 체질적으로 술이 약합니다."

"아깝군요. 아나톨 프랑스* 시대의 코냑인데요."

"어쩔 수가 없습니다"

하고 쓰지 시즈오는 웃었다. 그는 프랑스 문학 전공의 노교수가 아나톨 프랑스의 소설을 떠올리면서 코냑을 마셔 주는 것만으로 충분했다. 그리고 나서 하라노 켄이 쓰지 씨 하고 말을 걸어 돌아다보았다. 그는 몸을 의자 깊숙이 묻고서, 담배를 피우며 말했다.

"한 가지 부탁이 있습니다만. 난 이번에, 내가 전에 부임했던 나라의 주일 대사를 집에 초대해 파티를 열지 않으면 안 되는데, 오늘의 요리사들을 전부 빌려 주시지 않겠습니까?"

---

* Anatole France. 1921년 노벨문학상을 수상한 프랑스의 작가.

쓰지 시즈오는, 순간, 무슨 말로 거절해야 좋을지 말이 떠오르지를 않았다. 그런 무례한 말을 들을 줄은 생각도 못했기 때문이었다. 지금까지도 그러한 용건을 간접적으로 넌지시 비춰 온 사람들은 있었지만, 이 정도까지 노골적으로 말을 꺼낸 사람은 처음이었다. 쓰지 시즈오는, 냉정해지자고 자신을 타이른 뒤에, 잠시 있다가 될 수 있는 한 차분하게 말했다.

"그 요리사들은 저래 봬도 전부 우리 학교의 교수들이고, 출장 요리를 하는 요리사가 아닙니다."

"돈은 드리겠습니다."

"아니, 돈 문제가 아닙니다."

"그렇게 아까워하지 않으셔도 되는 거 아닙니까? 대사관의 요리사로 전에도 한 사람을 쓰게 해주셨었죠?"

"그것과 이건 별개입니다."

"그럼 두 배를 지불하죠. 대체, 얼마나 내야 되는 겁니까?"

쓰지 시즈오는, 분노가 폭발하려는 것을 간신히 참았다. 재료비하고 열네 명의 인건비를 단순히 계산하더라도 얼마나 드는지를 가르쳐 줄까 하고 생각했다. 정말로 맛있는 요리를 만들려고 한다면 얼마나 돈이 드는가. 프랑스에서 공수한 생푸아그라는 얼마인가. 최고의 이세새우라고 하는 게 얼마인가. 통조림에 든 푸아그라나 보리새우로는, 그만큼의 요리밖에 만들지 못하는 것이다. 단지 요리사를 데려가는 것만으로 뭘 하겠다는 것인가. 또 자전거로 근처의 정육점이나 생선 가게에 재료를 사러 보낸다는 것인가. 당치도 않다고 생각했다.

그때 신조 후미타카가 글래스에 남은 코냑을 단숨에 비우고 나가이 테쓰야한테 말했다.

"어이, 슬슬 돌아갈까?"

"그래야겠지"

하고 나가이 테쓰야도 말했다.

그들 두 쌍의 부부가 일어서자, 남은 세 쌍도 줄줄이 일어섰다.

"죄송합니다만, 요리사가 필요하다면 다른 데서 알아보십시오."

일어선 하라노 켄한테 쓰지 시즈오는 말했다.

"처음부터 빌려 주지 않을 거라고 생각했어요. 신경 쓸 거 없습니다."

하라노 켄은 자신의 희망이 받아들여지지 않았다는 사실을 스스로 인정하고 싶지 않았기 때문에 그렇게 말했다. 그러고는 웃으면서 출구 쪽으로 가버렸다. 최악의 작자라고 쓰지 시즈오는 생각했다.

그러나 그와 아내 아키코는, 응접실 출구에서 그들 전원과 정중하게 작별인사를 나누고, 밖에 나와 정중하게 배웅을 했다. 나가이 테쓰야가 쓰지 시즈오만 알 수 있도록 할 말이 없다는 얼굴을 했지만, 쓰지 시즈오는 웃으면서 고개를 가로 저었다. 그러고서 나가이 테쓰야는 쓰지 시즈오의 뒤에 늘어서서 손님들을 배웅하는 쓰지 조리사 전문학교의 열 네 명의 교원들에게, 정말 고맙다고 말했다. 디너가 끝났다.

7

쓰지 시즈오는, 그날 밤 무엇 때문이었는지 밤중에 잠이 깼다. 침대 램프를 켜보니 새벽 세 시로, 옆 침대에서는 아내인 아키코가 새근새근 자고 있었다. 그는 침대 탁자 위에 놓인 『1848년부터 1945년까지의 프랑스』를 읽으려고 손을 뻗으려다가 그만두었다. 아무래도 그럴 기분이 아니었다. 그는 조용히 침대에서 일어나 가운을 걸치고, 응접실 쪽으로 갔다. 이럴 때 그가 하는 것은 정해져 있었다. 혼자서 바흐를 듣는 것이다.

그는 컬렉션 중에서 무반주 바이올린 제2번 파르티타를 꺼냈다. 그는 무반주 바이올린 파르티타를 특별히 좋아해서 그것만 스물세 종류의 레코드를 갖고 있었는데, 꺼낸 것은 예후디 메뉴힌이 연주한 것이었다. 제2차 세계대전 전 젊었을 때의 메뉴힌이 런던에서 녹음한 것으로, 요즘 들어서는 모노로 녹음된 레코드가 더 마음에 와닿았다.

그는 레코드를 걸고, 부드러운 빛을 던지는 알로하 스탠드를 한 개만 켜고, 응접실의 슬리핑 체어에 누웠다. 다른 의자들과 함께 독일의 바를링크스라고 하는 가구 회사에서 주문해 구매한 것으로, 거기에 누우면 마음이 무척 편안해졌다. 탄노이Tannoy 스피커에서 메뉴힌의 바이올린 소리가 들려왔다. 모노 녹음이었지만 멋진 소리였다.

쓰지 시즈오는, 요즘 연주자들이 몸을 구부정하게 하고서 온갖 교태를 다 부리며 소리를 내는 방식에 진절머리를 내고 있었지만, 이 레코드의 메뉴힌에는 그러한 구석이 전혀 없었다. 그는 반대로, 일체의 것을 거절하고, 그저 단순하게 바이올린이 내는 소리만을 들려주고 있었다. 마치 파르티타라고 하는 곡 자체까지도 받아들이는 것을 거절하고, 경멸하고 있는 게 아닌가 하는 생각이 들었다. 쓰지 시즈오는 거기에서 메뉴힌의 초연하고 맑은 고독을 느꼈다. 그리고 그의 고독이 모든 것을 거부하고, 음악까지 압도하고 있는 거라고 생각했다.

쓰지 시즈오는 눈을 감고, 그 소리에 몸을 맡겼다. 이윽고 메뉴힌에 이끌려 고독감이 깊어지고, 그 가락과 함께 고독감이 자신의 마음속에서도 순수하게 맑아져 가는 것을 느꼈다. 레코드는 계속 돌아, 제2번 파르티타의 마지막 곡, 샤콘이 들려왔다.

'아, 멋지다'

하고 쓰지 시즈오는 생각했다. 그리고, 그것을 연주했을 무렵의 메뉴힌처럼, 자신도 일체의 것을 거절하고, 일체의 것을 경멸하면서 살 수 있었으면 얼마나 좋았을까 하는 생각이 들기 시작했다.

이와 같은 깊은 고독감이 그를 덮치기 시작한 것은 몇 년 전부터였다. 그의 학교는 잘 굴러가고 있었다. 조리사 학교는 일본 전체에 2백 개가 있고, 거기서는 매년 2만 명 이상의 젊은이들이 전문 요리사가 되기 위해 공부하고 있었는데, 그중에 2천2백 명은 그의 학교 학생들이 차지하고 있었고, 계열 학교인 호텔 스쿨이나 제과 학교를 포함하면, 그의 학교 전체에서 4천4백 명의 학생이 공부를 하고 있었다. 또 1년 뒤에는 도쿄에도 진출하는 게 정해져서, 도쿄 학교가 문을 열면 학생은 더 늘어 5천 명에 달할 전망이었다. 1960년에 출발했을 때의 학생 수는 불과 108명이었는데, 지금의 그는 일본 최대의 조리사 학교 교장이었다.

'하지만, 그게 뭐 대단하다는 것인가.'

그의 꿈은, 아침에 눈을 뜨면 우선 바흐의 파르티타나 잉글리시 조곡組曲을 피아노로 편안하게 치면서, 아, 오늘도 기분이 상쾌하다고 생각할 수 있는 생활을 하는 거였다. 하지만 그는 피아노만 대단한 걸 갖고 있었지, 잘 칠 수 있는 건 없었다.

또 그는, 미식을 통해 인생의 진실을 꿰뚫을 수 있는 유연悠然한 식탁에 대한 에세이를 써보고 싶었다. 예를 들어, 빈에 사는 친구였던 요제프 벡스베르크가 쓴 『The Best things in life』 같은. 그는 쓰지 시즈오가 아는 사람 중에서 최고의 교양을 지닌 에피큐리언으로, 그 책 속에는 그의 교양과 미식과 친구, 그리고 인생의 모든 추억이 빽빽이 담겨 있었다. 쓰지 시즈오는, 지금까지 수십 권의 책을 써왔지만, 그러한 책은 한 권도 쓰지 못했다. 책을 쓴다면 학교의 선전이 된다고 생각해, 많은 책은 그것만을 위해 써왔기 때문이었다.

쓰지 시즈오의 꿈은 다른 데도 있었다. 『1848년부터 1945년까지의 프랑스』처럼 사전 없이는 읽을 수 없는 난해한 책을 사전 없이 술술 읽을 수 있게 되는 것도 그중 한 가지였다. 그럴 수만 있다면 얼마나 멋질까 하고 생각했다. 분명히 영국인이나 프랑스인과 대화하는 게 훨씬 더 즐거워질 것이다.

그런 모든 것이 그는 불만이었다. 그리고 그는, 그런 희망 어느 것 한 가지도 실현하지 못하고, 불만만 가득 안은 채 죽어 갈 것이라고 생각하고 있었다. 그는 전쟁 중, 부친의 시골인 아키다 현으로 집단 소개疏開되었지만, 그곳 학교에서 따돌림을 당하고, 숙제를 안 해 복도에 서 있어야 했던 건 항상 그였다. 농가의 일을 도우러 가면 감자를 얻을 수 있었지만, 그럴 때도 언제나 그의 손에는 가장 작은 감자들이 들려 있었다. 지금도 그것은 조금도 변하지 않았다. 조리사 학교를 설립해, 그것을 일본 최대의 학교로 만들고, 훌륭한 요리를 만드는 요리사를 많이 키워냈지만, 하는 일이라는 게 그렇게 만든 최고의 요리를 그 하라노 켄 같은 인간한테 대접하는 것이었다.

아니, 그런 것은 문제가 아니다. 그는 머리를 비우고서 다시 한 번 생각했다. 그런 것들은 전부 어떻게 되든 상관없다. 진짜 문제는, 젊었을 때의 메뉴힌처럼, 일체의 것을 거절하고, 일체의 것을 경멸하고 초연히 살 수 없다는 것이다. 그것이 가능하다면, 모든 문제가 간단히 해결될 것이다.

"뭐 하고 있어요?"

그때, 아내인 아키코의 목소리가 들렸다. 의자에서 머리를 드니, 그녀가 응접실 입구에 서 있었다.

"바흐를 듣고 있었어"

하고 쓰지 시즈오는 말했지만, 음악은 벌써 끝나고, 메뉴힌의 바이올린은 더 이상 울지 않고 있었다. 아키코가 오디오 있는 데로 가서 스위치를 껐다. 그리고서 그녀는 남편 옆으로 가, 다른 의자에 앉았다.

"그런 대사의 일은 잊어버려요"

하고 그녀는 말했다. "당신이 지금까지 열심히 요리 공부를 해오고서, 그 결과가 그런 사람한테 음식을 대접하는 거라는 건 나도 분하지만 어쩔 수 없는 일이잖아요. 항상 그런 사람만 있는 건 아니니까요."

"알고 있어."

"신조 선생님은 멋진 분이었어요."

"그런 손님들만 있으면 즐겁겠지."

"한번, 나가이 씨하고 신조 선생님을 좀 더 유쾌한 멤버가 모였을 때 모셔야겠어요."

"그러지. 나가이 씨는 바늘방석 위에 앉아 있는 것 같았을 거야."

"정말로 보기 안쓰러웠어요."

"하지만, 그것도 나가이 씨의 일의 일부야. 어쩔 수 없지."

"같은 대장성의 국장이라도 이치노세 씨 같은 사람은 반듯했는데 말이에요."

"외무성도 마찬가지야. 그런 지독한 작자는 내가 알고 있는 대사 중에는 한 사람도 없어."

"당신 잘 참으셨어요."

"하지만 신조 선생이 돌아가겠다고 말해 주지 않았다면, 어떤 일이 벌어졌을지 모르지."

"커피라도 타 드려요?"

"아냐, 페리에Perrier가 좋겠어."

아키코가 일어나서 주방에서 차가운 페리에 한 병과 텀블러를 갖고 왔다. 쓰지 시즈오는 슬리핑 체어에서 일어나, 탄산이 들어간 그 매끈매끈한 물을 마셨다. 차가운 게 무척 기분 좋게 느껴졌다.

"기분이 어때요?"

아키코가 물었다.

"바흐를 들으면서, 정말로 무슨 생각을 하고 있었어요?"

"대단한 거 아니야."

"또 그 일?"

"그래."

"그 일에 대해 생각하는 건 그만둬요. 부탁이니까."

"하지만 사실이잖아. 자신을 속일 수는 없는 거야. 내 인생은 아무것도 이루지 못한 채로 끝날 거야."

"아, 바보. 그런 연극 대사 같은 얘기를 해도 누가 믿어 줄 거 같아요?"

아키코는 말했다. "당신은 성공했어요. 학교는 잘 운영되고 있고, 뭐든 좋아하는 걸 할 수 있고, 다른 사람이 못 가는 곳에도 가고, 맛있는 것도 원하기만 하면 먹을 수 있잖아요. 당신처럼 행복한 사람은 없어요. 보통 사람이라면 기뻐서 어쩔 줄을 모를 거예요. 어째서 성공한 쪽에 대해서는 생각하지 않아요?"

"난 조금도 성공했다고 생각하지 않아."

"런던의 길모퉁이에서 신형 재규어를 보고, 이걸 갖고 싶다고 말하고 금방 사갖고 올 수 있는 사람이 얼마나 있다고 생각해요?"

"그런 건, 나의 본질과는 전혀 관계가 없는 거야."

"당신은 정말 곤란한 사람이에요."

아키코는 말했다. "당신이 생각하는 건, 왕이 자신은 양치기가 아니라는 걸 슬퍼하는 것과 같은 거예요. 부탁이니까 다른 사람들한테는 그런 말 하지 말아요. 비웃음만 살 테니까."

"어째서 당신은 나의 기분을 진지하게 이해해 주려고 하지 않는 거야?"

쓰지 시즈오는 말했다.

"그렇지만 바보 같은 말을 하고 있잖아요. 그런 생각은 십 년 뒤에 해요."

아키코는 말했다.

"십 년이나 살 수 있을까?"

"살 수 있어요. 이십 년도 삼십 년도."

"몇 년을 살든 마찬가지야. 결국 나는 아무것도 이루지 못하고 죽어갈 테니까."

"나, 당신한테 그런 기분이 들게 한 그 대사가 미워요."

"그자는 관계없어."

"아니에요, 내 말이 맞아요. 당신은 기분이 안 좋아지면, 생각이 항상 그쪽으로 가요. 그 대사 때문이에요."

"아니, 정말로 누구의 탓도 아니야. 나 자신의 기분 문제지."

"좋아요, 알았어요. 그런 식으로 언제까지고 얘기한다면, 나, 당신 얘기는 안 듣겠어요."

쓰지 시즈오는 약간 뾰로통해진 아키코의 얼굴을 보고, 그러고는 웃었다. 그는 그녀의 그런 점이 좋았다. 결혼하던 스무 살 때와 조금도 변하지 않았다고 생각했다. 두 사람이 만났을 때, 쓰지 시즈오는 신문 기자였고, 그녀는 오사카의 요리 학교 경영자의 외동딸이었다. 그리고 두 사람은 만난 지 3개월 만에 약혼하고, 6개월 만에 결혼한 것이다. 지금 두 사람에게는 딸과 아들이 있었는데, 딸은 번역가가 되었고, 아들은 뉴욕에서 미국의 투자 신탁 회사 직원으로 있었다.

두 사람은 곧 침실로 가, 각자의 침대에 누웠다. 쓰지 시즈오는 바로 잠이 들었지만, 아키코는 잠이 오지 않았다. 그녀는 요즘 들어 뭔 일이 있기만 하면 지금의 자신한테 불만이라고 말하는 남편에 대해 생각하고 있었다.

그녀로서는 남편이 어째서 현재 상황에 만족하지 않는지 이해할 수가 없었다. 그는 정말로 성공한 것이다. 학교를 일본 최대의 학교로 만들었을 뿐 아니라, 특히 프랑스 요리 분야에서는, 일본의 유명한 셰프들 모임인 에스코피에 협회의 최고 고문으로서 존경받고 있었고, 프랑스 정부로부터 프랑스 요리를 일본에 보급한 공적으로 여러 개의 훈장도 서훈받았다. 친구도 세계 곳곳에 있었다. 런던에 가도, 파리에 가도, 뉴욕에 가도, 그는 심심할 일이 없었다. 대체 뭐가 불만일까. 그녀 아버지의 설득으로 신문 기자를 그만두고, 요리사 학교의 경영자가 된 것 자체를 후회하고 있는 걸까. 그래서 언젠가, 모조리 다 던져 버릴 생각인가.

　그녀는 불안했다. 만약 그가 그렇게 결심했다면, 그때는 그녀가 어떻게 설득한다고 해도 듣지 않을 것이다. 그에게는 예전부터 그런 식으로 간단하게 필사적이 되려 하는 구석이 있었고, 그렇게 되면 그녀로서도 더 이상 어찌 할 도리가 없었다.

　그녀는 침실의 어둠 속에서 가만히 눈을 감고서 불안을 견디고 있었다. 마음이 진정되지 않았다. 다른 일을 생각하지 않으면 잠을 못 잘 거라고 생각해, 두 사람이 젊었을 때의 일을 떠올리려 했다. 이윽고 그녀는 아무것도 모르는 채 둘이서 프랑스에 가, 렌터카로 폭스바겐을 빌려 프랑스 전국의 레스토랑을 하루도 빠짐없이 먹으러 돌아다니던 무렵의 일을 떠올렸다. 리옹의 론 강 부근을 걸으며, 푸아그라나 트뤼프를 처음으로 먹었을 무렵이었다. 그러자 겨우 기분이 편안해졌다. 그때 두 사람은 천둥벌거숭이와 다름없었지만, 모든 게 생기발랄했었다고 그녀는 생각했다. 그러고서 그녀는 겨우 잠에 떨어졌다.

제2부

1

쓰지 시즈오가 먹는다는 것에 처음으로 흥미를 느낀 것은, 와세다 대학 제2문학부 불문과 4학년 때였다. 1956년의 일이었다.

그는 그다지 공부를 열심히 하는 학생은 아니었다. 프랑스어나 러시아어, 거기에 프랑스 문학사 등의 수업은 적극적으로 출석했지만, 그 외의 수업 때는 학교에 가지 않고 집에서 소설이나 철학책을 읽었다. 읽을 책이 없으면, 부친의 가게에서 돈을 들고 가 신주쿠의 기노쿠니야 서점으로 갔다. 그의 부친은 도쿄의 혼고에서 마쓰야라는 평판이 높은 전통과자 가게를 운영하고 있었다.

기노쿠니야에서 새로 나온 책을 산 뒤에는, 바로 옆에 있는 에센이라는 레스토랑에 들르는 게 일과였다. 에센이라는 말은 독일어로 먹는다고 하는 의미였지만, 소위 서양 요리 레스토랑이었다. 물론 독일 요리도 있었고, 그는 거기에서 돈카쓰나 양고기 스튜 같은 것 외에, 사우어크라우트 소시지 곁들임 같은 요리도 먹은 적이 있었다. 식초에 절여 데친 양배추에 소시지를 곁들인 요리였는데, 그가 진짜 사우어크라우트라는 게 양배추를 소금에 절여 발효시킨 거라는 사실을 안 것은 한참 뒤의 일이었다. 하지만 그때 그걸 알았다고 하더라도, 가짜라고 화를 내지 않았을 게 틀림없다. 그 무렵 도쿄에서 가장 유명한 프랑스 요리 레스토랑에서는 쇼프루아chaud-frois 소스를 만들 때 트뤼프의 대용으로 녹미채를 젤라틴으로 굳힌 것을 사용하고 있었고, 요코하마의 뉴 그랜드 호텔 출신의 어느 유명한 셰프는 그의 요리책에서 페리괴 소스*에는 검은 올리브를 썰어 넣으면 트뤼프를 대신할 수 있다고 권장하던 시절이었다. 온갖 것이 가짜였던 것이다.

하지만 에센은, 거리의 레스토랑치고는 고급 레스토랑이었다. 카운터에 테이블이 세 개 정도밖에 없는 작은 가게였지만, 라면 한 그릇을 40엔에 먹을 수 있던 시절에, 한 접시의 요리 가격이 250엔이나 했던 것이다.

어느 날, 쓰지 시즈오가 그 에센에 가서 메뉴판을 보고 있는데, 카운터 안에서 나이가 지긋한 요리사가 말했다.

---

* sauce Périgueux. 퐁 드 보에 마데라주를 넣어 만든 마데르 소스에 트뤼프를 잘게 썰어 넣은 것.

"손님은 메뉴의 요리를 전부 먹어 보지 않았나요?"

쓰지 시즈오는 놀라서 그 요리사의 얼굴을 봤다. 그의 말대로였기 때문이다. 그는 올 때마다 다른 요리를 주문해, 메뉴의 요리는 전부 다 먹어 본 것이었다.

"어떻습니까. 오늘은 메뉴와는 약간 다른 것을 먹어 보지 않겠습니까?"

요리사는 말했다.

쓰지 시즈오는 고개를 끄덕였고, 뭐가 나올까 하고 기다리고 있자니 오믈렛처럼 보이는 요리가 나왔다. 얇게 편 돼지고기에 계란을 입히고 버터로 살짝 구워, 그 위에 케첩을 얹은 요리였다. 요리의 이름이 뭐냐고 묻자, 요리사는 말했다.

"슈바인 마일란트 아르트라고 하는 겁니다. 어떻습니까?"

"굉장히 맛있군요"

하고 쓰지 시즈오는 말했다. 정말로, 어디가 어떻게 다른 건지는 모르겠지만, 그때까지 먹었던 메뉴의 요리와는 현격히 맛이 달랐다. 똑같은 요리사가 만들었는데 신기한 일이라고 생각했다.

집에 돌아와 독일어 사전에서 찾아보니 슈바인은 돼지고기, 마일란트는 이탈리아의 밀라노, 아르트는 아트라는 걸 알았다. 밀라노풍 돼지고기 요리라고 할 수 있었다.

그 뒤로 나이 먹은 요리사는, 쓰지 시즈오가 갈 때마다 메뉴에는 없는 요리를 만들어 주게 되었다. 그리고 어떤 요리가 나오든 메뉴의 요리보다 맛있었다.

쓰지 시즈오는 어째서 요리사가 자기한테 그런 요리들을 만들어 주

느지 전혀 이유를 알 수 없었다. 다른 손님들의 접시를 봐도, 누구 한 사람 특별 요리를 먹고 있는 사람은 없었다. 어느덧 그는 그 사실이 자랑스러워졌다. 왜 그런지는 알 수 없지만, 자신만이 특별 취급을 받고 있다는 건 기분 좋은 일이었다.

에셴의 나이 먹은 요리사가 카솔레트cassolette라고 하는 요리를 만들어 준 것은, 그 뒤로 많은 시간이 지나 쓰지 시즈오가 대학을 졸업할 무렵이었다. 반 근짜리 식빵을 속을 도려낸 뒤, 기름에 황금색으로 튀기고, 그 속에다 새우 그라탱을 넣고 오븐에서 살짝 구워 낸 것이었다. 쓰지 시즈오가 그 뜨거운 요리를 혀를 데어 가면서 다 먹고 나자, 나이 먹은 요리사가 말했다.

"지금 먹은 게 마지막 요리입니다, 손님. 내가 만들 수 있는 요리는 이걸로 전부입니다."

쓰지 시즈오는 요리사의 얼굴을 봤다. 요리사는 웃고 있었지만, 그 얼굴은 만족스러운 것처럼도 쓸쓸한 것처럼도 보였다.

"왜 이렇게 여러 가지 요리를 저한테 만들어 주신 거죠?"

"글쎄요."

요리사는 말했다. "틀림없이 손님이 나한테 그렇게 하고 싶은 마음이 들게 했겠지요. 아무한테나 이런 일을 하는 건 아니니까요. 손님한테는, 그런 면이 있습니다. 아직 젊은데도, 보기 드문 모습이지요."

"고마웠습니다. 그동안 정말로 즐거웠습니다"

하고 쓰지 시즈오는 말했다.

이 경험은 쓰지 시즈오의 마음에 강한 인상을 남겼다. 그러나 그때는 심각하게 생각하지 않고, 그저 그런 일이 있었다는 사실만 기억의 서랍 깊숙한 곳에 넣어 버렸다. 먼 훗날 자신이 조리사 학교의 교장이 되고, 전 세계 곳곳의 레스토랑을 순례하며 요리 연구를 하게 되리라고는 꿈에도 생각지 못했기 때문이었다.

그는 대학을 졸업하고 신문 기자가 되었다.

2

쓰지 시즈오가 신문 기자로서 최초로 유명해진 것은, 한 정사情死 사건이 일어났을 때였다.

그날, 그는 오사카 텐노지 경찰서의 기자실에서 콜레트*의 소설을 읽고 있었다. 1958년 4월 어느 일요일의 일로, 무척 따분한 하루였다.

그걸 미리 알고 있었는지, 다른 신문사 기자들은 아침부터 누구 한 사람 기자실에 얼굴을 보이지 않았다. 하기는, 쓰지 시즈오로서는 무척 환영할 만한 일이었다. 그가 오사카 요미우리신문의 사회부 기자가 된 것은 1년 전 4월로, 이 경찰서 관내의 기자실에서는 그가 가장 신참 기자였기 때문이다. 그는 지금 기자실의 낡은 낮잠용 소파에 누워 있었는데, 만약 누군가 다른 기자가 있었더라면 그런 자세로 있지는 못했을 것이다.

그는 콜레트의 소설을 읽으면서, 이런 날에는 뭔가 사건이 터져 주

---

* Sidonie Gabrielle Colette(1873~1954). 프랑스의 소설가. 자유분방한 상상력을 구사하여, 미묘한 남녀의 애욕을 묘사하는 심리 소설로 유명하다.

면 좋을 텐데 하고 제 편한 대로 생각하고 있었다. 그는 신문 기자가 되고 나서 아직 한 번도 제대로 된 특종 한 번 잡지 못했다. 항상 누군가한테 물을 먹었다. 그중에서도 아사히신문의 기자한테는 번번이 당하고 있었다. 그 남자는 슈트의 앞주머니에 흰 비단 손수건을 꽂고, 아무 일도 없을 때에는 기자실에서 릴케의 시집을 읽는 남자였지만, 사건이 일어났다 하면 순식간에 모습을 감춰, 취재 현장에 제일 먼저 도착하는 것이었다. 쓰지 시즈오는 어떻게 그가 항상 그렇게 할 수 있는지, 얼마 동안은 신기한 마음을 금할 수가 없었다. 하지만, 얼마 안 있어 알게 되었다. 그는 아사히신문사 사기社旗를 꽂은 전세 승용차를 항상 자신을 위해 대기시켜 두고 있었다. 반면, 쓰지 시즈오는 전세 승용차 같은 것도 주어지지 않았을 뿐 아니라, 택시를 타는 것도 사전에 상사한테 전화를 해 허가를 받지 않으면 안 돼 그러는 사이에 늦어지게 되고 마는 것이었다. 분했지만 그로서는 방법이 없었다. 그는 오사카 요미우리에 입사하기 전에 아사히신문의 입사 시험도 봤지만, 보기 좋게 떨어지고 말았다. 그날은 그 남자도 없었다.

하지만 사건은 일어날 기미가 안 보였다. 회사로부터 전화도 없었다. 정말이지 고요한 일요일이었다.

세 시가 넘어 마이니치신문의 기자가 얼굴을 내밀었지만, 아무 일도 없다고 하자, 다시 어딘가로 가버렸다. 쓰지 시즈오는 콜레트의 소설을 읽고 있는 동안, 잠시 깜빡깜빡 졸았다. 졸음에서 깨자, 기자실 바깥의 복도에서 사람들이 소란스럽게 바삐 오가는 소리가 들려왔다. 사건 냄새가 났다. 그는 낡은 소파에서 몸을 일으켜 복도로 나가서 안면이 있는 형사를 붙잡았다. 형사는, 관할 바다에 시체가 두 구 떠올랐고, 정사 사건 같다고 말했다. 쓰지 시즈오는 두 사람의 이름과 주소를 물어 봤다. 형사는 처음에는 가르쳐 주기를 망설였지만, 집요하게 묻자 가르 쳐 주었다. 두 사람은 시립 제2병원의 의사와 간호사로, 둘 다 수첩을 지니고 있었다고 했다.

쓰지 시즈오는 기자실로 돌아가, 회사의 상사한테 전화로 보고했다.

상사는, 현장에는 다른 기자를 보낼 테니, 여자의 얼굴 사진을 구해 오라고 말했다. 쓰지 시즈오는 가슴이 뛰었다. 이건 그 이외의 기자는 아무도 모르는 사건이었다.

그는 경찰서를 뛰쳐나가, 전차를 탔다. 택시를 타도 괜찮았지만, 그는 가까운 데는 가능하면 택시를 타지 않기로 하고 있었다. 상사한테서 실비보다 불려서 택시비를 청구하라는 말을 듣는 게 싫었기 때문이다. 그는 상사한테서 처음 그런 말을 들었을 때는, 자신의 용돈이 늘어나 겠구나 하는 생각에 좋아했다. 그리고, 회사라는 걸 이렇게 이용하는 방법도 있구나 하고 생각했다. 그런데 그 실비 이상의 청구액은 자신한 테는 오지 않았다. 그 상사가 전부 가로챈 것이었다. 세상에는 참 대단 한 사람도 있구나 하고 생각했지만, 언제까지고 그런 식으로 이용당하 기는 싫었다.

형사가 알려 준 주소로 가보니, 거기는 야쿠오지藥王寺라는 절로, 아 무리 봐도 간호사가 살고 있던 곳으로는 보이지 않았다. 형사가 거짓 주소를 가르쳐 준 게 아닌가 하고 생각하며, 근처의 잡화점에 가서 가 게를 보는 사람한테 물었다. 그러자 그 사람은, 간호사의 이름과 주소 가 쓰인 종이를 보고, 저쪽 절 별채에 살고 있던 사람이라며 야쿠오 지를 가리켰다. 그는 절 안으로 들어가, 별채를 발견하고 그 문을 비집어 열었다. 불법 침입이었지만 별로 이렇다 할 느낌은 없었다. 그의 선배 기자들 중에는 한 연립주택에 불이 났을 때, 피해자의 이름을 재빨리 입수하기 위해 구청 담당으로 위장해 피해자한테는 구청으로부터 위로금이 나온다고 말하고, 피해자 전원을 일렬로 세우고 이름과 가족 구성을 쓰게 한 사람까지 있었다. 게다가 그 기자는 그 연립주택에서 아직 연기가 오르고 있는 동안 그것을 해치웠다. 침통한 얼굴로 장례식에 참석해, 틈을 봐서 제단의 얼굴 사진을 가지고 오는 일 등도 당연한 것으로 여겨지고 있었다. 쓰지 시즈오는 방 안 구석구석을 샅샅이 뒤져, 앨범 세 개를 찾았다. 그리고 그 외에는 사진이 없다는 것을 확인하고는, 앨범 세 개를 전부 가지고 나왔다.

'해냈다'

고 그는 생각했다. 이걸로 다른 신문사는 간호사의 얼굴 사진을 손에 넣지 못하게 된 것이다.

그는 의기양양하게 회사로 돌아갔다. 오사카 요미우리에만 얼굴 사진이 나가고, 다른 신문은 기사만 나가게 된 걸 기뻐하지 않을 사람은 없었다. 그는 특종을 잡은 것이다. 그런데 이층 사회부에 올라갔더니, 그를 본 사회부장이 갑자기 "이 바보"라고 호통을 쳤다. 쓰지 시즈오는 무슨 영문인지 몰라 세 개의 앨범을 손에 든 채 그 자리에 멈춰 섰고, 사회부장이 말했다.

"별채는 두 채란 말이야. 자네는 쌩쌩하게 살아 있는 여자의 별채로 들어가 집을 뒤지고 온 거야. 여자도 경찰도 노발대발하고 있어. 어떻게 할 작정이야, 이 멍청아."

쓰지 시즈오의 얼굴이 새파랗게 질렸고, 그러고는 말했다.

"사과하러 가겠습니다."

"바보. 자네가 가면 어떻게 되는지 알아? 누군가를 대신 보내야지. 앨범 이리 줘."

"드릴 말씀이 없습니다."

쓰지 시즈오는 세 개의 앨범을 사회부장에게 넘겼다. 자신의 자리로 가서 앉자, 택시 요금을 실비 이상으로 청구하게 한 상사가 빙긋빙긋 웃으며 말했다.

"착각하지 않았더라면 엄청난 거였는데, 안 그래?"

이 사건으로 그의 이름은 회사에서도 기자실에서도 경찰들 사이에서도, 순식간에 유명해졌다.

그로부터 일주일 정도 지난 어느 날의 일이었다. 평소처럼 관할 경찰서를 돌고 회사로 돌아오자, 데스크 한 사람이 말했다.

"자네 영어로 대화할 줄 안다며?"

"예, 약간요."

하고 쓰지 시즈오는 대답했다.

"그렇다면, 내일 미국 학생을 텐노지 캇포* 학교라는 곳에 데리고 갔다 오지 않겠나? 잘 모르겠지만, 일본의 요리 학교를 견학하고 싶다고 하는 것 같아. 학교 쪽에는 내가 말해 둘 테니까. 이것도 일미 우호를 위한 거니까."

쓰지 시즈오는 특별히 영어를 잘하는 건 아니었지만, 좋은 기분전환

---

* 割烹. 일본식 조리법. 일본식 식당 이름 위에 흔히 붙는다.

이 될 거라고 생각해 알겠다고 답했다. 그게 모든 것의 시작이었다. 그 학교에서 그는 대단한 여자와 만나게 된 것이다.

3

이튿날, 쓰지 시즈오는 교환학생으로 오사카의 고등학교에 왔다고 하는 미국인 여고생을 데리고, 텐노지 캇포 학교에 갔다. 그 학교는 텐노지 경찰서 바로 옆에 있어서 잘 알고 있었다. 미국인의 오사카 탐방이라는 짧은 기사를 쓰라는 명을 받았지만, 경찰서를 뺑뺑이 도는 것보다는 훨씬 쉬운 일이어서, 하루 휴가를 얻은 기분이었다.

두 사람은 교장실로 안내되었고, 거기에서 기다리고 있으려니까, 교장처럼 보이는 인물과 젊은 여자가 들어왔다. 비서까지 고용하고 있는 걸 보니 꽤 잘 나가는 요리 학교구나 하고 쓰지 시즈오는 생각했다. 남자는 예순가량으로, 양복의 단추가 금방이라도 뜯어지지 않을까 싶을 정도로 살이 쪘다.

"교장인 쓰지입니다"

하고 그는 말했다.

"저도 쓰지입니다."

두 사람은 교환한 명함에 제각기 눈을 주었다. 교장의 명함에는 쓰지 토쿠이치라고 쓰여 있었다.

"정말이군요"

하고 쓰지 토쿠이치는 명함으로부터 고개를 들며 웃었다. 쓰지 시즈오도 웃었다. 그런 뒤, 그는 미국인 교환학생을 소개했다. 쓰지 토쿠이 치는 옆에 있는 여자를 소개했다.

"딸인 아키코입니다."

쓰지 시즈오가 시선을 돌리자, 그녀는 미소로 대꾸했다. 그는 눈앞에 있는 여자가 대단한 미인이라는 것을 새삼스레 깨달았다.

"오늘은 얘한테 학교 안내를 맡기려는데, 괜찮겠습니까?"

"물론입니다"

하고 쓰지 시즈오는 말했다.

"얘가 영어를 잘하거든요."

그러자 쓰지 아키코가 말했다.

"아빠, 나, 잘 못해요."

"무슨 소리니. 1년이나 미국에 있었잖아."

"1년 정도 갔다 왔다고 잘하지는 못해요. 창피한 얘기는 그만하세요."

"알았다, 알았어"

하고 쓰지 토쿠이치는 말했다. 그리고서 그는, 어디라도 자유롭게 견학하시고, 나는 수업이 있으니까 하고 쓰지 시즈오한테 말하고 교장실에서 나갔다.

쓰지 시즈오는, 다시 한 번 쓰지 아키코의 얼굴을 쳐다봤다. 꽤 오기가 세 보이는 여자라고 생각했는데, 지금은 창피한 모습을 보였다고 생각하는지, 목덜미까지 빨개져서 고개를 숙이고 있었다. 그는 그 모습이 무척 귀여워 보였다. 그리고 학교의 견학이 끝날 무렵에는, 그녀에게 완전히 빠져 버렸다. 그는 그때 스물다섯이었고, 그녀는 열아홉이었다. 쓰지 시즈오는 헤어질 때 그녀에게 말했다.

"나중에 전화해도 될까요?"

그녀는 꾸벅 고개를 끄덕였다.

그다음에 두 사람이 만난 것은, 그로부터 닷새 뒤였다. 쓰지 시즈오는, 학교에서 돌아와 기사를 다 쓴 뒤에 곧바로 전화를 걸었지만, 그가 쉴 수 있는 날은 닷새는 지나야 했던 것이다. 그날, 그는 받은 지 얼마 안 되는 월급 1만 8천 엔 전부를 갖고 나갔다.

쓰지 아키코는, 올즈모빌을 자신이 운전해서 왔다. 쓰지 토쿠이치가 5년 전에 캘리포니아 재미 일본인 협회의 부탁을 받고 일본 요리 강습회에 갔을 때, 돌아오는 길에 샌프란시스코에서 사온 미제 대형차였다. 쓰지 토쿠이치는, 그때 차와 함께 티브이 열 대하고 에어컨 열 대, 거기에 수십 권의 요리책을 사왔다. 그의 요리 강습회는 어디에서도 무료로 행해졌지만, 미국인들이 교회에 기부금을 내는 것처럼, 모두들 돌아갈 때는 테이블 위에 달러 지폐를 놓고 갔다. 그걸로 그런 물건들을 사온 것이었다. 쓰지 아키코가 1년 전에 로스엔젤레스의 전문학교에 유학해 요리나 식탁 장식 등을 공부하고 올 수 있었던 것도, 그때 만들어진 여러 사람과의 인연이 있었기 때문이었다. 그녀가 유학을 마치고 돌아온 지는 아직 2주도 되지 않았다.

두 사람은 그녀가 운전하는 차를 타고 고베로 가서, 프로인트리프라고 하는 독일인이 하고 있는 제과점에 가서, 마들렌을 먹으며 커피를 마셨다. 물론 쓰지 아키코가 안내한 곳이었다. 그곳의 마들렌은 너무도 좋은 버터 향이 났다. 과연 멋진 곳을 알고 있구나 하고 쓰지 시즈오는 생각했다. 그는 오사카 성이나 산보하려고 생각했었다.

"미국 생활은 즐거웠나요?"

쓰지 시즈오는 마들렌을 먹으면서 물었다.

"예."

"하지만, 대단하네요. 혼자서 미국까지 갔다 오고."

"그런 게 아니에요."

쓰지 아키코는 말했다. "오사카의 대학에 가는 게 싫었어요, 나."

"왜요?"

"왜인지는 모르겠지만, 어쨌든 싫었어요. 뭐랄까, 울적해지는 것 같아서."

"미국은 다르던가요?"

"달랐어요. 다들 시원시원하고, 친절하고. 나, 오사카를 별로 좋아하지 않아요. 쓰지 시즈오 씨는 왜 오사카 같은 곳에 오신 거예요? 나는 도쿄 쪽이 더 좋다고 생각하는데."

쓰지 시즈오는 흠칫 놀랐다. 쓰지 시즈오 씨라고 말했을 때, 그녀가 얼굴을 붉힌 것 같았기 때문이었다. 게다가, 성이 같았기 때문에 그가 그렇게 불러 달라고 했지만, 실제로 그렇게 불리고 보니 뭔가 특별한 느낌이 들었다.

"내가 오사카에 온 건 머리가 나빴기 때문이에요."

그는 두근거리는 가슴을 가까스로 억누르고 말했다.

"도쿄의 신문사 시험에서 전부 떨어졌거든요. 마지막으로 겨우 오사카 요미우리에서 건져 줬죠."

"거짓말이에요. 머리 나쁜 신문 기자 따위가 있을 리 없잖아요."

"정말이에요. 난 대학 입시에서도 두 번이나 떨어졌으니까요."

쓰지 시즈오는 웃으며 말했다.

그는 전쟁이 끝난 뒤 소개지인 아키다 현으로부터 도쿄로 돌아와, 외교관이었던 큰아버지로부터 영어를 배웠다. 거리에는 미국인 진주군이 넘쳐 났고, 그들과 영어로 대화를 하는 일본인이 무척이나 멋지게 보였기 때문이다. 자신도 그렇게 되기를 동경하고 있었다. 그런데 1년 정도 지나서 큰아버지가 시애틀의 영사관으로 가버리자, 영어를 배울 길이 없어져 버렸다.

그러던 어느 겨울날의 일이었다. 그때 그는 중학교 3학년이었는데, 가네마루 코사부로라고 하는 친구에게 이끌려 간다神田 진보초의 뒷골목에 있던 클래식 음악다방에 갔다. 그날 도쿄에는 눈이 내려서, 옷에 쌓인 눈을 털고 스토브의 열기로 훈훈한 가게 안으로 들어갔더니, 뭐라 말로 표현하기 힘든 음색의 피아노곡이 흐르고 있었다. 가네마루 코사부로에게 묻자, 그는 바로 대답했다.

"베토벤의 피아노 소나타 27번이야. 너, 몰랐어?"

그러고서 그는 가게 안을 둘러보고, 그들보다 훨씬 연상의 여자가 혼자서 앉아 있는 테이블을 발견하고는, 그리로 쓰지 시즈오를 데리고 갔다. 그리고 그들은 베토벤의 피아노 소나타 이야기를 시작했다. 쓰지 시즈오는 아무것도 몰랐기 때문에 얘기에 끼지 않았다. 그는 자기 혼자만 바보가 된 것 같은 기분이 들어서 부끄러워 견딜 수가 없었다. 하지만 한편으로는, 이런 세계도 있었구나 하고 놀랐다. 나중에 가네마루 코사부로한테 들으니, 그녀는 여대생으로 항상 혼자 거기에 와서 그한테 커피를 사준다고 말하는 것이었다. 쓰지 시즈오는 그가 하는 모든 말에 엄청난 충격을 받았다.

그 뒤로 그는, 가네마루 코사부로한테 지기 싫어서 온갖 음악가의 곡을 레코드로 들었다. 가네마루 코사부로는 야마노테 요리 학원이라고 하는 큰 요리 학교 경영자의 아들이었지만, 쓰지 시즈오는 작은 전통과자 집의 자식에 지나지 않았기 때문에, 그렇게 자유롭게 돈을 쓸 수 없었다. 레코드를 사려면 부친의 가게에서 돈을 슬쩍 훔치는 수밖에 없어, 어쩔 수 없이 그는 그렇게 했다. 뭐가 됐든, 무지 때문에 친구한테 비웃음을 산다는 건 참을 수 없는 굴욕이었다. 그는 음악에 관한 온갖 사실들을 알지 않으면 안 되었다. 부친을 졸라 피아노를 배우러 다니게 된 것도 그때의 일이었다.

고등학교에 진학해서도 음악에 대한 열정은 계속되었다. 이윽고 그는, 유명한 작곡가의 곡 대부분을 첫 소절만 들으면 곡명을 알 수 있게 되었고, 그중에서도 베토벤과 바흐는 온갖 곡들뿐 아니라, 연주자에 따라 제각각인 미묘한 음의 차이까지 이해할 수 있을 정도가 되었다. 그리고 그 경쟁에서 먼저 백기를 든 건 가네마루 코사부로 쪽이었다. 쓰지 시즈오의 철저한 탐구에 결국 못 따라온 것이었다.

어느 날, 그들이 평소처럼 진보초의 클래식 음악다방에 갔더니, 바흐의 무반주 바이올린 제1번 파르티타가 흐르고 있었다.

"누가 켜고 있는 거지. 시게티인가?"

하고 가네마루 코사부로가 물었다.

"그뤼미오야. 몰랐어?"

하고 쓰지 시즈오는 말했다. 그는 아르튀르 그뤼미오라고 하는 젊은 벨기에인이 연주한 그 레코드를, 불과 일주일 전에 사 가지고 있었다. 가네마루 코사부로는 얼굴이 빨개지더니 뚱하게 입을 다물고 말았다.

그러고서 얼마 뒤에 쓰지 시즈오가 음악을 들으러 가자고 하자, 가네마루 코사부로는 나는 안 갈래 하며 거절했다. 그리고 이렇게 말했다.

"이제 나는 관둘래. 음악 같은 건 아무리 많이 안다고 해도 아무 소용도 없으니까. 가고 싶으면 혼자서 가."

쓰지 시즈오는 가슴이 후련했다. 그리고 그때부터 가네마루 코사부로와는 더 이상 친구로 지내지 않았다. 고등학교 2학년 때였다.

그러나 그 무렵이 되어서는, 그는 가네마루 코사부로와의 경쟁과는 별개로, 완전히 음악 그 자체에 매료되어 버렸다. 당연하게도 학교 공부는 소홀해졌고, 고등학생이 된 다음부터는 음악에 더해 소설이나 철학책을 섭렵하는 데 빠져, 공부할 시간은 더더욱 없어졌다. 그 결과, 그는 모든 대학의 시험에서 떨어졌다.

한편, 그는 전통과자 집 사형제 중 장남이었지만, 어렸을 때부터 양친이 아직 날도 밝지 않은 시간부터 일어나서 일하는 모습을 보고, 가업만은 물려받고 싶지 않다고 생각하고 있었다. 그런데 대학 시험에 두 번이나 실패하자, 재수 생활 중에도 레코드와 소설에만 달라붙어 있는 그를 보고 부친이 화를 내며, 이제 한 번 더 떨어지면 가업을 이어받으라고 말했다. 그 말을 듣고 그는 세 번째 수험에서 부랴부랴 와세다 대학 불문과에 가까스로 들어간 것이었다.

취직 시험에서 도쿄의 신문사 시험을 봐서 전부 떨어졌다는 것도 사실이었다. 신문사가 필요로 하는 것은, 클래식 음악이나 프랑스 문학의 지식이 아니었다. 실제로 오사카 요미우리신문의 기자가 되고 나서, 그 사실을 싫을 정도로 뼈저리게 느꼈다. 신문사가 원하는 것은 다른 사람들을 따돌리는 것이고, 그것을 위해서는 파렴치한 일도 태연히 해

치우는 것이었다. 모든 신문사에 떨어져 어떻게 할까 생각하고 있는데, 도쿄 요미우리신문사에서 자재부장을 하고 있던 또다른 큰아버지가 오사카 요미우리에서 기자를 모집하고 있다는 걸 가르쳐 주었다. 오사카 요미우리는 도쿄에서 진출한 지 얼마 안 되어서, 인재가 부족한 상태였다.

그래서 어떻게 걸리게 된 것이다.

"그렇게 된 거죠. 다음번에 만나면 내가 갖고 있는 레코드를 들려줄게요."

하고 쓰지 시즈오는 말했다.

"언제요?"

"언제든 좋아요. 하지만, 내 아파트에서예요. 무섭지 않아요?"

"하나도 안 무서워요."

하고 쓰지 아키코는 말했다.

쓰지 시즈오는 큰 소리로 웃었다. 그러자 그녀도 웃었다. 어찌된 영문인지, 둘 다 웃음을 참을 수가 없었다. 쓰지 시즈오가 이 아가씨하고 결혼해야겠다고 결심한 것은 그때였다.

"당신은, 앞으로 아버지의 요리 학교를 물려받을 거예요?"

그는 물었다. 결혼하는데 그것은 중요한 문제였다. 그러자 그녀는 말했다.

"하지 않을 거예요."

"어째서요. 그러니까 그것 때문에 미국의 학교에 간 거잖아요?"

"하지만, 그러고 싶지 않아요. 나, 샐러리맨과 결혼할 거예요."

"흐음."

쓰지 시즈오는 가슴이 터지려는 것을 필사적으로 참았다. "하지만, 그러면 아버지가 낙담하시지 않을까요?"

"상관없어요."

그녀는 딱 잘라 말했다.

"그 기분은 알아요. 나도 아버지의 가게를 이어받지 않았으니까요."

"그렇죠? 하지만, 아빠는 이해해 주지 않아요."

"당신이 정말로 좋아하는 사람을 데리고 가면 이해해 줄 거예요."

"그럴까요?"

그녀는 완전히 마음을 열고, 어느덧 아주 친근한 말투를 사용하고 있었다. 쓰지 시즈오는 희망을 가졌다. 그는 샐러리맨으로, 게다가 그녀가 싫다고 하는 오사카 사람도 아니었다. 조건은 완벽하지 않은가 하고 생각했다.

그 뒤에, 그들은 롯코를 드라이브하고, 그러고 나서 오사카로 돌아와 도톤보리의 덴푸라 가게에서 식사를 하고 헤어졌다.

"시즈오 씨는 재미있는 분이에요"

하고 그녀는 헤어질 때 말했다.

"왜요?"

"그러니까 다른 사람들은 자신을 어떻게 꾸밀까만을 생각하는데, 전혀 그러지 않는걸요."

쓰지 시즈오는 아파트에 돌아와서도 그 말을 떠올리고, 혼자서 실실 웃었다. 그리고 오늘은 정말로 멋진 하루였다고 생각했다. 그에게는 이것이 오사카에 와서의 첫 번째 사랑이었다. 그는 그때까지 오사카에 좀처럼 정을 붙일 수가 없었다. 그는 오사카가 좋아질 것 같았다.

4

두 사람이 결혼한 것은, 그로부터 반년 뒤인 1958년 10월이었다.

그들은 일주일간의 하코네 신혼여행에서 돌아와, 쓰지 토쿠이치의 요리 학교 아베노 교사의 주차장 이층을 개조해 살았고, 쓰지 시즈오는 거기에서 회사를 다녔다. 그곳은 예전에 어느 카톨릭 수도회가 소유하고 있던 곳이었는데, 텐노지의 교사만으로는 학교가 너무 협소했기 때문에 몇 년 전에 쓰지 토쿠이치가 사들여 제2교사와 주차장을 세운 것이었다. 정원 일부에는 아직 옛 수도원의 흔적인 이층짜리 양옥 건물이 서 있었고, 쓰지 토쿠이치는 거기를 학교의 사무실로 쓰고 있었다.

두 사람은 행복했다. 특히 아키코는 가정생활과 남편의 일이 완전히 분리된 평온한 생활을 동경하고 있었기 때문에 그것이 실현되어 기뻐했다. 그녀는 매일 남편을 회사에 출근시키고 나면 부친의 학교 일을 도우러 갔다가, 저녁이 되면 남편을 위해 요리를 만들고 기다렸다. 그리고 남편이 쉬는 날에는, 둘이서 남편이 좋아하는 음악을 들었다. 부모와의 생활과는 달리 얼마나 상쾌한 생활인가 하고 그녀는 생각했다. 부친의 학교에는 학생 수가 줄었다든가, 학생이 칼에 베었다든가, 강사가 갑자기 오지 않게 되었다든가, 누군가가 돈을 훔쳤다든가, 항상 무슨 문제가 생겼고, 부친은 그때마다 안절부절못해 모친에게 걱정을 끼쳤다. 그녀는 그러한 바람 잘 날 없는 생활에 진절머리가 나 있었다.

"시즈오 씨. 나를 죽 샐러리맨의 아내로 있게 해줘요."

그녀는 둘이서 음악을 듣고 있을 때면 곧잘 그런 말을 했다.

"물론이지. 그 외에 내가 할 수 있는 게 뭐가 있겠어."

쓰지 시즈오는 그때마다 그렇게 대답했다. 그는 신문 기자라고 하는 일에 완전히 만족하고 있는 건 아니었지만, 그것 외의 일을 해보자는 건 생각한 적도 없고, 생각하려고 하지도 않았다. 그것이 자신에게 주어진 일이라고 생각하고 있었다.

또 그는, 그 정사 사건으로 실패를 범한 뒤에, 직업 면에서도 한 단계 성장해 있었다. 그런 경박하고 파렴치한 방식을 바꿔, 정정당당하게 정면으로 부딪치기로 한 것이었다.

그로부터 얼마 뒤에, 한큐선 전차와 버스가 건널목에서 충돌해 버스 운전사와 승객 몇 명이 사망했을 때의 일이었다. 그때도 요미우리가 가장 먼저 소식을 들었고, 그는 버스 운전사의 얼굴 사진을 가지러 가게 되었다. 그는 어떻게 할까 고민한 끝에, 현관을 노크하고 정면으로 부딪치자고 결심했다. 정사 사건의 실수로, 아무리 요령 있고 약삭빠르게 움직이려 해도 결국 그런 건 통하지 않는다는 걸 그는 뼈에 사무치게 잘 알고 있었기 때문이다. 그러나 버스 운전사의 집에 가보니, 그의 아내가 아직 사고 소식을 모르고 있는 데는 할 말을 잃고 말았다. 그녀는 충격이 너무 큰 나머지 울지도 못하고 그 자리에서 주저앉고 말았다. 그러나 그는 일을 완수하기로 결심하고, 신문에 실을 사진이 필요하다고 말했다. 그러자 그녀는 갑자기 현실로 돌아와, 울면서 그를 지독한 인간이라고 욕하기 시작했다. 그는 잠시 그녀가 실컷 욕을 하도록 내버려 두고는, 이렇게 말했다.

"이럴 때 이런 부탁을 드리는 게 얼마나 실례가 되는지 정도는 잘 알고 있습니다. 하지만 이게 제 일입니다. 만약 부인으로부터 빌릴 수 없다면 저는 지금부터 남편의 친구나 동료를 찾아 그들로부터 사진을 빌릴 겁니다. 어떻게 해서든 우리들은 남편 분의 사진을 구하게 될 겁니다. 어떻게 빌려 주실 수 없겠습니까?"

그녀는 울면서 쓰지 시즈오를 노려보았지만, 잠시 뒤에 집 안에서 남편의 사진을 가지고 왔다. 그는 자신의 행동이 옳았다고 생각했고, 그것의 성과에 만족했다.

그는 조금씩 어엿한 신문 기자가 되어 갔다.

그런데 쓰지 시즈오가 신문 기자이고, 아키코가 바라던 샐러리맨의 아내로서의 생활은 그리 오래 계속되지는 않았다. 12월 어느 날, 두 사람이 텐노지의 쓰지 토쿠이치의 집에 저녁을 먹으러 갔을 때, 식사 뒤에 그가 이런 말을 꺼낸 것이었다.

"시즈오 군. 의논할 게 있는데, 신문 기자를 그만두고 내 일을 도울 마음은 없나?"

쓰지 시즈오로서는 아닌 밤중에 홍두깨 같은 얘기였다. 어떻게 대답해야 좋을까 몰라 아키코 쪽을 쳐다보니, 그녀가 말했다.

"관두세요, 아빠. 이제 와서 그런 말을 하는 건 비겁해요."

그러나 쓰지 토쿠이치는 딸을 무시하고 말을 계속했다.

"신문 기자도 좋을지 모르지만, 이 일도 나쁜 건 아닐세. 이것도 어엿한 사업일세. 보람 있는 일이라고 생각하지는 않네만. 맡아 주지 않겠나?"

"저는 그런 능력이 없습니다."

쓰지 시즈오는 말했다. "우선, 저는 요리에 대해서는 모르는 걸요."

"상관없네. 알려고 한다면, 지금부터 공부하면 되지 않나?"

"아닙니다, 저한테는 무리입니다."

"공부를 하기 싫다면 안 해도 되네. 자네 좋을 대로 해도 돼."

"아빠, 그이가 싫다고 하잖아요. 억지로 떠맡기지 마세요."

아키코가 말했다.

"아키코, 넌 말이야."

그때까지 잠자코 있던 모친 요시에가 말했다. "아버지가 나이가 들어 일할 수 없게 된다면 학교는 어떻게 될 것 같니. 문 닫아 버려도 좋다고 생각하는 거냐? 그래, 너희들은 그래도 상관없겠지. 그렇지만, 너희들한테도 얼마 안 있으면 아이가 생기겠지. 그 아이가 커서 우리 얘기를 들려줬을 때, 왜 할아버지 학교를 없애 버렸냐고, 왜 나한테 남겨 주지 않았냐는 말을 들으면 뭐라고 대답할 거니?"

"그런 건 몰라요."

하고 아키코는 말했다.

"시즈오, 자네는 어떻게 생각하나?"

"그런 것까지 생각해 보지는 않았습니다."

하고 쓰지 시즈오는 대답했다.

"그렇다면 생각해 보지 않겠나? 아키코와 아이들을 위해서야, 생각해 봐."

"엄마, 나, 화났어요."

"뭐, 좋다."

쓰지 토쿠이치가 말했다. "바로 결정을 내리라는 건 아니니까. 한번 둘이서 차분히 생각해 보면 좋겠어."

두 사람은, 그러고서 얼마 안 있어 아베노 교사 주차장 이층의 집으로 돌아왔다. 스토브를 켜고, 고다쓰에 들어간 뒤, 아키코가 말했다.

"미안해요. 그런 말은 절대로 하지 않겠다고, 결혼 전에 아빠도 엄마도 나한테 약속해 놓고서."

"괜찮아, 나는."

"기분 안 나빠요?"

"안 나빠."

"난, 아빠 엄마가 하는 말 같은 거 절대 안 들을 테니까, 당신도 마음에 없다고 말해요."

"응."

쓰지 시즈오는 그렇게 말했지만, 내심으로는 자신이 분명히 쓰지 토쿠이치의 일을 돕게 되리라고 생각하기 시작하고 있었다. 그는 요리 학교의 일 그 자체는 특별히 별 매력을 못 느꼈다. 우선, 자기와는 아무런 연관도 없는 것이라고 생각하고 있었기 때문에 학교에 대해서는 생각한 적조차 없었다. 그러나 아키코의 양친이 그에게 그러기를 바라는 이상 그에게는 생각할 여지가 별로 없다는 생각이 들었다. 그가 승낙하지 않으면 결말이 나지 않을 게 틀림없었다.

"무슨 생각해요?"

아키코가 물었다.

"장인어른과 장모님이 한 말에 대해."

"생각할 거 없어요."

"그렇게만 할 수도 없어."

"상관없어요. 엄마 아빠가 언제까지고 그런 말을 꺼낸다면, 나 당신하고 도쿄든 어디든 가버릴 테니까."

82

양친의 바람을 거절한다면, 분명히 그렇게 될 거라고 쓰지 시즈오는 생각했다. 아키코라면 그렇게 할 게 틀림없었다. 그러나 그는 그렇게 되기를 바라지 않았다.

"난 기자를 관둬도 괜찮다고 생각해."

쓰지 시즈오는 말했다.

"그런ㅡ"

하고 아키코는 말했다. 그리고 쓰지 시즈오를 쳐다보던 눈에서 순식간에 눈물이 흘러넘치기 시작했다.

"울지 마"

하고 쓰지 시즈오는 말했다.

"하지만"

아키코는 흐느껴 울었다. "당신을 양자로 들이는 것 같은 건, 난 싫어요."

"상관없어, 나는."

"난 싫어요."

아키코는 울음을 그치지 않았다.

쓰지 시즈오는 두 개의 길을 앞에 놓고 망설이고 있었다. 대체 어느 길을 선택해야 할까. 그가 대학을 졸업할 때 신문 기자가 되겠다고 생각한 것은 별다른 취직자리가 없었기 때문이었다. 영문과에라도 들어갔으면 중학교나 고등학교의 영어 교사가 되는 방법도 있었지만, 불문과로는 학교의 교사가 될 수도 없었다. 하물며 일반 회사 중에 불문과 학생을 채용하려 할 만큼 색다른 곳은 한 군데도 없었다. 기자의 길을 버리는 데 미련은 없었다. 하지만 지금 여기서 요리 학교 일을 택한다

해도 그것과 마찬가지가 되는 것은 아닐까 하고 생각했다. 아키코의 양친이 그것을 바란다는 사실 이외에는 그가 그 일을 해야 하는 이유는 하나도 없었다.

'정말이지, 나라는 놈은 구제불능이다'

하고 그는 생각했다.

그는 예전에 동급생이었던 가네마루 코사부로와 음악 지식을 놓고 경쟁했던 것처럼 자신이 이거다, 라고 생각한 것에 대해서는 모든 걸 잊어버리고 몰두할 수 있었다. 그러나 그 외의 것에 대해서는 완전히 되어 가는 대로 맡기자는 주의였다. 스스로도 그걸 알고 있었지만 어떻게도 할 수가 없었다. 요컨대, 그는 자신이 인생에서 무엇을 추구하고 있는지 아직 몰랐다. 그러나 지금 그의 앞에는 두 개의 길이 있고, 어느 쪽인가를 선택하지 않으면 안 되었다.

그는 요리 학교의 길을 택했다.

새해가 밝아 1959년 1월이 되자, 쓰지 시즈오는 자신의 결심을 회사의 상사에게 전했다. 매듭짓기 좋게 3월까지 꽉 채우고 신문사를 그만둘 생각이었다. 상사는 언제나처럼 택시 요금을 늘려서 전표를 쓰고 있다가 쓰지 시즈오가 하는 말을 듣고는 전표를 쓰던 손을 멈추고 말했다.

"진심인가?"

"예, 진심입니다."

"요미우리라고 하면, 일본에서 세 손가락에 들어가는 신문사야. 그런 곳을 그만두고 하필이면 요리 학교를 하겠다고 말하는 건가?"

"예, 그렇습니다."

"이유가 뭐야?"

"일신상의 이유입니다."

"알았어. 양자로 들어가는 거겠지."

"아니요. 다릅니다. 장인의 일을 도울 뿐입니다."

"세상에서는, 그런 걸 양자가 되는 거라고 말하지. 장래에는 그 뒤를 잇고 재산을 물려받겠지."

"그런 건 모릅니다."

"그런가. 그렇다면 뭐라 할 말이 없군. 열심히 해봐. 야채나 감자를 상대로 뭘 할 생각인지를 잘 모르겠지만."

제기랄, 하고 쓰지 시즈오는 생각했지만 아무 말도 하지 않았다. 상사의 반응은 상상했던 그대로였다. 쓰지 시즈오가 입술을 깨물며 참고 있는데 그가 한마디 덧붙였다.

"자네가 양자로 들어가 야채와 감자를 상대로 사는 게 창피하지 않다면 그건 그걸로 좋겠지. 그러나, 만약 장래에 자네가 성공해서 학교를 키운다 해도 아무도 자네의 힘이라고 말하지는 않을 거야. 전부 부인의 친정 재산 때문이었다고 말할 게 뻔해. 명심해 두는 게 좋을 거야. 양자의 괴로운 점이지."

"잘 명심하겠습니다"

하고 쓰지 시즈오는 말했다. 그런 건 알고 있었다. 이미 각오한 바였다. 그러나 누구한테 어떤 소리를 듣더라도, 택시 요금을 실비 이상으로 청구하는 따위의 쩨쩨한 일을 지시받는 것보다는 훨씬 낫다고 생각했다.

그는 3월 말까지 다니고 회사를 그만두었다.

5

텐노지 캇포 학교는 오사카에서도 손꼽히는 요리 학교였다. 먼저 텐노지 캇포 학교에는, 전후 문을 연 학교에는 없는 전쟁 이전부터의 역사가 있었다. 쓰지 토쿠이치는 그 학교를 1939년에 개교했다. 그전에 그는 도쿄 시바芝의 고요칸紅葉館이라는 요정에서 주방장으로 있었고, 그때 가게에 자주 오던 어떤 황족에게 요리를 만들어 주었다는 게 그의 자랑거리 중 하나였다. 따라서 그의 요리 기술은 빈틈이 없었고, 그것은 학생을 모으는 데 큰 역할을 했다. 이래저래, 전쟁이 끝나고 전후의 북새통이 일단락되자, 텐노지 캇포 학교에는 금세 학생들이 밀려들었다. 그리고 학생 수는 이제 3백 명에 달해, 오사카에서 1, 2위를 다투는 학교가 되어 있었다.

학생들은 전원이 유복한 가정의 주부나, 신부 수업을 받는 젊은 아가씨들이었다. 그녀들의 목적은 남편이나 아이를 위한 가정요리를 배우는 것이었기 때문에, 쓰지 토쿠이치는 그녀들한테 대략 그 목적에 맞게 요리를 가르쳐 주었고, 그녀들이 1년 후에 졸업하면, 새로운 학생들을 상대로 다시 똑같은 요리를 반복해서 가르쳤다. 황족이 손님으로 오는 요정에서 일급 요리를 만들던 쓰지 토쿠이치로서는, 이렇게 간단하고 편한 일이 없었다. 그는 이 일을 마음에 들어 했다.

그러나, 쓰지 시즈오는 맥이 풀렸다. 신문사를 관두고 학교의 일을 돕게 된 것은 좋았지만, 가정주부나 결혼을 꿈꾸고 있는 여자들만의 학생 집단을 보며, 아주 싫은 마음이 들었던 것이다. 도대체 여자들만을 상대로 뭘 한다는 것인가 하고 생각했다. 그는 신문 기자도 그다지 재미있는 일이라고 생각하지는 않았지만, 적어도 신문 기자의 일에는 매일 변화와 자극이 있었고, 그것이 기분을 고양시켰다. 요리 학교에는 그것조차 없었다. 이따금 그가 쓰지 토쿠이치를 따라 교실에 가면, 젊은 그한테 은근한 눈길을 던지며 몸을 바싹 갖다대는 유한부인도 있었지만, 그는 그런 것에는 전혀 흥미가 없었다.

물론 이대로 그냥 잠자코 있으면 쓰지 토쿠이치가 적당한 자리를 마련해 줄 것이고, 결국에는 그로부터 학교 경영을 넘겨받게 되리라는 건 잘 알고 있었다. 그리고 앞으로의 일을 생각하면 요리를 공부하려는 여자들은 점점 많아질 게 틀림없었기 때문에, 컨베이어 벨트 식으로 반복해서 같은 것을 가르치기만 하면 학교는 내버려두어도 커질 것이고, 그는 단지 교장실에 자리 잡고 앉아 수업료의 돈다발을 세기만 하면 된다는 것도 알고 있었다. 그러나 그런 게 재미있을 거라고는 전혀 생각할 수 없었다. 아직 자신이 학교에서 무엇을 해야 하는지 확실히 아는 건 아니었지만, 이게 아니라는 것만은 분명했다. 그는 한 달도 채 되지 않아 요리 학교의 길을 선택한 걸 후회하기 시작했다.

하지만 무언가를 하지 않으면 안 되었다. 쓰지 토쿠이치는 학교의 전반적인 상태를 파악할 때까지 얼마 동안은 빈둥거리고 있으라고 말했지만, 그렇게는 할 수 없었다. 쓰지 시즈오는 이런저런 생각 끝에 식칼을 사용하는 법을 배워야겠다고 생각했다. 요리 학교의 일을 하기로 한 이상, 뭘 하든 간에 그 정도는 몸에 익혀야 될 거라고 생각한 것이다. 어느 날 쓰지 시즈오가 그 말을 꺼내자, 쓰지 토쿠이치는 기꺼이 그를 학교의 조리장에 데리고 가 냉장고에서 수업에 사용하기 위해 막 들여온 도미를 꺼내 손수 시범을 보였다.

쓰지 시즈오는 그가 능란한 손놀림으로 도미의 머리를 떼어내고, 그러고는 살과 뼈 사이에 식칼을 넣어 날렵하게 양쪽 살과 뼈의 세 부분으로 발라내는 것을 보았다. 보고 있자니 실로 간단해 보였다. 그러나 자신이 그가 한 대로 따라 해보자, 전혀 되지가 않았다. 뼈가 딱딱해서 머리조차 제대로 떼어낼 수가 없었다. 겨우 잘라냈을 때는 칼날의 이가 몇 군데 나가 버리고 말았다.

"시즈오. 뼈가 딱딱한 생선의 머리를 떼어낼 때는 끊으려고 하지 말고, 관절이 있는 곳에 칼을 대고 분리하는 거야. 알겠지, 잘 봐."

쓰지 시즈오는 놀랐다. 자신이 했을 때는 있는 힘을 다해서 겨우 잘라낸 머리가 쓰지 토쿠이치가 하자 정말로 식칼을 댄 것만으로도 싹둑 잘라진 것이다. 마치 마술을 보고 있는 것 같았다. 물론 쓰지 시즈오로서는 하려 해도 할 수가 없었다. 우선, 어디가 관절인지도 알 수가 없었다.

"어려운 거군요"

하고 쓰지 시즈오는 말했다. 도미의 경골을 잘라 그의 손은 피투성이가 되어 있었다.

"당연한 거야"

하고 쓰지 토쿠이치는 말했다. "도미는 생선 중에서 가장 다루기가 어려운 생선일세. 그렇기 때문에 공부하는 데는 가장 좋지. 도미를 제대로 발라낼 줄 알면, 다른 생선들은 마음먹은 대로 요리할 수가 있지.

지금부터 매일 열 마리씩 연습해 보게. 그러면 곧 잘할 수 있을 거야."

"매일 열 마리를요?"

"그래."

쓰지 토쿠이치는 아무렇지도 않다는 말투로 말했다. 쓰지 시즈오는, 제대로 할 수 있을 때까지 대체 얼마나 많은 돈이 들까 하고 생각했다. 그도 도미가 가장 비싼 생선이라는 것 정도는 알고 있었기 때문이다.

쓰지 토쿠이치는 정말로 그날 이후 매일 열 마리의 도미를 그에게 주었다. 쓰지 시즈오는 악전고투했지만, 날이 지남에 따라, 처음에는 뼈 쪽에 대부분 붙어 있던 살을 두툼하게 발라낼 수 있게 되었다. 교실에서는 쓰지 시즈오가 발라낸 도미를 보고 학생들이, 오늘의 생선살은 모양이 정말 이상하다든가, 얇다든가, 작다든가 하며 배꼽을 잡고 웃었다. 그가 발라낸 도미가 수업에서 구이나 찜의 재료로 사용되었던 것이다. 그러나 쓰지 시즈오는 자신의 솜씨가 조금씩 향상됨에 따라 그것이 재미있어졌다. 할 수 없었던 일을 할 수 있게 된다는 것은 어떤 일이 됐든 즐거운 일이었다.

그리고 그가 식칼을 자유자재로 능숙하게 다루고, 도미를 솜씨 좋게 발라낼 수 있게 된 것은 9월도 중순이 지났을 무렵이었다. 반년 동안 그가 발라낸 도미만 해도 1천6백 마리가 넘었다. 그 무렵이 되자, 그는 뼈의 관절 위치뿐 아니라 어느 부근에 식칼을 집어넣어야 살과 뼈가 깨끗하게 분리되는가 하는 것까지 손의 감촉만으로도 거의 알 수 있을 정도가 되었다.

또 그는 양파를 놀랄 만한 속도로 종이처럼 얇게 써는 것도 할 수 있게 되었다. 그것도 도미를 발라내는 것과 함께 매일 연습을 했던 것이다. 눈을 감고 해본 적은 없었지만, 눈을 감고 해보라고 해도 할 수 있을 정도로 숙련되어 있었다.

하지만 쓰지 시즈오가 요리 학교에서 반년 동안 한 일은 그것뿐이었다. 그는 여전히 여자 학생들을 상대로 학교를 운영해 간다는 것에 흥미를 못 느꼈고, 쓰지 토쿠이치처럼 그녀들한테 친근감을 담은 웃는 얼굴을 보이는 것도 할 수 없었다.

"역시 관두는 게 좋았다고 생각하는 거죠, 맞죠?"

어느 날, 쓰지 시즈오가 집에서 생각에 잠겨 있는 걸 보고 아키코가 말했다.

"아냐. 나는 후회는 하지 말자는 주의니까"

하고 그는 거짓말을 했다.

"그렇지만, 얼굴에 써 있는데요."

"그런 거 아니래도. 다만 난, 학교에서 뭘 해야 하나를 생각하고 있을 뿐이야."

"나는 당신이 아줌마들이나 상대하지 않으면 안 된다는 걸 싫어하는 거라고 생각해요. 아줌마들 말고 사실은 좀 더 다른 걸 해보고 싶다고 생각하는 거 아니에요?"

그는 깜짝 놀라 막 스물한 살이 된 아내의 얼굴을 잠시 바라보고 나서 말했다.

"사실은 그거야."

"어떤 걸 하고 싶어요?"

"그걸 모르겠어."

그는 말했다. "어차피 할 거라면 뭔가 창조적인 일을 하고 싶다고 생각은 하는데, 내 손으로 뭔가를 만들어 내고 싶어. 하지만 아줌마들이 상대이니."

"아줌마들 따위는 상대하지 않으면 되잖아요."

"아줌마들을 상대하지 않으면 누구를 상대하라는 거야. 요리 학교라는 건 아줌마들이 오는 곳이야. 그녀들을 상대하지 않는다고 하면 학교는 망해 버리고 말 거 아냐."

"그것도 그렇네요. 어떻게 하는 게 좋을까요?"

"절대모순이라는 상황이군."

"웃을 일이 아니에요."

쓰지 시즈오가 웃는 걸 보고 아키코는 말했다. 아키코의 말대로였다. 어떻게 하면 좋을까 하고 쓰지 시즈오도 생각했다.

6

쓰지 시즈오는, 1천6백 마리가 넘는 도미를 발라내면서 식칼의 사용법을 터득하고 나자, 또다시 할 일이 아무것도 없었다. 쓰지 토쿠이치는 이번에는 빈둥거리고 있으라고 하지 않았다. 그는 쓰지 시즈오의 견습 기간이 완전히 끝났다고 생각해, 항상 그의 곁에 있으라고 명하고, 사람을 만나게 하거나, 학교의 조직이나 직원들의 인간관계를 세세하게 들려주거나 했다. 그렇게 잠시 동안은 비서 역할을 맡길 생각이라고 말했다. 쓰지 시즈오는 마음이 무거워졌다. 아마도 맨 처음 익히지 않으면 안 되는 것은 학생들인 아줌마들과 아가씨들을 상대로 억지웃음을 짓는 일일 거라고 생각했다.

그러던 어느 날의 일이었다. 쓰지 시즈오는 신문을 읽다가, 〈조리사법의 행방〉이라는 작은 기사를 발견했다. 그는 별 생각 없이 그 기사를 읽기 시작했지만, 곧 중요한 게 거기에 있다는 걸 깨달았다.

조리사법이 시행되고 나서 딱 1년이 경과했다.

조리사법은, 그 제1조에 의하면, '조리사의 자격을 정하고 조리 업무에 종사하는 자의 자질을 향상시키는 것에 의해, 조리 기술의 합리적인 발달을 꾀하고, 그로 인해 국민의 식생활 향상에 이바지한다'는 목표로 입법화된 것으로, 그것을 위해 조리사 양성 시설을 설립하는 것을 허가하고, 거기에서 1년 이상 조리에 관해 공부한 사람에게는, 무조건 조리사 면허를 준다는 것이다. 업계에서는, 요리사에게 면허 같은 건 필요 없다고 하는 반대의 목소리도 있는 것 같지만, 어찌됐든 이 법률에 의해 지금까지는 요리인이 되기 위해 엄격한 도제 제도 밑에서 수업을 쌓지 않으면 안 되었으나, 이제는 양성 학교라고 하는 민주적인 시설에서 공부할 수 있는 기회가 주어지게 된 것이다. 게다가, 여태까지는 기술에 편중돼 자칫 경시되기 쉬웠던 위생학이나 영양학도 학과 과목에 들어가게 되었다.

그런 이유들로 좋은 점들로 가득한 제도이지만, 어찌된 영문인지 이 조리사 양성 학교의 설립이 지연될 기미인 것이다. 첫해가 되는 금년에 설립되어 시작한 학교는 전국에서 아직 손꼽을 정도밖에 없고, 관할 관청인 후생성의 얘기로는 내년에도 그다지 크게 기대할 수는 없다는 것이다.

금년에 문을 연 어느 학교의 경영자는 그 이유를 다음과 같이 말하고 있다.

기사는 계속 이어지고 있었지만, 쓰지 시즈오는 직감적으로 이거다, 라고 생각했다. 이 학교라면, 뭔가가 될지도 몰랐다. 하지만 쓰지 토쿠이치가 찬성해 줄까.

아키코한테 그 얘기를 하자, 그녀는 어떻게 될 거라고 말했다.

"아빠는 나한테는 약하니까요."

이번에는 그러면 좋겠는데, 하고 쓰지 시즈오는 생각했다.

쓰지 토쿠이치는 옛 기질이 남아 있는 옛날 요리인이었다. 쓰지 시즈오가 아키코와 둘이 가서 조리사 양성 학교 얘기를 꺼내자, 그는 말했다.

"그건 안 돼. 요리인을 학교에서 키워낸다는 건 무릴세. 그런 건 안 돼."

"그런가요?"

"요리인은, 예전부터 주방에서 수업하는 거라고 정해진 걸세. 게다가 주방에 들어가서 배우면 돈을 안 들이고도 공부를 할 수 있는데, 학교에 가면 돈을 내지 않으면 안 되지 않나. 그런 걸 누가 하려고 하겠나?"

"하지만 요리 학교는 번성하고 있지 않습니까?"

"요리 학교는, 부잣집 아줌마들이 놀러 오는 곳이야, 남자는 안 와."

"저는 재미있을 거 같은데요."

"아무리 재미있어도, 학생이 오지 않으면 아무것도 안 되지 않나?"

쓰지 시즈오는 그 이상 강하게 말할 수 없었다. 그러자 아키코가 말했다.

"아빠는 머리가 돌처럼 딱딱하게 굳었어. 해보지 않으면 모르는 거예요. 시대가 변했다구요."

"실패하면 어쩔 셈이니?"

"간단하죠."

아키코는 말했다. "다시 요리 학교로 돌아오면 되죠."

"바보. 그렇게 간단하게 될 거 같아."

"시즈오한테 억지로 기자 일을 그만두게 한 게 아빠 아니에요? 조금은 시즈오가 하는 말을 들어줘야 되잖아요."

쓰지 토쿠이치는 생각에 잠겼다. 지금 그의 마음에 걸리는 것은 쓰지 시즈오가 그의 요리 학교에 그다지 흥미를 보이지 않는다는 점이었다. 도미를 발라내는 것에는 그렇게도 열의를 보이더니 어째서 학교 그 자체에는 흥미를 보이지 않을까. 그로서는 도저히 이해할 수가 없었다. 입을 꾹 닫고 가만히 기다리고 있으면, 아무 노력 안 하고도 두 개의 교사校舍를 가진 요리 학교와 3백 명의 학생이 동시에 자신의 것이 될 텐데 뭐가 불만이란 말인가.

'괴상한 녀석이야'

하고 그는 생각하고 있었다. 분명 이런 젊은이들을 아프레 게르(après guerre, 전후파)라고 하는 거겠지. 하지만, 말은 그렇게 했어도, 언제까지고 그대로 내버려둘 수는 없었다. 그의 희망은 여태까지 이십 년이나 걸쳐 쌓아 온 학교와 재산을 아키코와 아키코의 아이들을 위해 남겨 주는 것으로, 그것을 위해서는 아무래도 쓰지 시즈오의 협력이 필요했기 때문이다. 그에게는 무슨 일이 있어도 요리와 요리 학교에 흥미를 갖게 하지 않으면 안 되었다.

'요리사 학교가 과연 될까'

하고 쓰지 토쿠이치는 생각했다. 요리 학교는 요리 학교고, 게다가 아키코가 말한 대로, 만약 실패한다면 다시 학교로 돌아오면 되는 것이다. 중요한 것은 쓰지 시즈오가 요리 학교에 흥미를 가졌다는 사실이었다. 그는 조리사 학교는 분명히 실패할 거라고 생각했지만, 그렇게 되면 그 때는 쓰지 시즈오도 요리 학교 일을 제대로 할 수밖에 없을 게 틀림없었다. 어떻게 되든 간에 큰 손해는 없을 것 같았다.

"그렇다면, 이렇게 하지."

쓰지 토쿠이치는 말했다. "텐노지와 아베노를 둘로 나눠서, 아베노 쪽을 조리사 학교로 하지. 그러면 어떻겠어?"

"아빠는, 역시 말귀를 잘 알아들으셔."

아키코가 방긋거리며 말했다.

"감사합니다"

하고 쓰지 시즈오는 말했다.

"다만, 조리사 학교 일은 전부 자네가 맡는 거야. 내가 양쪽 일을 다 볼 수는 없으니까. 알겠나?"

"알겠습니다. 하지만 수업은 맡아 주실 거죠?"

"그 정도는 되겠지."

"그리고 한 가지 더요. 장인어른께서 교장을 맡아 주시지 않으면 안 됩니다. 장인어른의 이름이 아니면, 학생들이 오지 않을 테니까요."

"그렇게 해. 학교 이름은 뭐로 할 건가?"

"쓰지 조리사 학교가 어떻겠습니까?"

"그거 괜찮겠군."

"그러면, 저부터 빨리 준비에 들어가겠습니다."

"개교는 언제로?"

"내년 4월입니다."

"엄청 촉박하군. 괜찮을까?"

지금은 10월이었다.

"어떻게 해보겠습니다"

하고 쓰지 시즈오는 말했다.

"신용할 수 있는 경리 담당이 한 명 필요할 거야."

쓰지 토쿠이치는 말했다. "잘 모르는 작자한테 맡기면, 어처구니없는 행동을 할지도 모르니까. 그렇지, 우리 학교 직원 한 사람을 보내지."

"그렇게 해주시면 도움이 되겠네요."

쓰지 시즈오는 그렇게 말했지만, 쓰지 토쿠이치의 얼굴을 보며 과연 학교 경영을 오랫동안 해온 만큼 관록이 있구나 하고 생각했다. 그는 경리에 관해서는 전혀 생각도 하지 않았던 것이다.

그러나 그 문제는 해결했지만, 해야 할 일은 아직도 산처럼 있었다. 우선 같이 일할 만한 직원을 한 명 뽑고, 그런 뒤에는 수업을 맡을 강사를 모집하지 않으면 안 되었다. 강사 명부가 없으면 학교 설립 인가를 받을 수 없기 때문이었다. 학교 안내 팸플릿도 만들지 않으면 안 될 것이다. 바빠지겠구나 하고 쓰지 시즈오는 생각했다. 그런 기분이 든 것은 신문사를 그만둔 이후 처음이었다.

쓰지 조리사 학교는, 1960년 4월에 정원 1백 명으로 출발했다.

쓰지 시즈오는 그 입학식에 스물일곱 살의 젊은 부교장으로서 참석했다. 눈앞에는 정원을 상회하는 학생들이 서 있었다.

그는 학교 설립 인가를 받자, 학생 모집을 위한 신문 광고를 내고, 긴키近畿 지역의 고등학교에 학교 안내 팸플릿을 보내고 했지만, 개교할 때까지 몇 명의 학생이나 모일까 걱정이 돼서 견딜 수가 없었다. 쓰지 토쿠이치가 말한 대로, 프로 요리인이 되겠다고 하는 사람이 과연 돈을 내가면서까지 학교에서 공부하려고 할까 하는 걱정도 있었다. 그런데 개교하고 보니 108명이 입학한 것이었다. 전원이 남자였다. 쓰지 시즈오는 학생들을 보며 속으로 안도의 한숨을 쉬었다.

"믿을 수가 없군."

그렇게 말한 것은 쓰지 토쿠이치였다.

쓰지 시즈오는 입학식이 끝나고 양옥 건물 일층의 사무실로 돌아가, 사무장인 야마오카 토루에게 손을 내밀며 말했다.

"고맙네."

"잘됐습니다."

야마오카 토루도 손을 내밀며 말했다.

이렇게 되기까지 가장 정력적으로 일한 것은 그였다.

쓰지 시즈오가 처음으로 야마오카 토루를 만난 것은 11월 말이었다. 신문에 낸 직원 모집 광고를 보고 면접을 보러 왔을 때였다. 빌려 입었다는 걸 한눈에 알 수 있을 정도로 몸에 맞지 않는 양복을 입은 작은 체구의 남자였다. 그는 간사이 대학의 불문과 학생으로, 이런 직장에 다니면 분명히 맛있는 요리를 먹을 수 있을 거라고 생각해 응모했다고 말했다. 쓰지 시즈오는 그 자리에서 그를 채용하기로 결정했다. 응모 동기도 정직했고, 몸에 맞지 않는 양복을 입고 면접에 온 것도 그가 성실하고 정직한 사람이라는 걸 드러내는 것 같았다. 불문과 학생이라는 것도 마음에 들었다. 분명 말이 통할 거라고 생각했다. 그리고 야마오카 토루가 대학에서 알베르 도자를 읽었다는 말을 듣고, 쓰지 시즈오는 전적으로 그를 신용했다. 도자는 『프랑스어 어원사전』이라고 하는 난해하기 짝이 없는 언어 사전을 만든 프랑스의 학자로, 그의 책을 읽는다는 건 바탕이 성실하지 않은 한 절대로 불가능한 일이었기 때문이다.

쓰지 시즈오가 바로 근무할 수 있는지 어떤지 묻자, 그는 아직 학교를 졸업하지 않았다고 말했다.

"자네는 졸업장을 받고 싶나?"

하고 쓰지 시즈오는 물었다.

"아니요."

"그렇다면, 내일부터라도 여기 이층으로 이사를 와서 살았으면 하는데."

"알겠습니다. 그럼, 그렇게 하겠습니다."

그리고 야마오카 토루는 그 이튿날, 곧바로 아베노 교사의 정원 한쪽에 있는 양옥 건물의 이층으로 이사를 왔다. 그는 그 뒤로 대학에는 두 번 다시 가지 않았다.

그때부터 그는 쓰지 조리사 학교의 사무장이 되었고, 쓰지 시즈오는 그에게 학교에서 실습수업을 해줄 요리사를 알아보라고 했다. 조리사법은 학생들이 졸업 후에 어떤 직장에서도 채용할 수 있게 일본 요리, 서양 요리, 중국 요리 세 가지 전부를 가르치도록 정해져 있었기 때문에 학교 인가를 받는 데는 각 분야의 요리사를 강사로 전부 갖추지 않으면 안 되었다.

"전부 제가 찾습니까?"

야마오카 토루가 놀라며 묻자, 쓰지 시즈오는 말했다.

"응. 나도 알아는 보겠지만, 대부분은 자네가 맡아 주었으면 해."

"저 말고 다른 직원은 없습니까?"

"없어. 자네하고 나 이외에는, 경리를 담당하는 여직원이 한 명 있을 뿐이야."

"그 정도로 앞으로 학교를 만드는 겁니까?"

"그렇지."

"재미있군요."

"어이가 없다고 말해도 괜찮아."

"아니요. 저, 열심히 해보겠습니다"

하고 야마오카 토루는 말했다. 그는 대학에 벌써 5년 동안이나 적을 두고 있었고, 어느 쪽으로도 취직자리가 없었다.

"하지만, 어디 가서 찾으면 되는 겁니까?"

그는 말했다.

쓰지 시즈오는, 게이안桂庵에 가면 될 거라고 가르쳐 주었다. 게이안이라는 곳은, 에도 시대부터 있었던 직업소개소로, 요리계에 대해서는 메이지 시대 이후에도 그것이 남아 있었다. 그들은 일자리를 얻지 못한 요리사를 많이 데리고 있어서, 근무할 곳을 알선하거나, 요리사가 휴가를 간 요정이나, 급한 연회 예약이 들어와 일손이 부족한 요정의 주문에 응해 자신들의 요리사를 임시로 빌려 주거나 했다. 쓰지 토쿠이치도 이따금 거기에서 요리 학교의 강사를 조달하고 있었다. 그러나 서양 요리 강사만은 호텔이나 유명한 레스토랑의 셰프가 한두 명 필요하다고 말했다.

"학교의 중심이 되는 건 셰프겠군요."

"그런 셈이지."

"알겠습니다. 해보겠습니다."

야마오카 토루는 그 뒤로 오사카와 교토의 온갖 게이안, 호텔, 레스토랑, 요정을 방문하여, 학교의 강사가 될 만한 사람을 찾으러 다녔다. 아무래도 게이안이 가장 도움이 되어, 그다지 시간을 많이 쏟지 않고도 필요한 인원을 간단하게 모을 수 있었다. 레스토랑이나 요정의 요리사들도, 가게가 바쁘지 않은 시간에 간다는 조건을 붙여 여러 명이 승낙했다. 그들로서는 용돈을 벌 수 있는 괜찮은 부업이었던 것이다.

그러나 학교의 중심이 될 서양 요리 셰프를 구하는 건 간단하지 않았다. 야마오카 토루가 맨 처음 방문한 곳은 오사카의 로얄 호텔이었는데, 셰프를 만나 얘기를 꺼내자 그는 얘기하는 것도 바보 같다는 듯한 투로 말했다.

"그런 얘기를 하려고 온 건가?"

"죄송합니다. 하지만, 꼭 강사가 되어 주셨으면 하고 생각해서."

"난 싫네."

"무리라는 건 압니다. 그래도 어떻게 안 되겠습니까?"

"무엇 때문에 곧 문 닫을 게 뻔한 학교에 내가 가지 않으면 안 되나?" 야마오카 토루는 불끈했다.

"뭐야, 그 얼굴은."

셰프는 야마오카 토루를 바보 취급하듯이 말했다. "진짜 요리라는 것은 학교 같은 데서 간단하게 가르칠 수 있는 게 아냐. 그걸 말하는 거야. 그런 학교, 망할 게 뻔하지 않나. 다른 데 가서 알아보게."

제기랄, 하고 야마오카 토루는 생각했다. 그는 아직 스물셋에 지나지 않고, 오십 세의 남자가 봤을 때는 그저 애송이로밖에 보이지 않으리라는 건 잘 알고 있었다. 그러나 예의를 차릴 줄 아는 사람이라면 조금 다른 거절의 이유를 댔을 것이다. 게다가 눈앞의 남자는 오사카에서 최고의 격식을 자랑하는 호텔의 총주방장이었다. 이제부터 앞으로, 죽 이런 종류의 사람들과 만나지 않으면 안 되는가 하고 생각하니 벌써부터 싫은 생각이 들었다. 화가 나서 참을 수가 없어서, 그는 헤어질 때 그 셰프에게 말했다.

"학교는 망하지 않을 겁니다. 우리 학교는 쓰지 조리사 학교라고 합니다. 잘 기억해 두십시오."

그랜드 호텔 셰프의 반응도 비슷했다. 오사카에는 호텔다운 호텔은 이 두 개밖에 없었기 때문에, 이걸로 호텔의 셰프를 획득하는 건 포기하지 않을 수 없었다.

야마오카 토루는 그 일을 쓰지 시즈오한테 보고했지만, 그는 그 얘기를 듣고도 조금도 놀라거나 화를 내거나 하지 않았다. 그는 말했다.

"무리도 아니야. 아직 아무도 조리사 학교가 어떤 것인지도 모르니까. 일본에 존재하지 않는 거나 마찬가지지."

"하지만 분하지 않으세요?"

"우리가 가르쳐 주면 돼. 조리사 학교라는 게 어떤 것인지. 그러면, 머지않아 그자들이 우리 학교 졸업생을 달라고 머리를 숙이게 될 거야."

야마오카 토루는 쓰지 시즈오가 그 답을 찾기 위해 매일 열심히 공부하고 있다는 것을 알고 있었다. 쓰지 시즈오는 사무실을 서재 삼아, 아침부터 밤 늦게까지 책을 읽고 있었다. 어느 날, 함께 커피를 마시자는 말을 듣고 이층에서 내려갔더니, 『라루스 가스트로노믹』이라고 하는 두꺼운 책을 읽고 있었다. 야마오카 토루가 처음으로 보는 프랑스 요리 대사전이었다. 그러나 쓰지 시즈오가 그 답을 찾았다고 하더라도, 과연 유명한 호텔의 셰프들이 쓰지 조리사 학교의 졸업생을 달라고 머리를 숙이고 올 날이 정말로 올까 하고 야마오카 토루는 생각했다.

결국, 야마오카 토루의 부탁에 응해 강사가 되겠다고 허락해 준 것은, 알래스카의 셰프였다. 알래스카는 오사카에서 가장 유명한 서양 요리 레스토랑으로, 그 격식에서는 로얄 호텔에도 뒤지지 않는다는 평을 듣고 있었다. 그 셰프는 야마오카 토루의 설명을 듣고는 말했다.

"그건 좋은 일이군. 우리는 메뉴를 읽는 데 ABC도 몰라서 C라는 건 동그라미의 오른쪽이 빠진 글자라는 식으로 외우는데, 그래도 잘 몰라서 선배 요리사들한테 머리통을 쥐어박혔지. 그런 짓을 않고 학교에서 이런저런 것들을 배울 수 있다면, 이렇게 좋은 일도 없지. 좋은 시대가 되었군. 기꺼이 협력하지."

이렇게 해서 그들은 서둘러 강사 명부를 작성하고, 쓰지 토쿠이치를 교장, 쓰지 시즈오를 부교장으로 해서 쓰지 조리사 학교의 설립 인가를 받은 것이었다. 영양학이나 위생학 강사에는, 쓰지 시즈오가 신문 기자 시절 알게 된 대학 교수와 의사에게 부탁해 와주기로 했다. 그리고 뚜껑을 열어 보니 108명의 학생이 모이게 된 것이었다.

쓰지 시즈오는, 108명의 학생이 모인 것에 정말로 안도의 한숨을 쉬었다. 그는 쓰지 토쿠이치와 야마오카 토루와 의논해, 연간 수업료를 7만 5천 엔으로 정했다. 그것은 이과계 대학의 수업료 평균과 거의 같은 금액으로, 조리 실습 재료비를 감안하면, 그 정도 액수로 하지 않으면 도저히 학교를 운영해 나갈 수 없었기 때문이었다. 그 수업료 액수도 학생들이 너무 비싸다고 느끼지는 않을까 걱정되었다. 그러나 그런 걱정도 기우로 끝난 것이다.

"그건 그렇고, 꽤 나이를 먹은 학생들이 많군."

쓰지 시즈오는 사무실 의자에 앉으며 야마오카 토루에게 말했다. 얼핏 보니, 고등학교를 막 졸업한 남자들보다는 그들보다 꽤 나이가 많은 남자들 쪽이 훨씬 많았던 것이다. 사십을 넘긴 것으로 보이는 어엿한 성인들도 꽤 있었다.

"다들 현역 요리사들이에요."

야마오카 토루는 말했다.

"어째서 현역 요리사가 그렇게 학교에 올 필요가 있는 거지?"

"다들 조리사 시험을 보는 게 싫은 거예요. 학교에 오면, 시험을 보지 않아도 조리사 면허를 받을 수 있죠. 그래서 입학한 것 같아요."

"그건 몰랐군."

"하지만 고등학교 졸업생만으로는 정원을 채우지 못했을 테니까 학교로서는 잘된 일 아닌가요?"

"그거야 그렇지만, 조리사 면허가 없으면 요리를 만들어서는 안 된다는 건 아니잖아."

"그런데, 다들 그렇게 오해하고 있어요. 법이 생긴 지 얼마 안 돼서, 아직 여러 가지 혼란이 있는 거겠죠."

조리사법은, 각 도나 현의 지사가 실시하는 시험에 합격한 사람에게 면허를 주고, 음식점은 그 면허를 딴 요리사를 가게마다 두도록 노력하지 않으면 안 된다고 정해져 있었지만, 의무 사항으로 강제하지는 않았다. 따라서 조리사 면허가 없는 요리사한테 요리를 만들게 해도, 가게가 법률을 위반하는 것은 아니었다.

"그렇다면 빨리 안정이 되어야 하겠군. 언제까지고 나이 사십 먹은 아저씨가 학생으로 오는 건, 난 싫거든"

하고 쓰지 시즈오는 말했다.

"뭐, 좋지 않습니까. 영문이야 어찌됐든 잘된 겁니다."

"부탁하네. 경영 쪽은 전부 자네한테 맡길 테니까."

야마오카 토루는, 쓰지 시즈오가 너무도 쉽게 그 말을 해서, 그 의미가 잘 이해되지 않았다. 설마 스물세 살짜리에게 정말로 학교의 모든 걸 맡기리라고는 생각도 하지 않았다. 그러나 쓰지 시즈오는 진심이었다. 그는 계속해서 말했다.

"난, 그것 말고 하지 않으면 안 될 일이 있거든."

8

쓰지 시즈오는 서양 요리 주임으로 고용한 무라타 코이치의 경력을 보고, 어째서 이 정도의 요리사가 직장을 못 잡고 게이안 같은 데서 빈둥빈둥 하고 있는지 의아하게 생각했다. 그의 과거 근무지 중에는 도쿄의 두 개의 일류 호텔과 재계의 한 단체가 만든 오래된 유명한 클럽이 포함되어 있었고, 그런 곳들은 전부 아무데서나 구할 수 있는 요리사들이 일할 수 있는 곳이 아니었던 것이다. 그러나 그 이유야 어찌됐든, 솜씨 좋은 요리사를 얻을 수 있게 된 것은 기뻐할 일이라고 하지 않을 수 없었다.

쓰지 시즈오는 그 무라타 코이치가 학교에 오게 되자, 그에게 개인적으로 서양 요리를 배우기 시작했다. 그 공부에 의해 자신과 학교의 앞날이 어떻게 전개될 것인지 그는 전혀 확신이 없었다. 그것뿐만이 아니고, 일단 학교를 시작한 것일 뿐 아직 이렇다 할 장래의 전망조차 갖고 있지 않았다. 다만 그는, 『라루스 가스트로노믹』을 읽고 프랑스 요리에 완전히 매료돼, 그것이 어떤 것인가를 어떻게 해서든 실제로 알고 싶었던 것이다.

『라루스 가스트로노믹』을 쓰지 시즈오한테 준 사람은 쓰지 토쿠이치였다. 조리사 학교를 만들 게 되어, 쓰지 시즈오가 아베노 교사의 양옥 건물에 틀어박혀 이것저것 생각하고 있는데, 쓰지 토쿠이치가 그 책을 갖고 와서 이렇게 말한 것이다.

"이거라도 읽어 보는 게 어떻겠나. 전에 미국에서 사 가지고 온 건데 자네라면 읽을 수 있을 거야."

"뭡니까, 그게?"

"프랑스 요리 사전일세. 일본 요리라면 내가 잘 알지만, 서양 요리는 안 돼. 그래도 조리사 학교를 한다고 하면, 누군가는 서양 요리도 알지 않으면 안 되지. 이건 좋은 책이야. 읽어 보면 도움이 될걸세."

그 말도 지당하다고 쓰지 시즈오는 생각했다. 중국 요리에 대해서는 두 사람 다 전혀 문제 삼지 않았다. 중국 요리라고 하면 라면과 교자, 그리고 팔보채 정도로, 본격적인 요리로는 아직 간주되지 않았고, 사실 거리에도 연회를 할 수 있을 만한 고급 식당은 거의 존재하지 않았다. 이윽고 학교가 개교하고 나서도, 중국 요리 요리사가 되려는 학생은 손에 꼽을 정도밖에 입학하지 않았고, 고등학교를 졸업하고 온 학생들 중에 중국 요리의 길을 가고 싶다고 희망하는 사람은 그 수가 더 적었다. 그러나, 만약 중국 요리가 이 시점에서 중요한 요리가 되었다 하더라도, 동시에 두 가지 요리를 공부한다는 것은 불가능했을 것이다.

쓰지 시즈오는 『라루스 가르트로노믹』—미식 대사전이라는 이름이 붙은 그 두꺼운 책에 금방 빠져들었다. 그 책에는 화려한 사진과 함께, 그가 본 적도 없는 프랑스 요리가 3천 종류나 소개되어 있었다.

'이게 진짜 서양 요리인가'

하고 그는 생각했다.

온갖 요리가 그의 상상을 훨씬 뛰어넘고 있었다. 그때까지 그가 서양 요리라고 생각하고 있던 것은, 오믈렛이나 마카로니 그라탱이나 비프스튜나 스테이크였다. 그러나 그 책에는 그런 것들과는 전혀 다른 별세계의 요리가 즐비해 있었다. 에크르비스 테린, 트뤼프 소 파이, 넙치 샴페인 찜, 소스 아메리켄, 오리 오렌지 찜. 무엇 하나 그는 몰랐다. 대체 어떤 요리들일까 하고 그는 생각했다.

그는 그런 요리들의 조리법과 해설을 사전을 찾아 가면서 열심히 읽었다. 그러나 읽으면 읽을수록 점점 더 알 수가 없었다. mignonette이라고 하는 말을 사전에서 찾아봐도, '후추를 다소 거칠게 간 것'이라고 번역되어 있었지만, 정확히 어떤 것인지 속 시원히 알 수가 없었다. fond de veau도 '송아지 곰국'이라고 되어 있을 뿐, 정확히 어떤 것인지 짐작이 가지 않았다. witloof는 '뿌리가 큰 흰 잎의 치커리'라고 쓰여 있었다. 물론, 어떤 야채인지 상상도 할 수 없었다. 그래서 그는 실제로 자신이 만들어 보기로 한 것이다. 그에게는 신문 기자를 그만두고 나서 개조한 어엿한 주방이 자택에 있었고, 지금은 기초적인 것을 가르쳐 줄 솜씨 좋은 요리사도 있었다.

무라타 코이치는 쓰지 시즈오보다 열두 살 위인 서른아홉이었다. 사람 좋아 보이는 얼굴에 말투도 정중해서, 쓰지 시즈오는 안심하고 초보적인 요리를 가르쳐 달라고 부탁했다. 그러자 그는 말했다.

"설마 요리사가 되려고 하는 건 아니죠?"

"그럴 마음은 없지만, 왜 물으시죠?"

하고 쓰지 시즈오는 물었다.

"당신이 요리사가 될 생각이라면 가르쳐 드릴 수가 없기 때문입니다."

"어째서죠?"

쓰지 시즈오는 다시 물었다.

"하지만 그렇잖아요. 우리들은 선배 요리사한테 얻어맞고 발로 채여 가면서 겨우 한 사람의 요리사가 된 겁니다. 그렇게 해서 익힌 기술을 왜 다른 사람한테 가르쳐 주지 않으면 안 됩니까. 가르침을 받는 쪽만 이득을 보는 것 아닙니까?"

"그럼, 무라타 씨는 어떻게 요리를 배웠습니까?"

"훔친 거지요. 선배들로부터."

"다들 그런 식으로 배우나요?"

"그야, 그렇지요. 꼬치꼬치 하나하나 가르쳐 주는 요리사 따위는 없으니까요. 중요한 재료를 들여올 때, 요리장이 어떻게 하는지 아십니까? 밑의 요리사가 전부 돌아간 뒤에, 밤중에 혼자서 합니다. 아무한테도 알려 주지 않기 위해서요."

"하지만 학교에서는 제대로 가르쳐 주고 계시죠?"

쓰지 시즈오는 불안해져서 물었다.

"어느 정도까지는요. 하지만 전부 가르치지는 않습니다. 중요한 대목은요. 여기 학생들은 프로가 될 사람들이니까요. 만약 전부 가르친다고 하는 요리사가 있다면 그자는 아무것도 모르는 요리사든가, 어지간히 바보든가 둘 중의 하나죠."

무라타 코이치는 당연한 일이 아니냐는 듯이 말했다. 쓰지 시즈오는 그런 점은 생각도 못했기 때문에 충격을 받았다. 그렇다면 조리사 학교라고 하는 존재는 대체 무엇인가?

"일본 요리의 요리사도 그런가요?"

"일본 요리가 가장 심하죠. 그치들은 정말 중요한 대목은 결코 다른 사람한테 보이지 않습니다. 그래도 훔치는 작자는 제대로 훔치니까요. 그걸로 좋은 겁니다."

"나한테는 제대로 가르쳐 주시겠죠?"

"가르쳐 드리겠습니다. 당신은 아마추어니까요."

그러나, 쓰지 시즈오는 무라타 코이치한테서 기초적인 걸 한 달 동안 배우면서 그에게 완전히 실망하고 말았다. 쓰지 시즈오가 초보적인 조리법을 배우고 싶다고 희망한 것은, 오믈렛이나 카레나 햄버거나 마카로니 그라탱을 만들어 보고 싶어서가 아니었다. 돈카쓰 튀기는 법이나, 포크 소테sauté 굽는 법도 아니었다. 이제 쓰지 시즈오는, 그런 요리들은 일본풍 서양 요리라고 부를 수밖에 없는 것으로, 진짜 서양 요리와는 전혀 다르다는 걸 알고 있었다. 그러나 무라타 코이치는 일류 경력을 가진 요리사임에도 불구하고 그의 레퍼토리는 그런 메뉴가 대부분으로 쓰지 시즈오가 기대했던 본격적인 프랑스 요리는 전혀 나오지 않았다.

그가 만든 것 중에 쓰지 시즈오가 감탄한 것은, 마카로니 그라탱 등에 사용하는 베샤멜béchamel 소스라고 하는 화이트소스뿐이었다. 그것은 프라이팬에 버터를 녹이고, 거기에 밀가루를 넣고, 볶은 뒤, 마지막으로 우유를 더해 만드는 소스였는데, 무라타 코이치는 우유를 넣을 때까지 버터와 밀가루를 나무 주걱으로 40분 동안이나 계속해서 저었다. 쓰지 시즈오가 꽤 손이 가는구나 하고 속으로 놀라고 있는데, 무라타 코이치는 우쭐거리듯이 그 이유를 설명했다.

"이 소스를 잘 만드는 비결은, 얼마나 밀가루의 끈기를 빼느냐에 있죠. 그걸 위해서는 아무래도 이 정도의 시간을 들이지 않으면 안 되죠."

그는 그 소스를 사용해, 새우 코키유*도 만들어 보았다. 하지만 그것

---

* coquille. 가리비 껍데기나 조가비 모양을 한 그릇에 밑간을 한 재료를 채우고, 오븐에서 찜구이로 하여 그릇째 내놓는 요리.

도 명백히 마카로니 그라탱의 변형으로, 쓰지 시즈오가 기대했던 것과는 거리가 멀었다.

쓰지 시즈오는 애가 타서, 본격적인 프랑스 요리를 만들어 주지 않겠냐고 말했다. 그러자 무라타 코이치는 흠칫 놀란 듯한 눈으로 쏘아보며 말했다.

"내 솜씨를 시험하겠다는 겁니까?"

"아뇨, 그런 게 아닙니다. 그저 난 프랑스 요리라는 걸 전혀 몰라서 어떤 건지를 알고 싶을 뿐입니다."

"그런가요. 그렇다면 상관없지만"

하고 무라타 코이치는 차분한 표정이 되어 말했다. "그렇다면, 우선 넙치 뫼니에르meunière라도 만들어 보죠. 프랑스 요리의 가장 대표적인 메뉴 중 하나이니까요. 호텔 레스토랑에서 코스 요리를 주문하면, 대부분 이게 나옵니다."

무라타 코이치는 학교 주방의 냉장고에서 넙치를 가지고 와서는 재빠른 솜씨로 그것을 만들어 보였다. 그는 우선 넙치의 양면에 소금, 후추를 치고, 밀가루를 살짝 묻히더니, 프라이팬에 샐러드유를 두르고 넙치 양면을 노릇노릇해질 때까지 구웠다. 그리고 그것을 접시에 옮기더니, 이번에는 프라이팬에 버터를 녹여, 그것이 엷은 갈색으로 변할 때까지 눈게 하고는 레몬즙과 섞은 뒤, 그것을 접시 위의 넙치에 끼얹었다. 그게 전부였다. 먹어 보니 아주 향기로운 버터의 풍미가 느껴져 맛있었다.

그런데, 쓰지 시즈오가 나중에 혼자서 『라루스 가스트로노믹』을 보았더니, 만드는 법이 달랐다. 무라타 코이치는 샐러드유로 구웠지만, 정제 버터로 굽는다고 쓰여 있었고, 버터를 눈게 해 나중에 끼얹는다는 건 어디에도 쓰여 있지 않았던 것이다.

다음 날, 쓰지 시즈오는 무라타 코이치한테 어제 되니에르를 만든 방법이 정확한 거냐고 물었다.

"왜 그러시죠?"

"왜 버터로 굽지 않았는지 궁금해서요."

그러자 무라타 코이치는 말했다.

"역시 당신은 아마추어군요. 버터로 구우면 생선이 타버립니다. 그래서 요리사들은 모두 버터 같은 거로 굽지 않아요. 버터는 마지막에 끼얹는 겁니다. 그렇게 하는 게 버터의 풍미도 제대로 나구요. 누가 쓴 책을 읽었는지 모르겠지만, 버터로 굽는다는 따위의 말이 쓰여 있는 책은 믿어서는 안 됩니다. 샐러드유로 굽는 게 정확한 겁니다."

쓰지 시즈오는 무라타 코이치가 너무도 자신만만하게 말했기 때문에 마음이 혼란스러웠다. 그렇다면 『라루스 가스트로노믹』이 잘못되었다는 말인가?

무라타 코이치의 조리법이 아무래도 그의 독자적인 방식이라는 걸 알게 된 것은, 그로부터 얼마 뒤에 그가 부르고뉴풍 소고기 찜을 만들어 보였을 때였다. 그는 소금, 후추를 친 안심살을 냄비에 볶고, 거기에 고형固形 콩소메consommé를 녹인 수프와 토마토 주스, 케첩을 섞어 순식간에 쪘다. 고기를 볶은 직후에 레드와인을 글래스 반 정도 뿌렸는데, 그 냄새를 맡으면서 그는 말했다.

"으음. 좋은 향이군. 이 와인의 향이야말로 프랑스의 향입니다. 이걸 넣지 않으면 그저 평범한 비프스튜지만, 이걸로 부르고뉴풍이 되는 겁니다. 하지만, 넣을 때를 착각해서는 안 됩니다. 와인을 넣는 것은 고기를 볶은 직후입니다. 이건 규칙이니까요."

그런데,『라루스 가스트로노믹』에 의하면, 그것을 만드는 방법은 훨씬 더 복잡했고, 순서도 달랐다. 고기는, 레드와인 한 병을 다 쏟아 거기에 양파, 당근, 허브를 넣은 데다 다섯 시간 동안이나 재워 놓고, 그런 뒤에 냄비에 볶고, 고기를 재웠던 와인에 퐁 드 보라고 하는 송아지 곰국을 더해 바짝 졸인 것이었다. 여러 모로 알아보니, 퐁 드 보라는 건, 찜이나 고기 요리에 들어가는 소스로서 프랑스 요리에서는 절대적으로 빠져서는 안 되는 것인 듯했다. 맨 처음에 와인 국물에 고기를 재워 놓지 않은 것은 그렇다 치더라도, 무라타 코이치는 어째서 그 정도로 중요한 퐁 드 보 대신에 고형 수프 같은 것을 사용해 얼버무린 것일까. 재료에는 아무리 돈이 들어가도 상관없다고 미리 말해 두었던 것이다. 그에 관해 묻자, 무라타 코이치는 말했다.

"알고 있습니다, 물론. 그러나 퐁 드 보를 만드는 데는 7~8시간이나 걸립니다. 그런 걸 만들게 되면 시간과 재료비가 너무 많이 들어 비싸서 팔 수 없는 요리가 되어 버립니다. 고형 수프로 같은 맛이 나온다면, 그걸로 충분하지 않습니까. 어떤 호텔에서도, 입으로는 퐁 드 보 같은 걸 주워 담지만, 실제로는 고형 수프를 사용하고 있으니까요."

"정말인가요?"

"정말입니다. 제 경력은 알고 계시죠? 그런 제가 말씀드리는 거니까요."

"무라타 씨는 프랑스에 간 적이 있나요?"

"없습니다. 하지만 내가 맨 처음에 배운 호텔 셰프는 프랑스에 갔다

온 사람이었으니까요. 난 그 셰프가 한 대로 하고 있으니까, 프랑스에

갔다 온 것과 마찬가지입니다."

"일리가 있군요"

하고 쓰지 시즈오는 말했다. 그리고 그때, 이 남자는 사실은 아무것

도 모르는 게 아닐까 하고 생각했다.

"무라타 씨는 테린이라는 요리는 알고 계시나요?"

"모릅니다. 들어본 적도 없습니다."

"프랑스에서는 극히 흔하게 볼 수 있는 오르되브르*라고 들었습니다

만."

그것도 『라루스 가스트로노미』에서 얻은 지식이었다. 고기를 테린용

의 사각 그릇에 담아 오븐에 구운 뒤, 냉장고에서 식히면 고기가 지닌

젤라틴질이 나와 굳는데, 그것을 얇게 썰어 야채 등과 함께 내는 것이

었다. 『라루스 가스트로노미』에는, 실로 간단한 요리지만 그런 만큼 그

것을 얼마나 잘 만들 수 있느냐로 요리사의 솜씨를 알 수 있다고 쓰여

있었다.

"누구한테 들었는지는 모르겠지만, 그런 건 없다고 생각합니다. 일본

의 호텔 중에는, 테린인가 뭐가 하는 걸 내는 곳은 한 곳도 없습니다."

"그럼 일본의 호텔에서는 오르되브르로 어떤 걸 내고 있나요?"

"그건 이미 정해져 있습니다. 아소티드assorted 오르되브르죠."

"만들어 보여주시겠습니까?"

---

* hors-d'oeuvre. 전채. 입맛을 돋우기 위해 메인 요리 전에 내는 소량의 애피타
이저.

"좋습니다."

그로부터 두 시간 뒤에 무라타 코이치가 만든 그 오르되브르를 보고, 쓰지 시즈오는 온몸의 맥이 풀렸다. 눈앞에는, 소금과 후추를 넣고 단순히 찐 정어리, 소금으로 데친 토마토, 마요네즈로 버무린 당근, 화이트 아스파라거스 드레싱 버무림이라고 하는 토끼 귀처럼 생긴 요리가 나란히 놓여 있었다. 과연 어지럽게 여러 가지를 섞어 담았다는 이름 그대로의 느낌이 나는 오르되브르로, 소스를 끼얹은 양배추 채가 없다는 게 오히려 신기할 정도였다.

"정말이지 버라이어티 쇼처럼 다채롭군요."

쓰지 시즈오는 그 말밖에는 뭐라 할 말이 없어서 그렇게 말했다.

"이것이 가장 정통적인 프랑스 요리의 오르되브르입니다. 진짜는 훨씬 더 다양하게 갖추지만, 이것을 손수레에 싣고, 손님의 희망에 따라 테이블에서 나누어 담죠. 그리고, 콩소메나 포타주potage를 내고, 앞서 만들었던 넙치 뫼니에르를 내고, 마지막으로 스테이크를 냅니다. 그렇게 하면, 그것이 풀코스가 되는 거지요."

"어떤 호텔이든 그렇게 하나요?"

"뭐, 넙치 뫼니에르 대신 새우를 마요네즈에 버무려 식힌 것 따위를 내는 곳도 있지만, 어느 호텔이나 대부분 그렇지요."

쓰지 시즈오는, 이 아소티드 오리되브르를 마지막으로, 무라타 코이치한테서 요리를 배우는 걸 딱 그만두었다. 어떻게 생각해도 진짜 프랑스 요리라고는 생각되지 않았기 때문이다. 그리고, 곧이어 이렇게 생각했다. 그의 요리가 진짜가 아니라면, 일본 내의 프랑스 요리는 전부 가짜가 아닐까? 무라타 코이치 한 사람만 특별히 잘못 배워 온 것이라고는 생각되지 않았다.

9

8월 어느 날, 쓰지 시즈오와 야마오카 토루는 도쿄의 한 호텔 메인 다이닝룸에서 프랑스 요리 풀코스를 주문했다.

그 호텔은 도쿄에서도 1, 2위를 다투는 격식을 자랑하는 커다란 호텔이었지만, 쓰지 시즈오는 요리가 나오기 전부터 뭐가 나올지를 알고 있었다. 무라타 코이치가 말한 게 사실인지 아닌지 확인하기 위해, 갈 수 있는 모든 호텔에 가서 똑같은 요리를 먹었기 때문이다. 무라타 코이치가 말한 건 사실이었다. 거의 모든 호텔에서 그는 아소티드 오르되브르와 포타주, 넙치 뫼니에르, 그리고 마지막으로 스테이크를 먹어야 했다. 마치 판박이처럼 똑같았다.

그는 호텔 외에 레스토랑에도 갔다. 레스토랑도 비슷한 것 같았다. 오사카의 알래스카에 갔을 때였다. 그는 셰프에게 학교에 시간 강사로 와 주는 것에 대해 고마움을 표시하고, 코스 메뉴에 대해 물었다. 셰프는 말했다.

"오르되브르는 푸아그라고, 수프는 콩소메. 생선은 냉장한 대하이고, 마지막으로 스테이크입니다."

쓰지 시즈오는 푸아그라를 먹는 건 처음이었기 때문에 흥미가 있었지만, 냉장한 대하 같은 것은 넙치 뫼니에르와 더불어 질리도록 먹었기 때문에 먹고 싶지 않았다.

"그렇다면 부야베스가 있으니까, 뫼니에르 대신 조금 내올까요?"

하고 셰프는 말했다.

쓰지 시즈오는, 푸아그라는 트뤼프, 캐비아와 나란히 프랑스 요리의 3대 진미라는 걸 알고 있었기 때문에, 과연 오사카 제일의 알래스카다, 하고 감탄하면서 먹었다. 그가, 그것이 거위의 간이 아니라 단지 닭의 간이었던 것 같다고 생각한 것은 1년 후에 프랑스에 간 뒤의 일이었다.

그러나, 부야베스가 진짜와 다르다는 것은 그날 밤 안에 알았다. 『라루스 가스트로노믹』에서 찾아보니, 부야베스는 아욜리ailloli를 곁들여 먹는다고 쓰어 있었다. 아욜리라는 건, 갈아 낸 마늘과 계란 노른자에 올리브유를 섞어 만든 것으로 『라루스 가스트로노믹』에는 마르세유 거리에는 파리가 없다는 과장 섞인 해설이 덧붙여져 있었다. 마르세유 사람들은 매일처럼 이 아욜리를 듬뿍 친 부야베스를 먹기 때문에, 그들이 내쉬는 마늘 냄새로 파리가 전부 죽어 버렸다는 것이다. 그 정도가 되지 않으면 안 되는 게 알래스카의 부야베스에는 빠져 있었다. 상상한 대로, 일본의 요리사는 전부 프랑스 요리를 잘 모르든가, 안다고 해도 진짜와는 다른 것을 만들고 있는 것이었다.

"이것이 프랑스 요리인가요?"

역시 아소티드 오르되브르부터 시작된 요리를 다 먹고 나서, 야마오카 토루가 물었다. 그는 학교 경영에 바쁘고, 중간 중간에 일반 교양과목인 사회학이나, 요리사가 프랑스어 메뉴를 읽을 수 있도록 간단한 프랑스어를 가르치고 있었기 때문에, 이런 저녁을 먹는 건 드문 일이었다.

"맛있었나?"

하고 쓰지 시즈오는 물었다.

"예"

하고 야마오카 토루는 대답했다.

"하지만, 이건 진짜 프랑스 요리와는 달라. 그것만은 알아두는 게 좋을 거야."

"그럼, 이게 항상 부교장님이 틀렸어, 틀렸어, 하고 말하는 요리인가요?"

"뭐, 이건 그것의 대표지. 전부 나름대로 맛있게는 만들고 있지만, 이런 게 프랑스 요리일 리가 없지. 프랑스 요리라는 건, 좀 더 다른 거야."

"진짜 프랑스 요리를 먹어 보고 싶군요."

"일본에서는 무리야. 꽤 여러 군데에 가서 먹어 봤지만, 그런 요리는 한 번도 만나 본 적이 없으니까. 일본 전국을 돌아다닌다 해도, 가짜의 세계를 뛰어 돌아다니는 셈이지."

"그렇다면 프랑스로 갈 수밖에 없겠군요."

"가고 싶어"

하고 쓰지 시즈오는 말했다. "그러나, 생각해 봐. 우리가 이렇게 도쿄에 온 것도 아키코의 저금을 털어서 온 거야. 프랑스 같은 데를 어떻게 가겠나."

"그것도 그렇네요"

하고 말하며 야마오카 토루는 웃었다.

그 내막은 이렇다. 일주일 전에, 야마오카 토루가 경리 여직원한테 비행기 표 준비를 부탁하자, 그녀는 그럴 돈이 없다고 말했다. 어째서냐고 묻자, 그녀는 말했다.

"여름방학이 되었기 때문에, 이번 달에는 수업료가 안 들어와요."

그래서 야마오카 토루는, 자신들이 어처구니없는 실수를 했다는 것을 비로소 깨달은 것이었다. 그들은 수업료를 일괄 납부하게 하지 않고, 매달 한 달치씩 납부받고 있었다. 그러나 도쿄의 업무는 일본 조리사 학교 협회의 설립 총회여서, 그 분위기를 살피기 위해서 아무래도 참석할 필요가 있었다. 그래서 쓰지 시즈오가 아키코의 저금에서 필요한 돈을 인출한 것이었다. 그들은 학교 경영에 관해서는 완전히 아마추어였다.

"그런데도, 우린 꽤 사치스러운 식사를 했네요. 이거, 4천5백 엔짜리 코스 요리죠. 제 월급이 1만 3천 엔인데요."

"내 월급은 9천 엔이야"

하고 쓰지 시즈오는 말했다.

다음 날, 두 사람은 그 호텔 홀에서 열린 일본 조리사 학교 협회의 설립 총회에 함께 참석했다. 지난 2년간 전국에 생긴 조리사 학교는 27개 교로, 협회에는 그 학교들이 전부 가맹되어 있었다.

쓰지 시즈오는 그 회의장에서 그리운 얼굴을 만났다. 고등학교 시절의 동급생 가네마루 코사부로였다. 그의 부친은 도쿄의 야마노테 요리 학원이라고 하는 커다란 요리 학교의 경영자였다. 그도 요리 학교의 경영은 성에 차지 않아 조리사 학교를 만든 것일까. 쓰지 시즈오가 먼저 알아보고 말을 걸자, 그는 깜짝 놀라 말끄러미 쓰지 시즈오를 쳐다봤다. 어째서 쓰지 시즈오가 여기에 있는지 이해 할 수 없다는 듯한 얼굴이었다. 쓰지 시즈오는 사정을 간단하게 설명했다.

"좋은 데 착안했군"

하고 가네마루 코사부로는 말했다.

"좋은 데?"

"그래. 지금은 아직 모든 사람들이 티브이나 세탁기 같은 물건으로 큰 소동을 벌이지만, 얼마 안 있어 그런 것들은 누구나 가지게 돼, 진기하고 말 것도 없어질 거야. 가지고 싶은 물건을 가지고 나면, 그 뒤의 즐거움은 먹는 것뿐이지. 나는 앞으로 십 년만 지나면 그런 시대가 올 거라고 봐."

일미 안전 보장 조약을 강행 체결해 국회에서 가결시킨 기시岸 내각이 붕괴되고, 이케다池田 내각이 새롭게 탄생한 것은 정확히 한 달 전인 7월이었다. 그 이케다 내각이 소득을 두 배로 늘리는 계획을 내세운 것은 그로부터 몇 개월 뒤의 일이었다. 그들은 그 계획의 초기에 일본의 경제 성장률을 연 9퍼센트로 잡았다. 일본은 풍요를 구가하고 있었다.

"그래서 그게 어쨌다는 거야?"

하고 쓰지 시즈오는 물었다.

"모르겠어? 그렇게 되면 요리사의 수요가 늘어날 거 아냐. 자넨 뭐 때문에 조리사 학교를 시작했는데?"

"그걸 하는 것밖에는 방법이 없었으니까. 요리 학교보다는 재미있지 않을까 해서 시작한 것뿐이야."

"그렇다면, 좀 더 잘 생각해 보는 게 좋을 거야. 이건 장래성이 있는 일이야. 이제부터 쑥쑥 성장할 거야. 난, 아마노테 조리사 학원을 일본 제일의 조리사 학교로 만들 생각이야. 이번에는 지지 않을 테니까."

쓰지 시즈오는 깜짝 놀랐다. 가네마루 코사부로는, 고등학교 때 클래식 음악 지식 경쟁에서 진 것을 아직 기억하고 있는 것이었다. 쓰지 시즈오는 까맣게 잊고 있었다.

"나는 이 협회도 내 거로 만들 생각이야. 오늘은 일단 사무국장이 될 거야."

가네마루 코사부로는 말했다.

"이런 협회를 자네 거로 해서 뭘 할 생각인데?"

쓰지 시즈오는 물었다.

"여러 가지 것들을 결정할 수 있잖아. 자넨 흥미가 없단 말이야?"

"없어."

"그럼, 라이벌이 한 명 줄어든 셈이군."

"그건 영원히 보증하지. 자네하고 경쟁할 생각은 없어."

"예전에는 했잖아. 난 안 잊고 있다구."

"난 다 잊었어"

하고 쓰지 시즈오는 말했다.

누군가가 가네마루 코사부로를 부르러 와서, 두 사람은 그것을 계기로 헤어졌다.

"누굽니까, 지금 그 남자는"

하고 옆에 있던 야마오카 토루가 물었다.

"고등학교 때 동창이야. 아버지가 요리 학교 교장인데, 그 친구는 조리사 학교를 만든 것 같아."

"싫은 느낌이 드는 남잔데요."

"응. 예전에는 저렇지 않았는데. 나하고 클래식 음악에 대한 지식을 놓고 경쟁하다가 진 적이 있어. 톡톡히 혼이 났지. 그 일을 아직 마음 속에 간직하고 있는 모양이야"

하고 쓰지 시즈오는 말했다.

협회 설립 총회는, 회장과 두 명의 부회장과 사무국장을 선출하고 서 끝났다. 사무국장에는 야마노테 조리사 학원의 가네마루 코사부로 가 선출됐다. 회장단 인선은 미리 결정된 모양인 듯, 투표고 뭐고 없었 다. 그 뒤에는 뷔페 파티였다. 총회에는 내빈으로 후생성의 담당 과장 이 와 있었고, 파티가 시작되자 그의 주변으로 금세 많은 사람들이 모 여들어, 전부 그에게 머리를 숙이며 앞다퉈 명함을 내밀었다. 가네마루 코사부로가 거기 모인 사람들을 슬며시 정리하고, 컨트롤하고 있었다.

"돌아가지"

하고 쓰지 시즈오는 그런 모습을 보며 야마오카 토루에게 말했다.

"여기 온 작자들은, 우리들과는 아무래도 다른 인종들 같아."

무라타 코이치가 수업에 사용하는 식재료 구매비를 속이고 있다는 걸 안 것도 같은 8월이었다.

도쿄에서 돌아온 지 얼마 안 된 어느 날, 야마오카 토루가 양옥 건 물 이층의 자기 방에서 빈둥빈둥하고 있는데, 일층 사무실에서 전화가 울렸다. 아무도 받지 않아 내려가 수화기를 들었더니 여자의 목소리가 들렸다.

"거기, 무라타라고 하는 선생님 계신가요?"

"계십니다만, 지금은 여름방학이라 휴가 중입니다."

"어떻게 해야 되나."

"누구신가요?"

"마유미. 그럼, 무라타 씨한테 전해 주세요. 빨리 이달치 돈을 주지 않으면 나하고의 일을 부인한테 말하겠다고."

"무슨 일입니까, 그게."

"그렇게만 전해 주시면 알 거예요."

"그렇다면, 본인이 말하면 되지 않나요?"

"연락이 안 되니까 부탁하는 거 아니에요. 그 사람, 나한테 매달 2만 엔씩 주겠다고 약속해 놓고, 이번 달은 아직 안 줬단 말이에요. 그래서 곤란하다구요. 알겠죠? 잊어버리지 말고, 전해 주세요."

여자는 그렇게 말하고는, 야마오카 토루가 대답할 틈도 안 주고 전화를 끊어 버렸다.

야마오카는 수화기를 놓고 생각했다. 대충의 사정은 짐작할 수 있었다. 남자가 애인을 만드는 것은 드문 일은 아니다. 그러나 무라타 코이치는 2만 엔이나 되는 돈을 어떻게 마련해 주고 있는 걸까. 그는 후생성의 기준을 충족하기 위해 고용한 얼마 안 되는 전임 요리사의 한 사람으로, 서양 요리 부문의 주임을 맡고 있었다. 그래서 그에게는 보수 면에서도 학교에서 최고의 대우를 해주고 있었지만, 그래도 그의 월급은 3만 엔에 지나지 않았다. 거기에서 애인한테 2만 엔이나 준다는 건 생각할 수도 없는 일이었다. 또 야마오카 토루는, 그가 어딘가의 레스토랑에서 아르바이트를 하고 있다는 얘기도 듣지 못했다.

그자는 매월 2만 엔이나 되는 돈을 어디에서 염출해 내는 것일까? 야마오카 토루는 경리 여직원의 집에 전화를 해, 뭔가 짚이는 데가 없냐고 물어보았다. 무라타 코이치는 서양 요리 주임이었기 때문에, 수업에 사용하는 서양 요리 재료의 매입을 관리하고 있었다.

"영수증은 전부 제대로 받았어요. 그건 매일 제가 체크하니까요. 하지만 정육점이나 어물전에서 뒷돈을 받고 있다면, 그건 저도 모르죠"

하고 여직원은 말했다.

"그런 짓을 하고 있을까?"

"무라타 씨가 하고 있는지 어떤지는 몰라요. 하지만 캇포 학교 쪽에 있을 때, 토쿠이치 교장선생님한테서 그런 요리사도 있다는 말을 들은 적이 있어요."

"그런가. 알았어, 고마워."

전화를 끊고, 그거다, 그런 수법을 써 온 거야, 틀림없어, 하고 야마오카 토루는 생각했다. 그런데 여름방학이 되어 재료를 구입할 일이 없어졌기 때문에 뒷돈을 챙기지 못하게 된 것이다.

야마오카 토루는 그러고시 장부를 보고, 무라타 코이치가 재료를 매입한 가게를 조사해 재빨리 그리로 향했다. 무라타 코이치는 정육점에서도, 어물전에서도, 야채 가게에서도 뒷돈을 받고 있었다. 그들은 처음에는 그 사실을 인정하려 하지 않았지만, 야마오카 토루가 뒷돈을 얹지 않은 청구서를 보여주면 앞으로도 거래를 계속할 수 있을 거라고 말했더니, 그들은 한결같이 무라타 코이치는 뒷돈을 너무 지나치게 요구한다고 그를 비난했다.

"우리가 청구서에 더 없는 것 이상으로 가져가요. 지독한 요리사예요. 그런 악당은 본 적도 없어요"

하고 시장의 어물전 주인은 말했다.

"요리사들은 전부 그런 짓을 합니까?"

야마오카 토루가 물었다.

"뭐, 대부분의 요리사는 그렇지요. 요리사들은 웨이터하고 달라, 손님한테서 팁을 못 받으니까요. 그렇지만 댁의 무라타 씨 정도로 지독한 요리사는 본 적이 없어요."

"이제부터는 돈의 출납은 제가 할 테니까, 저 이외의 사람하고는 돈 거래를 하지 말아 주세요."

"그럼, 그렇게 하겠습니다. 그러는 편이 이쪽도 더 좋죠."

"그럼, 부탁합니다."

야마오카 토루는 다른 가게에서도 똑같은 대화를 하며 돌았다. 그리고 그날부터 이틀 안에, 일본 요리와 중국 요리의 재료 매입도, 돈의 출납은 전부 그가 하는 쪽으로 바꿔 버렸다. 뒷돈을 받는 게 요리사들의 상식이라고 한다면 일본 요리와 중국 요리의 요리사도 똑같이 행동한다고 생각하지 않으면 안 되었기 때문이다.

야마오카 토루는 모든 조치를 끝낸 뒤에 쓰지 시즈오한테 보고했다.

"그걸로 됐군."

하고 쓰지 시즈오는 말했다.

"무라타 씨는 어떻게 할까요?"

"그만두라고 할 수밖에 없겠지. 경력은 좋은데 왜 직장을 못 잡았을까 궁금했는데 이유는 그거였던 모양이군."

"죄송합니다. 제가 좀 더 제대로 조사한 뒤에 채용했으면, 이렇게까지 되지는 않았을 텐데."

"자네 책임이 아니야. 그 사람은 말투도 정중했고, 그런 짓을 할 사람으로 보이지는 않았으니까. 사람은 겉보기만으로는 모른다는 말도 있잖아."

"그의 대타로는 확실한 요리사를 찾아보겠습니다."

"응. 부탁하네."

두 사람은 일층 사무실에서 얘기를 하고 있었다. 거기에는 쓰지 토쿠이치가 7년 전에 미국에서 사온 웨스팅하우스 사 제품의 에어컨 열 대 중 한 대가 설치되어 있어, 무척 시원하고 기분이 상쾌했다.

"커피라도 탈까요?"

하고 야마오카 토루는 물었다.

"자네는 술 쪽을 더 좋아하지 않아?"

하고 쓰지 시즈오는 말했다. 그는 술도 담배도 안 했지만, 야마오카 토루는 둘 다 했다.

"좋은 술 있습니까?"

"그쪽에 헤네시Henessey가 있을 거야."

"그럼, 저는 그걸 한잔 하겠습니다."

야마오카 토루는 쓰지 시즈오를 위해 커피를 타고, 자신은 헤네시를 마셨다. 그리고 담배를 피우며 말했다.

"최근에는 뭘 읽고 계신가요?"

"이거야."

쓰지 시즈오는 그렇게 말하고, 『The Art of Eating』이라는 읽고 있던 책을 보여줬다. M. F. K. 피셔라고 하는 미국의 여류 요리 연구가의 책으로, 쓰지 토쿠이치의 서재에서 발견한 책이었다. 쓰지 토쿠이치는 자신은 읽지도 않으면서 미국에서 사온 요리책들을 엄청 소중하게 여겼다.

"먹기의 예술이라는 건가요? 꽤 야단스러운 제목이군요"

하고 야마오카 토루는 말했다.

"그런 생각이 들겠지. 그런데, 전혀 야단스럽지가 않아. 참으로 제목에 어울리는 내용의 책이야. 음악에 대해 쓴 책이라도, 이 정도로 예술을 느끼게 하는 격조 높은 책은 없다고 생각해"

하고 쓰지 시즈오는 말했다. 그가, 시인 W. H. 오든이 이 책을 읽고, 오늘날 그녀 이상으로 훌륭한 산문을 쓰는 사람은 없다, 콜레트라면 분명히 이 책을 애독했을 것이 틀림없고, 이런 책을 써보고 싶다고 생각했을 것이다, 라고 격찬했다는 것을 안 건, 좀 더 뒤의 일이었다.

"흐음. 먹는다는 게 예술인가요?"

야마오카 토루는 말했다. 그는 먹는다는 게 예술이라는 생각 따위는 한 번도 해본 적이 없었다.

"그렇다고 이 피셔라는 사람은 말하고 있군"

"대단한 사람이군요"

"응. 하지만 나는, 프랑스 요리에는 그렇게 생각하게 만드는 힘이 있다고 생각해. 그녀는 모든 요리에 대해 말하고 있는 게 아니니까."

"프랑스 요리라는 건 그 정도로 대단한 건가요?"

"그런데 우리로서는 안타깝게도 그것조차 알 수 없어. 존재하지 않으니까."

"어째서일까요. 메이지 시대 이후 이제 백 년이 다 되어 가는데, 그사이에 진짜 프랑스 요리를 소개하려고 했던 사람이 한 사람도 없었던 말인가요?"

"있었지. 그 무라타 씨도 처음에 배웠던 호텔의 요리사가 프랑스를 갔다 온 사람이라고 하고, 많이 있을 거야. 그런데, 프랑스 요리는 『라루스 가스트로노믹』에 실린 것만도 3천 종류가 되는데, 그는 그럴듯한 프랑스 요리는 20종류도 모르고, 만드는 방법은 전부 틀려. 아마도, 다들 잘 모르는 상태에서 잘못된 걸 갖고 오는 거라고 생각해. 그것이 프랑스 요리라고 믿고서."

"그 말을 듣고 보니, 알래스카의 셰프인 나가이 씨 같은 사람은, C를 동그라미의 오른쪽이 빠진 글자라는 식으로 알파벳을 외웠다고 했죠."

"그럴 거야. 그래서야 메뉴도 제대로 읽을 수 없을 거야."

"이대로라면 우리 학교도 그 가짜를 만드는 일당이 되는 셈이네요."

"그런 셈이 되는 거지."

쓰지 시즈오는 말했다. "매년마다 우리 학교로부터 가짜 프랑스 요리사가 전국으로 퍼져 가. 그리고 우리들은, 그것을 어떻게도 할 수 없는 거지."

"어떻게든 조치를 취해 보죠."

"조치를 취하자고 해도, 뭘 어떻게 해야 될까?"

"프랑스에 가는 겁니다."

"프랑스에 가서 뭘 해? 그저 레스토랑에 가서 맛있는 걸 먹고 오는 걸로는 아무것도 알아 오지 못한다구. 미국의 메이저리그 야구를 공부하러 가서 그저 스탠드에서 그들의 플레이를 보고 오는 것과 마찬가지잖아. 그걸로 메이저리거의 플레이는 대단하다고 놀라 봐야 아무 소용이 없겠지."

"그렇다면, 우리는 프랑스 요리에 관해서는 영원히 아무것도 할 수 없는 겁니까?"

"지금 상태에서는 어떻게도 할 수 없어"

하고 쓰지 시즈오는 말했다.

그러나, 한 가지 위안거리는 모든 학생들이 전부 서양 요리 요리사가 되는 건 아니라는 사실이었다. 학생의 반 이상은 졸업 후의 진로로 일본 요리 직장을 희망하고 있었고, 일본 요리는 왕년의 일류 요리사였던 쓰지 토쿠이치가 가르치고 있었다. 그의 학생들은 좋은 요리사가 될 게 틀림없었다.

여름방학이 끝나자 무라타 코이치는 야마오카 토루에 의해 해고되었고, 새로운 전임 요리사가 채용되었다.

쓰지 시즈오는 『The Art of Eating』을 계속 읽었다. 자신도 요리를 이런 식으로 파악하고 즐길 수 있게 되는 건 언제쯤일까를 생각하면서.

10

1961년 3월, 쓰지 시즈오는 2년째를 맞이한 쓰지 조리사 학교의 최종 입학 예정자 수를 야마오카 토루한테서 듣고 깜짝 놀랐다. 80명밖에 안 되었던 것이다. 첫해와 비교하면 28명이 감소했다.

"무엇 때문에 이렇게 갑자기 입학자 수가 줄어들었을까?"

하고 쓰지 시즈오는 물었다.

"글쎄요. 잘 모르겠습니다"

하고 야마오카 토루는 말했다. "고등학교 졸업생은 30명 정도로 작년과 그다지 변화가 없습니다만, 조리사 면허를 따려는 요리사의 수가 줄었습니다. 요리사들이 면허 같은 거는 필요 없다고 생각하는 건지도 모르겠습니다."

"아니면, 다른 학교로 갔거나."

"그런 가능성도 생각할 수 있습니다."

오사카에는, 그 밖에도 다른 두 개의 조리사 학교가 있었다. 하나는 그들의 학교보다 1년 빨리 문을 열었고, 또 하나는 올해 새롭게 문을 여는 학교였다.

"어찌됐든, 이런 상태로 입학자가 줄어들면 학교는 앞으로 일이 년 안에 문을 닫고 말 거야. 어떻게 하면 좋을까?"

하고 쓰지 시즈오는 물었다.

"아마도, 요리사들이 조리사 면허를 따기 위해 학교에 오는 경향은 앞으로 점점 줄어들 거라고 생각합니다. 그렇게 되면 우리들이 기대해야 하는 건 고등학생들이 되어야 하겠죠."

"나도 그렇게 생각하네. 하지만, 단지 기대만 하고 있다고 고등학생들이 오지는 않을 거야."

"우선, 학교 안내 팸플릿을 더 많이 만들어 6월에는 각 고등학교에 도착하도록 계속 보내겠습니다. 지금까지는 약간 늦게 도착하는 감이 없지 않았으니까요. 거기에다가 그 범위도 긴키 지역뿐만 아니라, 전국으로 넓혀 보려고 생각합니다."

"그런 게 필요하겠지."

하고 쓰지 시즈오는 말했다. 그러나 그런 것들은 극히 표면적인 대처로, 학생을 모을 수 있는 진짜 힘은 별로 되어 주지 않을 거라고 생각했다. 학생을 모을 수 있는 진짜 힘은 그런 데에 있는 게 아니라는 걸 그는 알고 있었다. 요컨대 학생이 오지 않는 건 학교에 그만큼의 매력이 없기 때문인 것이다. 학생을 모을 수 있기 위해서는 매력적인 학교로 만들어야 하는 것이다. 하지만 그는 어떻게 하면 그러한 학교가 될 수 있는지 알 수가 없었다.

"좋은 학교라는 건 어떤 학교라고 생각하나?"

그는 야마오카 토루한테 물었다.

"좋은 학교 말입니까?"

야마오카 토루는 잠시 생각을 하고서 말했다. "잘 모르겠는데요."

"그럼, 자네는 왜 대학을 간사이 대학을 선택했나?"

"거기 말고는 들어갈 수 있는 데가 없었죠. 뻔한 거 아닙니까?"

"나하고 같나. 그래서야 알 수가 없군. 하지만 세간에서는 중학교가 됐든 고등학교가 됐든, 좋은 학교라는 게 여러 군데 있지. 그런 학교들은 뭘 갖고 좋은 학교라고 말하는 걸까?"

"평판이겠죠."

"평판이 나기 위해서는 뭔가 이유가 없으면 안 돼. 누군가가 처음에 거기는 좋은 학교다, 라고 얘기하기 시작하는 것일 테지."

"뭐, 그렇죠."

"우리는 쓰지 조리사 학교를 그런 학교로 만들지 않으면 안 돼. 어떻게 해야 그렇게 될지는 알 수 없지만. 하지만 지금 이대로는 아무도 우리의 학교를 좋은 학교라고 말하지 않을 거라는 건 확실하지."

"꽤 단정적으로 말씀하시는군요"

하고 야마오카 토루는 쓴웃음을 지으며 말했다.

"사실이니까 어쩔 수가 없지"

하고 쓰지 시즈오는 말했다.

"다른 학교는 어떻게 하고 있을까요?"

"자네는 뭔가 특별한 걸 한다고 하는 학교의 평판을 들어 본 적이 있나?"

"아니요."

"그래서, 어디든 다 같다고 생각하는 거야. 우리와 마찬가지로, 학교를 만들고, 게이안桂庵에서 직장이 없는 요리사를 찾아오고, 학생들을 모아 적당히 가르치고 있는 거지."

"제가 좀 더 괜찮은 요리사를 데리고 오면 괜찮을 텐데요."

"아냐, 자네를 책망하자는 게 아니야. 누가 어떻게 하든, 정말 괜찮은 요리사는 학교의 진임으로 오지 않아. 자네도, 만약 요리사였다면 그런 길은 선택하지 않을걸. 우선, 가게 주인이 실력 좋은 요리사는 놓아 주려 하지 않아. 게다가 만에 하나 좋은 요리사가 왔다고 해도, 그들은 학생들에게 진짜는 가르치지 않아. 여태까지 봐왔으니 알잖아?"

"예. 교실에서 학생들에게 제대로 하나하나 가르쳐 주지는 않는다고 말하는 요리사도 있었습니다."

"그렇다고, 우리들이 가르칠 수도 없지. 따라서 어떻게도 할 방법이 없는 거지."

"하지만, 어떻게든 하지 않으면—"

"할 일은 있지 않나?" 쓰지 시즈오는 말했다. "올해 학생들한테는 잊지 말고 수업료를 일괄 납부하게 하는 거야."

그들은 전년의 학생들로부터는 수업료를 매달 납부하게 한 덕분에, 여름방학이 끝난 뒤에도 8월분 수업료를 납부하게 만드는 데 무척 고생을 했다. 순순히 납부하는 학생도 있었지만, 작업복 차림으로 학교에 오는 현역 요리사 중 대부분은, 수업도 안 받았는데 수업료를 낼 필요가 없다며 8월분을 납부하는 걸 거부했다. 그리고 그중 몇 사람은 끝까지 납부하지 않았다.

"그거라면 입학 접수와 동시에 수속을 밟겠습니다"

하고 야마오카 토루는 말했다.

그가 수업료 미납자의 명단을 벽보로 알리고 그들을 사무실로 부르면, 이따금 그의 부친 정도 나이의 학생이 얼굴을 들이밀며 무슨 용건인지 물었다. 그는 그때마다 왜 그들을 불렀는지 이유를 설명하지 않으면 안 되었다. 그들은 자신의 이름 이외의 글자는 읽지 못했던 것이다. 그도 그런 성가신 일을 하는 건 더 이상은 싫었다.

"그럼, 우리한테는 당분간 별로 할 일이 없군"

하고 쓰지 시즈오는 말했다.

야마오카 토루가 자신의 방으로 돌아가자, 쓰지 시즈오는 쓰지 토쿠이치의 서재에서 발견한 새 책을 펼쳤다. 『Bouquet de France』라는 책으로, 새뮤얼 챔벌레인이라고 하는 미국인이 쓴 것이었다. 프랑스 시골 음식 여행—이라는 부제가 붙어 있었다. 『The Art of Eating』과 마찬가지로, 그런 책을 읽어도 쓰지 조리사 학교를 좋은 학교로 만들기 위한 답을 찾을 수 있을 거라는 생각은 안 했지만, '프랑스의 꽃다발'이라는 책의 제목이 마음에 들었다.

그로부터 며칠이 지난 어느 날, 쓰지 시즈오의 사촌형이 도쿄에서

오사카로 왔다. 그는 고등학교 선생님이었고, 일교조*의 회합이 있어서
온 것이었다. 쓰지 시즈오는 그를 영계백숙 집으로 초대해, 야마오카
토루와 둘이서 그곳으로 향했다. 셋이서 닭고기를 집적거리며 세상 돌
아가는 이야기를 하고 있었는데, 사촌형이 말했다.

"이번에 큰놈이 중학교에 가. 여러 군데 알아봤지만, 좋은 학교가 좀
처럼 없더군. 어쩔 수 없이 구립 중학에 집어넣었어."

쓰지 시즈오는 퍼뜩 생각이 나서 물었다.

"좋은 학교라는 게 어떤 학교를 얘기하는 거야?"

"좋은 학교라는 건, 아이를 맡고서 방치하지 않는 데지. 노상 전화가
오고, 편지가 오고, 선생이 오거나, 어찌됐든 가정과의 연락이 끊어지
지를 않아. 그런 학교는 틀림없이 좋은 학교야."

쓰지 시즈오는 야마오카 토루와 얼굴을 마주 보았다. 야마오카 토
루는 알았다는 듯이 고개를 끄덕였다.

그들은 4월이 되어 학교가 시작하자, 하루라도 빠지는 학생이 있으
면 지체 없이 그것을 실행했다. 그것은 현역 요리사 학생들로부터는 불
평을 샀지만, 고등학교를 막 졸업한 학생들의 부모들로부터는 호평을
받았다. 그리고 그것은 쓰지 조리사 학교의 교시가 되어, 30년 후에 계
열 학교를 포함해 학생 수가 4천 명을 넘게 되었을 때도 계속되었다.
결국 쓰지 시즈오와 야마오카 토루가 그들의 학교를 좋은 학교로 만
들기 위해 쓴 방법은, 단지 그것뿐이었다.

---

* 日教組. 일본교직원 노동조합

도쿄의 야마노테 조리사 학원에서도 마찬가지의 현상이 일어나고 있었다. 전년도의 130명에서 100명으로 입학자가 감소한 것이었다. 가네마루 코사부로는, 이런 사태에 대해 곧 조처를 취했다. 그의 학교도 부친의 요리 학교 일부를 양수받아 개설한 것이었기 때문에 아직 당시의 낡은 설비가 학교의 이곳저곳에 남아 있었다. 그것을 그는 전면적으로 개장했다. 특히 조리 설비의 개장에 힘을 기울여, 조리대나 오븐, 설거지장 등은 전부 최신식의 설비로 교체했다. 그리고 모든 교실의 천장에 커다란 선풍기를 설치하고, 교사의 벽은 보는 사람에게 편안한 느낌을 주는 옅은 크림색으로 다시 칠했다. 그는 개장 공사를 단숨에 진행시켜서, 학교가 시작되는 4월에는 모든 게 새로워져 있었다.

가네마루 코사부로는 그 공사의 마지막에 세운 교사 옥상의 거대한 간판을 보고 만족했다. 간판에는 흰 바탕에 붉은 글씨로 야마노테 조리사 학원이라고 크게 쓰여 있었다. 이거라면 멀리서 누구라도 볼 수 있을 거라고 생각했다. 그는 그렇게 해서 새로운 조리 설비와 교실 천장의 선풍기와 거대한 간판을 사진으로 찍어, 내년도 학교 안내 팸플릿에 실을 생각이었다. 어느 학교나 마찬가지라면, 학생들은 외관이 괜찮은 학교를 선택할 것이다. 그는 그렇게 생각하며 빙긋이 웃었다.

11

쓰지 시즈오는 학교 설비의 새로움을 자랑거리로 하려는 생각 따위는 꿈에도 하지 않았다. 그는 전혀 다른 것을 했다. M. F. K. 피셔와 새뮤얼 챔벌레인이라는 두 명의 미국인에게, 만나고 싶다는 편지를 쓴 것이었다. 6월 초의 일이었다. 그리고 쓰지 시즈오는, 두 사람 중에서도 우선 새뮤얼 챔벌레인을 만나고 싶었다.

쓰지 시즈오가 그의 『Bouquet de France』를 읽기 시작한 것은, 프랑스의 꽃다발이라고 하는 멋진 제목에 끌려서였다. 프랑스 시골 음식 여행─이라는 부제로 추측해 봤을 때, 그 책의 내용에 대해서는 그다지 기대하지 않았다. 시골 요리 따위에는 흥미가 없었기 때문이다. 그러나 그것은 잘못된 생각이었다. 『Bouquet de France』는 정말이지 문장에 의한 『라루스 가스트로노믹』으로, 어느 지방의 어느 레스토랑에 가면 그 요리를 먹을 수 있는지가, 그 레스토랑의 분위기나 어떤 요리사가 어떤 식으로 그 요리를 만들고 있는지 하는 것과 함께 실로 멋진 문장으로 소개되어 있었다.

게다가 그걸 위해 들어간 비용이 장난이 아니었다. 챔벌레인은 미국의 어느 출판사로부터, 비용은 얼마가 들어도 좋다고 하는 조건으로 그 일을 의뢰받았는데, 그래도 쓰지 시즈오는 그 합계가 최종적으로 5천8백만 엔이 들었다는 것을 알고는, 정신이 아찔했다. 그해 쓰지 조리사 학교의 1년 예산 총액은 6백만 엔이었다. 그리고 챔벌레인은 푸조 203을 타고 3년간에 걸쳐 프랑스 전 국토를 돌며 고르고 고른 360군데의 레스토랑을 탐방했던 것이다. 정말이지 대단한 프랑스 요리 안내서였다.

쓰지 시즈오는 푸조 203이라는 차도, 노르망디 해안이나 론 강 연안도 몰랐지만, 책을 읽고 있으면 챔벌레인이라고 하는 미국인이 그 차로 그러한 곳들을 유유히 달려가는 모습을 상상할 수 있었다. 그리고 그는 자신도 그와 같은 일을 해보고 싶다는 유혹을 뿌리칠 수 없게 되었고, 이 인물을 만나 얘기를 들으면 그 실마리를 얻을 수 있지 않을까 하고 생각했던 것이다. 이미 그는 일본의 프랑스 요리는 무시하기로 했고, 이제는 호텔이나 레스토랑에도 발걸음을 옮기지 않고 있었다.

7월 초에 두 사람으로부터 연이어서 답장이 왔다. 외국의 정체 모를 남자가 보낸 편지에 답장을 보내 온 것 자체도 놀라웠지만, 그 내용을 보고는 또 한 번 놀랐다. 두 답장 모두에, 언제든지 놀러 오라고 쓰여 있었던 것이다.

문제는 자금이었다. 챔벌레인이 쓴 비용에 대해 생각하면, 단기간의 여행이라도 대체 얼마나 들어갈지 짐작이 가지 않았다. 그리고 학교에는 그런 여윳돈은 1엔도 없었다. 그렇지 않아도 학생이 30명 가까이 줄어, 온갖 방면에서 예산을 축소하지 않으면 안 되는 상황이었다. 외국 같은 데 나가는 것조차 안 될 시기인지도 몰랐다. 그러나 쓰지 시즈오는, 완전히 미국과 프랑스로 날아가 버린 자신의 기분을 이미 돌아오게 할 수가 없었다.

쓰지 시즈오는 쓰지 토쿠이치가 그 자금을 내주겠다고 말했을 때, 그가 아키코와 아키코의 아이들을 위해 얼마나 그의 학교를 재산으로 물려주려고 부심하고 있는지를 새삼스럽게 깨달았다. 쓰지 시즈오는 아키코와 둘이서 3월부터 4월에 걸쳐 다녀올 생각으로, 그러려면 적어도 5백만 엔 이상 들 거라고 생각하고 있었다. 호의나 변덕에 기대하기에는 너무도 큰 액수였다. 쓰지 토쿠이치는 공부를 위해서라면 어쩔 수 없지, 라고 말하며 책임을 떠맡아 준 것이었다.

쓰지 시즈오는 감격한 나머지, 도저히 잠자코 있을 수가 없어서 쓰지 토쿠이치한테 말했다. 아키코가 그건 아빠한테 말하지 않는 게 좋을 거라고 말했던 것이었다.

"다만 문제는, 이 여행이 반드시 학교를 위한 게 될 거라고는 약속드릴 수가 없다는 점입니다."

"뭐라고?"

하고 쓰지 토쿠이치는 말했다.

"이 여행은 진짜 프랑스 요리를 알고 싶다는 저의 완전히 개인적인 욕구에서 비롯된 것으로, 그 이상의 일에 대해서는 전혀 확신이 없습니다. 저는 요리사가 아니기 때문에, 그쪽에서 가서 요리를 배워 온다고 해도 학생들한테 가르칠 수가 없고, 그저 사치스러운 요리를 먹고 온다고 하는 결과로 끝날 가능성도 있습니다."

실제로 그 말대로였다. 진짜 프랑스 요리가 어떤 건지를 알고 싶었지만, 그것을 안다 해도 그 지식을 살리는 것에 대해서는 아무 생각도 하지 않았고 좋은 아이디어도 없었다. 돌아오고 나서 그 지식을 과시하면서 강사 요리사들의 요리를 여기가 다르다고 지적한다고 해서 뭐가 되지는 않으리라. 그러나 쓰지 토쿠이치는 안색도 안 바꾸고 말했다.

"어쩔 수 없지. 돈이란 건 항상 유효하게 쓸 수만은 없는 거야. 헛되게 쓰는 경우도 있지. 가기로 결정되었으니, 그런 건 신경 쓰지 말고 갔다 오는 거야. 어쨌든 일본에 있으면 서양 요리 공부는 못하는 거 아닌가?"

"예, 그렇습니다."

"그렇다면, 상관없지 않나."

쓰지 시즈오는 대답할 말도 없었다.

그러나 그는, 쓰지 토쿠이치와 헤어져 혼자가 되자 갑자기 자신이 하려고 하는 일이 두려워졌다. 5백만 엔이라는 금액은, 신문 기자 시절에 받던 월급의 약 20년치였다. 그걸 불과 몇 개월 사이에 먹는다는 것만을 위해 사용해 버리려고 하는 것이다. 그러고서 돌아오고 난 뒤 아무것도 얻은 게 없다는 말 따위를 할 수 있을까.

'제기랄. 벌벌 떨지 말자'

하고 쓰지 시즈오는 생각했다.

그러나 소용이 없었다.

이 여행 계획으로 가장 손해되는 역할을 떠맡게 된 것은 야마오카 토루였다. 쓰지 시즈오가 학교를 비운 동안, 혼자서 학교를 돌보지 않으면 안 되었기 때문이다. 그렇지 않아도 그는 이미 적은 예산으로 학교 살림을 꾸려가는 일이나, 내년도 학생 수를 늘리는 문제로 너무 충분할 정도로 골머리를 썩이고 있었다. 하지만, 쓰지 시즈오가 드디어 미국과 프랑스에 가게 되었다고 말하자, 그는 대단히 기뻐했다.

"몇 개월이 됐든 원하는 기간 동안 갔다 오세요. 학교 쪽은 제가 맡을 테니까요."

하고 그는 말했다.

"나는, 아직은 가야 할 때가 아닌지도 몰라."

하고 쓰지 시즈오는 말했다. "학교의 기초가 튼튼해진 다음에 가야하는 건지도 몰라. 하지만, 일이 그렇게 되어 버렸네. 자네한테는 면목이 없어."

"무슨 말씀이세요. 학교 일이 걱정되신다면, 매주 보고서를 보내 드릴까요?"

"아냐, 그런 건 필요 없어. 학교 일은 자네한테 맡길게. 지금까지도 그렇게 해왔으니까."

"그러면, 뭐가 걱정이세요?"

"지난번에도 말했듯이, 메이저리그 야구를 그저 스탠드에서 보고 돌아오는 것으로 끝나지 않을지 두려워."

"그렇다고 해도 좋은 거 아닌가요? 어쨌든, 프랑스에는 한 번은 가보지 않으면 안 되니까요."

"5백만 엔이나 들어."

"하지만, 분명히 그만큼의 가치는 있을 거예요."

"자네는 꽤 낙관적이군."

쓰지 시즈오는 웃으며 말했다. "난, 이래봬도 꽤 비장한 결의를 다지고 있는데 말이야."

"그렇지만 일본에서 이런 일을 하려고 했던 사람은 지금까지 한 사람도 없었으니까요. 어떤 분야든 간에, 맨 처음 그것을 하려는 사람은 반드시 뭔가를 발견할 겁니다."

"지금은 메이지 시대가 아니라구."

"부교장께서 여태까지 공부한 게 사실이라고 하면, 일본의 서양요리 세계는 아직 메이지 시대라고 생각합니다."

그 말이 맞다고 쓰지 시즈오는 생각했다. 일본에 서양 요리가 퍼진 것은 요코하마의 거류지로부터였다. 프랑스, 영국, 미국의 배에 타고 있던 외국인 요리사들이 육지로 올라와, 배에서 만들었던 요리를 거기에서 퍼뜨린 것이다. 그들이 본격적인 요리를 만들었다고는 생각할 수 없다. 일류 요리사가 배의 요리사가 되려 할까? 그리고 그것이 그대로 일본의 서양 요리가 되고 만 것이다. 얼마 안 있어 서양 요리는 둘로 나눠져 하나는 오믈렛이나 돈카쓰 류가 되고, 또 하나는 호텔의 풀코스 류가 되었다. 양쪽 다 진짜 서양 요리와는 거리가 있는 것이었다. 그러나, 지금까지 아무도 그것을 의심해 보지 않은 것이다.

"그럼, 언제 출발하시나요?"

야마오카 토루가 말했다.

"여권과 비자가 나오는 대로. 아마도 9월 말이나 10월 초일 거야."

"저도 언젠가 프랑스에 한번 가보고 싶네요. 부교장님이 부럽네요. 10월의 파리에는 마로니에 꽃이 피어 있을까요?"

"마로니에 꽃이 피어 있는지 어떤지는 몰라도, 자네도 머지않아 갈 수 있어. 반드시 보내 줄게"

하고 쓰지 시즈오는 말했다.

야마오카 토루는 그것을 꿈같은 얘기라고 생각하며 들었다. 머지않아 싫을 정도로 프랑스를 들락날락하게 될 거라고 그 시점에서는 도저히 상상도 할 수 없었기 때문이었다. 쓰지 시즈오 또한, 이 프랑스 여행이 장래 일본의 프랑스 요리를 근본부터 바꾸는 계기가 되리라고는 생각도 하지 않았다. 그러나 그는 스스로도 그런 줄은 모른 채, 여태까지 아무도 하지 않았던 일에 발걸음을 내딛고 있었다.

제3부

1

1961년 10월에 하와이에 내렸을 때, 쓰지 시즈오는 가을인데도 하와이가 한여름처럼 뜨거운 것에 놀랐다. 하와이가 사철 여름인 섬이라는 것은 알고 있었지만, 실제로 그렇다는 것에 놀란 것이다. 지금부터 앞으로는 분명히 이런 놀람의 연속이 될 거라고 생각했다.

아키코는 놀라지 않았다. 4년 전에 로스앤젤레스의 전문학교에 유학을 갔을 때 한 번 들른 적이 있었기 때문이다. 그때와 다른 것은, 팬암 태평양 노선 비행기가 프로펠러기에서 제트기로 바뀌었다는 정도였다. 그녀는, 일본에서는 느낄 수 없었던 뜨거운 태양이나 야자나무 사이로

부는 뜨거운 산들바람이 반가웠다.

공항에는 니시다 타다오가 두 사람을 맞이하러 나와 있었다. 그는 일본계 2세 의사로 쓰지 토쿠이치의 친구였다. 열한 살 때 양친과 하와이로 이주할 때까지 오사카에서 쓰지 토쿠이치와 같은 초등학교를 다녔다. 그는 하와이에서 쓰지 시즈오와 아키코의 보증인이 되어 주었고, 다른 일본계 무역상으로부터 그들의 여행 자금을 변통해 주기로 되어 있었다. 일본 은행은 외화 지참금을 제한하고 있었고, 한도 액수로는 그들이 목적으로 하려는 여행은 불가능했기 때문이었다. 물론 그러한 준비를 갖추어 준 것은 쓰지 토쿠이치였다.

그들은 니시다 타다오를 따라 그의 집으로 가서, 그날 밤은 푹 잤다. 두 사람은 여행의 피로로 녹초가 되어 있었지만 다음 날이 되자 완전히 원기를 회복했다. 그들은 아침 식사로 하와이의 신선한 과일과 빵을 잔뜩 먹고, 니시다 타다오와 함께 일본계 무역상이 여행 자금을 가지고 오기를 기다렸다. 니시다 타다오가 일본 소식에 대해 물어서, 쓰지 시즈오는 1년 전에 안보 개정 소동으로 도쿄 대학의 한 여학생이 죽었다는 것이나, 도쿄 올림픽 준비로 일본 전체가 건설 붐으로 들끓고 있다는 것 등을 얘기했다. 니시다 타다오는 이곳으로 오고 나서 일본에는 벌써 50년 이상이나 못 갔다고 하면서, 가도 아는 육친은 한 사람도 없다고 한숨을 내쉬었다. 쓰지 시즈오는, 언제라도 놀러 오시라고, 우리가 돌봐 드리겠다고 말했다.

"고맙네. 언젠가 신세를 질지도 모르겠어"

하고 니시다 타다오는 말했다.

이윽고 무역상이 검은 가방을 끌어안고 왔다. 니시다 타다오가 친구인 다카미 나오지라고 소개했다. 그는 가방을 열고 달러 지폐 다발을 테이블 위로 꺼냈다.

"1만 8천 달러입니다"

하고 그는 말했다.

그때 환율은 1달러에 360엔이었다. 쓰지 시즈오는 재빨리 계산해 보고 일본 엔으로는 약 650만 엔이라는 것을 알고 깜짝 놀랐다. 쓰지 토쿠이치한테 부탁한 것은 5백만 엔이었다. 너무 많은 것 아니냐고 하자 니시다 타다오가 말했다.

"아닐세, 토쿠이치가 부탁해 온 것은 이 금액이야. 틀림없네."

쓰지 시즈오는 그 이상은 아무 말도 않고 1만 8천 달러를 받았다. 쓰지 토쿠이치는 아무 말도 않고 필요 이상의 금액을 준 것이었다.

"만약 그걸로 부족해지면 니시다 씨한테 전화를 해요. 미국 본토에도 친구가 있으니까. 여행지에서 돈이 부족하게 되면 마음이 불안해지는 법이에요."

다카미 나오지가 말했다.

"감사합니다"

하고 쓰지 시즈오는 말했다. 그리고 어째서 이렇게 모두들 친절할까 하고 생각했다. 여행지에서의 친절은 특히 마음에 사무쳤다. 그는 그 친절에 무언가로 보답하고 싶었지만 지금의 그에게는 그럴 방법도 힘도 없었다. 그게 참으로 유감이었다.

다음 날, 쓰지 시즈오는 아키코와 둘이서 1만 8천 달러를 갖고 샌프란시스코로 향하는 비행기에 몸을 실었다. 아직 여행자 수표 같은 게 없어 돈을 전부 현금으로 지니고 돌아다니지 않으면 안 되었던 것이다.

쓰지 시즈오는 비행기에 타고 있는 사이, 돈을 가득 채운 가방을 줄곧 발밑에 놓고 몸에서 한순간도 떼놓지 않았다.

"드디어 출발이군"

하고 그는 비행기 안에서 아키코에게 말했다. 그들은 먼저 샌프란시스코에서 M. F. K. 피셔를 만나고, 그러고 나서 보스턴으로 가 새뮤얼 챔벌레인을 만날 계획이었다.

"두 사람 다 정말로 우리를 환영해 줄까요?"

하고 아키코가 물었다.

"나도 그게 걱정이야."

"만약 피셔 씨가 환영해 주지 않으면, 보스턴에는 가지 말고 오사카로 돌아와요."

"응. 그렇게 하지"

하고 쓰지 시즈오는 말했다.

두 사람 다 너무도 불안했다. 불길하게도, 태평양 상공을 날던 비행기가 기류 때문에 흔들려 불안을 더 한층 증폭시켰다. 얼마 안 있어 기내식으로 스테이크가 나왔지만, 두 사람은 손도 대지 않았다.

2

메리 프랜시스 케네디 피셔는, 일본의 쓰지 시즈오라는 남자로부터 만나고 싶다고 하는 편지를 받았을 때, 일종의 팬레터일 거라고 생각했다. 한 해에 몇 통인가는 미국이나 유럽 어디에선가는 그런 편지가 오기 때문이었다. 그녀는 1937년에 『Serve It Forth』라고 하는 첫 책을 쓴 이래, 여덟 권의 요리에 관한 연구서와 에세이집을 출판했고, 전 세계에 팬이 있었다. 그래서 언제라도 놀러 오라는 답장을 썼지만, 설마 진짜로 올 거라고는 생각하지 않았다. 미국의 팬조차 만나보고 싶다고 하고서 실제로 만나러 오는 사람은 몇 명 되지 않았던 것이다.

그러나 그녀는 지금, 스스로도 믿을 수 없게도, 쓰지 시즈오라는 남자와 그의 아내를 위해 스페인 요리 가스파초*를 만들고 있었다. 그것은, 오이, 토마토, 양파, 피망, 고추, 마늘, 빵 등을 잘게 썰고 으깨서, 물과 올리브유에 풀어서 만드는 수프로, 젊었을 때 잠시 남프랑스에 머물렀을 때 배운 것이었다. 남프랑스 사람들은 그걸 복잡하지 않게 만들었는데, 냉장고에 차갑게 식혀 마시면 무척 개운한 맛이 났다.

그녀가 손님을 위해 이렇게 자신이 요리를 만드는 것은 특별한 일이었다. 손님을 식사에 초대할 때는 프랑스인 요리사를 고용하는 게 보통이었고, 그 외의 경우에는 음료 외에는 내지 않았다. 쓰지 시즈오와의 약속 시간은 오후 두 시였다. 그러나 그녀는 그들에게는 특별한 대접을 하고 싶었다. 그저 단지 얘기를 하기 위해 태평양을 건너오는 사람이 있다는 것은 그녀로서는 놀랄 수밖에 없는 일이었다. 그녀는 어제 오후에 쓰지 시즈오가 샌프란시스코의 호텔에서 전화를 걸어왔을 때부터 두 사람을 위해서라면 어떤 일이든지 해주자고 결심하고 있었다.

---

* gazpacho. 아라비아어로 '젖은 빵'이라는 뜻이다. 12세기경 스페인이 이슬람의 지배를 받았을 때 요리법과 명칭이 함께 전해졌다고 한다. 덥고 건조한 스페인의 여름철에 일반 가정에서 흔히 만들어 먹는다.

쓰지 시즈오와 아키코가 피셔 부인의 집 문을 노크했을 때, 가스파초는 냉장고 안에서 마침맞은 온도로 차가워져 있었다. 피셔 부인은 문을 열고 두 사람을 끌어안듯이 해서 집 안으로 맞아들였다.

쓰지 시즈오는 피셔 부인을 만나고, 그녀가 50세를 훨씬 넘은 나이라는 것에 약간 놀랐다. 현관 옆에 프렌치 블루 색깔의 르노 스포츠카가 있는 걸 봤기 때문이었다. 이 얼마나 멋진 아줌마란 말인가 하고 생각했다.

피셔 부인은 두 사람의 긴장을 풀어 주기 위해 샴페인을 따려고 했지만, 쓰지 시즈오가 알코올류는 못 마신다고 사양하자 커피를 끓였다. 커피는 바깥쪽에 금색의 기하학적인 모양이 그려진 컵에 담겨 나왔다. 쓰지 시즈오는 지금까지 일본의 호텔에서 '일본식 풀코스'를 먹은 뒤에 셀 수 없이 커피를 마셨지만, 이런 멋진 컵에 담겨 나온 것은 본 적이 없었다. 그가 그 컵을 넋을 잃고 쳐다보고 있자, 피셔 부인이 말했다.

"리모주Limoges예요."

"리모주?"

"예, 그래요. 당신은 알죠?"

피셔 부인은 아키코 쪽을 보며 생긋 웃으며 말했다.

"예. 알아요"

하고 아키코는 말했다. 그녀는 4년 전에 로스앤젤레스의 전문학교에서 요리 공부를 했을 때 리모주 식기를 사용한 적이 있었다.

"프랑스의 리모주라는 마을에서 만들어진 도자기로 프랑스에서는 세브르Sevres와 더불어 가장 유명한 식기예요. 화가 르누아르도 젊었을 때 리모주 도자기에 그림을 그린 적이 있어요."

쓰지 시즈오는 그 리모주로 커피를 한 모금 마시고, 그러고는 쓴웃음을 지으면서 피셔 부인에게 말했다.

"벌써 아셨겠죠. 저는 아직 이런 꼬락서니입니다. 리모주가 뭔지도 모르고 프랑스 요리를 가르치는 학교를 경영하고 있습니다. 아마 놀라셨겠죠."

"아니요. 안 놀랐어요."

하고 피셔 부인은 말했다. "처음부터 아는 사람은 아무도 없어요. 중요한 건 배우려는 마음이 있느냐 없느냐 하는 거예요. 당신은 그런 마음이 있죠?"

"예, 있습니다."

"프랑스 요리 어떤 걸 배우고 싶어요?"

"그게, 아무것도 모르겠습니다."

쓰지 시즈오는 말했다. "저는 프랑스 요리라는 게 어떤 것인지, 아직 본적이 없습니다."

"일본에는 프랑스 요리 셰프가 없나요?"

"있는지 없는지 저는 모릅니다. 아무튼 일본에서는 만난 적이 없으니까요. 그래서 저는 프랑스 요리를 공부하려면 어떻게 하는 게 좋은지를 여쭈러 온 겁니다."

피셔 부인은 쓰지 시즈오의 진지한 표정을 쳐다보며 미소를 지었다. "어쩔 수 없는 일인지도 몰라요. 당신들의 나라는 불과 16년 전에 전쟁에서 졌으니까요. 하지만 서둘러서는 안 돼요. 프랑스 요리를 공부하는 간단한 방법 같은 건 없으니까요. 우선, 먹을 것. 그리고, 그 맛을 기억할 것. 오랜 시간을 들여서요. 그 외의 방법은 없어요. 하지만, 그러기 위해서 길을 돌아가지 않는 방법은 있어요. 잠깐만요."

피셔 부인은 그렇게 말하고, 다른 방에 가서 책을 한 권 가지고 왔다. "내 책을 읽었다면, 이 책에 대해서는 알겠군요."

"예, 알고 있습니다"

하고 쓰지 시즈오는 대답했다.

그것은 브리야 사바랭의 『미각의 생리학』이라는 책으로, 피셔 부인 자신이 영어로 번역한 것이었다. 그는 18세기 프랑스의 재판관이었는데, 만년인 1819년에 이 책을 써서, 가스트로노미(미식학)라는 말을 처음으로 일반에 정착시킨 진짜 가스트로놈(미식가)이었다. 피셔 부인은 그 『미각의 생리학』을 쓰지 시즈오한테 건네며 말했다.

"브리야 사바랭은, 이 책에서 이렇게 말하고 있어요. '프랑스인은 다른 민족보다도 그저 배가 고프기 때문에 먹는다는 사람과, 맛을 제대로 음미하고 즐기면서 먹는다는 사람을 엄중히 구별하는 데 비상한 열의를 불태우는 민족이다.' 그러니까, 세상에는 먹는다는 것에 관해 두 종류의 사람이 있고, 프랑스인은 그것을 일찍부터 깨닫고 있었다는 거죠. 내 말 알겠어요?"

"알겠습니다"

하고 쓰지 시즈오는 말했다.

"이렇게도 얘기할 수 있어요. 두 종류의 사람이 있다는 건, 두 종류의 요리가 있다는 거예요."

"알겠습니다."

"그리고, 당연한 일이지만, 요리의 수준이라는 건, 맛을 곰곰이 음미하며 먹는 걸 즐기는 사람을 위해 만들어진 요리에 의해 항상 이끌어지고 보존되어 온 거예요. 프랑스 요리가 세계에서 가장 뛰어난 요리가 된 비밀은, 프랑스인은 그 사실을 실로 잘 알고 있었다는 데 있는 거예요."

"잘 알겠습니다."

"내가 말하고 싶은 건 그것뿐이에요. 만약 당신이 맛을 잘 음미하면서 즐기며 먹는 쪽의 사람이라면 배울 건 얼마든지 있어요. 아무 말 안 해도 당신의 혀가 저 혼자서 흡수하겠죠."

"그렇습니까? 저는 아무것도 모릅니다."

"하지만, 당신은 그걸 하지 않으면 안 돼요. 왜냐하면, 그것이 당신이 해야 할 일이기 때문이에요. 생각해 봐요. 당신 말고 누가 그렇게 할 수 있다고 생각해요. 요리사? 요리사는 할 수 없어요. 요리사는, 자신이 만들고 있는 요리 이외의 것을 알려고 해도 다른 가게에 먹으러 갈 시간이 없고, 설사 시간이 있다고 하더라도 어지간히 돈이 있는 오너 셰프가 아닌 한 계속해서 돈을 쓸 수는 없으니까요. 따라서, 어떤 의미에서는 요리사만큼 요리를 모르는 사람은 없어요. 거기에 미식학이라고 하는 과학이 성립될 수 있는 약간의 여지가 있는 거죠. 누군가가 알고 있지 않으면 안 되니까요. 괜찮아요. 걱정할 거 없어요. 프랑스에 가면 알 게 될 거예요."

하고 피셔 부인은 한쪽 눈을 찡긋하며 말했다. "다만, 진짜 요리를 먹을 것. 가짜를 먹어 버리면 안 돼요. 그리고 이 세상에는 두 종류의 요리가 있다는 걸 확실히 가려내세요."

"그렇게 하려면 어떻게 하는 게 좋겠습니까?"

"그건 챔벌레인 씨가 가르쳐 줄 거라고 생각해요."

"챔벌레인 씨를 아시나요?"

"물론이죠."

하고 피셔 부인은 말했다. "그 사람을 모른다고 하는 미식가가 이 세상에 있다면, 만나보고 싶군요. 매사추세츠 공과대학의 건축사 교수로, 프랑스 정부로부터 레지옹 도뇌르 훈장을 받은 몇 안 되는 미국인 중 한 명이에요."

쓰지 시즈오는 놀랐다. 미국에서는 그런 인물들이 요리 연구를 한단 말인가 하고 생각했다. 미식학이라는 건, 어떻게 하느냐에 따라서는, 엄청난 넓이를 갖고 있는 과학인지도 몰랐다.

"어찌됐든, 당신이 프랑스 요리 공부를 위해 우선 미국에 먼저 온 것은 첫걸음으로는 무척 잘한 일이라고 생각해요."

"어째서죠?"

하고 쓰지 시즈오는 물었다.

"어떤 의미에서는, 우리 미국인 쪽이 프랑스인보다도 훨씬 프랑스 요리에 대해 잘 알고 있기 때문이에요."

하고 피셔 부인은 말했다. "내부에서 보는 것보다도, 밖에서 보는 편이 더 잘 보이는 경우가 있잖아요. 게다가 우리 미국인들은 태어났을 때부터 프랑스에 대한 동경을 품고 있어서, 프랑스에 관한 거라면 무엇이든 알고 싶다고 생각하기 때문에 프랑스의 온갖 모습이 특히 잘 보여요. 당신은 앞으로 여러 곳에서 그런 미국인들을 많이 만나게 될 거예요. 그들한테서 얻을 점이 많을 거예요. 당신도 우리와 마찬가지로 프랑스에 대해서는 외국인이니까요. 만약 뉴욕에 갈 일이 있으면, 존 베인브리지라고 하는 남자를 만나 보세요. 『뉴요커』라는 잡지의 부편집장인데 그도 그런 사람들 중의 한 명이에요."

"알겠습니다. 그렇게 하겠습니다"

하고 쓰지 시즈오는 말했다.

"그런데, 배는 어때요? 시장하지 않아요?"

"아니요. 배고프지 않습니다."

"당신은요?"

아키코가 말했다.

"그래요. 두 사람 다 그렇게 대답할 거라고 생각해, 가벼운 걸 준비해 놓았어요."

피셔 부인은 그렇게 말하고 주방에서 차게 식힌 가스파초를 가지고 왔다. 커피 컵과 같은 모양의 수프 접시에 담겨 나왔다.

쓰지 시즈오는 수프를 뜨려고 은색의 스푼을 손에 집었다. 그러자 여태까지 느껴 본 적이 없는 육중한 무게감이 손에 전해져 그를 흠칫하게 했다. 이것이 진짜 은의 무게인가 하고 그는 놀라며 말끄러미 스푼의 광채를 바라보았다. 그리고 자신도 언젠가 이런 식기를 사용할 수 있게 될 거라고 생각했다. 반드시 그렇게 되고 싶었다.

"어때요? 맛있죠?"

피셔 부인이 자신도 함께 먹으면서 말했다.

"예, 무척"

하고 쓰지 시즈오는 말했다.

정말이지, 대단한 맛이었다. 혀에 매끈매끈한 감촉으로 닿으며, 마늘 향기가 뭐라 말로 표현할 수 없는 악센트를 주고 있었다. 무슨 요리인가를 묻자, 피셔 부인은 가스파초라는 요리라고 말하며 그 만드는 방법을 가르쳐 주었다.

쓰지 시즈오는 그걸 듣고 만드는 방법이 너무도 간단한 것에 충격을 받았다. 어째서 일본의 서양 요리 셰프는 포타주와 콩소메 이외의 수프는 만들지 않을까를 생각한 것이다. 한여름에 이 가스파초를 내면 최고가 아닌가. 이런 간단한 요리를 만들 수 없다고는 생각할 수 없기 때문에 그들은 모르는 게 틀림없었다. 쓰지 시즈오가 입을 꾹 다물고 있자 피셔 부인이 물었다.

"뭘 생각하고 있어요?"

"제가 이 요리를 일본에 보급시키는 최초의 일본인이 될지도 모른다는 생각입니다."

"멋지지 않아요?"

하고 피셔 부인은 말했다. "내가 남프랑스에서 익힌 스페인 요리가, 미국을 경유해 일본으로 전해진다는 게. 당신이라면 믿을 수 있어요."

"감사합니다."

"농담으로 하는 말이 아니에요. 요리라는 건 자주 그런 식으로 한 나라에서 한 나라로 전해지지만, 그 중간에 잘못된 게 전해지는 경우가 많아요. 프랑스에 가면 진짜 요리만을 먹고 다니라고 말한 것은 그런 이유 때문이기도 해요."

"잊지 않고 명심하겠습니다."

"착한 학생이군요. 커피 한 잔 더 어때요?"

"마시겠습니다."

피셔 부인은, 이번에는 다른 컵에 커피를 내왔다.

"이 컵의 모양을 어디선가 본 적 없어요?"

"없는데요."

하고 쓰지 시즈오는 대답했다.

"선입견은 버리세요."

쓰지 시즈오는 다시 한 번 잘 살펴보았다. 아무래도 본 기억이 없었다. 아키코 쪽을 보니 그녀도 고개를 옆으로 저었다. 모르겠다고 하자, 피셔 부인은 빙긋이 웃으며 말했다.

"올드 이마리라는 거예요. 영국의 로얄 크라운 더비 사의 제품으로, 당신네 나라의 고이마리*를 본떠 만든 거예요. 영국인들도 좋은 건 따라 한다는 움직일 수 없는 증거죠."

세 사람은 웃으며 커피를 마셨다. 쓰지 시즈오도 아키코도 이제는 완전히 긴장을 풀고, 피셔 부인과 함께 있는 시간을 즐기고 있었다. 두 사람은 피셔 부인의 따뜻한 환대 속에 있었다.

3

며칠 뒤, 오후, 쓰지 시즈오와 아키코는 보스턴의 리츠 칼튼 호텔 로비에서 새뮤얼 챔벌레인이 오기를 기다리고 있었다. 전화를 하자 그는

---

* 古伊萬里. 임진왜란 때 조선에서 끌려간 도공 이삼평이 만든 아리타(有田) 자기의 별칭. 인근의 이마리 항구에서 일본을 비롯해 전 세계로 수출되면서 고이마리야키(올드 이마리)라는 별칭이 붙었다. 이삼평은 일본에서 도자기의 시조로 추앙되며 그를 모시는 도산신사(陶山神社)가 아리타에 있다.

자택으로 초대해 주었을 뿐 아니라, 데리러 갈 테니까 호텔에서 기다려 달라고 말했던 것이다. 만나는 사람마다 전부 친절하게 대해 주는 것에 그는 어안이 벙벙했다.

그들은 샌프란시스코에서 보스턴으로 오는 도중에 시카고를 들러 왔는데, 거기에서도 파머하우스라는 호텔의 요리장한테서 친절한 대접을 받았다. 그 호텔은 아키코가 로스엔젤레스에서 유학할 때 학교에서 연수를 받으러 간 곳이었기 때문에, 그때 일에 대한 고마움을 표시하기 위해 간 것이었다.

두 사람이 인사를 하러 가자, 폴 브루넷이라는 요리장은 아키코에 대해 잘 기억하고 있었고, 두 사람을 포세리안이라는 시내의 레스토랑으로 초대했다. 두 사람은 밤이 될 때까지 시카고 구경을 하며 시간을 보냈고, 약속 시간에 레스토랑으로 가자 폴 브루넷이 부인과 함께 기다리고 있었다. 그는 설로인* 스테이크를 주문한 뒤에, 쓰지 시즈오한테 이것을 주겠다고 하며 책 한 권을 건넸다. 『The Spirit of Cookery』라는 책으로, 저자 이름은 Thudichum이라고 쓰여 있었지만, 어떻게 읽는지 쓰지 시즈오는 알 수가 없었다.

"이건 내가 젊은 시절 공부할 때 무척 도움이 되었던 책이오. 그래서 당신한테도 도움이 되지 않을까 해서 갖고 왔소. 1895년에 나온 오래된 책이지만 정말 대단한 책이오"

하고 폴 브루넷은 말했다. 실제로 그 책은 쓰지 시즈오가 3년 뒤에

---

* sirloin. 소고기의 허리 고기 윗부분의 이름. 소고기의 가장 맛이 좋은 부위라고 영국에서 이름 앞에 경칭 'sir'를 붙였다.

『프랑스 요리의 이론과 실제』라고 하는 첫 책을 쓸 때 커다란 힌트를 주었다. 그리고 헤어지면서 끝으로 폴 브루넷은 당신의 학교가 대성공을 거두기를 기도하겠다고 말했는데, 쓰지 시즈오는 그의 친절을 대접받은 스테이크의 맛과 함께 영원히 잊을 수 없을 것 같았다.

이윽고 리츠 칼튼 호텔 로비에 장신의 노신사가 와 두 사람 앞에 서더니 상냥한 웃음을 던졌다. 두 사람이 일어서서 자기소개를 하자, 그도 새뮤얼 챔벌레인이라고 이름을 대고, 그리고 나더니 아키코를 향해 멋진 기모노군요 하고 말했다. 아키코는 기모노를 입고 기다리고 있었다. 챔벌레인은 두 사람을 자신의 차에 태우고 곧 출발했다.

"우리 집은 마블헤드라는 곳에 있네. 조금 긴 드라이브가 될지도 모르니까 꼭 참게"

하고 그는 말했다.

차는 보스턴 시내를 빠져나가 교외를 향해 달려갔다. 얼마 안 있어 차창 밖으로 아름다운 전원 풍경이 펼쳐지고, 단풍 든 활엽수가 여기저기에 보였다. 샌프란시스코에서는 볼 수 없었던 경치였다. 쓰지 시즈오가 그 경치를 즐기고 있는데, 챔벌레인이 뒷거울로 그의 얼굴을 보며 말했다.

"피셔 부인은 나에 대해 뭐라고 말했나?"

"챔벌레인 씨를 모르는 미식가가 이 세상에 있다면 한번 얼굴을 보고 싶다고 말했습니다."

"그건 이쪽이야말로 그녀에 대해 하고 싶은 말일세. 그녀는 현재 미국에서 최고의 미식가 중 한 사람이니까. 게다가 그녀는 캘리포니아 대학의 교수로 프랑스 문학 연구자로서도 제일인자지. 알고 있었나?"

"아니요, 지금 처음 들었습니다."

"자네는 대단한 여성을 만나고 온 걸세. 자네한테는 행운이지."

쓰지 시즈오는 같은 일을 하고 있는 동료끼리 서로를 존경하고 제각기 상대를 칭찬하는 말을 듣고, 자신도 그들과 같은 사람이 되면 얼마나 좋을까 하고 생각했다. 하지만 그다지 자신이 없었다.

차는 한 시간 정도 달려 보스턴 만에 임한 마을에 도착했다. 챔벌레인은 두 사람의 일본인을 위해 한 시간을 들여 보스턴으로 왔고, 그리고 또 한 시간을 들여 돌아온 것이었다.

오래된 벽돌집으로 들어서자 부인이 세 사람을 맞이했다.

"나의 아내 나르시사일세."

하고 챔벌레인이 말했다.

그녀도 아키코의 기모노 입은 모습을 보자마자, 눈이 휘둥그레지며 정말이지 아름답다고 말했다. 그러고서 그녀는 멀리서 온 손님을 응접실로 안내하면서, 오래된 집이라 놀랐죠 하고 말했다. 아닙니다, 집 안 분위기가 차분해서 매우 좋습니다, 하고 쓰지 시즈오는 말했지만, 걸을 때마다 나무로 된 마룻바닥이 끼익끼익 소리를 냈다.

"이 부근은 필그림 파더스*가 메이플라워호로 상륙한 곳일세. 그 무렵의 집들이 그대로 아직 많이 남아 있지. 오래되어서 좋다는 건 아니지만, 나는 마음에 드네."

하고 챔벌레인은 말했다.

---

* Pilgrim Fathers. 1620년 미국에 건너가 플리머스 식민지를 개척한 102명의 영국 청교도단.

거실 중앙에는 거대한 난로가 있었고, 연통이 천장을 관통하고 있었다. 너무도 거대한 난로여서 쓰지 시즈오가 놀라며 바라보자, 챔벌레인이 말했다.

"반은 오븐일세. 난로의 여열로 빵을 구울 수 있게 되어 있지. 나는 사용하고 있지 않네만."

"거짓말이에요."

부인인 나르시사가 말했다. "몇 번이나 구우려고 도전했어요. 그때마다 실패했기 때문에 포기한 것뿐이에요."

챔벌레인은 웃으며 어깨를 으쓱했다. 그러고서 그는 쓰지 시즈오를 서재로 데리고 가, 자신은 책상 앞의 의자에 앉고, 쓰지 시즈오한테는 부드러운 쿠션이 놓인 오래된 목제 흔들의자를 권했다. 너무도 마음이 편안해지는 의자였다. 하녀가 커피를 가지고 왔다. 그것을 마시면서 챔벌레인이 말했다.

"식사까지는 아직 시간이 있네. 뭐든 물어보게."

"솔직하게 말씀드려, 프랑스 요리에 관해 저는 아무것도 모릅니다" 하고 쓰지 시즈오는 말했다. "피셔 부인한테도 그렇게 말했는데, 그녀는 그렇다면 우선 먹어 보라고 말씀하셨습니다. 그리고 맛을 기억하라고."

"나도 그렇게 생각하네. 자네가 이제부터 요리사가 되려고 해도, 요리를 만드는 방법은 현장에 들어가면 얼마든지 배울 수 있고, 그건 언제부터라도 시작할 수 있네. 하지만, 요리라는 건 만드는 방법도 중요하지만, 완성된 요리의 맛이 전부인 걸세. 자네는 우선 그것을 알지 않으면 안 돼. 그리고 온갖 요리에 대해 이게 그거다, 라고 최종적으로 완성된 맛을 자네의 혀에 철저하게 기억시키는 거야. 몸이 젊고 건강한 동안에 말이지. 먹는다고 하는 것은 몸이 건강하지 않으면 할 수 없는 일이니까. 게다가 이게 그 맛이다 하고 납득할 수 있는 요리를 만드는 솜씨 좋은 요리인의 수도 점점 줄어 가고 있네. 그러니까 먹으려면 바로 시작해야 할 걸세."

"그럴 작정입니다"

하고 쓰지 시즈오는 말했다.

"그래서 피셔 부인은 어느 레스토랑에 가는 게 좋은지를 가르쳐 주었나?"

"아니요, 그건 챔벌레인 씨가 가르쳐 줄 거라고 하셨습니다."

"그녀를 만난 뒤에는, 내가 자네한테 가르쳐 줄 게 아무것도 없을 거라고 생각했는데, 그렇다면, 노인네한테 경의를 표해 준 거군."

챔벌레인은 웃으며 그렇게 말하고는, 책상 위에서 『기드 미슐랭Guide Michelin』이라고 하는 빨간 표지의 두꺼운 책을 집어 쓰지 시즈오한테 건넸다.

"그건 미슐랭이라는 타이어 회사가 내고 있는 프랑스의 레스토랑과 호텔의 안내서로, 1만 개 이상의 가게가 소개되어 있어 무척 편리한 책일세. 어느 페이지라도 좋으니까 한번 펼쳐 보게. 군데군데 별 표시가 붙어 있을 거야. 최고는 별 세 개로, 굳이 일부러 그 가게를 찾아가 볼 만한 가치가 있는 가게, 별 두 개는 돌아가더라도 가보면 좋은 가게, 별 한 개는 맛있는 가게라고 하는 기준으로 되어 있는데, 그들이 올해 별 세 개를 준 가게는 전부 해서 10군데, 별 두 개는 65군데일세. 우선 그 75군데의 가게를 가볼 필요가 있다고 생각하네."

"별 한 개짜리 가게는 어느 정도나 있습니까?"

"글쎄, 난 세어 보지는 않았지만, 500군데 정도일 걸세."

"이 책은 권위가 있는 건가요?"

"그건 어떤지 모르겠지만, 난 별 두 개였던 레스토랑이 별 한 개로 떨어진 것을 비관해 피스톨로 자살한 주인을 알고 있네."

"정말입니까?"

"정말이야. 난 그 주인과 잘 아는 사이였지."

쓰지 시즈오는 믿을 수가 없었다. 요리의 평가가 인간의 생사까지 결정해 버린다는 게 있을 수 있는 일일까. 엄청난 세계로 난 들어가려 하고 있는 것이다, 라고 생각했다.

"나의 『Bouquet de France』도 하나의 기준이 될지도 모르지."

챔벌레인은 말했다. "그러나, 그것만으로는 너무나 막연할 테니까, 소개장을 써주지."

그는 책상 서랍에서 명함을 꺼내더니, 명함 뒤에 펜을 달린 뒤, 쓰지 시즈오한테 건넸다. 봤더니, 피라미드라는 레스토랑 주인 앞으로 되어 있었다.

"그걸 갖고 그 레스토랑으로 가게. 분명히 따뜻하게 맞이해 줄 걸세."

"정말 감사합니다"

하고 쓰지 시즈오는 말했다.

"별 세 개짜리 가게야"

하고 챔벌레인은 말했다.

쓰지 시즈오는 숨을 한 번 내쉬고, 서재의 벽을 점령하고 있는 커다란 책꽂이로 눈을 돌렸다. 몇 천 권이나 되는지 알 수 없었지만, 대중 살펴보니, 책의 3분의 1 이상은 요리와 관련된 책인 것 같았다. 시카고의 파머하우스 요리장한테서 받은 Thudichum의 『The Spirit of Cookery』도 그중에 있었다. 저자의 이름을 어떻게 읽는지 물어보려고 하다가 말할 기회를 놓쳤다.

"보고 싶은 책이 있으면 꺼내서 봐도 좋아."

챔벌레인이 말했다. "얼마 안 있어 자네의 서재도 이렇게 될 걸세."

"그럴까요?"

"책 읽는 걸 싫어하나?"

"아뇨, 좋아합니다."

"그렇다면, 분명히 이렇게 돼. 왜냐하면, 요리의 맛을 기억하고, 만드는 방법을 익히면, 마지막에는 반드시 그 요리는 어떤 식으로 만드는 게 올바른지, 어떤 식으로 만들면 가야 할 최종 지점까지 도달하는지 하는 문제에 부닥치기 때문이지. 그때 자네는 그 답을 구하기 위해 프랑스인 요리사한테 그것을 묻겠지. 그러나 그들로부터는, 다들 그렇게 하고 있으니까, 옛날 사람들이 그렇게 했으니까, 라고 하는 대답밖에 돌아오지 않아. 거기서 결국, 자네는 옛날 요리사들이 해온 방법을 공부하지 않으면 안 되는 걸세. 그럴 마음이 있다면, 이제부터 오래된 문헌을 사둬야 해. 지금이라면 아직 정말로 그걸 읽으려는 사람이 살 수 있어. 그러나, 만약 사기만 하고 읽지 않는 작자들이 모으기 시작하면 손을 쓸 수가 없게 되지."

"어디 가면 살 수 있습니까?"

"미국에서는 아무래도 뉴욕이겠지. 뉴욕에는 아는 사람이 있나?"

"피셔 부인이 『뉴요커』의 부편집장을 만나 보라고 말해 주었습니다."

"존 베인브리지 말인가?"

"예, 그렇습니다."

"그러면 걱정할 게 없지."

"어떤 책을 사야 됩니까?"

"프랑스 요리라고 해도, 지금 같은 형태가 된 것은 불과 지난 백 년 동안의 일이고, 19세기 이전의 요리는, 만드는 방법도 복잡기괴했고, 그대로 만들어 봐도 맛이 없어서 먹을 수가 없지. 따라서, 실제로 활용하려면 나폴레옹 3세의 제2제정 무렵 책을 중심으로 모아야 할 걸세. 그게 가장 틀림이 없지."

쓰지 시즈오는 그때, 시카고의 파머하우스 요리장한테서 받은 책이 1895년에 출판된 것이라고 그가 말했던 걸 떠올렸다. 챔벌레인이 말한 것과 딱 일치하는 시대의 책으로, 우연하게도 그것이 나중에 세계 유수의 컬렉션이 되는 쓰지 시즈오의 19세기 요리책 컬렉션 최초의 책이 되었다.

그러고서 챔벌레인은 이런 책도 있다고 하며 『Bibliographie Gastronomique』이라는 책을 꺼내서 보여줬다.

"이건 조르주 비켈이라는 프랑스인이 1890년에 쓴 책으로, 전 세계의 요리에 관한 문헌의 해제서解題書네. 2천 권의 책이 실려 있다. 가지고 있으면, 어떤 책을 읽으면 좋을지 금방 알 수 있으니까 도움이 될 걸세. 초판본이 아니라도, 1954년에 앙드레 시몽의 서문이 들어간 복각판이 런던에서 나왔기 때문에 찾으면 발견할 수 있을 거야. 만약 그걸 못 찾으면 1939년에 미국인 캐서린 비팅이라는 여성이 비슷한 책을 냈으니까, 그걸 찾아보게. 『Gastronomic Bibliography』이라는 책인데, 그것도 꽤 괜찮네."

쓰지 시즈오는 『Bibliographie Gastronomique』을 펄럭펄럭 넘겨보았다. 그리고 서양인들의 요리에 관한 정열이라는 게 얼마나 대단한 것인가 하고 감탄했다. 70년 전에 벌써 2천 권의 요리책이 존재했던 것이다. 하지만 그것보다도 더 놀라운 것은, 그 2천 권의 책을 다 읽고, 분류하고, 그 해제를 시도한 인간이 있다는 사실이었다. 일본에는 일본 요리 분야에서조차 그러한 것은 존재하지 않았다. 요리라는 것은 어떻게 하느냐에 따라서 충분히 연구할 가치가 있는 어엿한 학문이라고 생각했다.

그러나 쓰지 시즈오에게는 일본에서 생각할 때부터 마음 한구석에 사라지지 않고 찜찜하게 남아 있는 의문이 하나 있었다. 피셔 부인과 챔벌레인을 만나 얘기를 들은 지금, 그것이 점점 커지고 있었다. 그것은 그들이 말하는 대로 요리의 맛을 기억하고, 만드는 방법을 연구한다고 해도, 그게 뭘 위해서인가 하는 의문이었다. 그의 목적은 피셔 부인이나 챔벌레인처럼 훌륭한 미식가가 되는 게 아니었다. 그는 조리사 학교의 경영자로 자신이 배운 것을 학생들에게 가르치지 않으면 안 되는 것이다. 그러나 그는 요리사가 아니었다. 학생들에게 기술을 가르치는 것은 할 수 없었고, 강사인 요리사들도 아마추어의 의견 같은 건 들으려 하지 않을 것이다.

"왜 그러나?"

쓰지 시즈오가 아무 말도 없는 것을 보고 챔벌레인이 말했다. 쓰지 시즈오는 퍼뜩 정신을 차리고, 지금 생각하고 있던 것을 챔벌레인한테 말했다. 그러자 챔벌레인이 말했다.

"자네의 걱정은 알겠지만, 난 그런 문제로 그렇게 고민할 필요는 없다고 생각하네. 자네가 뛰어난 교사를 키우면 해결되는 거 아닌가?"

"어떻게 말입니까? 저는 요리사가 아닙니다"

하고 쓰지 시즈오는 말했다.

"그럼, 가르쳐 주지"

하고 챔벌레인은 말했다. "자네는 아직 모를지도 모르지만, 요리를 만든다는 건 기술적인 뒷받침도 필요하지만 그것 이전에 재능의 문제일세. 기술은 자네가 가르치지 않아도 요리사가 되려고 할 정도의 사람이라면 내버려두어도 익히게 되어 있어. 하지만 거기에서 앞으로의 최종적으로 완성된 맛이라는 건, 아무리 재능 있는 요리사라도 상상할 수가 없지. 그것을 가르쳐 줄 사람이 없는 한 말이야. 내 말이 무슨 말인지 알겠지. 자네는 학생들 가운데서 재능이 있는 요리사를 발견하고, 최종적으로 완성된 맛이 어떤 것인가를 그들에게 철저히 체득시키게 하면 되는 걸세."

"그런 게 가능할까요?"

"되고말고. 아까, 자네한테 소개장을 써준 피라미드가 그 좋은 예지. 그 가게는 페르낭 푸앵이라고 하는 남자의 가게로, 그는 금세기 최고의 셰프 중 한 사람이라는 말을 들었지만 6년 전에 죽고 말았지. 지금은 그의 미망인인 마담 푸앵이 경영하고 있는데, 지금도 푸앵이 살아 있을 때와 마찬가지로 미슐랭의 별 세 개를 유지하고 있네. 믿기 힘들겠지만, 그녀는 자신의 혀의 기억에만 의지해 푸앵이 만든 요리의 최종적으로 완성된 맛을 유지하고 있는 거네. 게다가 지금의 피라미드 셰프는, 푸앵으로부터 직접 배운 제자가 아니라 제자의 제자일세. 그러니까, 자네도 할 수 있어."

"문제는 저의 혀가 되는 셈이군요."

하고 쓰지 시즈오는 말했다.

"그런 셈이지. 자네의 혀에 행운이 있기를."

하고 챔벌레인은 말했다.

두 사람이 웃고 있는데, 하녀가 식사 준비가 다 되었다고 부르러 왔다. 응접실에서는 나르시사 챔벌레인과 아키코가 웃는 얼굴로 뭔가 얘기를 하고 있었다.

"무슨 얘기를 하고 있어?"

하고 챔벌레인이 물었다.

"당신이 프랑스에서 저지른 실수들이요."

나르시사가 말했다.

"스페인 국경에서 기름이 떨어져 차가 오도 가도 못하게 되었을 때 얘기군. 그러나, 자네."

챔벌레인은 쓰지 시즈오 쪽을 향해 말했다. "자네도 언제까지고 이런 얘기를 듣게 되겠지만, 부인과 함께 가는 것은 잘하는 거야. 아무리 맛있는 요리라도 혼자서 묵묵히 먹는 건 재미없으니까."

"그럼 조금은 나한테 감사하고 있겠군요."

나르시사가 아키코 쪽을 향해 한쪽 눈을 찡긋해 보이고 말했다.

"물론이지. 당신한테는 무척 감사하고 있어."

하고 챔벌레인은 말했다.

쓰지 시즈오와 아키코가 챔벌레인이 데려다줘서 호텔로 돌아온 것은, 그로부터 네 시간 뒤인 밤 열두 시였다. 늦었으니까 택시를 불러 달라고 말했지만, 챔벌레인은 한 시간 길을 다시 운전해 데려다주었다. 그리고 싱긋 웃으며, 다음에 또 놀러 오라고 말하고는 돌아간 것이다.

챔벌레인한테 대접받은 요리는 푸아그라 테린과 레드와인에 절인 영계찜이었다. 둘 다 맛있었지만, 쓰지 시즈오는 푸아그라의 맛이 오사카의 알래스카에서 한 번 먹어 본 것과 전혀 다른 것에 놀랐다. 이빨에 닿는 느낌도 훨씬 부드러웠고 매끈매끈했다. 분명히 푸아그라도 여러 가지가 있는 모양이구나 하고 생각했다.

또 하나 놀란 것은, 챔벌레인이 하녀를 부르는 데, 테이블에 놓인 작은 은종을 흔드는 것이었다. 종을 흔들자 하녀가 소리 없이 식당에 나타나, 다 먹은 요리의 접시를 치우고 새로운 요리를 날라 왔다. 소설이나 영화 속에서는 그런 광경을 봐왔지만, 실제로 보는 건 처음이었다.

"두 분 다 너무도 좋은 분들이세요."

기모노를 벗고, 파자마 위에 가운을 걸친 아키코가 침대에 걸터앉으며 말했다.

"응. 나는 오늘 일로 이제부터 하려는 것에 대해 굉장히 자신이 생겼어"

하고 쓰지 시즈오는 말했다.

"어째서요?"

"당신한테는 지금까지 아무 말도 안 했지만, 다 큰 남자가 요리 공부 따위를 하는 건 사람들 앞에서 가슴을 펴고 할 수 있는 말은 아니라고 생각해 왔어. 창피했지. 하지만 챔벌레인 씨하고 얘기를 나누고 나니 그런 마음은 이제 사라졌어. 요리도 훌륭한 연구의 대상이라는 걸 알게 된 거야. 이제 난 더 이상 그런 문제로 고민하지 않을 거야."

아키코는 잠자코 아무 말도 하지 않았다.

"난, 쓰지 조리사 학교를 일본 제일의 조리사 학교로 만들어 보이겠어"

하고 쓰지 시즈오는 말했다.

그로부터 얼마 뒤에, 야마오카 토루는 쓰지 시즈오가 보스턴의 호텔에서 보낸 편지를 받았다. 쓰지 시즈오는 피셔 부인이나 챔벌레인을 만난 걸 보고한 뒤에, 다음과 같이 썼다.

좋은 학교란 건 어떤 것인가, 이제야 구체적인 이미지를 붙잡았네. 좋은 교사를 키워, 그들한테 좋은 요리를 가르치게 하는 거야. 결국 그게 전부라고 생각하네. 그리고, 어떻게 하면 좋은 교사를 키울 수 있는지도 알았네. 남은 건, 나 자신이 그것을 확실히 할 수 있느냐 없느냐뿐이지.

야마오카 토루는 편지를 읽고, 일층의 사무실에서 혼자서 조용히 위스키를 들며 건배했다. 왠지 모르게 기분이 무척 좋았다.

4

쓰지 시즈오는 존 베인브리지를 만나기 위해 아키코와 둘이서 5번가의 스토퍼스라고 하는 레스토랑으로 갔다. 뉴욕에 도착해 『뉴요커』

편집부에 전화를 하자, 그가 거기에서 점심을 함께 먹자고 말한 것이었다. 길거리의 반대편은 센트럴 파크로, 고급스러운 느낌은 없었지만 무척 차분하고 편안한 분위기의 레스토랑이었다.

두 사람이 안으로 들어가자, 아무 말도 안 했는데 웨이터가 베인브리지의 테이블로 안내했다. 자리에 앉고 나서 주위를 보니, 일본인 손님은 그들 두 명뿐이었다. 베인브리지는 먼저 와서, 혼자서 와인을 마시고 있었다. 키가 크고 마른 남자였는데, 쓰지 시즈오는 그를 보고 그가 자신과 그다지 나이 차이가 나지 않는 것에 안도의 한숨을 쉬었다. 피셔 부인도 챔벌레인 부부도 무척 좋은 사람들이었지만, 아버지 어머니뻘로 나이 차이가 너무 많이 났던 것이다.

베인브리지는 두 사람을 위해 송아지 고기를 얇게 썬 스테이크와 참치 샐러드를 주문했다. 그리고 웨이터가 사라지자, 어깨를 으쓱하며 말했다.

"뉴욕에는 좀 더 고급스러운 가게도 있지만 내 월급으로는 그렇게 자주는 갈 수가 없죠. 모처럼 멀리서 방문해 주었는데 실망하지는 않았나요?"

"아니요, 괜찮아요."

하고 쓰지 시즈오는 말했다.

그들이 이 여행을 떠나온 지 벌써 열흘 이상이 지났지만, 제대로 된 레스토랑에서 식사를 하는 건 이번이 두 번째였다. 첫 번째는 시카고의 파머하우스 요리장이 데려가 준 시카고의 포세리안이었고, 나머지는 호텔의 레스토랑이나, 부담 없이 들어갈 수 있는 대중 레스토랑 같은 곳에서만 식사를 해왔던 것이다. 확실히 시카고의 포세리안은 7백 명의 호텔 요리사를 밑에 둔 요리장이 갈 만큼의 곳이어서, 가게의 구조도 훌륭하고 설로인 스테이크의 맛도 쓰지 시즈오가 그때까지 먹어 본 적이 없는 감동적인 맛이었다. 하지만 이 레스토랑도, 포세리안 정도는 아니었지만 적어도 『뉴요커』의 부편집장이 오기에 충분히 어울리는 곳이었다. 아무 말도 안 했는데 가만히 테이블로 안내해 준 웨이터의 시원시원한 서비스가 그것을 잘 말해 주고 있었다. 일본의 레스토랑에서는 그런 기분 좋은 서비스는 받아 본 적이 없었다.

엷게 썬 송아지 고기 스테이크와 참치 샐러드가 나왔다.

"모크 빌 커틀릿이에요. 드시죠"

하고 베인브리지가 말했다.

"모크 빌 커틀릿?"

"아, 죄송. 시시한 빌 커틀릿이라는 의미예요. 미국인이 자주 사용하는 말이죠"

하고 베인브리지는 말했다.

쓰지 시즈오는 그것을 먹었다. 만약 이 엷게 썬 스테이크가 미국에서 처음 먹는 것이라면, 그는 너무 맛있다고 느꼈을지도 몰랐다. 그러나 그는 이미 시카고의 포세리안에서 훨씬 더 맛있는 설로인 스테이크를 먹은 적이 있었다. 그가 입에 발린 말로 맛있다고 말해도 베인브리지는 분명히 그 말이 거짓말이라는 걸 알 거라고 생각해 아무 말도 하지 않았다.

"당신의 이제부터의 스케줄은?"

베인브리지도 같은 걸 먹고, 와인을 마시면서 말했다. 쓰지 시즈오는 와인은 마시지 않았다.

"프랑스에 갈 생각이에요"

하고 쓰지 시즈오는 말했다.

"프랑스 어디로요?"

"새뮤얼 챔벌레인 씨가 피라미드라는 레스토랑을 소개해 줘서 일단 그리로 가려고요."

"피라미드라구요!"

베인브리지는 놀람의 탄성을 올렸다. "아, 난 바보 같은 짓을 했군. 당신이 피라미드로 간다는 걸 알았다면, 햄버거나 살 걸 그랬어요."

"왜죠?"

"뭘 먹든 간에, 일단 피라미드의 요리를 먹으면 다른 모든 음식들은 쓰레기와 다름없다고 생각할 게 틀림없기 때문이죠."

"그렇게 대단한가요?"

"대단하죠. 당신은 오귀스트 에스코피에라는 셰프를 아나요?"

"아니요, 모릅니다."

"19세기 말에서 금세기 초에 걸쳐 활약한 셰프로 현대 프랑스 요리의 기초를 다진 사람이에요. 호텔 왕인 리츠와 짝을 이뤄 런던의 사보이 호텔을 무대로, 그때까지 밖에서 식사를 한다고 하는 관습이 없었던 런던의 숙녀들한테 외식의 즐거움을 퍼뜨린 남자이기도 하죠. 피라미드의 페르낭 푸앵은 그 에스코피에의 요리를 더 한층 발전시켜, 현대 프랑스 요리를 더욱 완벽한 것으로 만든 남자예요. 영국 국왕인 에드워드 8세 윈저 공이 심프슨 부인과 함께 푸앵의 요리를 먹으러 노상 피라미드에 갔다는 것은 우리들 서양인은 누구나 다 알고 있는 사실이지요. 지금은 미망인인 마담 푸앵이 경영하고 있지만 요리의 맛은 조금도 변하지 않았어요. 게다가 당신은 거기에 챔벌레인 씨의 소개로 가는 거잖아요. 마담 푸앵이 특별 손님으로 대하지 않겠어요?"

"그런 레스토랑을 챔벌레인 씨는 어째서 나한테 소개해 준 걸까요?" 하고 쓰지 시즈오는 물었다.

"요리에 대한 당신의 열정이 의심의 여지가 없기 때문이에요. 단지 먹는다는 것만을 위해, 태평양과 대서양을 날아가겠다는 생각을 하는 사람은 그다지 없죠. 나도 당신을 위해 할 수 있는 일이 있다면 뭐든 하겠어요. 하긴, 나로서는 할 수 있는 게 아무것도 없겠지만 말이에요."

"그렇다면 책방을 가르쳐 주세요. 난, 19세기 요리책을 찾고 있어요."

"그런 일이라면 쉽죠."

하고 베인브리지는 말했다. "바로 가까운 곳에 코너 북숍이라고 하는 오래된 책을 구비하고 있는 책방이 있어요. 제가 안내하죠."

"고맙습니다. 그리고 한 가지 더요. 이 사람 이름은 어떻게 읽나요?" 쓰지 시즈오는 파머하우스의 요리장한테서 받은 책의 저자 이름—Thudichum—을 쓴 메모를 보여줬다.

"투디컴이에요. 그의 어떤 책을 읽었나요?"

"아직 읽지 않았지만, 『The Spirit of Cookery』를 갖고 있어요."

"아, 그 책은 멋진 책이에요. 특히 요리법에 의해 요리를 분류하고 있는 부분이 공부가 되죠. 그는 펜실베이니아 대학의 총장까지 지냈던 의학박사예요. 『와인의 철학』이라는 책도 썼죠."

쓰지 시즈오는 또 한 번 그런 인물이 요리책을 썼다고 하는 사실에 놀랐다. 대체 그들을 이렇게까지 매료시킨 프랑스 요리란 건 어떤 것일까 하는 생각이 들었다. 피라미드에 가면 분명히 그 답을 알 수 있을 것이다. 그는 가슴이 설레었다.

그러고서 그들은 아키코와 셋이서 코너 북숍으로 갔다. 거기는 워싱턴 스퀘어 바로 옆으로, 책방 입구에서 워싱턴 문이 보였다. 베인브리지가 쓰지 시즈오를 소개하자, 주인인 듯한 노부인은 엘레나 로웬슈타인이라고 자신을 소개하고, 얼마든지 둘러봐도 좋다고 말했다. 가게 안에는 요리책과 연극책이 장소가 비좁을 정도로 가득 있었다.

쓰지 시즈오는 거기에서 존 베인브리지와 헤어지고, 아키코와 둘이서 사야 될 책을 찾기 시작했다. 이윽고 그는 『L'art Culinaire』라고 하는 프랑스 요리인 협회가 발행한 오래된 회보 합본호를 발견했다. 1883년부터 1932년까지의 50년분이었다. 페이지를 펴보니, 당시의 셰프들이 자신들이 만든 새로운 스타일의 요리를 소개하거나, 이전 요리법의 불합리한 점을 지적해 논쟁을 제기하거나 하고 있었다. 우연히 펼친 1926년 12월호 페이지에는, 방금 전에 베인브리지가 이름을 가르쳐 준 오귀스트 에스코피에의 열여덟 살 생일을 축하하는 사진이 실려 있었다.

어째서 이런 귀중한 자료가 여기에 있는지 물었더니 엘레나 로웬슈타인은 미소를 지으며 말했다.

"요리사였던 남편이 죽자, 부인으로서는 이런 건 휴지와 마찬가지가 된 거죠. 그래서 팔려고 내놓은 거예요. 그것도 약 한 달 전에 죽은 뉴욕 어느 호텔 셰프의 미망인이 경매에 내놓은 거예요. 이제부터 요리책을 모으려면 신문의 부고란을 항상 주의하고 있어야 해요."

쓰지 시즈오는 그것을 1백 달러를 주고 샀다. 그렇게 비싼 책을 산 건 태어나서 처음이었지만, 조금도 비싸다는 생각이 들지 않았다. 그는 코너 북숍에 그 뒤로 다시 사흘 동안 들러, 결국 2천 달러어치의 책을 사들였다. 그는 그 책들을 우편으로 오사카로 보냈다. 그걸로 미국에서 하지 않으면 안 되는 일은 이제 아무것도 없었다.

다음은 드디어 프랑스였다. 내일이면 프랑스로 출발하는 전날 밤, 아키코가 옆 침대에서 속삭였다.

"프랑스에서는 어떤 옷이 유행하고 있을까요. 모르니까 불안해요."

쓰지 시즈오는, 프랑스에서 만날 사람들도 미국에서 만났던 사람들과 마찬가지로 다들 좋은 사람이면 좋겠는데 하고 생각했다. 그는 그것이 걱정이었다.

5

쓰지 시즈오가 파리 오를리 공항에 도착해서 맨 처음으로 한 일은 렌터카를 빌린 것이었다. 새뮤얼 챔벌레인한테서 이런 말을 들었던 것이다.

"프랑스에 가면, 바로 렌터카를 빌리게. 레스토랑은 어디 있는지 알 수 없어. 시골 마을의 길가에 있을지도 몰라. 그게 꽤 괜찮은 레스토랑일 가능성도 있지. 기차를 타고 도보로 다니다 보면, 그러한 레스토랑은 못 보고 지나칠 수도 있고, 창으로 괜찮을 것 같은 레스토랑이 보여도 도중에서 내릴 수가 없으니 말일세."

그는 공항의 허츠Hertz 사무실에서 한 주당 180프랑을 주기로 하고 폴크스바겐을 빌렸다. 그게 가장 쌌고, 게다가 폴크스바겐이라면 일본

172

에서 몇 번인가 운전대를 잡아 본 적이 있어 잘 알고 있었기 때문이다. 1프랑은 70엔이었으니까, 한주에 약 1만 3천 엔이었다.

그들은 파리에는 들르지 않고, 쓰지 시즈오가 운전을 해 오를리 공항에서 바로 남쪽으로 내려가, 리옹으로 향했다. 리옹에서 다시 남쪽으로 50킬로미터 거리에 있는 마을, 비엔Vienne이 그들의 목적지였다.

쓰지 시즈오는 차를 운전하면서, 시간이 지남에 따라 자신의 흥분 상태가 조금씩 차분히 가라앉는 것을 느꼈다. 얼마 안 있어 그는 아무리 달려도 평지의 연속이고 산이 전혀 보이지 않기 때문이라는 것을 깨달았다. 평지의 대부분은 검은 흙의 농지였다. 이미 가을걷이를 끝내고 쉬고 있는 농지도 있었지만, 아직 농작물이 주렁주렁 열매를 달고 있는 농지도 있었다. 그것이 풍경 전체에 무척이지 풍요롭다는 느낌을 가져다주었다. 쓰지 시즈오가, 프랑스가 유럽 제일의 농업국이라는 사실을 안 건 좀 더 나중의 일이었다.

시골 도로에는 양측에 이따금 수 킬로미터에 걸쳐 커다란 플라타너스 가로수가 나타났다. 도로 위에는 단풍이 든 플라타너스 낙엽이 떨어지기 시작하고 있었다. 쓰지 시즈오는 그 길을 달리면서 일본에 있는 야마오카 토루한테 머릿속으로 말을 걸었다.

"어이 야마오카, 이런 식이라면 10월에는 마로니에 꽃이 하나도 안 남아 있겠어."

"뭐라고 했어요?"

아키코가 조수석에서 물었다. 그녀는 쓰지 시즈오가 너무도 속도를 내는 바람에 손잡이에 타월을 붙들어 매고, 그것에 꼭 매달려 있었다.

그녀는 차를 빌릴 때 서비스로 얻은 도로지도도 보지 않으면 안 되었다.

"아무것도 아냐"

하고 쓰지 시즈오는 말했다.

디종에서 밤이 되었다. 그들은 샤포 루즈라는 호텔에 숙소를 정하고, 프레 오 클레르크에 트루아 페장이라는 긴 이름의 레스토랑에 갔다. 나중에 호텔에 돌아와 새뮤얼 챔벌레인한테서 받은 미슐랭 가이드에서 찾아보았더니 별이 없는 레스토랑이었지만, 두 사람한테는 편안하게 들어가기 딱 알맞은 가게였다. 두 사람 모두 프랑스에 도착한 날바로 미슐랭이 별을 준 일류 가게에 들어갈 자신은 없었다.

그들은 거기에서 곤들매기 무스를 시켰다. 곤들매기와 바닷가재를섞어 으깬 살에 생크림을 더하고, 일단 식힌 다음에 모양을 만들어 찌고, 거기에 바닷가재의 에센스로 만든 소스를 끼얹은 것이었다. 쓰지시즈오는 주문을 받으러 온 웨이터한테 메뉴판을 보며 말했다.

"무슬린 드 브로셰 디조네즈Mousseline de brochet dijonnaise."

웨이터는 그 말을 듣고 빙긋이 웃으며 뭔가를 말했다. 쓰지 시즈오는 같은 말을 다시 한 번 반복했다. 웨이터도 다시 빙긋이 웃으며, 똑같은 말을 또 한 번 반복했다. 쓰지 시즈오는 자신의 프랑스어가 전혀 통하지 않는 것 같다는 사실을 깨달았다. 그는 웨이터한테 메뉴판을 보여주며, 그 요리를 손가락으로 가리켰다. 웨이터는 또 빙긋이 웃었지만, 이번에는 "Oui, Monsieur(예, 손님)"라고 말하고 물러갔다.

아키코는 쓰지 시즈오가 말을 주고받는 모습을 보고, 이 사람이 진짜로 대학에서 불문과를 나온 게 맞는지 의심했다. 그녀는 그가 프랑스어를 말하는 걸 들은 게 그때가 처음이었다. 공항에서 렌터카를 빌릴 때는 영어가 통했었다. 그녀는, 그가 머리가 나빠 대학 입시에 두 번이나 떨어졌다고 말했던 건 정말 맞는 말이고, 자신은 속은 게 아닌가 하고 생각했다. 그리고 이런 상태라면 이제부터 앞으로 어떻게 되는 건지 불안해졌다. 영어라면 도움을 주는 것도 가능하겠지만, 프랑스어는 그녀도 속수무책이었다.

"괜찮아"

하고 쓰지 시즈오는 아키코의 속마음을 살피고 말했다. 아키코는 그렇게 생각하지 않았다.

그들은 거기에서, 그것 말고도 달팽이 요리를 먹었다. 그리고 마지막으로 디저트가 나왔고, 한 사람당 30프랑이었다. 2천5백 엔이면 싸다고 쓰지 시즈오는 생각했다. 그가 오사카의 알래스카에서 먹은 요리는 3천5백 엔이나 했고, 호텔의 코스 요리는 4천5백 엔이나 했었다. 그러나, 지금 먹은 곤들매기 무스나 달팽이 요리의 맛과는 전혀 딴판이었다. 별이 없는 레스토랑의 요리조차 이렇다면, 피라미드에 가면 어떨까 하는 생각이 들었다.

다음 날, 그들은 오전 중에 호텔을 나와 리옹으로 향했다. 디종을 빠져나오자, 곧 보이는 거라고는 넓게 펼쳐진 포도밭뿐인 지역으로 들어섰다. 그들은 몰랐지만, 그곳이 손Saone 강을 따라 남북으로 200킬로미터에 걸쳐 펼쳐진 부르고뉴 와인의 일대 생산지였다. 그들은 그 이름이 어떤 의미를 지니는가도 모르는 채, 샹베르탱, 비조, 로마네, 코르통, 뫼르소, 몽펠리에 같은 마을들을 지나쳐 갔다. 그 지역의 마지막 일대가 보졸레 지구로, 거기를 지나니 리옹이었다.

그들은 리옹도 빠져나가, 손 강이 스위스의 레만 호湖로부터 흘러나

온 론 강과 리옹에서 합류한 론 강을 따라 계속해서 남하했다. 비엔은 그 론 강 좌안의 마을로, 그들은 거기에 정오가 지나 도착했다. 마을은 강변의 야트막한 언덕 위에 있었고, 가운데에는 거대한 생 모리스 대성당이 우뚝 솟아 있었다. 피라미드를 찾아 마을 이곳저곳을 달리며 돌다 보니, 중심에서 약간 떨어진 조용한 길의 광장에 갑자기 높이 20미터 정도의 오래된 석조 첨탑이 나타났다.

"피라미드다."

쓰지 시즈오는 엉겁결에 차를 세우고, 그것을 올려다보며 중얼거렸다. 이집트의 피라미드 형태가 아니라, 오히려 거대한 오벨리스크 모양이었지만, 사각뿔의 틀림없는 피라미드였다. 나중에 마담 푸앵이 설명해 준 바에 의하면, 로마 제국이 당시 갈리아라고 불렀던 프랑스를 지배하고 있던 4세기경의 건축물이라고 했다. 마을에는 아직 그 무렵의 성벽 터가 여기저기 붕괴된 모습으로 남아 있었다.

쓰지 시즈오는 차 안에서 집집의 벽마다 표시되어 있는 거리의 이름을 보았다. '푸앵 거리'라고 쓰여 있었다.

"찾았다. 거리 이름을 봐."

하고 그는 아키코에게 말하며, 거리를 따라 차를 천천히 앞으로 몰았다. 50미터도 못 가서 좌측에 하얀 벽으로 둘러싸인 넓은 저택 같은 건물이 나타났고, 입구에 '레스토랑 피라미드'라고 작게 쓰여 있는 간판이 보였다. 두 사람은 차에서 내렸다. 쓰지 시즈오는 넥타이를 고쳐 매고, 아키코는 스커트 자락을 잡고 주름을 폈다. 가슴이 두근두근 뛰었다. 그러고서 두 사람은 서로를 쳐다보고, 누가 먼저랄 것도 없이 고개를 끄덕이고는 레스토랑 안으로 들어갔다.

잔디가 깔린 마당에는 플라타너스와 커다란 밤나무가 여러 그루 서 있었고, 손질이 잘된 화단에는 베고니아와 코스모스, 그리고 애처롭게 보이는 한련旱蓮 꽃이 가을볕을 받으며 흐드러지게 피어 있었다. 작은 화원 같았다.

가게 안으로 들어서자, 디너 재킷을 입은 중년의 웨이터가 빙긋이 웃으면서 다가왔다. 쓰지 시즈오는 자신들 두 사람이 그 자리에 어울리지 않는 틈입자闖入者 같은 기분이 들어 수상하다는 눈길로 볼 것이라고 각오하고 있었는데, 웨이터는 그런 내색은 전혀 하지 않았다. 쓰지 시즈오는 그 웨이터에게 횡설수설하는 프랑스어로 새뮤얼 챔벌레인의 소개로 마담 푸앵을 만나러 왔다고 전했다. 웨이터는 다시 한 번 빙긋 웃으며 여기에서 기다리시라고 말하고 안쪽으로 들어갔다. 이윽고 처음의 웨이터보다는 다소 젊은 듯했지만 역시 중년인 풍채 좋은 부인이 나왔다. 청결한 밤색 머리칼과 검은 눈동자의 기품 있게 보이는 부인으로 연분홍 원피스에 커다란 진주목걸이를 하고 있었다. 그녀는 두 사람에게 웃음을 던지며 마리 루이즈 푸앵이라고 자기소개를 하고 이쪽으로 오라고 말했다.

두 사람은 가게 안쪽의 작은 방으로 안내되었다. 정면 벽 양쪽 옆으로는 대단한 골동품이라는 걸 한눈에 알 수 있는 작은 나전螺鈿장과 소반 스탠드 테이블이 놓여 있었고, 벽에는 뷔페*의 그림이 걸려 있었

---

* Bernard Buffet(1928~1999). 20세기 미술의 거장 피카소와 앤디 워홀을 뛰어넘는다는 평가를 받았던 프랑스 현대 회화의 거장. 20세 때 이미 프랑스 미술계 최고 권위의 비평가상을 받았고 말년에 파킨슨병에 걸려 자살했다.

다. 두 사람은 마담 푸앵과 함께 가죽을 씌운 부드러운 소파에 앉았다. 발밑을 보니 낮은 테이블 아래 깔려 있는 건 비단 양탄자였다. 이것이 레스토랑의 한 방인가 하고 쓰지 시즈오는 눈이 휘둥그레졌다. 마담 푸앵이 또 한 번 웃음을 던져 그는 퍼뜩 정신을 차리고, 챔벌레인한테 서 받은 명함을 황급히 그녀에게 내밀었다. 그러자 그녀는 힐끗 쳐다 봤을 뿐, 바로 명함을 돌려줬다.

"당신들에 대해서는 챔벌레인 씨한테서 들었어요. 그런 건 넣어 두세 요. 식사는 했나요?"

"안 했습니다"

하고 쓰지 시즈오는 말했다.

"마침 잘됐네요. 나도 아직이에요. 그럼 함께 식사를 하죠"

하고 마담 푸앵은 말했다. 그녀가 무척 천천히 말했기 때문에, 그녀 의 프랑스어는 쓰지 시즈오도 잘 알아들을 수 있었다.

최초로 그들을 맞은 중년의 웨이터가 왔다.

"메트르 도텔인 모리스 뱅상이에요"

하고 마담 푸앵은 그를 두 사람에게 소개하고, 그러고는 그에게 뭔 가를 지시했다. 그들의 대화는 쓰지 시즈오로서는 전혀 이해할 수가 없었다. 뱅상은 방을 나갔고, 얼마 안 있어 이번에는 메뉴판을 가지고 돌아왔다. 그가 다시 방을 나가고 난 뒤, 쓰지 시즈오는 마담 푸앵한테 물었다.

"메트르 도텔이란 게 뭡니까?"

"수석 웨이터를 말해요. 자, 뭘 먹을까요?"

쓰지 시즈오는 메뉴판을 펼쳐 보았다. 손글씨로 쓴 메뉴판이었다.

멋진 필체의 글씨가 검은 잉크로 쓰여 있고, 코스 요리와 일품요리à la carte로 나뉘어 있었다. 일품요리에는 가격이 안 쓰여 있었고, 코스 요리는 1백 프랑이라고 쓰여 있었다. 쓰지 시즈오는 디종의 레스토랑에서 먹은 요리가 30프랑이었던 걸 떠올리고, 별 세 개 레스토랑이란 건 하나부터 열까지 수준이 다르구나 하고 놀랐다. 디종의 그 레스토랑에는 아름다운 정원도 없었고, 지금 그가 앉아 있는 멋진 분위기의 별실도 없었던 게 틀림없다. 그러나 쓰지 시즈오가 이해할 수 있었던 건 그것뿐이고, 요리 쪽은 무엇을 시켜야 어떤 게 나오는가를 짐작할 수 없었기 때문에, 아무것도 알 수가 없었다.

"맡겨 드릴 테니 골라 주시지 않겠습니까?"

하고 그는 말했다.

"알겠어요. 그럼, 그렇게 하죠"

하고 마담 푸앵이 말했다.

테이블 위에는 아페리티프가 놓여 있었다. 그들이 메뉴판을 보고 있는 사이에 젊은 웨이터가 와서, 샴페인과 뭔가를 섞어 만든 것이었다. 마담 푸앵 앞에는 다른 것이 놓여 있었다. 쓰지 시즈오가 이건 뭐냐고 묻자 마담 푸앵은 말했다.

"체리 리큐어하고 샴페인을 섞은 것으로, 우리 집에서 만든 아페리티프예요. 내 건 압생트.* 난 항상 이걸 마셔요. 맛있으니까 마셔 봐요."

---

* absinthe. 향 쑥이나 아니스 따위를 주된 향료로 써서 만든 리큐어. 프랑스가 주산지로 알코올 70% 정도의 독하고 쓴 녹색의 양주인데 근래에는 향 쑥을 쓰지 않으며 알코올 45% 정도의 것이 많다.

"안타깝게도 저는 보리밭에만 가도 취합니다."

"그거 안됐네요. 당신은?"

하고 마담 푸앵은 아키코에게 물었다. 아키코는 한 모금 마시고 맛있다고 말했다. 쓰지 시즈오는 그 말을 마담 푸앵한테 전했다.

뱅상이 왔다. 마담 푸앵은 그에게 요리를 몇 가지 지시하고, 그는 그것을 메모했다. 그가 나가자, 이번에는 디너 재킷에 짙은 녹색 앞치마를 두른 웨이터가 왔다. 그도 뱅상과 비슷한 연배로, 콧수염을 기르고 있었다.

"소믈리에인 루이 토마지예요."

하고 마담 푸앵은 그를 두 사람한테 소개하고, 그러고 난 뒤 그에게 뭔가를 말했다. 소믈리에라고 한 것으로 봐서는 와인에 대해 지시한 게 틀림없다고 쓰지 시즈오는 생각했지만, 상세한 건 아무것도 알 수 없었다. 토마지는 조금도 웃지 않고 별실 밖으로 나갔다.

그사이에, 마담 푸앵은 뱅상도 토마지도, 한 번도 자신이 부르지 않았다. 시간을 가늠해서 딱 알맞은 시간에 그들이 온 것이었다. 쓰지 시즈오가 웨이터의 이런 멋진 움직임을 본 것은 처음이었다.

이윽고 뱅상이 다시 와서, 빙긋이 웃으며 준비가 되었다고 말했다.

6

그들은 다른 방으로 자리를 옮겼다. 객실과 접한 방으로, 객실과 접한 쪽으로는 유리가 끼워져 있었다. 하얀 테이블보 위에는 3인분의 테이블 세트가 준비되어 있었다.

"내가 손님을 초대했을 때 사용하는 방이에요"

하고 마담 푸앵은 말했다. 그 방의 벽에도 뷔페의 그림이 걸려 있었다. 그림 두 개 모두 뷔페가 식대 대신 놓고 간 거라고 마담 푸앵은 말했다.

쓰지 시즈오는 테이블을 앞에 두고 자리에 앉아, 유리 저편 객실의 모습을 바라보았다. 넓은 공간에 15개 정도의 테이블이 넉넉히 놓여 있고, 그 사이를 웨이터들이 시원시원하게 움직이며 돌아다니고 있었다. 엄청나게 많은 웨이터들은, 20명 가까이 되는 것 같았다. 빈 테이블은 하나도 없었다.

소믈리에인 토마지가 와서, 마담 푸앵의 글래스에 화이트와인을 따랐다. 마담 푸앵은 그것을 입에 머금고, 약하게 냇물이 흐르는 듯한 소리를 내며 맛과 향을 확인했다. 그녀가 고개를 끄덕이자, 토마지는 세 명의 글래스에 다시 와인을 따랐다. 투명한 황금색을 띠고 있었다. 쓰지 시즈오가 그것을 바라보고 있자 마담 푸앵이 말했다.

"다른 알코올은 상관없지만, 와인만은 마시지 않으면 안 돼요. 조금 입에 머금기만 하면 되니까 마셔 보세요. 공기와 함께 혀 위에서 굴리듯이 해서 확실히 맛을 보고, 그러고 나서 코에 남은 향으로 요리를 먹으면 되니까요. 그러지 않으면 아무리 공부해도 진짜로 프랑스 요리를 공부했다고 말할 수는 없어요."

"와인이라는 게 그렇게 중요한 겁니까?"

"그래요. 와인을 마시기 위해 요리를 먹는다고 해도 과언이 아닐 정도죠. 프랑스인은 요리에 백 프랑을 쓰면, 와인에도 최소한 백 프랑은 쓴다고 말하면 이해가 쉬울지도 모르겠네요."

쓰지 시즈오는 크리스탈 글래스로 손을 뻗었다. 그런 말을 들은 이상 머리가 아플 걸 각오하고 마시는 수밖에 다른 방법이 없었다. 하지만 글래스를 집으려다 앗 하고 놀랐다. 그가 알고 있는 글래스의 무게와는 전혀 달라, 엉겁결에 떨어뜨려 버릴 뻔한 것이었다. 그는 진짜 크리스탈 글래스를 손에 드는 게 처음이었다. 그것은 금속으로 만든 것처럼 묵직했다. 그는 부주의로 실수할 뻔해서 얼굴이 붉어졌지만, 마담 푸앵이 권한 대로 한 모금 마셨다. 무척 감미로운 와인으로 향이 아주 좋았다. 무척 차갑게 느껴졌다.

"어떤 향이 났죠?"

하고 마담 푸앵이 물었다.

"무척 좋은 향이었습니다"

하고 쓰지 시즈오는 말했다.

"그럼, 한 모금 더 마셔 보세요. 황도의 향이 날 테니까요."

쓰지 시즈오는 그녀가 말하는 대로 했다. 확실히 그 말을 듣고 보니 과일의 향이 나는 것 같았지만, 그것이 복숭아의 향인지 뭔지는 잘 알 수가 없었다. 잘 모르겠습니다, 하고 말하자 마담 푸앵은 웃으면서 말했다.

"이건 1955년산으로 아직 젊어서 과일의 향이 나지만, 조금 더 나이를 먹으면 색도 황금색에서 호박색으로 변해 벌꿀의 향이 나게 돼요. 그리고 어느 단계에서도 나름대로 맛있어요. 그런 것도 시간을 들여 차분하게 익혀 두세요."

"뭐라고 하는 와인입니까?"

"샤토 디켐.* 보르도 와인으로, 당신한테는 공부를 위해서 가르쳐 주지만 무척 좋은 와인이에요."

쓰지 시즈오는 나중에 피라미드의 와인 리스트를 보고, 그것이 2백 프랑의 가격으로 손님에게 제공된다는 것을 알았다. 코스 요리의 두 배 가격이었다.

뱅상이 오르되브르를 날라 왔다.

"푸아그라 소 브리오슈예요."

하고 마담 푸앵이 말했다.

설탕을 뺀 브리오슈를 식빵 모양으로 구워 가운데를 둥그렇게 파내고 부용**을 굳힌 아스피크***를 그 가장 바깥에 채우고, 다음에는 푸아그라를 채우고, 다시 푸아그라 가운데에 트뤼프를 채워 얇게 썬 요리였다. 음식에 정통한 사람들 사이에서는 페르낭 푸앵이 생전에 만든 가장 유명한 요리로서 잘 알려진 요리였다.

"자, 들어 보세요."

"아닙니다, 다 나오고 난 뒤에."

하고 쓰지 시즈오는 말했다. 그와 아키코 앞에는 요리가 나와 있었지

---

* Chateau d'Yquem. 세계 최고의 화이트와인으로 일컬어진다. 철저한 품질 관리를 통해 명성을 이어가고 있는데 포도 작황이 좋지 않은 해는 단 한 병도 샤토 디켐의 이름으로 출하하지 않는다. 산도와 당도가 높아 100년 이상 숙성 가능하다. 20~30년이 지나면 호박색을 띠기 시작하는데 이때부터 복잡한 풍미가 발달하기 시작한다. 잘 숙성된 샤토 디켐은 꿀, 복숭아, 살구, 오렌지, 사과, 코코넛, 열대과일 등 온갖 종류의 향이 발달한다.
** bouillon. 야채, 고기 등을 삶아서 만든 수프.
*** aspic. 고기 젤리.

만 마담 푸앵 앞에는 아직 나오지 않았다. 그러자 마담 푸앵이 말했다.

"당신들이 예의를 차릴 줄 아는 사람들이라는 건 알지만 요리에는 가장 맛있는 순간이라는 게 있어요. 그것은 웨이터가 가져와서 눈앞에 놓았을 때예요. 요리사도 웨이터도, 그 순간을 생각하면서 만들고 날라 오는 거예요. 이 요리에 대해 생각해 봐요. 1분이 지나면 아스피크가 녹기 시작하고, 브리오슈에 배어들겠죠. 3분이 지나면, 그다음은 푸아그라가 흐물흐물해져서 배어들어요. 그렇게 해서, 1분마다 본래의 요리가 아니게 되어 버리는 거예요. 맛있는 요리를 맛있게 먹을 생각이라면 그 순간을 놓치지 말고 바로 먹지 않으면 안 돼요. 사양은 필요 없어요."

쓰지 시즈오는 샤토 디켐을 아주 약간 입에 머금고, 그러고서 나이프와 포크를 손에 들었다. 그 나이프와 포크에서도 피셔 부인의 식탁에서 느꼈던 진짜 은의 무게가 손으로 전해졌다.

'이 얼마나 대단한 맛인가'

하고 쓰지 시즈오는 그 한 조각을 입에 넣고 생각했다. 입 안에 남아 있는 감미로운 와인의 뒷맛으로 브리오슈의 버터와 부용의 풍미, 거기에 푸아그라의 맛과 트뤼프의 향이 하나가 되어 퍼져 갔다.

"어때요?"

마담 푸앵이 물었다.

쓰지 시즈오는 아무 말도 못하고 미소만 지었다. 그렇게 하는 것 말고는 표현할 길이 없었다.

"푸아그라에는 샤토 디켐이 가장 잘 어울려요"

하고 마담 푸앵은 자신도 그것을 입에 머금으면서 말했다.

다 먹었을 때 마침맞게 뱅상이 접시를 치우러 왔다.

"어땠습니까, 마도?"

하고 그는 마담 푸앵에게 물었다. 그도 소믈리에인 토마지도 마담 푸앵을 마도라고 불렀다.

"맛있었어요"

하고 그녀는 말했다.

"기한테 그렇게 전하겠습니다"

하고 뱅상은 말했다.

이어서 나온 요리도 오르되브르였다.

"에크르비스 샐러드예요"

하고 마담 푸앵은 말했다.

"에크르비스?"

"가재를 말해요. 이건 손 강의 마콩이라는 곳 부근에서 잡은 거예요."

그것은 간단한 요리로 보였다. 양상추와 야생 상추를 깔고, 거기에 삶아서 껍질을 벗긴 가재를 얹고, 트뤼프를 뿌린 뒤, 그 위에 마요네즈 같은 색깔의 소스가 끼얹어져 있을 뿐이었기 때문이다. 그러나 한 입 먹자, 쓰지 시즈오의 상상은 완전히 배반당했다. 마요네즈와는 전혀 딴판인 맛이었던 것이다. 이 소스는 어떤 거냐고 묻자, 마담 푸앵은 말했다.

"맛있죠? 이건 말이죠, 파프리카와 토마토케첩과 계란 노른자와 우스터소스, 거기에 땅콩 기름과 생크림을 섞고 소금, 후추를 친 거예요. 이것도 페르낭이 고안한 거예요."

쓰지 시즈오는 신맛이 안 나는 소스로 샐러드를 먹은 건 처음이었다. 어떻게 이런 소스를 생각해 냈을까. 믿을 수가 없었다.

"식초를 사용하면 와인이 맛이 없어져요."

하고 마담 푸앵은 말했다.

샐러드가 끝나자, 토마지가 와서 레드와인을 글래스에 따랐다. 잘 익은 버찌처럼, 짙은 보랏빛을 띤 와인이었다.

"마셔 보세요. 카시스(cassis, 까막까치밥나무) 열매의 향이 날 테니까."

입 안에서 와인을 공기와 접촉시키면서 마담 푸앵이 말했다. 그러나 쓰지 시즈오는 알 수가 없었다. 그는 카시스 열매의 향이 어떤지를 몰랐다.

"이건 뭐라고 하는 와인입니까?"

"코트 로티Côte Rotie라고 하는데, 이 마을 바로 남쪽으로 론 강 연안의 포도밭에서 만들어진 거예요."

"보르도입니까, 부르고뉴입니까?"

"둘 다 아니에요. 여기 비엔에서 남쪽으로 아비뇽 부근까지의 론 강 연안도, 대규모 와인 산지예요. 보르도나 부르고뉴와 마찬가지로요."

"죄송합니다. 보르도하고 부르고뉴밖에는 모르거든요."

"상관없어요. 모르는 게 많은 편이 기억할 게 많이 있어서 좋은 거예요. 론 와인도 좋아요. 보르도나 부르고뉴처럼 유명하지 않을 뿐이에요. 포도 수확이 안 좋은 해의 로마네 콩티를 마실 정도라면, 나 같으면 이 코트 로티를 서너 병 마시겠어요. 게다가 와인이라는 건, 산지에 가면 그 산지의 것을 마시는 게 가장 맛있어요."

"이 코트 로티는 몇 년도산입니까?"

"이것도 1955년. 포도 수확이 아주 좋았던 해예요."

쓰지 시즈오는 마담 푸엥이 말한 것을 잊지 않도록, 필사적으로 기억했다. 나중에 메모해 두기 위해서였다.

뱅상이 다음 요리를 가지고 왔다. 접시 위에는 작은 고깃덩어리 두개에 그라탱 같은 것이 곁들여 있었다.

"아뇨 스테이크예요"

하고 마담 푸엥이 말했다.

"아뇨—?"

"새끼 양이에요"

하고 마담 푸엥은 말했다.

쓰지 시즈오는 자신이 알고 있는 양고기의 맛을 떠올리며, 피라미드 같은 레스토랑에서 어째서 이런 걸 내는 걸까 하고 생각했다. 그가 알고 있는 양고기는 소고기를 먹을 수 없을 때 어쩔 수 없이 참아 가면서 먹는 것이었다.

"들어 봐요."

마담 푸엥이 말했다.

쓰지 시즈오는 먹었다. 그 순간, 그는 그것이 자신이 알고 있던 양고기와는 완전히 다르다는 것을 알고, 자신도 모르게 얼굴이 붉어졌다. 소금, 후추만으로 간을 하고 버터로 살짝 장미색이 나도록 굽기만 한 것이었는데, 그가 여태까지 먹었던 어떤 고기보다도 맛있었다. 시카고의 포세리안에서 먹었던 스테이크도 맛있다고 생각했지만, 그것도 이걸 먹기 전까지의 얘기였다. 존 베인브리지가, 일단 피라미드의 요리를 먹고 나면, 나머지 요리는 전부 쓰레기와 마찬가지라고 생각하게 된다고 말한 것은 정말이었다.

"이건 새끼 양은 새끼 양인데, 아뇨들레agneau de lait라는 것으로 생후 30일 정도의 젖먹이 새끼 양이에요. 그러니까, 아직 풀 한 포기 먹지 않은 양의 고기예요. 온갖 고기들 중에 가장 뛰어난 고기라고 해도 좋을 거예요."

쓰지 시즈오는, 모른다고 하는 건 정말로 무서운 거라고 생각했다. 만약 마담 푸앵이 가르쳐 주지 않았다면, 양고기라고 생각해 영원히 안 먹었을지도 몰랐던 것이다. 이제부터는 선입견을 버리고, 온갖 것을 먹고, 판단하는 것은 먹고 난 뒤에 하자고 결심했다.

그러고서 그는 곁들여진 것을 먹었다. 그것은 녹인 버터와 마늘을 문질러 향을 묻힌 그라탱 접시에, 종이처럼 얇게 썬 감자를 몇 겹으로 놓고, 마늘과 후추를 친 계란에 생크림과 우유를 더한 것을 찰랑찰랑하게 붓고 그뤼예르Gruyere 치즈를 뿌려 오븐에서 구운 것이었다. 그리고 이것도 피라미드의 명물 요리 중 하나였다.

"이건 뭐라고 하는 요리입니까?"

하고 쓰지 시즈오는 물었다.

"그라탱 드 피누아라고 하는데, 만드는 방법은 조리장에 기 티발이라고 하는 셰프가 있으니까 그에게 나중에 물어보세요."

"가르쳐 줄까요?"

쓰지 시즈오는 놀란 목소리로 물었다.

"물론이죠"

하고 마담 푸앵은 말했다. "어째서 안 가르쳐 줄 거라고 생각했어요?"

"그러니까, 일본에서는 요리사가 자신의 요리를 다른 사람한테 가르쳐 준다고 하는 관습이 없거든요. 전통적으로 모두들 숨기고 있습니다."

"그건 분명히 자신의 요리에 자신이 없기 때문일 거예요."

하고 마담 푸앵은 웃었다. "아닌가요? 페르낭은 사람들한테서 질문을 받으면 항상 친절하게 가르쳐 주었지만, 이런 말도 했어요. 요리는 예술과 같아서, 아무리 다른 사람한테 만드는 방법을 가르쳐도 결코 똑같이 만들지는 못한다구요."

그럴지도 모른다고 쓰지 시즈오는 생각했다. 분명히 그럴 것이다. 몇 년 정도 뒤에 자신이 배운 것 전부를 공개하자고 생각했다. 그때 다른 사람들은 모두 어떤 표정들을 지을까.

마담 푸앵은 테이블 위의 글래스를 능숙한 손짓으로 흔들어, 글래스 안의 코트 로티를 천천히 돌리고 있었다. 그리고 공기와 듬뿍 접하게 한 다음에 한 모금 마시고 말했다.

"향이 변했어요. 말린 자두 같은 향기가 나니까 마셔 보세요."

쓰지 시즈오는 마셨다. 확실히 처음에 입에 머금었을 때와는 다른 느낌이었다. 마치 살아 있는 생물 같았다.

"예상외로 좋은 와인이네요."

하고 마담 푸앵은 말했다. "와인이라는 건, 아무리 좋은 와인이라도 마개를 따기 전까지는 전혀 모르는 거예요. 정말 좋은 와인은 좀처럼 만나기 어렵죠. 이 정도라면, 이 와인은 30분만 더 있으면 또 한 번 변해서 우리를 즐겁게 해줄 거예요."

쓰지 시즈오는 아직 핥아 먹는 정도밖에는 안 마셨는데도 취기가 오르기 시작했다. 그리고 마담 푸앵처럼 와인의 맛을 알게 되려면, 앞으로 얼마나 마시지 않으면 안 될까 하는 생각이 들었다. 이 정도로 취한대서야 당장 짐을 싸야겠다고 생각했다.

뱅상이 고기 접시를 치우고, 손수레에 엄청나게 많은 치즈 덩어리를 싣고 왔다. 아직도 안 끝났나 하고 쓰지 시즈오는 놀랐다. 그의 위는 이미 터질 지경이었다. 아키코를 보니 그녀도 마찬가지로 괴로운 얼굴을 하고 있었다.

"뭘 먹을래요?"

하고 마담 푸앵이 물었다.

"저는 치즈를 먹어 보는 게 처음입니다"

하고 쓰지 시즈오는 솔직하게 말했다. 마담 푸앵은 빙긋이 웃으며 고개를 끄덕이더니 뱅상한테 뭔가를 말했다. 뱅상은 두 종류의 치즈를 잘라서 그것들을 쓰지 시즈오와 아키코의 접시에 올려놓았다. 하나는 표면이 흰색이었고, 또 하나는 약간 회색에 가까웠다. 마담 푸앵은 자신한테는 다른 치즈를 자르게 했다.

"하얀 게 카망베르Camembert라고 하는 우유 치즈. 회색 쪽은 로크포르Roquefort라고 하는 양젖 치즈. 둘 다 아주 정통적인 치즈니까 들어 봐요."

쓰지 시즈오는 우선 카망베르 치즈를 먹었다. 흰 껍질 속의 내용물이 녹아내릴 듯 부드러운 크림 같아서 무척 맛있었다. 그러나 로크포르 치즈는 먹기가 약간 괴로웠다. 이 치즈도 회색빛의 껍질 안 내용물은 부드러운 크림 같았지만, 맛에 상당히 역한 냄새가 섞여 있었다. 이게 무슨 맛일까 하고 생각하고 있는데 마담 푸앵이 말했다.

"로크포르는 먹기 힘들었던 모양이군요. 그러면 그 치즈가 어떻게 만들어지게 되었는지를 가르쳐 줄게요. 옛날에 양떼를 찾으러 나간 로크포르라는 마을의 한 목동이 마을의 동굴 안에서 빵과 양젖 치즈를 점심으로 먹고는, 그 동굴 안에 먹다 남은 치즈를 잊어버리고 왔어요. 그리고 몇 주 뒤엔가 다시 그 동굴에 갔더니, 그 치즈에는 온통 푸른곰팡이가 피어 있었는데, 먹어 보았더니 무척 맛있는 거예요. 그러니까, 동굴 안의 습도와 온도가 우연의 장난을 쳐서 세계 제일의 푸른곰팡이 치즈가 만들어지게 된 거죠. 그래서 지금도 그 마을의 동굴에서 마찬가지 방식으로 만들어지고 있어요."

'푸른곰팡이 맛이었나'

하고 쓰지 시즈오는 생각했다.

"익숙해지면 그 이상의 것이 없어요"

하고 마담 푸앵은 웃고, 그리고는 자신의 접시 위의 치즈를 손가락으로 가리켰다.

"이것도 먹어 볼래요?"

"예"

하고 쓰지 시즈오는 말했다. 푸른곰팡이를 먹어 버린 이상, 뭐가 됐든 이제는 될 대로 되라는 심정이었다. 하지만 그녀가 자신의 치즈 덩어리에서 잘라 준 것을 입에 넣은 순간, 토해 내고 싶을 정도로 후회가 덮쳤다. 코를 틀어막고 싶게 하는 이상한 냄새가 나고, 씹는 감촉도 푸석푸석해서 마르세유 비누*를 먹는 것 같았다. 그는 숨을 멈추고, 냄새

---

* 올리브를 원료로 한 중성 비누.

가 코로 들어오지 않도록 억지로 그것을 목구멍으로 삼키고, 급히 물로 입을 헹궜다.

"산양 치즈예요"

하고 마담 푸앵은 재미있다는 듯이 웃으면서 말했다. "이것도 익숙해지면 맛있다고 생각하게 될 거예요."

쓰지 시즈오는 얼마 안 있어 로크포르 치즈는 맛을 느낄 수 있게 되었고, 우유를 재료로 로크포르 치즈와 똑같은 제조법으로 만든 블루 치즈와 함께 가장 좋아하는 치즈의 하나가 되었지만, 이 산양 치즈만은 끝내 먹을 수 있게 되지 않았다.

"프랑스에는 어느 정도의 치즈가 있습니까?"

하고 쓰지 시즈오는 물었다. 그는 치즈라는 건 우유로만 만드는 거라고 생각하고 있었다. 그러나 양젖으로도 산양젖으로도 만드는 거라고 한다면 50종류 정도는 될 거라고 생각했다. 그러자 마담 푸앵이 말했다.

"드골 대통령이 매스컴으로부터 실정失政에 대해 공격받았을 때 했던 유명한 변명을 알려 줄게요. 프랑스에는 4백 종류나 되는 치즈가 있고, 국민들은 제각각 자기 취향대로 이게 좋다, 저게 좋다고 하며 양보를 하지 않는다. 그런 국민 전부가 만족할 수 있는 정치 같은 건 누가 하더라도 불가능하다고 말했었죠."

"식사 때는 반드시 치즈를 먹습니까?"

"그래요. 와인과 마찬가지죠. 치즈와 와인이 없는 식사는 식사라고 말할 수 없어요."

"그렇다면, 저는 요리와 와인 말고도 치즈 공부도 하지 않으면 안 되겠군요."

"그렇게 되는 셈이죠."

하고 마담 푸앵은 웃었다. 쓰지 시즈오는 눈앞이 캄캄해졌다. 4백 종류나 되는 치즈의 맛을 어떻게 기억하면 좋단 말인가.

"봐요, 생각했던 대로 와인의 향기가 변했어요."

마담 푸앵이 코트 로티를 한 모금 마시고서 말했다. "마셔 보세요. 후추의 싸한 향처럼 좋은 향이 날 거예요."

쓰지 시즈오는 이미 알코올 때문에 심장이 두근두근 뛰었지만, 참고서 그녀가 권하는 대로 마셨다. 그러나 그런 향을 맛보는 데는 실패했다. 그는 자신의 코에 실망했다.

"낙담할 필요 없어요. 우리들은 아이였을 때부터 와인을 마셔 왔으니까요. 당신도 결국은 이해할 수 있게 될 거예요."

하고 마담 푸앵은 말했다. 정말로 그렇게 될까 하고 쓰지 시즈오는 생각했다. 프랑스 요리 전체의 복잡함에, 그는 벌써부터 기분이 위축되려 하고 있었다.

식사는 아직 끝나지 않았다. 이제 커피만 나오면 끝일 거라고 생각하면서 기다리고 있는데, 계속해서 뱅상이 케이크 손수레를 밀면서 온 것이었다. 마담 푸앵은 그중에서 그에게 두 종류의 케이크를 자르게 했다.

"치즈는 디저트가 아니었나요?"

하고 쓰지 시즈오는 마담 푸앵한테 물었다.

"디저트예요."

"그럼, 이건?'

"이것도 디저트예요"

하고 마담 푸앵은 말했다.

"무척 죄송한 말씀이지만, 전 이제 배가 꽉 차서 아무것도 먹을 수가 없습니다"

하고 쓰지 시즈오는 말했다.

"괜찮아요. 케이크는 다르니까"

하고 마담 푸앵은 웃었다.

쓰지 시즈오는 위가 정말로 터지지 않을까 생각하면서, 절망적인 기분으로 그중 하나에 나이프를 갖다 댔다. 그것은 마르졸렌marjolaine이라는 케이크로, 갈아서 가루로 만든 아몬드와 헤이즐넛을 섞어서 구운 스폰지 케이크 사이에 초콜릿과 아몬드가 들어간 생크림을 층으로 겹쳐 놓은 것이었다. 한입 가득 입에 넣자, 입 안에서 향긋한 아몬드와 헤이즐넛의 향이 퍼지고, 차가운 생크림이 혀 위에서 부드럽게 녹았다. 쓰지 시즈오는 순식간에 그것을 다 먹어 버렸고, 정신을 차리고 보니 다음 케이크에 나이프를 갖다 대고 있었다. 그것은 타르트타탱tarte-tatin이라는 사과 케이크로, 레네트라고 하는 작은 사과를 그릇에 담고, 생파이로 덮어 오븐에서 구운 뒤에, 마지막으로 접시에 뒤집어 놓고 겉에 그래뉴당을 듬뿍 뿌려, 뜨겁게 열을 가한 배트*에 눋게 해 갈색이 되게 한 것이었다. 쓰지 시즈오는 그것도 눈 깜짝할 새에 먹어 버렸다.

---

* vat. 법랑질의 운두가 낮고 바닥이 평평한 사각형의 접시.

"그것 봐요"

하고 마담 푸앵은 웃었다. "손님 중에는 이 케이크를 먹기 위해 여기에 식사를 하러 오는 사람도 있어요."

그럴 거라고 쓰지 시즈오는 생각했다. 그는 알코올에는 약했지만, 어렸을 적부터 단것을 좋아해 온갖 종류의 과자를 먹어 왔다고 생각했지만, 이렇게 맛있는 케이크를 먹은 것은 처음이었다. 게다가 그것이 레스토랑에서 만들어진 거라는 걸 믿을 수가 없었다.

마지막으로 뱅상이 커피를 가지고 오자, 마담 푸앵이 생긋 웃으며 말했다.

"이게 프랑스 요리예요."

7

"나, 이제 숨도 못 쉬겠어요"

하고 아키코가 말했다.

"나도 그래"

하고 쓰지 시즈오도 말했다.

그들은 레스토랑 바로 옆에 있는 마담 푸앵의 게스트 하우스 어느 방 침대에 옷도 벗지 않고 누웠다. 둘 다 배가 꽉 차서 한 발짝도 움직일 수가 없었다. 게다가 쓰지 시즈오는 태어나서 처음으로 마신 와인에 완전히 취하고 말았다.

그들이 피라미드의 웨이터 한 사람이 운전해 준 차를 타고 여기에 온 것은 불과 몇 분 전이었다. 이 건물은 페르낭 푸앵이 생전에 마담 푸앵을 위해 별장으로 산 오래된 집이었는데, 그가 죽은 뒤에 마담 푸앵은 파리나 런던이나 뉴욕에서 오는 손님들을 위해 열 개의 객실이 있는 게스트 하우스로 만든 것이었다. 웨이터는 두 사람의 여행 가방을 방으로 옮겨 놓고, 원하는 게 있으면 뭐든 말해 달라고 하고 돌아갔다. 그들은 단지 여기에 묵을 뿐 아니라, 문자 그대로 마담 푸앵의 게스트가 된 것이었다. 쓰지 시즈오는 게스트답게 행동하자고 생각해, 돌아가는 웨이터한테 팁을 10프랑 건넸다.

그러나 쓰지 시즈오는 마지막으로 내온 에스프레소 커피를 마실 때까지, 일이 이렇게 되리라고는 상상도 하지 못했다. 비엔 마을에서 호텔을 찾아, 거기에서 머물면서 내킬 때까지 피라미드의 요리를 먹자고 생각하고 있었다. 그런데 커피를 마시고 있는데, 마담 푸앵이 이렇게 말 한 것이었다.

"호텔은 이미 정했어요?"

"아닙니다. 지금부터 찾아 볼 생각입니다."

"그렇다면, 내 게스트하우스에서 묵으세요. 거기라면 여기서도 가깝고, 있고 싶은 만큼 머물 수 있으니까."

"다시 한번 말씀해 주시겠습니까?"

하고 쓰지 시즈오는 말했다. 그녀의 너무도 호의에 가득 찬 말에 잘못 들은 게 아닌가 하고 생각했던 것이다.

"내 게스트 하우스에 묵으세요. 그리고 있고 싶은 만큼 머물러요."

그러고서 그녀는 이쪽으로 오라고 말하고는 두 사람을 조리장으로 데려갔다. 거기에는 열 명 남짓의 요리사가 일하고 있었는데, 그녀는 그들 중에서 두 사람을 불러 소개했다. 셰프인 기 티발과 세컨드 셰프인 알베르 클로드를 소개하고, 그들한테는 이렇게 지시를 내렸다.

"무슈 쓰지는 일본에서 프랑스 요리를 공부하기 위해 오신 나의 손님이에요. 당신들은 아는 건 뭐든지 가르쳐 주세요."

그런 다음 그녀는 젊은 웨이터를 불러 두 사람을 게스트 하우스까지 모시라고 분부했다. 웨이터가 앞장을 서고 걸어가기 전에 쓰지 시즈오는 마담 푸앵한테 물었다.

"식대는 얼마를 내면 되겠습니까?"

그는 아직 청구서를 받지 않았다. 그러자 그녀는 다정하게 웃으면서 말했다.

"그런 건 됐어요. 그것보다, 빨리 게스트 하우스에 가서 잠깐 쉬어요. 그리고 여덟 시가 되면 다시 와요. 최고의 생선을 먹을 수 있게 해줄 테니까."

쓰지 시즈오는 어떻게 고마움을 표시해야 할지 알 수가 없었다. 적당한 말을 못 찾아 말없이 있자, 마담 푸앵이 다시 말했다.

"자, 어서 가서 쉬어요."

"정말 감사합니다"

하고 쓰지 시즈오는 말했다. 결국 그 말밖에는 할 수 없었다.

"괜찮아요"

하고 마담 푸앵은 말했다.

가게 밖으로 나오자 벌써 해가 기울어, 가을 저녁의 차가운 바람이 불고 있었다. 손목시계를 보니 네 시가 지나 있었다. 쓰지 시즈오는 마담 푸앵의 테이블에 세 시간 이상이나 앉아 있었다는 걸 그때 비로소 깨달았다. 그도 아키코도 그렇게 긴 시간에 걸쳐 식사를 한 것은 처음 있는 일이었다.

그로부터 아직 30분밖에 지나지 않았다.

"대단한 요리였어요"

하고 아키코는 말했다.

"그 푸아그라,"

쓰지 시즈오가 다시 한 번 그 맛의 기억을 더듬어 가며 말했다.

"그게 진짜라면, 내가 오사카의 알래스카에서 먹은 푸아그라는 뭐였던 걸까."

"그냥 닭의 간이었을지도 몰라요."

"그럴지도 모르겠군. 아주 퍼석퍼석했으니까. 만약 여기에 오지 않았더라면, 줄곧 그것을 푸아그라라고 생각했을 거야."

"양젖만 먹은 새끼 양 같은 것도 몰랐었죠?"

"응. 몰랐어."

"다음에는 우리들 무엇에 또 놀랄까요?"

"여덟 시가 되면 알겠지."

"문제는 그때까지 배가 꺼지느냐 아니냐예요."

"무리일 거 같아."

"어떻게 하죠?"

"조금 자자구. 그 방법밖에는 없어"

하고 쓰지 시즈오는 말했다.

그들은 일곱 시에 눈을 떠, 양복을 갈아입고 다시 피라미드로 갔다. 두 사람 모두 아직 배가 꺼지지 않았지만, 무리하면 먹을 수 있는 상태까지는 어떻게 회복되어 있었다. 그들은 약간이라도 속이 꺼지도록 피라미드까지 걸어서 갔다. 가게도 게스트 하우스도 비엔 시내의 중심에서 떨어져 있어서 주위가 무척 고요했다. 유행복을 파는 가게도, 야마오카 토루가 동경하던 마로니에 가로수도 없었다. 그러나 프랑스는 프랑스였다.

"내가 프랑스의 마을을 걷고 있다니, 아직 믿어지지가 않아요"

하고 아키코는 말했다.

"나도 그래"

하고 쓰지 시즈오도 말했다.

게다가 그들의 여행은 가는 곳곳마다 사람들의 호의를 입어, 모든 게 순조롭게 흘러가고 있었다. 마치 꿈을 꾸는 것만 같았다.

피라미드에 도착하자, 뱅상이 입구 부근에서 환한 웃음을 던지며 마도가 눈이 빠지게 기다리고 계신다고 하면서 그녀의 특별실로 안내했다.

"어때요, 좀 쉬었어요?"

하고 마담 푸앵이 물었다.

"예"

하고 쓰지 시즈오가 대답했다.

"잘됐네요. 그럼, 시작하죠."

마담 푸앵은 뱅상 쪽을 향해 고개를 가볍게 끄덕 했다. 더 이상 메뉴판은 없었다.

오르되브르는 오리 파테*였다. 레드와인에 48시간 절인 오리의 넓적다리살과, 화이트와인에 48시간 절인 송아지와 돼지의 넓적다리살을,

송아지의 목살과 돼지의 가슴살 다진 것과 섞어 간을 맞추고, 푸아그라를 덩어리째 넣어, 파이 반죽으로 앞뒤를 싸서 구운 것이었다. 소스는, 시커멓게 보일 정도로 잘게 썬 트뤼프가 듬뿍 들어간 페리괴 소스가 곁들여져 있었다. 먹어 보니 갓 구운 파이가 와삭와삭 소리를 내며 씹혔고, 고기에서는 은은하게 와인의 향기가 났다.

"이건, 페르낭이 '아름다운 황혼의 파테'라고 이름 붙이고 자랑으로 삼았던 요리예요"

하고 마담 푸앵이 말했다.

'고기만두하고는 전혀 다르구나'

하고 쓰지 시즈오는 생각했다. 마찬가지로 고기를 채워 넣고 구운 건데도, 얼마나 세련된 맛인가.

메인 디쉬는 넙치 샴페인 찜이었다. 이것도 오리 파테와 마찬가지로 손이 많이 가는 요리였다. 우선 비늘을 긁어 낸 넙치를 에샬로트**와 양송이와 함께 샴페인과 생선을 우린 국물에 찐 뒤, 그 국물을 졸여 거기에 계란 노른자와 버터로 만든 올랑데즈hollandaise 소스와 생크림을 듬뿍 더해 그것을 찐 넙치에 끼얹고, 마지막으로 위에서만 열기가 나오는 오븐에 표면이 노릇노릇해지게 구운 것이었다. 뭐라고 말로 표현할 수 없는 크림의 부드러운 향기가 났다.

먹어 보니 넙치는 고기가 두툼하고, 나이프를 갖다 대면 부서져 버

---

* pâté. 고기나 생선 다진 것을 패스트리와 같은 파이로 싸서 구운 요리.
** échalote. 양파의 일종. 크기는 일반 양파보다 작지만 향이 일반 양파보다 더 강하다.

리는 일본의 넙치와는 달리, 씹는 맛이 확실히 느껴졌다. 쓰지 시즈오는 일본의 호텔에서 셀 수도 없을 정도로 먹었던 넙치 뫼니에르를 떠올리지 않을 수 없었다.

'프랑스 음식은 생선마저 달라'

하고 그는 생각했다. 비쩍 마르고 작은 넙치를 구워서는, 이것이 프랑스 요리라고 자신만만해 하는 일본의 요리사들에 대해 생각하니, 왠지 서글퍼졌다.

와인은 론의 에르미타주Hermitage와, 부르고뉴의 코르통 샤를마뉴를 마셨다. 에르미타주는 보르도나 부르고뉴의 와인처럼 비싸지는 않지만 페르낭 푸앵이 무척 좋아했던 와인이라고 마담 푸앵이 말했다.

아키코가 절망적인 얼굴로 이제 더 이상은 못 먹겠다고 말한 것은, 뱅상이 만면에 웃음을 띠고 치즈 손수레를 밀고 들어왔을 때였다. 쓰지 시즈오도 같은 심정이었다. 그의 위도 넙치 샴페인 찜을 먹으면서 완전히 한계에 도달해 있었다. 아마도 거기에 듬뿍 들어간 생크림과 버터 때문이었을 것이다. 그것이 위에 묵직한 부담을 주었다. 하지만 그는 이렇게 말했다.

"안 돼. 우리는 여기 놀러 온 게 아니야. 공부하러 온 거야."

아키코는 토라져서 입을 삐쭉 내밀고 치즈를 먹었다. 그리고 그들은, 한껏 늘린 용수철을 다시 억지로 늘리듯이 디저트인 케이크도 먹었다. 이마에서 식은땀이 흘렀다. 두 사람의 그런 모습을 보고 마담 푸앵이 말했다.

"왜 그래요. 속이 안 좋아요?"

"아뇨, 괜찮습니다."

그러자 그녀는 마지막으로 커피를 여유 있게 마시며 말했다.

"다행이네요. 그럼, 내일 점심때는 열두 시에 와요."

쓰지 시즈오와 아키코가 게스트 하우스로 돌아온 것은 열한 시가 지나서였다. 거기까지 걸어온 것 정도로는 더부룩한 속은 아무런 변화도 없었다.

"여보, 괜찮아?"

하고 쓰지 시즈오는 아키코에게 물었다. 그녀는 돌아오자마자 침대에 엎어지듯이 쓰러져, 그대로 움직이지 않았다.

"어떻게 살기는 살았네요"

하고 그녀는 말했다.

"곧 익숙해질 거야."

"그럴까요. 몸이 고장 나기 전에 익숙해지면 괜찮겠지만."

"익숙해져."

그러나 내심으로는 쓰지 시즈오도 엄청난 일을 시작해 버렸다고 생각하고 있었다. 실제로 이렇게 먹어 보기 전까지는 먹는다고 하는 게 이렇게 고통스러운 것이리라고는 상상도 못했었다. 그는 스물여덟이라는 자신의 젊음을 이때만큼 감사하게 생각한 적은 없었다.

그날 밤, 그들은 밤중에 목이 말라 눈을 떴다. 물을 마시자 어느 정도 상쾌해졌다. 익숙하지 않은 와인을 마셨기 때문일 거라고 쓰지 시즈오는 생각했다. 그러나 그게 아니었다. 그때는 깨닫지 못했지만, 프랑스 요리는 일본인인 그들에게는 염분이 너무 많았던 것이었다.

그걸 확실히 깨달은 것은 좀 더 뒤에 여러 가지 종류의 수프를 먹게 되고 나서였다. 수프에는 복잡한 양념을 할 일이 적기 때문에, 소금의 맛이 있는 그대로 나오는 것이다. 프랑스인은 짭짤한 맛을 좋아하는지, 파리의 막심 레스토랑에서 섭조개 포타주를 먹었을 때 같은 경우는 짠 맛이 너무 강해 목이 얼얼할 정도였다. 그것 때문에 쓰지 시즈오는 그 뒤, 몇 년 동안에 걸쳐, 프랑스 요리에서 그 맛을 해치지 않으면서 짠맛을 줄이는 데 가장 고심하게 되었다. 간장이라고 하는 아주 짠조미료를 일상적으로 섭취하면서 어째서 소금의 짠맛에 일본인의 혀는 견디지 못하는지 그로서는 잘 알 수가 없었다. 그러나 그는 직감적으로 그 짠맛을 줄이지 않는 한은 아무리 맛있게 만들더라도 일본에서는 요리로서 결코 팔리지 않으리라고 생각했다.

8

쓰지 시즈오는 아키코와 둘이서 매일 두 번 마담 푸엥의 테이블에 앉아 요리를 먹었다. 식사 때 이외에는 마담 푸엥한테서 요리복을 빌려 입고 조리장에서 시간을 보냈다.

피라미드의 조리대는, 옛날 그대로의 스토브였다. 거기에 두꺼운 철판을 놓고, 그 위에서 냄비나 프라이팬을 사용했다. 가장 나이 어린 요리사가 스토브 담당을 맡았고, 언제나 요리복이 새까맣게 되어 석탄을 때고 있었다. 그리고 냄비나 프라이팬을 사용하는 요리사는 철판의 어느 부근이 불이 강하고 어느 부근이 불이 약한가를 숙지하고 있어, 요리마다 그 장소를 능수능란하게 구분해 사용하고 있었다. 쓰지 시즈오는 처음에는 요리사들의 그런 일하는 모습을 구경만 할 뿐이었지만, 점점 친해지자 셰프인 기 티발이 맛을 한번 보라고 손님에게 나가기 직전의 소스를 핥아먹게 해주게 되었다. 쓰지 시즈오는 온갖 요리의 소스를 프라이팬에서 손가락으로 찍어 맛보고 그 최후의 도달점에 이른 맛을 확실히 기억 속에 새겨 놓았다.

마담 푸앵은 아침이 되면 가장 먼저 조리장에 얼굴을 내밀었다. 티발이 시장에서 사온 재료를 보고, 티발과 둘이서 그날의 메뉴를 정하기 위해서였다. 그리고 메뉴가 정해지면, 메뉴판을 적기 위해 다시 이층 자신의 방에 틀어박혔다. 그런 식으로 그녀는 매일 한 시간 정도를 들여 15개의 메뉴판을 적는 걸 하루 일과로 삼고 있었다.

어느 날, 쓰지 시즈오는 그것을 보고 있다가 어째서 그렇게 수고스러운 일을 할까 하고 생각해 왜 메뉴판을 인쇄하지 않느냐고 물었다. 그러자 마담 푸앵이 말했다.

"답은 간단해요. 일단 인쇄해 버리면 좋은 재료가 들어오지 않을 때도 그 요리를 내지 않으면 안 되겠지요. 하지만, 이렇게 재료를 본 다음에 메뉴를 정하면, 항상 최고의 요리를 낼 수 있어요. 그러니까 항상 맛있는 요리를 만들어 내려고 생각한다면 이렇게 하는 것 외에는 방법이 없는 거예요."

그러더니 그녀는, 나는 페르낭과 결혼한 이래 벌써 삼십 년 이상이나 이렇게 매일 메뉴를 손으로 써왔다고 말하며 웃었다. 쓰지 시즈오는 자신의 얄팍한 지혜를 부끄러워하지 않을 수 없었다.

그렇게 해서 열흘 정도 지난 어느 날 밤의 일이었다. 그날 밤도 그는 아키코와 함께 마담 푸앵의 특별실 테이블에 앉아, 부르고뉴 마콩을 마시면서 생굴을 먹고 있었다. 브르타뉴의 불롱 강이 바다와 합류하는 지점에서 잡은 껍질이 둥그렇고 납작한 굴로, 쓰지 시즈오는 그런 모양의 굴은 처음 보는 거였다. 그는 그것이 나왔을 때, 굴이라면 일본의 굴도 못지않다고 말하려고 했었는데, 말하지 않기를 잘했다고 안도의 한숨을 내쉬었다. 전혀 비교가 되지 않았다. 마담 푸앵은 보통 굴의 두 배 가격이라고 말했다. 그리고 마담 푸앵이 이런 말을 한 것은, 쓰지 시즈오가 마지막 열두 개째를 레몬즙과 함께 입 안에 넣었을 때였다.

"쓰지 시즈오. 내일 점심은 코트 도르Côte d'Ore라고 하는 레스토랑에 가서 먹고 와요. 셰프인 알렉상드르 뒤멘한테 전화해 두었으니까. 그의 요리는 상당히 뛰어나요."

다음 날, 쓰지 시즈오는 아키코와 함께 둘이서 솔리외라는 시골 마을에 있는 그 레스토랑에 갔다. 파리에서 비엔으로 오는 여행 도중에 들러 프랑스에서의 첫날 밤을 보낸 디종 부근의 마을이었다.

웨이터의 안내를 받고 테이블에 앉으니, 나이가 지긋한 뚱뚱한 셰프가 왔다.

"마도는 잘 있나?"

하고 그는 물었다.

"예, 잘 계십니다."

"그거 잘됐군. 오늘은 내 비장의 요리를 대접하겠네, 젊은이. 마도의 부탁이니까."

그들은 거기서 햄 크림 찜을 먹었다. 두툼하게 썬 햄을 버터로 살짝 구운 뒤에, 화이트와인을 듬뿍 넣고 찐 뒤, 마지막으로 그 국물에 밀가루를 풀어서 루*를 만들어 거기에 퐁 드 보와 생크림을 더해 소스를 만든 것이었다.

쓰지 시즈오는 그것을 먹는 순간, 어떻게 이게 햄인지 자신의 혀를 의심했다. 그가 알고 있던 햄과는 전혀 다른 맛이 났기 때문이었다. 요리를 날라다 준 웨이터가, 장봉 알 라 크램jambon à la crème이라고 설명해 주지 않았더라면, 그는 끝까지 그것이 뭔지를 몰랐을 게 틀림없었다.

"우리가 일본에서 먹던 햄은, 그건 대체 뭐지?"

하고 그는 아키코한테 말했다.

"햄이 이렇게 맛있는 거였어요?"

하고 아키코도 말했다.

그러나 요리에 듬뿍 들어 있던 버터와 생크림은 그들의 위에 역시 더부룩하게 느껴졌다.

다음 날은 피크Pic라고 하는 레스토랑으로 갔다. 이번에는 거기를 가보라고 마담 푸앵이 말했던 것이다. 그녀는, 쓰지 시즈오의 피라미드에서의 트레이닝 기간은 끝났다고 판단한 모양이었다. 피크는 비엔에서 론 강을 따라 남쪽으로 150킬로미터 정도 내려간 발랑스라는 마을에 있는 레스토랑이었다.

그들이 가자 앙드레 피크라고 하는 나이 지긋한 셰프가 나왔다. 그도 뒤멘과 마찬가지로 뚱뚱했다. 그리고 뒤멘과 완전히 똑같은 말을 했다.

"마도는 잘 있나?"

---

* roux. 밀가루와 버터를 섞어 익힌 것으로 소스의 맛을 진하게 하는 데 쓰임.

"예, 잘 계십니다."

"그거 잘됐군. 오늘은 내 비장의 요리를 대접하겠네, 젊은이. 마도의 부탁이니까."

그의 요리는 송어 스터프*였다. 뼈를 제거한 송어의 뱃속에 양념을 한 넙치 으깬 살과 푸아로, 트뤼프, 생크림을 넣고, 다시 그 전체를 완전히 파이 반죽으로 감싸 오븐에서 구운 것으로, 계란 노른자와 버터와 레몬즙으로 만든 무슬린mousseline 소스가 끼얹어져 있었다. 먹어보니, 문자 그대로 모슬린처럼 부드러운 소스와, 아삭아삭한 파이와, 송어와, 송어 뱃속에 넣은 소가 믿을 수 없는 맛을 내며 입 안으로 퍼졌다. 쓰지 시즈오는 그것을 먹으면서, 피라미드도 그렇고, 코트 도르도 그렇고, 자신은 지금 프랑스 요리의 황금 같은 대광맥 안에 있는 게 틀림없다고 생각했다.

폴 보퀴즈라고 하는 남자를 만난 것은, 그로부터 이틀쯤 뒤의 일이었다. 오늘은 그 남자가 맞으러 올 테니까, 라는 마담 푸앵의 말을 듣고 피라미드에서 기다리고 있으니, 열한 시경 그가 푸조를 운전해 왔다.

그는 차에서 내리더니 마담 푸앵한테 꿇어앉듯이 인사를 하고, 머리 모양이 예쁘다는 둥, 나이를 전혀 먹지 않는 것 같다는 둥, 한바탕 그녀의 아름다움을 입에 침이 마르도록 칭찬했다. 피부가 까무잡잡하고 눈썹이 짙은 삼십대의 야성적인 남자였다. 마담 푸앵은 그의 찬사를 신하를 알현하는 여왕 같은 태도로 듣고 있다가, 그것이 끝나자 예전

---

* stuff. 조류, 생선 등의 뱃속에 다른 소를 채워 넣은 요리.

에 여기에서 일했던 남자라고 소개했다.

"쓰지 시즈오는 일본에서 프랑스 요리를 공부하러 왔어요. 힘이 되어줘요."

"그야 물론이지요. 걱정 마세요."

보퀴즈는 허리를 숙이고, 두 손을 비비며 대답했다.

"그럼, 다녀와요"

하고 마담 푸앵은 말했다.

보퀴즈는 마담 푸앵에게 공손하게 머리를 숙이고, 쓰지 시즈오와 아키코를 자신의 푸조에 태웠다. 그는 붙임성 좋은 남자로, 차를 출발시키고는, 자신은 피라미드에서 열여섯 살 때부터 일하기 시작했었다고 자신의 신상에 관한 이야기를 시작했다.

그는 리옹 교회의 론 강과 접한 콜롱주라고 하는 마을에서 작은 레스토랑을 하던 남자의 외동아들이었다. 거기에서 그는 쓰지 시즈오보다 7년 먼저 태어나, 열다섯 살이 되었을 때 부친의 손에 이끌려 페르낭 푸앵한테 오게 되었다. 그러나 그때는 피라미드에서 일해도 좋다는 승낙을 얻지 못했고 겨우 승낙을 얻은 건 1년 뒤였다. 피라미드에는 프랑스의 유명한 레스토랑 경영자들이 자식들을 푸앵 밑에서 일을 배우게 하고 싶다고 줄을 서 있어서, 시골의 이름 없는 레스토랑의 자식이 비집고 들어갈 틈이 없었던 것이다. 그러나 보퀴즈의 부친은 포기하지 않았고, 푸앵은 매일처럼 자식을 맡아 달라고 부탁해 오는 그의 열의에 지고 만 것이었다.

보퀴즈는 열여덟 살 때 2차 대전에 참전하기까지 조리장에서 스토브 담당을 맡았고, 전쟁이 끝나자 다시 피라미드로 돌아왔다. 얼마 안 있어 그가 요리에 재능을 보이기 시작하자, 푸앵은 파리 요리를 공부하고 오라고 하면서 자신이 직접 그를 뤼카스 카르통Lucas-Carton으로 데리고 가, 친구인 셰프에게 맡겼다. 뤼카스 카르통은 전쟁 전 파리에 네 개밖에 없던 별 세 개 레스토랑 중 하나였다. 그러고서 세 번째로 피라미드로 돌아왔고, 2년 전인 1959년부터 부친의 뒤를 이어서 레스토랑 폴 보퀴즈를 시작한 것이었다. 그리고 불과 몇 개월 전에, 프랑스에서 가장 권위 있는 M. O. F. ─ 프랑스 최우수 요리인 상을 M. O. F. 사상 최연소인 서른넷에 수상했다.

"그러니까 마도는, 나한테는 지금도 어머니와 같은 분이야"

하고 그는 말했다. "아무튼 열여섯 살 때부터니까. 알겠지?"

"알았습니다, 보퀴즈 씨"

하고 쓰지 시즈오는 말했다.

"아, 그런 식으로 부르는 건 그만두라구."

보퀴즈는 시속 140킬로미터를 밟은 채로 고개를 뒤로 돌리며 말했다. "자네가 마도의 친구라면, 나한테도 마찬가지야. 폴이라고 불러."

"알았어, 폴. 알았으니까 제발 앞을 보고 운전해 줘."

보퀴즈는 앞으로 고개를 돌렸지만, 금세 다시 뒤를 돌아보며 말했다.

"그런데, 자네들은 피라미드 말고는 어디에서 먹었어?"

"코트 도르하고 피크라는 데를 갔었어"

하고 쓰지 시즈오는 말했다.

"뒤멘하고 피크의 요리를 먹었어?"

"응. 마도가 먹고 오라면서 전화를 해줬어."

"그거 잘된 일이군. 그래서 뭘 먹었는데?"

"코트 도르에서는 햄 크림 찜, 피크에서는 송어 스터프를 먹었어."

"대단해. 둘 다 두 사람의 가장 유명한 요리야. 프랑스인한테 얘기하면 전부 침을 질질 흘리면서 부러워할걸."

"그 두 사람이 그렇게 대단한 사람들이야?"

"아아, 그들이야말로 에스코피에 이후 정통 프랑스 요리를 대표하는 최후의 생존자들이지. 푸앵이 살아 있을 때는, 그와 함께 프랑스의 세 거인이라는 말을 들었지. 우리는 그들이 만들어 온 요리를 흉내 내고 있을 뿐이야. 프랑스 요리를 정말로 공부한다면, 그들이 살아 있을 때 몇 번이라도 더 그들의 요리를 먹어야 돼."

"그렇게 할게."

하고 쓰지 시즈오는 말했다. 그리고, 피크에서 송어 스터프를 먹으면서 느꼈던, 자신이 프랑스 요리의 황금 같은 대광맥 안에 있다는 느낌은 틀리지 않은 것이라고 생각했다. 그는 마담 푸앵한테서 두 사람 다 푸앵의 친구라는 말을 들었지만 그 외의 상세한 얘기는 아무것도 듣지 못했다. 쓰지 시즈오는 자신의 감각에 자신을 가졌다.

"하지만, 기다려 봐."

보퀴즈는 또 뒤를 돌아다보며 말했다. "나도 곧 그들처럼 되어 보일 테니까."

레스토랑 폴 보퀴즈는 아직 미슐랭으로부터 별을 한 개도 못 받고 있었다. 그가 별 세 개를 획득한 것은, 그로부터 4년 뒤인 1965년이었다. 63년에 별 한 개가 되고, 64년에 별 두 개, 65년에 별 세 개로 불과 2년 사이에 최상의 레스토랑으로 뛰어올라간 것이었는데, 그것은 미슐랭 가이드 발행 이래 최고로 빠른 기록이었다.

"자네한테도 목표가 있겠지?"

보퀴즈는 물었다.

"응. 난 내 학교를 일본 제일의 조리사 학교로 만들 생각이야"

하고 쓰지 시즈오는 말했다. 그는 만난 지 한 시간도 채 지나지 않았는데 보퀴즈라고 하는 이 남자한테 완전히 마음을 터놓고 있었다.

폴 보퀴즈의 레스토랑에서는 따뜻한 파테와 풀레 샤쇠르poulet chasseur풍 찜을 먹었다. 따뜻한 파테는, 송아지의 고기와 가슴샘, 돼지고기 붉은살과 등심, 닭고기와 닭간으로 만든 테린을 생파이로 감싸 오븐에서 구운 것으로, 레드와인과 닭고기 국물로 만든 소스가 곁들여졌다. 풀레 샤쇠르풍 찜은, 잘게 찢은 닭고기를 버터와 올리브유로 볶고, 그 국물에 토마토, 화이트와인, 닭고기 육수, 그리고 그 닭고기 육수를 졸인 글라스 드 비앙드를 더해 만든 걸쭉한 샤쇠르 소스를 끼얹고, 거기에 에스트라곤*과 세르푀유 잘게 썬 것을 뿌린 요리였다.

끝으로 치즈와 디저트를 먹고 잠시 쉬고 있는데, 폴 보퀴즈가 테이블로 와서 말했다.

"어땠어?"

"맛있었어"

하고 쓰지 시즈오는 말했다. "그런데, 배가 완전히 가득 차서 숨도 못 쉬겠어. 뭔가 산뜻한 마실 게 없을까?"

---

* estragon. 시베리아 원산으로 쑥의 일종이다. 잎을 소스·샐러드 등에 향신료로 섞어 쓰고, 식초에 넣어 달팽이 요리에 조미료로도 쓴다. 잎을 그늘에서 말려 단단히 닫아두었다가 필요한 때에 쓴다. 타라곤이라고도 한다.

"좋은 게 있어."

보퀴즈는 그렇게 말하고 웨이터를 불러 뭔가를 지시했다. 웨이터는 조리장에서 은주전자를 갖고 와서는, 찻잔에 차 같은 것을 따랐다.

"보리수꽃 차야. 티윌tilleul이라고 하지"

하고 보퀴즈는 말했다.

쓰지 시즈오와 아키코는 그것을 마셨다. 담백하고 아주 산뜻한 맛의 차였다.

"프랑스에 차가 있으리라고는 생각도 못했는데"

하고 쓰지 시즈오는 말했다.

"얼마든지 있지"

하고 폴 보퀴즈는 말했다.

실제로 두 사람은, 그 뒤에 보리수꽃에 박하를 넣은 티윌 망트나 마편초차 등 다양한 허브티를 여기저기서 마시게 되었다. 쓰지 시즈오는 그 차를 마시면서 보퀴즈에게 말했다. 마담 푸앵에 비해 나이 차가 그다지 안 나서 그런지 그한테는 무슨 말이든 가볍게 꺼낼 수가 있었다.

"당신 요리는 무척 먹기가 편해. 소스가 별로 부담스럽지 않아서일까."

"그걸 알았어?"

보퀴즈는 놀란 듯이 말했다.

"아니, 그냥 그런 생각이 들었을 뿐이야."

"자네는 꽤 좋은 혀를 갖고 있군."

"어떻게 알아?"

"자네가 말한 대로이니까. 버터나 생크림의 양을 아주 약간씩이나마

줄여서 소스를 가볍게 하고 있거든. 지금까지의 프랑스 요리는 아무리 생각해도 그런 것들을 너무 많이 사용해 왔어."

"흐음."

"그 밖에 뭐, 다른 거는 알아챈 거 없어?"

"닭이 맛있었어"

하고 쓰지 시즈오는 말했다.

"그건 닭 그 자체가 맛있는 거야."

보퀴즈는 웃으면서 말했다. "부르고뉴의 브레스라는 마을에서 키운 닭으로, 법으로 옥수수만 먹여서 키우지 않으면 안 되는 닭이지. 그래서 맛있어. 다음에는 그냥 백숙만 해서 먹게 해줄게. 그렇게만 해도 맛있으니까."

쓰지 시즈오는 마담 푸앵한테서 대접받았던 블롱의 굴에 대해서도 몰랐지만, 이 브레스의 닭에 대해서도 몰랐다. 그는 지난 1년 동안 일본의 프랑스 요리 연구가라는 사람들이 쓴 책을 적잖이 사들여 읽었다. 그들 대부분은 예전에 파리에 유학 왔던 경험이 있는 프랑스 문학 교수들이었다. 그러나 그들의 책에는 블롱의 굴이나 브레스의 닭에 대해 한 줄도 언급되어 있지 않았다. 대체 그들은 프랑스에서 뭘 먹었던 걸까 하는 생각이 들었다.

그러고서 쓰지 시즈오는 문득, 무라타 코이치가 만들어 보였던 넙치 뫼니에르를 떠올렸다. 그리고 프랑스에서는 어떤 식으로 구울까 생각하고서 보퀴즈한테 말했다.

"한 가지 부탁이 있는데."

"말해 봐."

"넙치 뫼니에르 만드는 걸 보여주지 않겠어."

"문제없지. 쉬운 거야. 그런데 무엇 때문에 그래? 요즘 평범한 넙치 뫼니에르 같은 건 영국의 싸구려 호텔 메뉴 정도에밖에 못 오른다구."

"확인해 볼 게 있거든."

"그럼, 조리장으로 가지."

보퀴즈는 쓰지 시즈오를 조리장으로 데리고 가더니, 눈 깜짝할 사이에 그것을 만들어 보였다. 프라이팬에 정제 버터를 바르고, 우유에 적셔 양면에 밀가루를 묻힌 넙치를 살짝 구워, 레몬즙과 개암나무 색으로 변하도록 녹인 버터를 끼얹으니 그걸로 끝이었다. 넙치는 조금도 타지 않았다.

"어떻게 타지 않은 거지? 일본의 요리사는 버터로 구우면 탄다고 하면서 샐러드유로 굽던데"

하고 쓰지 시즈오는 말했다.

"정제 버터로 구우면 타지 않아"

하고 보퀴즈는 말했다.

"어째서지?"

"버터에는 유장乳漿이라는 게 들어 있어서, 그게 구울 때 타는 성분이 되지. 정제 버터는 버터를 녹여 유장을 걷어낸 맑은 버터니까. 그래서 타지 않는 거야."

"일본의 요리사는 정제 버터를 모르는 건가."

"그건 말도 안 되는 소리야. 어떤 요리사라도 정제 버터는 알아."

"그럼, 어째서 샐러드유 같은 걸 사용하는 걸까?"

"생각할 수 있는 가능성은 한 가지군."

보퀴즈는 말했다. "버터의 질이 나쁜 거야. 일본의 버터는 유장 성분이 너무 많은 게 아닐까?"

쓰지 시즈오는 또 한 번 충격을 받았다. 그렇다면 일본에서는, 기술뿐만 아니라 기본적인 재료도 없다는 거 아닌가. 우쭐대는 가짜가 범람하고 있는 것도 무리가 아닐지도 몰랐다.

"왜 그래?"

갑자기 입을 꾹 닫고 있는 쓰지 시즈오를 보고 보퀴즈는 말했다.

"이런 상태라면 일본에 돌아가서도 도저히 진짜 프랑스 요리 같은 건 만들 수 없을 거라는 생각이 들어서"

하고 쓰지 시즈오는 말했다.

"프랑스에서 재료를 가지고 가면 되잖아."

"하지만 일본에는 제대로 만들 줄 아는 요리사도 없어. 프랑스에서 공부를 했다고 하는 요리사들은 있지만. 무엇 때문이라고 생각해?"

"그 답은 간단하지. 자네는 마도와의 관계가 있으니 그렇다 쳐도, 보통의 일본인이 프랑스 레스토랑의 조리장에 들어간다고 해도, 3년이나 5년 정도로는 아무것도 배우지 못해. 나도, 어리기도 했지만, 피라미드에서 수업한 최초의 3년 동안은 거의 스토브의 석탄 담당이었어. 게다가, 자네한테는 미안하지만, 일본인은 프랑스에서는 아직 선진국 사람으로 인정받지 못하고 있지. 따라서 예외가 있다고 해도 대부분은 감자나 당근 껍질 벗기는 일이나 하다가 돌아가는 게 아닐까. 곁에서 보고 있으면 만드는 방법은 알고, 만드는 방법에 관한 책은 얼마든지 있지만 요리라고 하는 건 결국 최종적으로 완성된 맛이 전부니까. 그걸 배우지 못하면 아무 소용이 없는 거지."

'그랬었나'

하고 쓰지 시즈오는 생각했다. 생각해 보니, 당연하다고 하면 너무도 당연한 일이었다. 프랑스인이 일본에 일본 요리 수업을 받기 위해 왔다고 해서 요정 주인이 무 껍질을 벗기는 간단한 허드렛일 이외의 일을 시킬까. 일본 요리사의 대부분은, 그러면서도 나는 프랑스 유학파라고 으스대고, 무라타 코이치 같은 그들의 제자들까지 그런 마찬가지의 태도로 콧대를 세우고 있는 것이다. 쓰지 시즈오는 왠지 모르게 맹렬히 화가 났다. 그러나 어떻게 해야 일본의 그러한 상태를 근본부터 뒤집어 엎을 수 있을까. 문제는 그거였다.

"시즈오. 언제까지고 여기에 있으면 아키코가 불쌍하잖아."

보퀴즈가 말했다. 그들은 아키코를 테이블에 혼자 남겨두고 온 것이었다.

"지금부터 리옹 거리라도 구경하러 가지. 내가 안내할 테니까."

그날 밤, 쓰지 시즈오는 야마오카 토루한테 편지를 썼다.

오늘은 폴 보퀴즈라는 요리사를 만났네. 대단한 요리를 만드는 남자야. 자네한테도 이 남자의 요리를 경험하게 해주고 싶지만, 그것보다도 나는 학교에서 하루빨리 좋은 교사를 키워, 이곳으로 보내고 싶네. 일본에서만 프랑스 요리를 공부하는 것은 아무 소용이 없어.

쓰지 시즈오와 아키코는, 그로부터 며칠 뒤에 마담 푸앵이 만들어 준 레스토랑 리스트를 갖고 파리로 갔다.

그들은 센 강 좌안의 퐁 루아얄이라는 호텔에 묵었다. 라탱 가에서 가까운 곳으로, 주변에는 고서점들이 많이 있었다. 쓰지 시즈오는 파리에서 눈에 띄는 대로 요리에 관한 고서와 새로운 요리를 만드는 방법에 관한 책을 살 생각이었다.

그들은 파리에 2주간 체재했다. 그리고, 파리 1구의 르 그랑 베푸르 Le Grand Vefour를 시작으로, 라 투르 다르장La Tour d'Argent, 라 페루즈La perouse, 막심Maximes, 라세르Lasserre, 뤼카스 카르통 같은 레스토랑의 요리를 매일같이 먹으러 다녔다. 어느 한 군데 주눅 들지 않고는 들어 갈 수 없을 듯한 가게들이었지만, 그들은 어디에서나 수석 웨이터의 최고의 미소로 영접을 받았고, 아무 말 안 해도 구석의 제일 좋은 테이블로 안내되었다. 마담 푸앵의 힘은 파리에도 미치고 있었다. 거기에서 쓰지 시즈오가 가장 마음에 들었던 요리는, 라세르의 오리 오렌지 찜이었다. 오븐에 노릇노릇 황금색으로 구운 오리를 얇게 썰어, 오렌지와 레몬, 각설탕, 와인 비네거, 거기에 퐁 드 보로 만든 뭐라 말로 표현할 수 없는 달콤새콤한 소스를 곁들여 먹는 요리였다. 소스에 설탕을 사용하는 것은 18세기에 유행했던 요리법으로, 오리 오렌지 찜은 당시의 흔적이 남아 있는 가장 고전적인 요리의 하나였다. 이것도 위에 부담을 주는 요리였지만, 그럼에도 도저히 저항할 수 없는 매력이 있었다. 쓰지 시즈오는 오로지 그걸 먹기 위해, 라세르에는 2주 동안

세 번이나 갔다. 주인인 르네 라세르한테서, 앙드레 말로가 여기에 오면 항상 샤토 페트뤼스를 마시면서 오리 오렌지 찜을 먹었다는 이야기를 들은 것은 세 번째로 갔을 때였다.

센 강변의 투르 다르장에서는, 창가의 구석 테이블에 앉으면 조명을 받아 파리의 밤하늘에 휘황찬란하게 솟아 있는 노트르담 사원이 바로 눈앞에 보였다. 그리고 센 강 다리 위의 조명들과, 그 아래를 오가는 유람선의 조명.

"우리, 파리에 있어요"

하고 그것을 보며 아키코는 말했다.

그러나 실제로는, 그들의 파리 체재는 그렇게 우아하고 즐겁지 않았다. 대체로 항상 과식을 했기 때문이었다. 그렇다 해도 시간이 주어지면 다시 먹지 않으면 안 되었다. 그들은 먹다가 속이 불편해지면, 번갈아 화장실에 가 얼굴을 씻거나, 가게에 비치된 오드콜롱을 목덜미에 뿌리거나, 화장실에 앉아 속이 가라앉기를 기다렸다가 다시 돌아와서 먹었다. 점심 저녁, 점심 저녁 매일 소스가 진한 프랑스 요리를 계속해서 먹는다는 것은 그런 거였다.

"우리들, 푸아그라용 거위 같군"

하는 말을 쓰지 시즈오는 아키코에게 곧잘 했다.

푸아그라 업자는 거위의 입에 억지로 옥수수를 쑤셔 넣어 간을 강제로 비대하게 만들어 그 일품逸品을 만드는 것이다. 그러나 쓰지 시즈오는 아직 젊었기 때문에, 그렇게 먹는 게 장래 자신의 몸을 해치는 원인이 된다는 건 생각도 못했다.

그들은 그 2주의 체재 기간 동안, 파리의 별 세 개 레스토랑 네 곳과 별 두 개 레스토랑 스무 곳을 전부 돌았다. 마지막 레스토랑에서 식사를 끝냈을 때는 파리를 정복한 것 같은 기분이었다.

요리책도 대량으로 사들였다. 어느 고서점에서는 1828년에 출판된 앙토냉 카렘이라는 요리사의 『Le Cuisinier Parisien』—파리풍 요리집—이라는 책을 발견했다. 그는 프랑스 제1 제정 때의 외무대신이었던 탈레랑의 요리장이었던 요리사로, 그 책에는 당시의 파리풍 요리를 만드는 방법 외에 요리를 담는 법에 대해서도 상세하게 쓰여 있었다. 생각지도 않았던 진귀한 물건이었다.

쓰지 시즈오와 아키코는, 그 뒤에도 다시 세 번의 긴 여행을 했다. 영국 해협과 접한 노르망디와 브르타뉴 여행, 독일 국경 지대인 알자스 여행, 그리고 남프랑스의 코트 다쥐르 여행이었다. 이렇게 지방의 레스토랑을 도는 여행에서는, 새뮤얼 챔벌레인의 『Bouquet de France』가 무엇보다도 도움이 되었다.

그들이 가면, 많은 가게의 주인들이 일본인과 만나는 건 처음이라며 웃는 얼굴로 얘기를 걸어왔다. 그리고, 무엇 때문에 이런 곳까지 왔냐는 질문에 챔벌레인의 이름을 대면서 대답하면, 그들의 태도는 한층 더 친절해졌다. 두 사람은 몇 군데의 레스토랑에서 식사 뒤에 주인의 집에 초대되어 두 번의 환대를 받았다.

그리고 그런 지방의 레스토랑에서도, 여러 번 믿을 수 없을 정도의 요리를 만났다. 그중에서도 쓰지 시즈오가 놀란 것은, 노르망디의 몽생미셸에서 가까운 작은 마을에 있는 롤랑 발이라는 레스토랑에 갔을 때였다. 그는 처음에는, 그 가게가 프랑스 전국에서 65개밖에 안 되는 별 두 개 레스토랑 중의 한 곳이라고는 도저히 생각할 수 없었다.

겉보기에는 강한 바람이 불기만 해도 금방이라도 넘어져 버릴 듯한 허름한 대중 주점 같았고, 손님은 그들 외에는 한 팀도 없었다. 가게 안으로 들어가자, 나이가 지긋한 요리사와 비슷한 연배의 부인이 아무 할 일도 없이 멍하니 의자에 앉아 있었다. 노부부 둘만이 가게를 운영하고 있는 것 같았다. 쓰지 시즈오는 들어온 것을 후회하면서 메뉴판을 보여 달라고 말했다.

"없소."

나이 지긋한 요리사가 퉁명스러운 말투로 말했다.

"그럼, 뭐를 먹게 해주실 겁니까?"

"바닷가재 괜찮은 게 있는데, 구울까?"

"좋지요. 그거 말고는?"

"새끼 양이 있소. 무통 드 프레살레.*"

자세히는 알 수 없었지만, 노르망디의 바닷바람이 부는 목장에서 키운 특별한 양인 것 같았다.

"그것도 먹어 보죠"

하고 쓰지 시즈오는 말했다.

아무런 기대도 않고 기다리고 있으려니, 이윽고 40센티미터는 될 것 같은 거대한 바닷가재가 나왔다. 그저 반으로 잘라 굽고, 위에서부터 녹인 버터를 끼얹은 게 전부인 요리였다.

"뭐죠, 이건."

---

* mouton de pré-salé. 해변의 목장에서 기르는 양의 고기로 염분이 함유된 풀을 먹고 자라 맛이 있다.

아키코가 한 입 먹고서 말했다. "어떻게 이렇게 맛있죠?"

"굉장하네"

하고 쓰지 시즈오도 말했다.

그들은 바닷가재를 피라미드에서 수플레soufflé나 크림소스를 뿌린 파야르paillard풍 요리로 몇 번이나 먹었지만, 이런 단순한 바닷가재 쪽이 훨씬 좋았다. 딱딱하지도 너무 무르지도 않게 적당하게 구운 게 둘이 먹다 하나가 죽어도 모를 지경이었다.

양고기도 소금과 후추로 굽기만 한 요리였지만, 대단히 맛있었다. 그럴 리는 없었지만, 희미하게 고기에 바닷바람의 맛이 스며든 것 같은 느낌이 들었다.

그것을 다 먹고 나자 나이 지긋한 요리사가 다시 나와 말했다.

"디저트를 먹겠소?"

"예, 주십시오"

하고 쓰지 시즈오는 말했다. 이제 그의 기분은 기대감으로 변해, 뭐가 나올지 궁금해 견딜 수 없었다.

잠시 뒤에, 접시에 만두피처럼 얇은 크레프crêpe가 한 장 놓여 나왔다. 표면에는 굵은 설탕 알갱이가 뿌려져 있었는데, 피라미드의 마르졸렌이나 타르트타탱과 비교하면 자못 조악한 느낌이었다. 역시 시골 레스토랑이구나 하고 쓰지 시즈오는 맥이 풀렸다. 그런데, 먹어 보고는 이번에는 한입에 다 먹어 버렸다는 것 때문에 맥이 풀렸다. 좀 더 먹고 싶었다. 그러자 노부인이 한 장을 더 가져다주었다. 쓰지 시즈오는 요리사를 불러 달라고 말하고, 그에게 이 크레프에 뭔가 특별한 게 들어간 거냐고 물었다.

"아니오. 메밀가루와 물과 버터를 섞어 프라이팬에 구웠을 뿐이오"
하고 나이 지긋한 요리사는 말했다.

결국, 쓰지 시즈오는 그 크레프를 여덟 장이나 먹고 말았다. 아키코는 여섯 장을 먹었다. 메밀가루와 물과 버터만으로 어떻게 그런 맛이 나는지 이해할 수가 없었다. 분명히 버터가 좋기 때문일 거라고 쓰지 시즈오는 생각했다. 바닷가재도 새끼 양도 마찬가지였다. 재료와 요리사의 솜씨만 있으면, 그렇게 허풍스럽게 만들지 않고도 훌륭한 요리를 만들 수 있는 것이다. 이 가게의 요리는 그 좋은 예였다.

쓰지 시즈오는 나오면서 130프랑을 지불했다. 피라미드나 파리의 별 셋 레스토랑보다도 더 비쌌다. 그러나 그는 그 가격을 조금도 비싸다고 생각하지 않았다. 아마도 이 정도의 바닷가재는 앞으로 먹을 수 없을 거라는 생각이 들며, 프랑스의 시골 레스토랑을 얕잡아보면 안 된다는 것을 깨달았을 뿐이었다.

그들은 이렇게 해서 프랑스의 거의 전 국토를 차로 돌며, 10군데의 별 세 개 레스토랑과 65군데의 별 두 개 레스토랑 전부를 들렀다. 그 사이사이에 별 한 개 레스토랑과 별이 없는 레스토랑에도 갔기 때문에, 그들이 들른 레스토랑의 수는 거의 100군데에 달했다.

쓰지 시즈오와 아키코가 프랑스 최후의 여행이 된 열흘간의 알자스 식당 탐방을 끝내고 비엔으로 돌아온 것은 12월 20일이었다. 미국에서 프랑스로 와 9주, 일본을 떠난 지는 11주가 지나 있었다. 그들은 슬슬 일본으로 돌아가지 않으면 안 되었다.

"이제 곧 크리스마스야. 여기에서 크리스마스를 지내고 가는 게 어때?"

쓰지 시즈오가 일본에 돌아가지 않으면 안 되겠다고 말하자, 마담 푸앵은 그렇게 말했다.

"고맙습니다, 마도. 하지만 그럴 수는 없을 것 같습니다. 너무 오랫동안 학교를 비웠으니까요."

"두 사람이 가면 쓸쓸할 거야."

"저희도 마찬가지입니다."

"또 와."

"예. 또 오겠습니다."

"다음번에는 여름에 와. 여름이 되면 정원에 테이블을 꺼내 놓고, 저 플라타너스 나무 아래서 식사를 하자고."

마담 푸앵은 창밖을 보며 말했다. 지금은 그 플라타너스 나무도 밤나무도 완전히 이파리가 다 떨어져 벌거벗은 가지밖에 남아 있지 않았다.

그들은 그날 밤 트뤼프 파이와, 아르데슈산產 밤을 곁들인 사슴 등심구이를 먹었다. 사슴 고기는 무척 부드러우면서도 씹히는 느낌이 좋았다. 소스는 후추의 풍미를 충분히 살린 푸아브라드poivrade 소스가 끼얹어져 있었다. 쓰지 시즈오는 일본에 돌아가면 더 이상 이런 요리를 먹을 수 없을 거라고 생각해, 나중에 위에 부담을 주는 것도 생각 않고 열심히 먹었다. 눈 깜짝 할 사이에 2개월이 지나갔구나 하는 생각이 들었다.

쓰지 시즈오와 아키코는 12월 23일에 비엔을 떠났다. 리옹에서 파리까지 비행기로 가서, 파리에서 에어 프랑스 편으로 갈아탈 생각이었다.

리옹의 공항까지는 폴 보퀴즈가 데려다주었다. 그날 아침, 피라미드에 가서 마담 푸엥과 마지막 커피를 마시고 있는데, 그가 와서 공항까지 데려다주겠다고 말했다. 쓰지 시즈오는 렌터카를 반환하지 않으면 안 되기 때문에 자신이 운전해서 가겠다고 말했다. 하지만 그는 그런 건 내가 나중에 반환할 거니까, 라고 말하며 척척 짐을 그의 푸조에 옮겨 실은 것이었다.

"다음번에는 언제 올 거야?"

하고 보퀴즈는 차 안에서 물었다.

"글쎄, 잘 모르겠어. 하지만 마도가 여름에 오라고 말했으니까, 내년 여름에는 올 생각이야"

하고 말했다.

"자네들이 작별인사를 할 때 마도의 얼굴이 정말 쓸쓸해 보이더군."

쓰지 시즈오는 그 말에 아무런 대답도 하지 않았다. 다만 그는 그녀가 보여준 친절을 곰곰이 생각했다. 쓰지 시즈오는 뭐라고 대꾸해야 좋을지 알 수가 없었다.

보퀴즈의 가게에도 그 뒤로 몇 번이나 갔지만, 그도 1프랑도 받지 않았다. 게다가 그는 자신의 일을 내버려두고, 이렇게 운전사 노릇까지 해주고 있는 것이다. 하지만 쓰지 시즈오는, M. F. K. 피셔나 새뮤얼 챔벌레인에 대해서도 그랬던 것처럼, 마담 푸엥한테도 보퀴즈한테도 보답할 수 있는 게 아무것도 없었다. 아무것도 가진 게 없다는 건 정말이지 괴로운 일이었다.

'학교를 성공시키자'

하고 쓰지 시즈오는 생각했다. 그래서 다른 사람들한테 보답할 무언가를 가지자고 생각했다.

제4부

1

1964년 어느 날, 고미야마 테쓰오는 학교에서 돌아오는 길에 요코하마역 부근의 서점에 들렀다. 그는 요리책이 있는 책장 앞으로 가서, 가방을 바닥에 놓고, 책 한 권을 손에 집었다. 『유럽 맛의 여행』이라는 책으로, 제1급 레스토랑 가이드라는 부제가 달려 있었다. 저자는 쓰지 시즈오라는 인물이었다. 쓰지 조리사 학교 부교장이라는 직함이 달려 있었다. 며칠 전에 왔을 때는 없던 책이었다.

고미야마 테쓰오는 흥미를 느끼고, 펄럭펄럭 페이지를 들춰 보았다. 제목대로 유럽의 레스토랑 안내서였는데, 그는 목차만 보고서도 쓰지 시즈오라는 인물이 서유럽의 14개국에나 다녀왔다는 것에 놀랐다. 가지 않은 나라는 그리스 정도였다. 그러나 더욱 놀라운 것은, 소개된 레스토랑의 수였다. 책 뒤의 색인을 보고 세어 보니, 무려 190곳이나 되었던 것이다. 프랑스의 레스토랑이 그중에서 76곳을 차지하고 있었다.

고미야마 테쓰오는 잠시 그곳에 서서 그 책을 읽었다. 프랑스의 파리 편에는, 막심, 르 그랑 베푸르, 타유방이라는 이름의 레스토랑이나, 누아제트 다뇨, 비스크 드 오마르, 프랄도 앤 파피요트 같은 이름의 요리가 소개되어 있었다. 그는 레스토랑 이름도 요리 이름도 몰랐지만, 대단하구나 하고 생각했다. 그리고 이런 사람이 부교장을 하고 있는 학교라면, 분명히 멋진 학교일 거라고 생각했다. 무엇보다도 어중간하지 않은 면이 좋았다.

'이 학교에 가자'

하고 그는 결심했다. 학교가 오사카에 있다는 것쯤은 문제가 되지 않았다. 머지않아 그는 쓰지 조리사 학교의 제1호 유학생으로, 피라미드와 폴 보퀴즈에 연수를 가게 되지만, 물론 이 시점에서는 자신이 그렇게 되리라는 건 전혀 상상하지도 못했다. 그는 아직 내년 초에 졸업을 앞둔 일개 고등학생에 지나지 않았다.

고미야마 테쓰오가 조리사 학교에 가기로 한 것은 불과 한 달 전의 일이었다. 그는 공부를 그다지 좋아하지 않았기 때문에 대학에는 갈 생각이 없었다. 그러나 이렇다 할 장래 희망도 없었기 때문에, 어떤 곳에 취직해서 어떤 일을 하면 좋을지도 알 수가 없었다. 그런 그를 걱정해서 담임교사가 교무실로 그를 부른 것은 여름방학이 끝난 지 얼마 안 된 어느 날이었다.

"너, 요리사라도 되는 게 어떻겠냐?"

그 교사는 자신이 추천하는 취직자리에 대해 고미야마 테쓰오가 적극적으로 흥미를 보이지 않는 것을 보고, 갑자기 생각났다는 듯이 그렇게 말했다.

"어째서입니까?"

"대학에도 가고 싶지 않다, 직장인도 되고 싶지 않다면, 손으로 먹고 사는 것밖에는 없잖아. 요리사가 싫다면 목수라도 될래?"

"싫습니다."

"그러니까 요리사가 돼."

교사는 다시 한 번 같은 말을 되풀이하고, 그러고서 뭔가가 떠오른 듯 책상을 탁 내려치고 말했다.

"그렇지. 이제부터는 요리사가 괜찮을지 모른다."

"어째서요?"

"올해는 올림픽이 열리는 해잖아. 앞으로 한 달 반만 있으면 시작이지. 올림픽으로 뭐가 생겼어?"

"뭐가 생겼습니까?"

"호텔이다. 새로운 호텔이 엄청 많이 생겼잖아."

교사의 말대로였다. 2년 전인 1962년에 문을 연 호텔 오쿠라를 비롯해서, 도쿄에는 새로운 대규모 호텔이 잇달아 탄생하고 있었다.

"호텔에는 레스토랑이 으레 딸려 있다."

교사는 말했다. "레스토랑에 필요한 게 뭐야?"

"테이블이나, 그릇인가요?"

"멍청이. 요리사다. 앞으로 6년만 있으면, 이번에는 오사카에서 만국박람회가 열려. 그쪽에도 같은 상황이 벌어질 거다. 어때, 요리사는 이제부터 어디서나 모셔 가려고 할 거다."

"하지만, 요리사가 되려면 레스토랑에서 수련을 쌓지 않으면 안 되잖습니까. 저는, 그런 거는 싫습니다."

"그러니까, 조리사 학교에 가."

교사는 그렇게 말하고는 자리에서 일어나 어딘가에서 간다가와 도쿄 지역의 조리사 학교 입학 안내 팸플릿을 가지고 왔다.

"그중에서는 도쿄의 야마노테 조리사 학원이라는 데가 설비가 가장 우수해서 좋을 것 같은데"

하고 교사는 말했다.

"이거, 가져가도 괜찮겠습니까?"

"괜찮고말고."

그때부터 고미야마 테쓰오는 어느 학교로 가야 할지를 줄곧 생각해 온 것이었다. 특별히 눈에 띄는 학교가 없으면 야마노테 조리사 학원으로 갈 생각이었다.

1965년 4월, 고미야마 테쓰오는 10만 9천 엔의 수업료를 내고 쓰지 조리사 학교에 입학했다. 동기생은 363명이었다.

수업이 시작되고, 그는 금방 패닉 상태에 빠졌다. 그것은 위생 법규, 공중위생학, 식품학, 식품위생학, 영양학, 조리 이론이라는 과목들 때문이었다. 조리 실습과 함께, 그러한 과목이 반드시 하루에 두 시간은 수업에 들어 있었다. 게다가 일주일에 한 시간은 프랑스어 수업도 받지 않으면 안 되었다. 더 이상 공부는 하지 않아도 된다고 생각하고 있었기 때문에, 그는 배신당한 기분이었다.

조리 실습도, 그가 하고 싶었던 것은 서양 요리뿐이었지만, 일본 요리와 중국 요리도 하지 않으면 안 되었다. 서양 요리 외의 두 요리는 배워 봐야 소용없다고 생각했지만 안 할 방법이 없었다. 하긴 중국 요리는 한 달에 두 시간 정도밖에 실습이 없었기 때문에, 그다지 지루함을 느끼지 않았다. 실제로 급우들한테 물어보니, 일본 요리를 지망하는 사람이 전체의 반, 서양 요리를 지망하는 사람이 나머지의 80퍼센트, 중국 요리를 지망하는 사람은 그 나머지밖에 안 됐다.

손꼽아 기다리던 부교장의 수업 시간이 온 것은 4월 넷째 주였다. 교실에서 기다리고 있으니 요리복을 입은 젊은 교원이 수업 전에 등사기로 갱지에 인쇄한 재료표를 나눠 주며 다녔다. 고미야마 테쓰오는 한 장을 받아 내용을 봤다.

그는 퐁 드 보 같은 이름은 들은 적도 본 적도 없었기 때문에 그게 뭔지 상상도 할 수가 없었다. 그러나 사용하는 재료로 판단해 분명히 대단한 것일 거라고 생각했다. 모르는 재료가 몇 가지나 있었다. 재료의 이름이 전부 프랑스어로 쓰여 있는 것도 뭔가 본격적인 느낌을 줘 멋졌다. 과연 이걸로 수업도 프랑스어로 하는 걸까 하고 생각했다. 고미야마 테쓰오는 아직 몰랐지만, 2학기가 되면 이 재료표에서 프랑스어의 일본어 독음과 뜻이 삭제되고, 프랑스어로만 기재되었다.

두 명의 젊은 교원이 교단 위의 조리대에 커다란 냄비와 재료를 가지런히 다 놓은 뒤에, 요리복을 입은 부교장이 나타났다. 고미야마 테쓰오가 부교장을 본 것은 입학식 이래 처음이었다. 부교장이 교단에 서자 교실의 학생들이 전부 일어나서, 안녕하십니까, 하고 한목소리로

Fond de veau(송아지 곰국)

:::::::::: **재료**(10리터 분량) :::::::::::

jarret de veau(송아지 정강이살)	12kg
os de veau(송아지 골)	5kg
carotte(당근)	500g
oignon(양파)	600g
céleri(셀러리)	150g
poireau(서양파)	200g
ail(마늘)	한 뿌리
tomate bien mûre(완숙 토마토)	4개
tomate concentree(토마토 페이스트)	100g
bouquet garni(허브다발)	

   thym(타임)

   laurier(월계수 잎)

   queue de persil(파슬리: 줄기)

poivre blanc(흰 후추)	20알
eau(물)	15리터
huile(샐러드유)	

말했다. 레스토랑의 조리장에서는, 아침이든 저녁이든 그렇게 서로 인사하는 게 규칙이었기 때문이다.

"프랑스에서는"

하고 부교장은 말했다. "소스를 시네 쿠아 논sine qua non이라고 합니다. 없어서는 안 되는 것이라는 의미입니다. 여러분들은 소스라고 하면 돈카쓰 소스를 떠올릴지도 모르지만, 프랑스에서 소스라는 말은, 샐러드에 뿌리는 드레싱이든, 로스트 치킨에 뿌리는 그레이비든, 과자에 뿌리는 단것이든, 다 소스라는 말에 포함됩니다. 따라서 어떠한 요리이든 지간에, 소스에 의해 그 요리의 맛이 완전히 지배된다고 해도 과언이 아닙니다. 그리고 소스가 얼마나 중요한지는, 소스를 담당하는 요리사를 소세saucier라고 하는데, 호텔이나 커다란 레스토랑에서는 이 소세에게 요리장 다음의 지위가 주어진다는 사실로도 잘 알 수 있습니다.

그럼, 어느 정도의 소스 종류가 있느냐 하면, 프로스페 몽타뉴는 『라루스 가스트로노믹』이라는 요리 대사전 안에서, 325종류가 있다고 말합니다. 몽타뉴라는 사람은, 1920년대부터 30년대에 걸쳐 활약한 프랑스의 유명한 요리장으로, 요리책도 이 대사전을 비롯해서 여러 권 남긴 인물입니다. 그러나 여러분들은, 325종류 전부를 기억할 필요가 없습니다. 기본 소스는 그중 20분의 1정도고, 나머지는 전부 기본 소스에서 고안된 배리에이션입니다. 오늘 가르칠 퐁 드 보는 그 기본 소스 중에서도 가장 중요한 소스입니다. 이 소스는 바짝 졸여 소스로 이용될 뿐 아니라, 고기를 삶거나 찔 때 반드시라고 해도 좋을 정도로 꼭 사용되는 것으로, 이게 없으면 고기 요리는 할 수 없다고 말해도 좋습니다.

프랑스에서 레스토랑의 손님들은, 이브닝 드레스를 입은 우아한 귀부인이라도 요리를 다 먹은 뒤에는 남은 소스를 빵 조각 같은 것으로 그릇을 닦듯이 깨끗이 다 먹습니다. 너무나도 맛있어서 남기는 게 아깝기 때문입니다. 그러니까 여러분들도 프랑스 요리를 배우려면 그런 소스가 어떻게 만들어지는지를 알고, 소스의 중요성을 잘 인식하지 않으면 안 됩니다. 오늘, 이제부터 가르칠 퐁 드 보는 재료도 만드는 방법도 이 이상의 것은 없다고 하는 최고의 소스입니다. 그럼, 시작하겠습니다."

고미야마 테쓰오는 정신을 차리고 보니 놀랍게도 자신이 부교장의 이야기를 열심히 노트에 받아 적고 있었다. 이런 식으로 스스로 적극적으로 노트 필기를 한 건, 초등학교 입학 이래로 처음 있는 일이었다. 대체 어떻게 된 거지 하고 그는 생각했다.

부교장은, 두 명의 조수 교원이 준비해 놓은 송아지 정강이살과 골을 그것이 놓여 있던 배트에서 집어 올려 모두에게 보였다.

"정강이살은 이렇게 주먹 크기, 골은 10센티미터 정도의 길이로 자릅니다. 골도 성우成牛의 골을 사용하지 않고 송아지 골을 사용하는 것은 송아지 골 쪽이 젤라틴질이 풍부하기 때문에 보다 감칠맛 나는 국물이 나오기 때문입니다."

고미야마 테쓰오는 계속해서 노트를 적어 갔다.

"다음은 야채입니다. 당근과 양파와 셀러리를 2센티미터 크기로 자릅니다."

그것도 이미 준비가 다 되어 있었지만, 부교장은 조수 교원이 남겨 놓은 마지막 한 개씩을 손으로 잡더니, 자신이 자르는 시범을 보였다.

고미야마 테쓰오는 그 능란한 식칼 다루는 솜씨에 눈이 휘둥그레졌다. 눈에 보이지도 않을 정도로 빨라, 그런 스피드로 식칼을 사용하는 걸 본 것은 처음이었다. 그러나 더 놀란 것은, 부교장이 손 쪽을 보지도 않고 칼질을 한다는 것이었다. 부교장은 칼질을 하는 동안, 그들 쪽으로 얼굴을 향해 말했다.

"이렇게 잘게 써는 것은, 나중에 프라이팬에서 볶을 때 구운 색깔이 나는 면적을 크게 하기 위해서입니다. 구운 색깔을 내는 것은 퐁 드 보에 색깔을 내기 위해서이기도 하지만, 동시에 그렇게 하면 표면이 단단해져 그냥 넣었을 때보다도 잘 풀어지지 않습니다. 마늘은 껍질을 안 까고 옆으로 반 토막으로 자르고, 토마토는 꼭지를 따 그대로 사용합니다."

야채가 끝나자, 부교장은 타임과 월계수 잎과 파슬리 줄기를 손에 들고 말했다.

"이것은 요리에 향을 내기 위한 허브류로, 프랑스 요리에서는 대단히 중요한 것입니다. 이런 허브를 사용하지 않은 프랑스 요리는 없다고 해도 과언이 아닙니다. 다만 유감스러운 것은, 우리는 현재로서는 신선한 타임을 구할 수 없습니다. 일본에는 없기 때문입니다. 우리는 건조시킨 타임을 사용할 겁니다. 어쩔 수 없습니다. 그리고 이 세 가지 허브를 다발로 묶은 것을 부케 가르니라고 합니다. 자주 나오는 단어니까 확실히 외워 둬야 합니다. 퐁 드 보를 만들 때는 여기에 더해 푸아로가 들어갑니다. 요리에 따라서는 셀러리를 더하는 경우도 있습니다."

부교장은 그렇게 말하고는 일본의 파와 똑같이 생긴 야채를 손에 들어 보였다. 고미야마 테쓰오가 몰랐던 것은, 이 푸아로와 타임이었다. 타임은 차조기 잎과 비슷했는데, 푸아로라는 게 파였나, 하고 생각했다.

"이것은 일본의 흰파입니다"

하고 부교장은 안타까운 얼굴로 말했다. "푸아로도 일본에서는 구할 수가 없습니다. 어쩔 수 없이 이걸 쓰겠습니다. 일본의 파로는 단맛이 약간 덜 나지만, 그것도 어쩔 수 없습니다. 그래서 규정량보다 조금 많이 넣겠습니다."

부교장은, 타임과 월계수 잎과 파슬리 줄기와 파를 실로 묶어 하나의 다발로 만들었다. 그러고는 말했다.

"프랑스 요리를 만들기 위해 반드시 필요한 재료인데 일본에서는 구할 수 없는 것들은 이것 말고도 엄청나게 많습니다. 일본에서 프랑스 요리를 만든다는 것은 현 상태에서는 항상 그러한 곤란에 직면한다는 것을 의미합니다. 그러나 포기하거나 비관해서는 안 됩니다. 제대로 된 사고방식과 기술만 습득해 두면, 장래 반드시 재료를 구할 수 있게 될 겁니다. 아마도 여러분들이 호텔이나 큰 레스토랑의 셰프나 세컨드 셰프가 되었을 때겠죠. 그때가 되면, 제대로 공부를 했는지 안 했는지의 차이가 드러날 겁니다. 알겠습니까?"

"예"

하고 고미야마 테쓰오는 다른 학생들과 함께 대답을 했다. 고등학교 때는 교사의 말에 그런 식으로 대답한 적은 한 번도 없었다. 정말이지 내가 어떻게 된 모양이다, 하고 그는 생각했다.

부교장은 사전 준비에 대한 설명을 끝내고, 두 조수를 시켜 퐁 드 보를 만들기 시작했다. 고미야마 테쓰오는 그 순서를 한마디도 빼놓지 않고 노트에 적었다.

1. 오븐 플레이트에 송아지 골을 늘어놓고, 샐러드유를 뿌려 2백도의 오븐에 넣고, 노릇노릇해질 때까지 도중 몇 번 골을 뒤집어 가면서 충분히 굽는다.

2. 골을 소쿠리에 꺼내 놓고, 오븐 플레이트에 남아 있는 국물을 불에 졸인다. 일단 불에서 꺼내 표면에 뜬 지방을 걷어낸 뒤에, 다시 불에 올려놓고 국물이 카라멜 상태가 될 때까지 바짝 졸이고, 적당량의 물을 더해 플레이트 바닥에 남아 있는 농축된 맛의 에센스를 주걱으로 긁어낸다. 이 작업을 데글라세déglacer라고 한다. 프랑스 요리에서는 매우 중요한 작업이다.

3. 프라이팬에 샐러드유를 넣어 강한 불에 가열하고, 정강이살을 구워 전체적으로 노릇노릇하게 만든다. 고기를 소쿠리에 꺼내 놓고, 같은 프라이팬에 이번에는 썰어 놓은 야채와 마늘을 넣고 색이 변할 때까지 볶는다.

이런 식으로, 골, 고기, 야채를 끓이기 전에 충분히 볶아 색을 노릇노릇하게 하는 것은, 퐁 드 보의 색을 내기 위한 것과 동시에 향을 내게 하기 위해서이다. 다만 너무 태워 버리면, 퐁 드 보가 탁한 색이 되거나 쓴맛이 나므로 주의한다.

부교장의 말. '구웠을 때 나는 색깔에도 여러 가지 색이 있다. 흔히 황금색이라고 하지만, 그렇다 해도 어느 정도의 황금색인지는 모른다. 따라서, 굽고 난 뒤의 색깔은 만드는 본인이 퐁 드 보가 최종 완성됐을 때의 색깔을 미리 상정해, 거기에서 역산해서 구울 수밖에 없다. 요리라고 하는 것은 전부 그래서, 완성된 모습을 상상할 수 없는 요리는 없는 것이다. 요리는 예술과 같지만, 예술과 오직 한 가지 다른 건 그 점에 있다.'

4. 퐁 드 보를 만들 들통에 볶은 골, 고기, 야채를 넣는다.
5. 다음에는, 들통에 토마토, 토마토 페이스트, 부케 가르니, 흰 후추를 넣고, 물과 2의 과정에서 나온 국물을 넣는다. 강하게 불을 가하고, 끓으면 불을 약하게 하고, 위에 뜨는 기름이나 찌꺼기를 정성스럽게 제거해 가면서 6~8시간을 끓인다.

토마토뿐 아니라 토마토 페이스트를 넣는 것은, 완성되었을 때의 색깔을 위해서이다. 또, 끓일 때는 장시간 동안 끓이기 때문에 국물이 졸아들어 골 등이 국물 위로 나오는 경우가 있다. 국물이 탁해지는 원인이 되기 때문에, 국물과 같은 온도의 뜨거운 물을 부어 끓인다. 아주 맑은 퐁 드 보를 만들고 싶을 때는, 골과 고기만으로 반 정도 끓이다가 도중에 야채를 넣는다.

6. 충분히 끓으면, 올이 총총한 용수나 천으로 깨끗하게 걸러낸다.
7. 걸러낸 퐁 드 보를 다시 끓여 찌꺼기와 기름을 제거한다.
8. 열을 식히고, 식었으면 하루 사용할 분량만큼 나눠 냉장고에 보존한다.

수업 시간만으로는 처음부터 끝까지 다 보여줄 수 없기 때문에, 부교장은 골과 고기와 야채를 노릇노릇하게 볶고, 들통에 끓이는 데까지 가르치고, 미리 여덟 시간을 끓여 준비해 놓은 것으로 마지막 마무리를 했다. 그리고 갈색의 퐁 드 보가 만들어지자, 조수인 교원이 들통에서 그것을 작은 사발에 퍼, 학생들에게 돌렸다. 고미야마 테쓰오는 자기한테 사발이 돌아오자 한 모금 마셨다. 그가 전혀 몰랐던 기막힌 고기의 향과 풍미가 입 안으로 퍼졌다. 이런 국물로 고기를 요리하면 정말이지 대단한 요리를 만들 수 있겠구나 하는 생각이 들었다. 그는 아무한테도 사발을 넘기지 않고, 그것을 전부 다 먹고 싶다는 유혹에 시달렸다. 간신히 그 유혹을 이기고 옆에 앉은 학생에게 돌렸다.

"다들 맛보았습니까?"

부교장이 교단 위에서 말했다. "그것이 바로 없어서는 안 된다고 하는 퐁 드 보의 완성된 맛입니다. 잘 기억해 두어야 합니다. 언젠가 실습 시간에 여러분들도 만들 기회를 가질 것입니다. 그런데, 자네."

부교장이 교실의 맨 앞줄에 앉은 학생을 손으로 가리키며 말했다.

"이 퐁 드 보 말인데, 한 스푼으로 환산하면 얼마 정도 될 거라고 생각하나?"

"가격 말입니까?"

"그래. 자네는 이 학교를 나가면 요리사가 될 거지. 요리사가 되면, 하나하나의 요리를 얼마에 손님들한테 팔아야 하는지 생각하지 않으면 안 돼. 그러기 위해서는 원가를 알아 둘 필요가 있을 거야. 얼만가?"

학생은 잠시 생각하더니, 이윽고 자신 없는 목소리로 대답했다.

"한 스푼이라면 1엔 정도라고 생각합니다."

고미야마 테쓰오는 그 답을 들으면서, 1엔 따위로 가능할 리가 없다고 생각했다. 바보 같은 녀석이다. 아무리 적게 잡아도 5엔 밑으로 내려갈 리는 없다고 생각했다.

두 사람의 생각은 전부 틀렸다. 부교장은 학생 전원을 둘러보며 말했다.

"오늘 요리의 재료비는 전부 합해 2만 8천 엔입니다. 그걸로 10리터의 퐁 드 보를 만들었습니다. 그 말은 18cc 스푼으로 555스푼이니까, 환산하면 한 스푼에 약 50엔 정도 되는 겁니다."

고미야마 테쓰오는 자신도 모르게 숨을 삼켰다. 불과 한 스푼에 원가가 50엔이나 된다는 게 도저히 믿기지 않았다. 그가 시내의 중화요리 가게에서 자주 먹는 라면이 100엔이었다.

"그러면 이 퐁 드 보를 사용해서 와인 비네거 풍미 치킨 요리를 만든다고 해봅시다. 요리의 가격은 대체 얼마가 되겠습니까?"

하고 교장은 물었다. "이 요리의 경우, 소스를 만드는 데 닭 한 마리에 한 컵의 퐁 드 보를 사용합니다. 열 스푼 분량입니다. 그것만으로 5백 엔이 들게 됩니다. 여러분들은 이미 다른 선생님들로부터 배웠을 거라고 생각하지만, 요리라는 것은 인건비와 이익을 포함하면 대체로 원가의 세 배 가격으로 팔지 않으면 채산이 맞지 않습니다. 따라서, 이 퐁 드 보만 해도 판매 가격이 1천5백 엔이 됩니다. 거기에 더해 닭, 와인, 버터, 생크림 같은 재료가 더해지니까, 전체의 판매 가격은 못해도 8천 엔에서 1만 엔 사이가 됩니다. 두 사람이 먹는다면 일인당 5천 엔입니다. 자네는 그런 요리를 주문하겠나?"

부교장은 고미야마 테쓰오의 옆자리에 앉은 학생을 손으로 가리키며 말했다. 고미야마 테쓰오는 가슴이 철렁했다.

"아니요"

하고 그 학생은 대답했다.

"자네는?"

부교장은 고미야마 테쓰오를 보고 있었다.

238

"아니요."

하고 고미야마 테쓰오는 허둥거리면서 대답했다.

"자네가 지금 취직한다면, 초봉으로 얼마 정도를 받지?"

"1만 4천, 5천 엔이라고 생각합니다."

"단순히 요리 하나에 월급의 3분의 1을 쓸 수는 없겠군."

"예."

"그럼, 자네가 요리사 된다면 어떻게 하겠나?"

고미야마 테쓰오는 생각했다.

"좀 더 싸게 만들겠습니다."

"어떻게 해서?"

"모르겠습니다."

"몇 개를 빼야지."

부교장은 빙긋이 웃으며 말했다. "이렇게 하는 겁니다. 오늘은 정강이살을 12킬로그램, 골을 5킬로그램 사용했지만, 정강이살을 3킬로그램으로 하고 골을 10킬로그램 사용합니다. 그렇게 하면, 3분의 1 재료비로 만들 수 있습니다. 정강이살은 전혀 사용하지 않고 골만으로 만든다면 5분의 1도 가능합니다. 그걸로도 잘 만든다면, 꽤 괜찮은 퐁 드보를 만들 수 있고, 최후의 수단으로서는 골의 양도 3킬로그램 정도로 하고, 화학조미료를 집어넣어 만드는 방법도 있습니다. 만약 그것을 먹은 손님이 진짜 퐁 드 보의 맛을 모른다면, 3킬로그램의 골과 화학조미료만으로 맛을 낸 퐁 드 보라도, 분명히 맛있다고 말하면서 먹어 줄 거라고 생각합니다. 요리라는 것은 그런 겁니다.

그러니까 여러분들은, 이 학교에서 여러 가지 것들을 배워 가지 않으면 안 됩니다. 만약 여러분들이 장래에 이것 이상은 없다는 요리를 만들었다고 해도, 그것을 먹어 줄 손님이 없다면 장사로서는 성립되지 않기 때문입니다. 그 경우 여러분들은 가게의 입지 조건이나 고객층을 생각해서, 그에 맞는 원가로 요리를 만들지 않으면 안 됩니다. 그러나 어떠한 경우에도, 이렇게 만들지 않으면 안 된다고 하는 진짜 요리는 알아 두어야 합니다. 그것을 모르면 어느 정도 빼야 하는지도 모르기 때문입니다.

다음 수업에서는, 퐁 드 보의 재료를 줄이고도 잘 만드는 방법을 실제로 해보겠습니다. 오늘 수업은 이걸로 끝."

교실의 학생들 얼굴에는, 요리란 무엇인가, 그리고 장사란 무엇인가를 처음으로 배운 놀람의 표정이 떠올라 있었다. 고미야마 테쓰오도 물론 그런 학생들 중의 한 명이었다. 요리라는 건 상상했던 것보다 훨씬 재미있는 것 같다고 그는 생각했다.

하지만 다시 시간이 흐르자, 그는 부교장과 다른 강사의 수업에 엄청난 차이가 있다는 것을 알고 실망하지 않을 수 없었다. 강사 중에는 오사카의 유명한 호텔 요리사도 몇 명 있었지만, 그들이 만드는 요리는 돈카쓰나 카레나 오믈렛이나 햄버거 같은 메뉴들뿐이었던 것이다. 그는 돈카쓰도 오믈렛도 햄버거도 좋아했지만, 이제는 그런 요리는 일본류의 양식이라고밖에 부를 수 없는 것으로, 진짜 프랑스 요리와는 완전히 다른 요리라는 걸 알고 있었다. 그는 시간표를 노려보며, 부교장의 수업 시간이 어서 오기를 손꼽아 기다렸다. 무엇보다도 유감스러운 것은, 부교장의 수업이 한 달에 두 번밖에 없다는 것이었다.

달리 방법이 없었기 때문에, 그는 기숙사에 돌아오면 부교장이 쓴 책을 읽으며 마음을 달랬다. 『유럽 맛의 여행』과 『프랑스 요리의 이론과 실제』라는 책이었다. 『프랑스 요리의 이론과 실제』는 프랑스 요리 개론 수업의 교과서로, 프랑스 요리란 어떤 것인가를 상세히 해설해 놓은 책이었다. 결국, 그는 그 두 권의 책을 통해 프랑스와 프랑스 요리를 상상할 수밖에 없었다.

2

1965년 4월에 210명의 학생이 입학했을 때, 야마노테 조리사 학원의 가네마루 코사부로는 자신의 경영 방침이 잘못되지 않았다는 생각에 크게 기뻐했다.

개교 2년째인 1961년에 입학자가 단번에 30명이나 줄었을 때, 그는 조리 설비를 새로 들여 놓고, 교사의 벽을 밝은 색으로 칠해, 학교가 매력적으로 보이도록 만들었다. 그러자 이듬해에는 학생 수가 금방 원래대로 돌아와 130명이 되었기 때문에, 이번에는 큰맘 먹고 교사를 신축한 것이다. 엘리베이터와, 건물 전체에 최신 냉난방 설비가 된 5층짜리 철근 콘크리트 건물이었다. 1964년 여름에 신교사가 완공되었을 때, 가네마루 코사부로는 앞서와 마찬가지로 신교사의 훌륭함을 강조한 입학 안내 팸플릿을 전국의 고등학교에 뿌렸다. 그러자 또, 그때까지 130~40명 선에서 왔다 갔다 하던 학생 수가 갑자기 2백 명으로 늘었던 것이다. 가네마루 코사부로는, 그해 쓰지 조리사 학교의 입학자가 363명에 달했다는 사실을 몰랐기 때문에, 자신의 학교가 일본 제일의 조리사 학교를 향해 차근차근 전진해 나가고 있다는 걸 전혀 의심하지 않았다.

또 그는, 최근 얼마 전에 일본 조리사 학교 협회의 임시총회에서 부회장의 한 사람으로 선출되었다. 그때까지 부회장은 한 사람이었는데, 부회장이 두 명은 필요하다는 얘기가 나와 그가 추천된 것이었다. 그는 이제 협회를 대표해서, 관할 관청인 후생성의 공무원이나, 조리사 면허를 발행하는 도청都廳의 공무원과 고급 요정에서 식사를 하면서 협회의 문제를 교섭하거나 결정하거나 하는 몸이 되어, 그런 일들을 즐기고 있었다. 공무원들과 함께 식사를 하고 술을 마시고 있으면, 자신이 거물이 된 듯한 기분이 들었다.

그러던 어느 날의 일이었다. 가네마루 코사부로는 대수롭지 않은 어떤 일을 확인하러 학교 사무장의 방으로 발걸음을 옮겼다. 그가 직원이 있는 곳으로 발걸음을 옮기는 일은 좀처럼 없었기 때문에, 사무장인 나이도 마모루는 놀라서 읽고 있던 책을 덮고, 자리에서 일어나 그를 맞았다.

"그냥, 그대로 있어"

하고 가네마루 코사부로는 말하며, 나이도 마모루한테 앉아 있으라는 손짓을 했다. 책상 위의 『프랑스 요리의 이론과 실제』라는 책이 흘낏 가네마루 코사부로의 눈에 들어온 것은 그때였다.

"뭔가, 그 책은"

하고 가네마루 코사부로는 말했다.

"아, 이거 말입니까. 강사 한 사람이 보고 아주 좋은 책이라고 해서, 올해부터 교양과목 교과서로 쓰고 있는 책입니다. 그래서 저도 읽어 보자고 생각해 읽고 있던 중이었습니다. 확실히 좋은 책인데요. 프랑스 요리에 관해 정말 잘 소개하고 있습니다. 쓴 사람은 쓰지 시즈오라는 인물로, 우리 동업자입니다."

"알겠어. 이제 됐어"

하고 가네마루 코사부로는 말했다.

"왜 그러십니까?"

가네마루 코사부로는 분노로 얼굴이 벌게져 있었다.

"그걸 교과서로 쓰는 건 즉각 그만두게 하게."

"무엇 때문에요?"

"무엇 때문이든 상관없어. 그리고, 그 남자의 이름을 내 앞에서 두 번 다시 입에 담지 말게."

"알겠습니다"

하고 나이도 마모루는 말했다. "하지만, 그렇게 되면 서양 요리 교과서가 없는 셈이 되는데요."

"누구한테 쓰게 하면 되지 않나. 우리 학교에도 프랑스 요리 요리사는 있을 거 아냐."

"있기는 있지만, 요리사가 책을 쓸 수는 없습니다"

하고 나이도 마모루는 말했다. 실제로는, 쓰지 시즈오라는 인물이 책 속에서 소개하고 있는 프랑스 요리를 아는 요리사는 한 사람도 없었다. 만약 그들의 지식으로 책을 만든다면, 프랑스 요리와는 전혀 상관없는 책이 만들어지고 말리라.

"그렇다면 외부 사람한테 쓰게 해"

하고 가네마루 코사부로는 말했다.

"써줄 사람이 있을까요?"

"과거에 프랑스 요리에 관해 뭔가 썼던 사람들을 찾아 일일이 전화해 봐. 한 사람 정도는 찾을 수 있을 거야. 가능하면 대학교수가 좋겠지."

"좀 더 좋은 방법이 있습니다."

나이도 마모루는 문득 어떤 생각을 떠올리고 말했다.

"뭔데?"

"쓰는 건 그 사람한테 쓰게 하고, 교장님의 이름으로 출판하는 겁니다."

"그거 괜찮군"

하고 가네마루 코사부로는 말했다. "하지만, 그런 걸 받아들일 사람이 있을까?"

"있습니다. 돈만 듬뿍 주면 누구라도 받아들일 겁니다."

"듬뿍이라는 건 어느 정도인가?"

"대학교수라면, 50만 엔만 쥐어주면 기꺼이 쓸 겁니다. 그들은 그런 돈은 본 적도 없을 테니까요."

"좋았어. 그럼, 그런 식으로 가지."

한 달 뒤, 나이도 마모루는 도쿄 대학 명예교수인 스즈키 타다오라고 하는 인물을 찾아 나섰다. 나이도 마모루는 그런 거물이 얘기에 응해 줄 거라고는 생각도 못했기 때문에, 그가 흥미를 나타냈을 때는 잠깐 믿기 힘든 기분이었다. 그는 프랑스 문학 번역가로서도 유명했지만 프랑스 요리에 관한 책도 몇 권 펴냈고, 지금은 일본 요리사 연맹의 고문을 맡고 있었다.

쓰키지에 있는 요정으로 초대해 가네마루 코사부로와 함께 만나러 갔더니, 스즈키 타다오가 와 있었다.

"내가 그 얘기를 받아들이기로 한 건 돈 때문이 아냐. 나도 쓰지 시즈오라는 남자에 대해서는 감정이 있어."

마모루는 전화로 그에게 이 얘기를 꺼냈을 때 별 생각 없이, 우리는 쓰지 시즈오라는 인물의 책을 교과서로 사용하고 싶지 않습니다, 하고 말했다. 그러자 그때까지 불쾌한 목소리로 대꾸하던 스즈키 타다오의 태도가 갑자기 변한 것이었다.

"그렇다면, 저희 입장도 마찬가지입니다"

하고 가네마루 코사부로는 말했다.

"자네는 그자를 무찌를 수 있나?"

"예 그렇게 하려고 생각하고 있습니다."

"어떤 방법으로?"

"우리 조사에 따르면, 그가 쓴 책은 지금 적어도 전국의 25개 조리사 학교에서 프랑스 요리 개론 교과서로 사용되고 있습니다. 그 책 말고 적당한 교과서가 없기 때문입니다. 그러나 선생님이 책을 써주신다면, 그의 책은 사그리 없어질 겁니다."

"어떻게 그렇게 할 수 있지?"

"제가 각 학교에 압력을 넣기 때문입니다. 조리사 학교 협회 부회장으로서요."

"자네는 젊은데도 요직에 앉아 있군."

"예. 언젠가는 회장이 될 겁니다."

"그거 듬직하군."

"그의 책 대신 선생님의 책이 전국 학교의 교과서가 되면, 인세도 꽤 들어올 겁니다. 이름은 제 이름으로 출판되겠지만, 저는 50만 엔 외에 그 책의 인세도 전액 선생님한테 돌아가도록 할 생각입니다. 거기다가, 만약 선생님이 원하신다면, 선생님을 협회의 고문으로 모셔도 좋다고 생각하고 있습니다. 어떻습니까, 써주실 수 있겠습니까?"

"안 될 거 없지"

하고 스즈키 타다오는 말했다. 요리의 세계에서 영향력을 유지해 가는 데 조리사 학교 협회의 고문이라는 건 더할 나위 없는 자리였다. 그러고서 그는 눈앞에 있는 권력욕의 화신 같은 남자를 보면서, 이 남자는 고문료를 어느 정도나 줄지 어림셈을 해보았다.

3

쓰지 시즈오는 프랑스에서 돌아오고 나서 1962년부터 교단에 서게 되었다. 그는 요리사는 아니었지만 그 이상으로 프랑스 요리를 잘 아는 요리사가 없는 상황에서는 자신이 기본 방법만이라도 가르칠 수밖에 없다고 생각한 것이다. 짧은 기간이기는 했지만, 그는 프랑스에서 피라미드와 폴 보퀴즈의 조리장에 들어가서 프랑스인의 요리 방법을 보고 왔다. 재료와 분량의 조합도 알고 있었다. 그것만 가르치면, 요리는 재능이라고 말한 새뮤얼 챔벌레인의 말을 믿는다면, 재능 있는 학생은 자신의 가르침으로도 눈을 뜨게 될 것이다.

한편, 걱정하고 있던 입학자 수는 80명에서 118명이 되어, 첫해의

108명보다도 더 늘었다. 어떠한 이유로 그렇게 늘었는지, 쓰지 시즈오는 명확히 알 수가 없었다. 입학 안내 팸플릿을 대량으로 제작해 일찌감치 전국의 고등학교에 뿌린 야마오카 토루의 노력이 열매를 맺은 건지도 모른다. 실제로, 1년째, 2년째와 달리 직업 요리사로 보이는 학생 수는 줄었고, 고등학교를 졸업하고 입학한 숫자 쪽이 압도적으로 많아지게 되었다. 하지만 어쨌든, 학생 수가 매년 감소해, 마지막에는 한 사람도 입학자가 없는 날이 오지 않을까 하는 불안감을 떨칠 수 있게 된 것은 기쁜 일이었다. 이걸로 적어도 금년 1년 예산은 안심하고서 짤 수 있다는 생각에 그는 마음속으로 안도의 한숨을 내쉬었다. 아무한테도 말하지 않았지만 프랑스에서 돌아온 뒤, 입학자 수가 확실해지기 전까지는 잠 못 이룬 밤도 많았던 것이다.

쓰지 시즈오는 교단에서, 소스를 중심으로 가르쳤다. 프랑스 요리에서 가장 중요한 역할을 하는 것은 소스였고, 샐러드든, 생선이든, 고기든 소스 없는 요리 같은 건 생각할 수도 없기 때문이었다. 그게 프랑스 요리라는 걸 학생들의 머릿속에 우선 심어 주고 싶었다. 학생들은 학교를 졸업하면, 레스토랑의 주인이나 선배 요리사들한테서 고형 수프로 국물을 내는 등의 잔꾀로 얼버무리는 법을 강요받을 게 틀림없겠지만, 그게 당연한 거라고 생각하면서 평생을 보낼 요리사를 자신의 학교에서 배출하고 싶지는 않았다. 쓰지 시즈오는 송아지 곰국인 퐁 드 보 만드는 법, 닭 곰국인 퐁 드 볼라유fond de volaile 만드는 법, 생선 장국인 퓌메 드 푸아송fumet de poisson 만드는 법을 가르치고, 그것을 사용해 오리 오렌지 찜이나, 이세 새우를 사용한 소스 아메리켄sauce americaine 만드는 방법 등을 가르쳤다.

그러나, 실제로는 프랑스에서 만들어지고 있는 프랑스 요리와 똑같은 요리는 만들 수 없었다. 재료가 없었던 것이다.

그걸 알게 된 것은, 프랑스에서 돌아오고 얼마 안 있어 자신이 퐁 드 보를 만들어 보자고 생각해 시장에 재료를 사러 나갔을 때였다. 푸아로와 부케 가르니에 사용할 허브인 타임이 안 보여 가게 주인한테 물었더니 주인이 말했다.

"푸아로? 그런 건, 처음 듣는데요."

"타임은요?"

"타임? 뭔가요, 그게."

푸아로도 타임도 프랑스 요리에는 없어서는 안 될 재료였다. 쓰지 시즈오는 이어서, 거기라면 있을 거라고 생각해 서양 요리 전문 식재료 가게로 갔다. 식재료 상은 타임이라면 있다고 말하며 프랑스에서 수입한 병에 든 건조 타임을 가지고 왔다. 그리고 생것은 어디에 가도 구할 수 없을 거라고 했다. 그러나 푸아로는 그도 모른다고 했다.

쓰지 시즈오는, 할 수 없이 건조된 타임과 푸아로 대신 흰 파를 사용해 퐁 드 보를 만들었다. 기 티발이 만든 피라미드의 퐁 드 보에 비하면 향이 약하고 단맛이 덜했다.

다른 날, 소스 아메리켄을 만들어 보려고 식재료 상점에 갔더니, 이번에는 에샬로트가 없었다. 소스 아메리켄이라는 것은 살을 발라낸 바닷가재의 껍데기를 잘게 빻아 그것을 양파와 당근과 함께 볶은 뒤에, 화이트와인과 토마토 페이스트, 생선 장국 등으로 졸인 뒤, 용수로 거르고, 마지막으로 버터와 생크림을 넣어 완성시키고, 그것을 껍데기째 볶아 놓았던 바닷가재 살과 곁들여서 먹는 요리였다. 그리고 에샬로트는 이 요리에서는 잘게 빻은 바닷가재 껍데기와 바닷가재 살을 볶을 때 넣는 것인데, 이 요리만이 아니고 생선 요리에는 도저히 없어서는 안 되는 야채였던 것이다. 그 향으로 생선의 비린내를 제거함과 동시에 생선 요리에 마침맞은 부드러운 단맛을 내주기 때문이었다.

"일본 에샬로트라면 있습니다만"

하고 상점 주인은 말했다.

쓰지 시즈오는 그것을 손에 들고 보았지만, 락교 비슷하게 생긴 것으로 프랑스의 에샬로트와는 전혀 달랐다. 상점 주인이, 호텔에서도 레스토랑에서도 전부 그걸 사용하고 있습니다, 라고 말해 그것을 샀지만, 집으로 돌아와 씹어 보았더니 정말로 락교 맛이 났다. 그리고 그것으로 소스 아메리켄을 만들어 보니, 역시 그가 아는 원래의 부드러운 단맛이 나지 않았다. 그는 그 뒤에, 에샬로트 대신 양파와 흰파도 사용해 만들어 보았지만, 양파로 만들면 너무 달고, 흰파로는 단맛이 부족해 어떤 식으로 시도해 봐도 소용이 없었다.

트뤼프나 푸아그라도 생것으로는 수입되고 있지 않았다. 쓰지 시즈오는 통조림으로 수입된 것을 사보았지만, 아무리 궁리해서 요리해 봐도 한번 진짜를 먹어 버린 그의 혀는 그런 것들을 결코 받아들이려 하지 않았다. 그는 폴 보퀴즈가 넙치 뫼니에르를 만들어 보이면서 일본의 버터는 유장이 너무 많은 게 아니냐고 했을 때, 일본에는 프랑스 요리의 기술뿐 아니라 재료도 없는 건가 하고 실망했던 걸 기억하고 있었지만 이 정도로 여러 가지 것들이 없으리라고는 상상도 하지 않았기 때문에 충격을 받았다. 게다가 푸아로도 그렇고, 타임도 그렇고, 에샬로트도 그렇고 전부 중요한 재료들뿐이었다.

왜 수입하지 않느냐고 묻자 식재료 상점 주인은 말했다.

"팔리기만 하면 들여놓지만, 팔리지 않으니까요. 푸아로나 생타임이라는 걸 찾는 건 손님 한 사람뿐일걸요."

결국, 제대로 된 프랑스 요리를 만드는 요리사를 많이 키워, 일본 전체로 퍼뜨릴 수밖에 없는 건가 하고 쓰지 시즈오는 생각했다. 그때까지 대체 몇 년이나 걸릴까를 생각하니 정신이 아뜩해졌다.

교과서를 만들자는 말을 꺼낸 건 야마오카 토루였다.

쓰지 시즈오는 학교가 여름방학이 되자 마담 푸앵과의 약속을 지키기 위해 3주 예정으로 다시 프랑스에 갔다. 이번에는 혼자 하는 여행이었다. 아키코가 장녀를 임신하고 있었기 때문이었다. 그러나 여행 때마다 쓰지 토쿠이치한테 비용을 내달라고 할 수도 없는 노릇이었기 때문에 혼자 가게 된 것은 다행이었다. 그는 야마오카 토루한테 학교 예산을 짜게 해, 어떻게 한 사람분의 여행 비용을 마련했다.

피라미드의 정원에는 장미꽃과 패랭이꽃이 피어 있고, 플라타너스와 밤나무의 푸른 잎이 잔디 위에 시원한 그늘을 드리우고 있었다. 쓰지 시즈오는 그 플라타너스 나무 아래에서, 마담 푸앵과 그리웠던 에크르비스 샐러드와 푸아그라 소를 넣은 브리오슈, 그리고 디저트로 마르졸렌 등을 먹었다. 수석 웨이터인 모리스 뱅상에 의하면, 마담 푸앵은 쓰지 시즈오가 오는 것을 손꼽아 기다리고 있었다고 했다.

"마도는 당신을 진짜 자식처럼 생각하고 있어요"

하고 그는 말했다. 마담 푸앵한테는 자식이 없었다.

쓰지 시즈오는 마담 푸앵의 게스트 하우스에 묵으면서, 식사 시간 외에는 피라미드의 조리장에 들어가서 지냈다. 셰프인 기 티발도 마담 푸엥이 쓰지 시즈오에 대해 어떻게 생각하는지 알고 있었기 때문에 아무것도 숨기지 않았다. 모두들 환영해 주었다.

　그러나 그보다 더욱 놀란 것은, 다른 레스토랑의 프랑스인들까지도 그에 대해 확실하게 기억하고 있다는 사실이었다. 가게 주인들뿐이 아니었다. 발랑스에 있는 앙드레 피크의 가게를 방문했을 때였다. 쓰지 시즈오는 1년 전 가을에 왔을 때는 메인 디쉬로 송어 스터프를 먹었던 것은 기억했지만 오르되브르로 뭐를 먹었는지는 잊어버리고 있었다. 거기에서 그는 될 수 있으면 가벼운 걸로 먹자고 생각해, 트뤼프와 얇게 썬 돼지 등심을 파이 반죽으로 싸서 구운 트뤼프 쇼송chausson을 부탁했다. 그는 이제 프랑스어를 쓰는 데 거의 불편함을 느끼지 않았다. 그러자 수석 웨이터가 말했다.

　"손님은 지난번에 오셨을 때 같은 걸 드셨습니다. 이번에는 다른 걸 시도해 보는 게 어떻겠습니까?"

　쓰지 시즈오는 놀라서 수석 웨이터의 얼굴을 쳐다보았다. 전에 들른 것은 벌써 10개월이나 전의 일이었다.

　"정말이오?"

　"예"

　하고 수석 웨이터는 말했다. "지난번에 오셨을 때 손님은 부인과 함께 두 분이서 저쪽 테이블에 앉으셨죠. 잘 기억하고 있습니다."

　그는 다른 쪽 코너의 테이블을 손으로 가리켰다. 쓰지 시즈오는 그 테이블에 앉았던 건 기억났다. 수석 웨이터의 기억은 믿기 힘든 것이었지만, 믿을 수밖에 없었다. 피라미드에 돌아와 뱅상한테 그 얘기를 하자, 그는 빙긋빙긋 웃으면서 말했다.

"그건 그가 제대로 된 수석 웨이터라는 걸 알려 주는 것에 불과해요. 수석 웨이터라면 당연한 일이죠."

"그럼, 당신도 1년 전에 온 손님이 뭘 먹었는지를 기억하고 있어요?"

"기억하죠. 그게 내 일이니까. 만약 잊어버려 손님한테 충분한 어드바이스를 못하면, 그 손님이 바로 미슐랭에 편지를 쓰기 때문에 피라미드는 금방 별 세 개에서 밑으로 떨어지고 말아요."

쓰지 시즈오는 일본의 레스토랑에서 한 번도 그러한 서비스를 받아 본 적이 없었다. 단지 그 정도의 일이라도, 자신이 그 가게에서 기억되고 있다는 것은 즐거운 경험이었다. 요리뿐만이 아니라, 학생들한테 서비스라는 것에 대해서도 가르치지 않으면 안 되겠구나, 하는 생각이 들었다.

요제프 벡스베르크라는 인물을 만난 것도 이 여행 때였다. 분명히 도움이 될 테니까 만나보고 오라고 말하며 마담 푸앵이 소개장을 써 준 것이었다.

그는 유대계 체코인으로 체코슬로바키아 은행의 대표이사 아들이었는데, 2차 대전 때 독일이 체코를 침공하자 유대인 박해를 피해 미국으로 망명했었고, 지금은 오스트리아의 빈에서 살고 있었다. 마담 푸앵의 말에 의하면, 그는 피라미드의 단골이고, 잡지 『뉴요커』에 음식에 관한 에세이를 기고하고 있는 유럽에서 손가락으로 꼽히는 미식가였다.

그는 빈의 프린츠오이겐이라는 거리에 살고 있었다. 커다란 5층 건물 아파트의 2층인 그의 집을 방문하자, 머리가 희끗희끗한 60세 정도의 남자가 쓰지 시즈오를 맞았다. 그는 쓰지 시즈오를 방으로 안내하더니, 지금 야우제를 들려던 참인데 같이 들겠냐고 영어로 물었다. 쓰지 시즈오는 야우제라는 게 뭔지 몰랐다. 곤혹스러워 아무 대답도 않자 벡스베르크가 말했다.

"아, 실례. 야우제라는 건 저녁을 먹기 전에 가볍게 공복을 채우는 간식이오. 그러니까, 별로 대단한 건 아니지."

나온 것은, 새끼 양고기를 야채와 함께 그저 삶기만 한 것으로, 굵은 소금과 고추가 곁들여 있었다.

"당신은 마도의 가게에서 매일 그 호화로운 요리를 먹은 것처럼 보이는군."

쓰지 시즈오가 먹는 모습을 보고 벡스베르크가 웃었다.

"어떻게 아십니까?"

"매일 소시지만 먹고 있는 사람이, 이런 요리라고도 할 수 없는 걸 그렇게 맛있다는 듯이 먹을 리가 없으니까. 나한테도 경험이 있소. 프랑스에 갔다 돌아오면, 정말로 시시한 걸 먹고 싶어지지."

정말 그 말대로였다. 쓰지 시즈오는 이번 여행에서도 연일 이곳저곳 레스토랑을 먹으러 돌아다녔고, 그렇지 않을 때는 피라미드나 폴 보퀴즈에서 식사를 했다. 생각해 보면, 일본을 떠난 뒤에 식은땀을 흘리지 않고 요리를 먹은 건 이 새끼 양고기 삶은 게 처음이었던 것이다. 그는 이 요리를 먹으면서 마음이 편안해졌다.

"하지만 당신은, 20세기 초의 사람이 아니라는 걸 행복하다고 생각하지 않으면 안 돼요."

벡스베르크가 말했다. "당신은 오마르 테르미도르를 알고 있소?"

"알고 있습니다"

하고 쓰지 시즈오는 말했다. 만드는 방법은 여러 가지가 있지만, 바닷가재 껍질에 바닷가재 살을 깍둑썰기 해서 채우고, 크림소스와 베샤멜소스 등을 끼얹어 오븐에서 노릇노릇하게 구운 요리였다. 일본에서도 대하 그라탱으로 알려져 있었다.

"그건 러시아 황제의 요리장이었던 에두아르 니농의 조리법인데, 그는 그걸 만드는 데 4백 그램의 버터를 사용했소. 4백 그램이오. 다시 마무리에는, 바닷가재 요리인데도 퐁 드 보를 20분의 1이 될 때까지 졸인 아주 진한 글라스 드 보를 더하는 걸 잊지 않고 있소. 『식도락가의 7일 이야기』라는 책에 상세히 쓰여 있으니까 기회가 있으면 당신도 한번 읽어 보시오. 아폴리네르 같은 사람이 서문을 쓴 재미있는 책이오. 그런데 당신은 니농의 테르미도르를 먹을 수 있겠소? 어디 한 군데 소홀히 하지 않은 대단한 맛의 테르미도르라고 생각하지만, 나라면 한 입 이상은 못 먹을 거요."

"분명히 제 위도 그 부담스러운 버터를 견디지 못하겠죠."

하고 쓰지 시즈오는 웃으며 말했다.

"당시는 다들 그런 식으로 요리를 만들었소. 그것을 20세기의 우리들 입맛에 맞게 만든 게 페르낭 푸앵인 거요. 푸앵의 테르미도르에는 글라스 드 보는 들어가지 않고, 버터는 50그램밖에 사용되지 않소. 하지만, 그걸로도 피라미드의 요리는 충분히 맛있지. 그의 피라미드가 지금도 프랑스 요리의 정점에 군림하고 있는 것은 그 때문인 거요."

야우제가 끝나자 벡스베르크는 잠깐 밖으로 나가자고 하고는, 데멜 Demel이라는 케이크 가게로 쓰지 시즈오를 데리고 갔다.

"빈에서 가장 훌륭한 케이크 가게요. 프랑스 요리를 본격적으로 공부하려면 케이크에 대해서도 알아 둘 필요가 있소"

하고 그는 말했다. 그리고 주인인 베르베티니 파라비치니 남작이라는 인물을 소개했다.

또 벡스베르크는, 베네치아에 갈 생각이 있으면 해리스 바Harry's Bar를 소개해 주겠다고 했다. 최고의 이탈리아 요리를 하는 레스토랑이라고 했다. 하지만 쓰지 시즈오의 다음 일정은 프랑크푸르트 근처의 에틀링겐이라는 마을에 있는 엘프프린츠 호텔에 가지 않으면 안 되었다. 빈에 간다는 얘기를 하자 폴 보퀴즈가 그렇다면 멋진 호텔이 독일에 있으니까 보고 오는 게 어떻겠냐고 말했었다. 호텔 주인은 보퀴즈와 친구였다.

"그럼, 가게 되면 언제든지 전화해요. 연락해 놓을 테니까"

하고 벡스베르크는 말했다.

그날 밤, 쓰지 시즈오는 헤르베르트 폰 카라얀이라는 독일인이 지휘하는 빈 필하모니의 바그너를 들었다. 음악을 좋아한다는 얘기를 하자, 벡스베르크가 곧바로 브람스 홀의 표를 구해 주었던 것이다.

"카라얀이라는 자는 혼자서 너무 튀는 남자요. 지휘자가 그렇게까지 할 필요는 없는데도, 오페라의 무대 장치까지 자기 생각대로 하지 않으면 만족하지 않지. 하지만 소리는 꽤 괜찮은 편이오. 기억력이 대단히 뛰어나, 악보는 물론 오페라의 가사까지 전부 기억하니까. 난 그가 베르디의 오페라 리허설을 하면서 소프라노의 프랑스어 가사가 틀렸다고 지적하는 걸 본 적이 있소. 그 정도 기억력이면 토스카니니 이래 최고라고 할 수 있지. 앞으로 5년 안에 그는 반드시 세계를 제패할 거요"

하고 벡스베르크는 말했다.

쓰지 시즈오가 유럽에서 진짜 클래식 음악 연주를 들은 건 그때가 처음이었다. 카라얀도 훌륭했지만, 홀의 음향도 대단했다. 황홀하게 연주를 들으면서, 이런 도시에 살 수 있다면 하는 생각이 떠나지 않았다. 그는 유럽이 점점 좋아졌다.

독일의 엘프프린츠 호텔에서는 객실의 멋진 가구에 놀랐다. 우선 짙고 투명한 황갈색으로 반짝이는 견고한 떡갈나무 문갑과 양복장이 눈에 들어왔는데, 보자마자 갖고 싶다고 생각한 것은 뭐니 뭐니 해도 벨벳이 팽팽하게 씌워진 소파와 고양이 다리 모양의 다리로 된 의자였다. 주인인 헬무트 기츠한테 물으니, 둘 다 바를링크스라는 독일 회사의 가구로, 2백 년은 안심하고 사용할 수 있는 물건이라고 했다. 그러나 가격을 듣고 사는 것은 포기하지 않으면 안 되었다. 쓰지 시즈오는 아직 그 정도의 재력은 없었다. 그가 바를링크스 가구를 손에 넣은 것은 그로부터 5년 뒤의 일이었다.

요리는, 리프 프라우 미르히라는 독일 와인을 마시면서 송어 요리를 먹었다. 프렌치 스타일의 독일 요리였다. 헬무트 기츠가 함부르크의 알스터 호湖 근처의 피어 야레스차이텐 호텔의 케이크는 한번 먹어 볼 만한 가치가 있으니까 가보는 게 어떻겠냐고 가르쳐 준 건 그 식사 때였다.

쓰지 시즈오는 다음 날 즉시 그곳으로 가, 호텔 일층의 콘디라는 작은 가게의 케이크를 먹었다. 그는 한 입 먹어 보고 너무 맛있어서 혀를 내둘렀다. 프랑스인이라면 단맛이 부족하다고 할지 몰랐지만, 그한테는 딱 적당하게 달았다. 프랑스의 케이크는 좀처럼 흉내 내기 힘든 고도의 테크닉으로 만들어졌지만, 그의 입맛에는 단맛이 다소 강했다. 쓰지 시즈오는 그 케이크를 먹으면서, 디저트에 이런 기품 있는 맛의 케이크를 내놓는 요리사를 키워 내는 것은 언제쯤일까, 하고 생각했다. 그러고는, 나는 뭔가를 먹을 때마다 항상 똑같은 생각을 하는구나, 하는 생각에 쓴웃음을 지었다. 그 가게의 파티셰는, 2차 대전 중에는 메서슈미트를 탔던 전투기 조종사였다고 말했다.

이렇게 쓰지 시즈오는, 두 번째 여행에서는 새로운 이런저런 인물들과 사귀고 일본으로 돌아왔다. 새뮤얼 챔벌레인과 M. F. K. 피셔를 만나기 위해 미국에 들렀다 오는 것도 잊지 않았다. 비행기 안에서는 벡스베르크한테서 받은 『The Best Things in Life』라는 책을 줄곧 읽었기 때문에 전혀 지루한 줄 몰랐다. 그리고 3주 만에 학교에서 야마오카 토루를 만나, 벡스베르크의 책을 보여주면서 이번 여행에서 만난 새로운 인물들의 얘기를 해주는데, 그가 말했다.

"부교장님도 뭔가 책을 쓰시는 게 이떻겠습니까?"

"나는 책을 쓸 만한 주제가 못 돼"

하고 쓰지 시즈오는 말했다.

"그러면 학교에서 사용할 교과서는 어떻겠어요? 교과서라면 괜찮지 않겠습니까. 애써 공부를 했는데, 그냥 내버려두기에는 아깝잖습니까."

"교과서로 할 만한 책은 시중에 얼마든지 있지 않나?"

"그게, 있는 것 같지 않습니다. 꽤 찾아보았지만 말이죠."

"흐음"

하고 쓰지 시즈오는 생각에 잠겼다.

분명히 야마오카 토루의 말대로일지도 몰랐다. 그도 지난 2년 동안 일본의 프랑스 요리 연구가라고 하는 인물들의 책을 몇 권 읽었지만,

그를 감탄하게 만든 책은 한 권도 만나지 못했다. 그중에서도 제일인자라고 불리는 사람은 도쿄대 명예교수인 스즈키 타다오였는데, 그의 대표작이라고 하는 『프랑스 요리의 모든 것』조차, 그 내용은 학생을 시켜 프랑스 요리책에서 베낀 것이라고밖에 생각할 수 없는 책이었다. 나머지는 안 봐도 뻔했다.

"그렇다면, 써볼까"

하고 쓰지 시즈오는 말했다.

"그렇게 해주십시오"

하고 야마오카 토루는 말했다. "그렇게 결정됐으니, 학술과 출판부문을 맡을 사람을 한 사람 고용하지 않으면 안 되겠네요."

"단지 교과서 한 권을 내기 위해서 말인가?"

"아니요, 이제부터 하나하나 책을 만들어 가는 겁니다."

야마오카 토루는 말했다. "정규 학교가 아니라고 해서 조리사 학교가 학술 출판 부문을 가지면 안 되는 법은 없다고 봅니다."

"그야 그렇겠지."

"그리고 점점 책을 만들어 출판하면, 교과서가 생기는 것뿐만이 아니라, 앞으로 졸업생들에 대한 격려도 될 거라고 생각합니다. 서점에서 우리가 낸 책을 손에 들고 보면서, 우리 학교가 건재하구나, 하는 생각에 힘을 얻을 테니까요."

"일리가 있군. 그럴지도 모르겠어."

"게다가, 부교장님이 모아 놓은 요리책도 누군가가 정리해야 하지 않겠습니까?"

"그렇군."

쓰지 시즈오는 두 번째 여행에서도 파리와 리옹에서 대량의 책을 사 가지고 왔다.

이렇게 해서 그들은, 1963년 3월에 오사카 시립대학 불문과를 막 졸업한 기타가와 모리오를 학술 주임으로 채용했다. 그리고 쓰지 시즈오는 이듬해 5월에 『프랑스 요리의 이론과 실제』라는 교과서용 책을 출판했다.

『프랑스 요리의 이론과 실제』가 출판되자, 그 책을 읽은 사람들은 풍부한 내용과 정확한 기술에 다들 깜짝 놀랐다. 거기에는 실제로 요리를 먹었던 경험, 폴 보퀴즈나 기 티발한테서 배운 본고장의 기술, 거기에 투디컴이나 앙토냉 카렘의 요리책에서 얻은 모든 지식이 하나가 되어, 프랑스 요리의 전체상이 군더더기 없이 서술되어 있었다. 그것이 전부 한 사람을 통해 이루어졌다는 것은 경이적이었다.

기타하라 신이치도 그 책을 읽고 거기에서 새로운 힘이 대두하고 있음을 느낀 한 사람이었다. 그는 『가스트로노미』라는 요리 전문 잡지의 편집장이었다. 그는 즉시, 요리 연구가로 가장 권위가 있는 스즈키 타다오와 이 새로운 책의 저자를 잡지를 통해 대담을 시키면 분명히 재미있는 읽을거리가 나올 거라고 생각했다.

쓰지 시즈오는 기타하라 신이치로부터 교섭을 받고, 잡지에 등장하면 학교의 선전이 될 게 틀림없다고 생각해 가벼운 마음으로 수락했다. 대담 상대인 도쿄대 명예교수는 신용할 수 없다고 생각했지만, 그래도 대화를 나누다 보면 두세 가지는 얻을 게 있을지도 몰랐다. 뭐라하든 그는 자신보다 35년이나 더 연장자인 것이다.

대담은 책이 나오고 반년 뒤인 1964년 가을에 행해졌다. 쓰지 시즈오는 하루 전에 도쿄로 가, 당일에는 기타하라 신이치가 지정한 쓰키지의 요정에 일찍 가서 스즈키 타다오를 기다렸다. 스즈키 타다오는 30분이나 늦게 왔지만, 아무런 해명이나 사과도 하지 않았다. 비쩍 마른 노인으로, 미간에는 깊은 주름이 새겨졌고, 자신의 생각대로 되지 않으면 금방이라도 성을 버럭 낼 것 같은 느낌의 인물이었다.

"선생님이 최초로 프랑스에 가시게 된 건 언젭니까?"

기타하라 신이치가 진행하는 대담이 시작되자, 쓰지 시즈오는 물었다.

"쇼와 5년이오. 도쿄대 연구실에 있을 때 유학생으로 간 거요"

하고 스즈키 타다오는 말했다.

"그럼, 1930년이군요. 선생님은 『프랑스 요리의 모든 것』이라는 책 속에서, 그때 파리의 몽파르나스 역의 간이식당에서 먹은 에크르비스 비스크*가 무척 맛있다고 쓰셨던데, 그 밖에는 어떤 레스토랑에 가보셨습니까?"

"여러 군데 갔었소."

"푸앵의 피라미드에는 가보셨습니까?"

"아니, 그런데는 가지 않았소."

"그럼 주로 파리의 레스토랑이었습니까?"

"그런 셈이지."

"그렇다면, 라뤼Larue는?"

"라뤼?"

---

* bisque. 조개, 닭고기, 생선 따위를 넣어 만든 걸쭉한 수프.

"예. 파리 제8구에서 에두아르 니뇽이 운영했던 레스토랑입니다. 1931년부터 별을 붙인 미슐랭이 1933년에는 별 세 개를 주었으니까, 마침 선생님이 파리에 계셨을 때는 가장 평판이 높았을 거라고 생각합니다만."

"잊어버렸소."

"그렇습니까. 니뇽은 오마르 테르미도르나 소스 아메리켄을 만들 때 마지막에 글라스 드 보를 더해 맛을 조절했다고 합니다. 이건 다른 사람한테 들은 얘기인데, 나중에 파리 국립도서관에서 그의 『식도락가의 7일 이야기』라는 책을 봤더니 확실히 그렇게 쓰여 있었으니까, 사실일 겁니다. 다른 레스토랑의 요리사들도 당시에는 그런 식의 조리법을 썼습니까?"

"어패류 요리에 글라스 드 보를 사용한다는 얘기 따위는, 나로서는 믿을 수가 없소."

"하지만, 저는 맛있었습니다. 니뇽은 퓌메 드 푸아송에 4백 그램이나 되는 버터를 녹여 소스를 만들었기 때문에 많이는 못 먹을 거라고 생각합니다만. 한 번도 그런 방식으로 만든 요리를 접해 본 적은 없으십니까?"

"접해 본 적 없소."

"그럼, 막심은 분위기가 어땠었습니까? 지금의 셰프 알렉스 앙베르가 요리를 만들게 된 뒤로 별 세 개 레스토랑이 되었지만, 전쟁 전에는 연인이 없는 신사를 상대하는 여자들이 진을 치고 있던 밤의 사교장이었다는 얘기를 들은 적이 있습니다. 정말 그랬습니까?"

스즈키 타다오는 잠자코 아무 대답도 하지 않았다. 쓰지 시즈오가 왜 그러지 하고 생각하고 있는데, 갑자기 그가 화를 내기 시작했다.

"자네는 어째서 프랑스 요리란 무엇인가라는 근본적인 문제를 안 묻는 건가. 그런 초일류 레스토랑 같은 건, 나로서는 몰라. 가난한 유학생의 몸으로 그런 가게에 갈 수 있을 리가 없잖나. 그런 것 정도도 모르나, 자네는. 정말이지 무례한 자군."

쓰지 시즈오는 어째서 스즈키 타다오가 그렇게 화를 내는지 알 수가 없었다. 그는 그저 예전 레스토랑이 어떤 분위기였는지를 알고 싶었을 뿐이었다. 그가 물었던 레스토랑들에 간 적이 없다면, 간 적이 없다고 말하면 그걸로 그만 아닌가.

결국 그 이후는 서로 서먹한 분위기가 되어, 얘기다운 얘기는 아무것도 할 수 없었다. 쓰지 시즈오는 투디컴이나 카렘에 관한 얘기가 나왔을 경우를 생각해 그들의 책을 지참하고 갔지만, 자신 쪽에서 그들의 책 이야기를 꺼내는 것은 삼갔다. 또 화를 내게 만들 것 같았기 때문이었다. 그렇다고 해도, 기차역의 간이식당 요리가 맛있었다 맛없었다 하는 얘기도 듣고 싶지 않았다. 당연하게 대담은 성립되지 않았고, 기타하라 신이치의 판단으로 그 기획은 채택되지 않았다. 그리고 그때부터 쓰지 시즈오와 스즈키 타다오는 서로 적이 되었던 것이다.

그러나 『프랑스 요리의 이론과 실제』는 하루하루 판매 부수를 늘리고 있었다. 전국 각지의 조리사 학교가 교과서로 은밀히 구입하기 시작했기 때문이었다. 그들로서는, 프랑스 요리란 무엇인가를 간단하게 학생들한테 가르치는 데 그거 이상으로 편리한 책은 없었다.

다시 4개월이 지나, 쓰지 시즈오는 『유럽 맛의 여행』이라고 하는 레스토랑 안내서를 출판했다. 그의 레스토랑 탐방 여행은 1961년 가을에 아키코와 둘이서 최초로 프랑스로 간 이래, 3년 동안 6회를 헤아렸다. 이제 그가 방문한 나라는, 프랑스뿐 아니라 거의 유럽 전역에 걸쳐 있었고, 거기에서 들렀던 레스토랑은 300군데 이상에 달했다. 그는 그중에서 193군데의 가게를 자신이 실제로 먹은 요리와 함께 소개했다. 물론 이런 책이 일본에서 출판된 것은 처음 있는 일이었다. 많은 일본인들에게는, 유럽은 아직 가벼운 마음으로 여행할 수 없는 먼 나라였지만, 요리에 흥미를 가진 사람에게 이 책은 서양 요리에 대한 상상력을 자극하는 절호와 가이드북이 되었다.

쓰지 시즈오는 서양 요리 연구의 온갖 면에서 일본 제일인자가 되어가고 있었다.

4

1965년이 되자, 쓰지 조리사 학교의 입학자는 전년의 150명에서 단숨에 363명으로 늘었다. 오래된 교사는 순식간에 학생들로 가득 찼다.

그러나 쓰지 시즈오는 상황이 그런데도 아직 교사를 확장하거나 신축하려고 하지 않았다. 그는 학교를 좋게 만드는 것은 새로운 교사를 짓거나, 번쩍번쩍 하는 조리 설비를 갖추는 것이 아니라, 좋은 교사를 키워 좋은 수업을 하는 것이라는 생각을 여전히 바꾸지 않았다. 그러려면 돈이 필요했다. 쓰지 시즈오는 최초의 프랑스 여행 이듬해부터 교단에 서게 된 이래, 매년 몇 명씩 가능성이 있어 보이는 학생을 선발해 학교에 남기려고 해왔지만, 아직 그들은 요리사로서도 교사로서도 보고 배우는 단계에 지나지 않았다. 그들이 좋은 교사가 되느냐 마느냐는, 그들에게 얼마만큼의 돈을 들이느냐에 달려 있었다. 퐁 드 보는 원칙대로 송아지의 정강이살과 골로 만들게 하지 않으면 안 되었다. 예산이 부족하다고 해서 골만으로 만들게 한다면, 그들은 영원히 진짜가 되지는 못 하리라. 그걸 생각하면, 교사를 새롭게 짓는다는 생각 따위는 할 수도 없었다.

그러던 어느 날의 일이었다. 야마오카 토루와 일층의 사무실에서 커피를 마시고 있는데, 야마오카 토루가 말했다.

"내년부터 수업료를 과감하게 올리시지 않겠습니까?"

"얼마로?"

"17만엔입니다."

"무리일 텐데."

하고 쓰지 시즈오는 말했다. 그해의 쓰지 조리사 학교 수업료는, 개교 때의 7만 5천 엔에서 매년 조금씩 올라 10만 9천 엔이 되어 있었다. 여전히 대학의 이과계 수업료와 거의 비슷했다.

"하지만 모든 수업 때 정식으로 재료를 사용해 가르치려면 그 정도를 받지 않으면 도저히 해나갈 수가 없습니다."

"그건 알고 있어."

"그러니까 과감하게 올리시죠."

"하지만, 그렇게 비싸면 학생들이 올까. 애써 4백 명 가까이 오게 되었는데."

"물론 부교장님의 결단에 달려 있습니다."

쓰지 시즈오는 고민에 빠졌다. 수업료를 올리면 좋다는 건 알고 있었지만, 17만 엔이라면 지금의 약 두 배가 아닌가. 대학의 문과계라면 연간 6만 엔 정도에 다닐 수 있는데, 그런 큰돈을 학생의 부모들이 내려고 할까. 입학 안내 팸플릿을 보는 순간, 아마도 대다수의 고등학생들이 수업료가 싼 다른 조리사 학교로 지망을 바꿔 버릴 것이다. 그러나 그는 쓰지 조리사 학교의 경영 책임자였다. 결단을 내릴 수밖에 없었다.

"그럼, 그렇게 하지"

하고 쓰지 시즈오는 말했다. 이층에서 떨어지는 듯한 기분이었다. 어찌됐든 지금은 363명의 학생이 있는 것이다. 수업료를 대폭 올렸기 때문에 내년에는 학생 수가 절반으로 준다고 해도, 아직 180명은 입학해 올 게 아닌가. 개교 2년째에 80명밖에 오지 않았던 것을 생각하면 이렇다 할 일도 아니었다.

'그걸로 망한다면, 그것도 운명이지'

하고 생각했다. 어느 쪽이 됐든 진짜 요리를 가르칠 수 없는 학교 같은 건 존속해도 무의미했다.

쓰지 시즈오와 야마오카 토루는, 전국에서 가장 비싼, 그것도 비교할 수 없을 정도로 비싼 수업료와, 왜 그렇게 비싼 수업료를 받는지에 대한 설명이 기재된 입학 안내서를 전국의 고등학교에 보내고, 학생들이 입학해 오기를 기다렸다. 가을이 되자 각 고등학교의 진학 담당 교사들로부터 문의 전화가 울리기 시작하더니, 새해가 되자 그 수는 더욱더 많아졌다. 전화로 일일이 설명할 수 없을 때는 그 고등학교로 야마오카 토루가 직접 갔다. 봄이 되자, 입학자 수는 줄기는커녕 380명으로 늘어 쓰지 시즈오와 야마오카 토루에게 기쁨의 비명을 올리게 했다.

"어떻게 된 거지"

하고 쓰지 시즈오는 말했다.

"정말 어떻게 된 거죠"

하고 야마오카 토루도 말했다.

쓰지 시즈오가 정원의 양옥 건물과 주차장을 헐고, 거기에 신교사를 짓자고 결심한 것은 그해 여름이었다. 낡은 교사의 교실은 363명으로도 옹색했는데, 380명이 되자 한 사람도 더 들일 여지가 없어져 버렸다.

게다가 학생들은 대학생들과 달리 뚜렷한 목적을 갖고 왔기 때문에, 아무도 농땡이를 피운다거나 하지 않았다. 그 때문에 교실은 언제나 콩나물 시루였다. 또 학교의 전년 예산은, 급증한 학생들 덕분에 첫해의 8백 만 엔에서 6천4백만 엔으로 늘어나 있었다. 은행으로부터 융자를 받아도, 어떻게 갚을 수 있을 것 같았다. 쓰지 시즈오는 수업료를 일괄해서 맡기고 있는 은행에서 융자 약속을 얻어내고, 오쿠무라 건설에 공사를 발주했다.

쓰지 토쿠이치가 급성심부전으로 죽은 것은 그로부터 얼마 안 됐을 때였다. 텐노지 캇포 학교 교실에서 수업을 하고 있다가 갑자기 쓰러져, 그대로 숨을 거두고 만 것이었다. 쓰지 시즈오도 아키코도 그가 그런 식으로 갑자기 세상을 떠날 거라고는 생각도 못했기 때문에 적잖이 충격을 받았다. 쓰지 시즈오는, 이렇게 돼서 그한테 받은 은혜에 보답할 기회가 영원히 사라지고 말았다고 생각했다. 그나마 위로가 되는 것은 아키코가 장녀에 이어서, 토쿠이치가 애타게 기다리던 그의 학교와 재산을 물려받을 장남을 2년 전에 낳았다는 사실이었다.

쓰지 시즈오는 텐노지의 쓰지 토쿠이치의 자택에서 장례식을 치르고, 장례식이 끝나자 자신이 학교를 경영해 나가는 데 쓰지 토쿠이치의 존재가 얼마나 큰 것이었는지를 새삼스럽게 깨닫게 되었다. 그 깨달음의 기회는 그로부터 며칠 뒤, 신교사 건설 자금 융자를 약속했던 은행으로부터 왔다. 지점장이 방문해 달라고 말한 것이었다.

"융자 건은 없었던 것으로 해주시겠습니까?"

쓰지 시즈오는 자신의 귀를 의심했다. 일단 약속했던 일이 말 한마디로 이렇게 간단하게 뒤집어진다는 게 있을 수 있는 일일까.

"저는 괜찮을 거라고 생각합니다. 그래서 제 혼자 생각으로 약속했던 겁니다. 그러나, 도쿄의 본사에서는 그렇게 보지 않는 것 같습니다. 품의서를 보내고, 제가 개인적으로 보증한다고 했음에도 불구하고 거부한다고 통지가 왔습니다. 유감스럽지만, 저로서는 어쩔 수가 없습니다."

지점장은, 쓰지 토쿠이치가 죽었기 때문이라는 말은 끝까지 하지 않았다. 그러나 은행에 그것 말고 약속한 융자를 거절할 이유가 있으리라고는 생각되지 않았다. 쓰지 시즈오는, 학생 수가 매년 증가하고 있는데 왜 자신을 신용하지 않느냐고 호소할까 했지만, 그들이 융자를 해주지 않겠다고 판단한 이상 그 판단은 뒤집어질 리가 없다고 생각해 포기했다.

그는 신교사의 건설을 중지하기로 결정하고, 공사를 발주한 오쿠무라 건설에 그 사실을 알리러 갔다. 이제 그에게는 쓰지 토쿠이치를 잃은 텐노지 캇포 학교의 교사가 있었다. 그는 거기를 쓰지 조리사 학교의 제2교사로 쓰자고 생각하고 있었다. 아키코도 장모도 그 계획에 전적으로 찬성했다.

그러나, 사태는 생각했던 것처럼 정리되지 않았다. 오쿠무라 건설에서는 교사 건설에 필요한 자재를 이미 발주해 놓고 있었고, 중지하기에는 이미 아무래도 늦어 버린 것이었다. 쓰지 시즈오는 결국 여기까지인가 하고 마음의 각오를 했다.

"죄송합니다만, 자재의 조달은 바로 중지해 주십시오. 지금까지 조달된 것만큼은 확실히 지불할 테니까요"

하고 그는 교섭 상대인 오쿠무라 타케마사한테 말했다. 그는 오쿠무라 건설의 전무였다. 하지만 대체 얼마를 지불해야 되는 걸까 하는 생각이 들었다. 철골이나 시멘트라는 건 가격이 얼마나 되는 걸까. 얼마가 됐든, 그에게는 7층짜리 건물 한 채분의 자재비를 지불할 돈이 없기 때문에, 지불하려면 학교를 처분하는 방법밖에는 없었다. 그는 학교의 경영에 실패했다고 생각했다.

"좀 더 좋은 방법이 있습니다, 쓰지 씨."

쓰지 시즈오가 절망적인 기분으로 이런저런 생각을 하고 있는데, 오쿠무라 타케마사가 말했다. "다른 은행에서 융자를 받으면 어떻겠습니까?"

"그런 건 불가능해요"

하고 쓰지 시즈오는 쓴웃음을 지었다. "저는 그 밖에 거래를 하는 은행이 없습니다. 단지 한 군데 거래하는 은행에서 거절을 당하고 말았으니까요. 하지만 걱정은 마십시오. 학교를 처분해서라도 오쿠무라 씨한테 피해가 가게 하지는 않을 테니까요."

"뭐, 그렇게 서둘러 결론을 내리지 말아주십시오. 여기에서 한 사오 분만 기다려 주시겠습니까?"

"좋습니다. 어쨌든 저는 이미 파산한 것과 다름없으니까요."

"아직 그렇게 결론이 난 건 아니죠."

오쿠무라 전무는 그렇게 말하고 자리에서 일어나 다른 방으로 갔다. 쓰지 시즈오는 10분 정도 기다렸다. 학교를 처분하겠다고 각오를 했기 때문에, 마음은 이제 차분해져 있었다. 이윽고 오쿠무라 전무가 돌아왔다.

"잠깐 어디까지 함께 가주시겠습니까?"

하고 그는 말했다.

"좋습니다"

하고 쓰지 시즈오는 말했다.

그가 데리고 간 곳은 다른 은행이었다. 쓰지 시즈오는 거기에서 나가이 테쓰야라고 하는 지점장을 소개받았다. 오쿠무라 전무는 그에게 쓰지 시즈오란 인물에 대해 보증을 하고, 어떻게 해주지 않겠냐고 말했다. 나가이 테쓰야는 융자를 그 자리에서 결정했다. 쓰지 시즈오가 필요한 자금은 1억 6천만 엔이었다. 그는 오쿠무라 전무의 옆자리에 앉아, 이 사람은 그런 큰 금액의 대출 보증인처럼 말을 하고, 만약 내가 갚지 못하게 되면 어떻게 할 생각일까 하고 생각했다. 고맙다고 말하자 오쿠무라 전무는 웃으면서 말했다.

"이렇게 하는 게 서로를 위해 가장 좋다고 생각했으니까요."

쓰지 시즈오는 33년의 인생에서, 택시 요금을 늘려서 청구할 것을 요구하는 상사나, 재료비를 받아 주머니에 챙기는 요리사 등을 만났지만, 새뮤얼 챔벌레인이나 마담 푸앵 같은 훌륭한 사람들과도 만나 왔다. 그리고 또 보통이라면 생각할 수 없는 마음을 지닌 사람과도 만난 것이었다. 그는 자신이 아주 운이 좋은 별자리 밑에서 태어난 것 같다는 것에 감사했다.

다음 날, 쓰지 시즈오는 야마오카 토루한테 지시해, 학교의 수업료를 융자를 거절한 은행에서 전액 인출해 나가이 테쓰야의 은행으로 그대로 다 옮겼다. 쓰지 시즈오와 쓰지 조리사 학교는 위기를 넘겼다.

1967년 봄, 신교사 건설 공사가 시작되자, 쓰지 시즈오는 아키코와 둘이서 프랑스로 갔다. 학생 수가 늘고 학교 예산에 여유가 생긴 지금은, 각 계절의 요리를 먹으러 1년에 네 번은 가기로 하고 있었지만, 이번은 그것 외에도 또 하나의 목적이 있었다.

그는 신축 교사의 일층 일부에 손님용의 넓은 살롱을 만들 계획을 세우고 있었다. 거기에 커다란 테이블을 놓고, 장래 유능한 교원을 키워, 그들에게 최고의 재료로 요리를 만들게 해, 거기에서 디너파티를 열 생각이었다. 그 방에 들어갈 가구를 갖추려고 생각하고 있었던 것이다. 뭐를 살지는 이미 정해 놓고 있었다. 최고의 재료를 사용한 요리를, 어디서나 볼 수 있는 방 안에서 손님들한테 먹게 할 수는 없기 때문이었다. 거기에는 독일의 엘프프린츠 호텔에서 봤던 바를링크스 사의 가구 외에는 생각할 수가 없었다. 그 가구—짙고 투명한 황갈색으로 빛나는 떡갈나무로 만든 책장이나 장식장, 거기에 벨벳을 씌운 고양이 다리 의자나 소파 등을 들여놓으면, 분명히 뭐라 말할 수 없는 분위기의 방이 만들어질 게 틀림없었다. 그리고 하나하나의 가구를 고를 때는, 아키코가 재능을 발휘해 줄 거라고 생각했다.

그들은 우선 독일로 가서, 프랑크푸르트의 바를링크스 사를 방문해 그 용무를 끝냈다. 엘프프린츠 호텔의 주인 헬무트 기츠가 함께 가 주었기 때문에 모든 일이 순조롭게 진행되었다. 거기에서 산 가장 큰 물건은, 18명이 앉을 수 있는 떡갈나무로 만든 디너 테이블이었다. 쓰지 시즈오는 그것을 포함해 20톤의 가구를 배편으로 오사카로 보내는 수속을 밟았다.

그러고 나서 그들은 프랑스로 가 파리에서 사흘을 머물렀다. 호텔은 언제나처럼 엘리제궁 맞은편에 있는 브리스톨로 잡았다. 최초로 파리를 방문했을 때 묵었던 센 강 좌안의 퐁루아얄 호텔은 서너 번 가고는 안 가게 되었다. 언젠가, 마담 푸앵이 소개해 준 별 세 개 레스토랑에 가서 주인과 이야기를 하고 있는데, 어디서 묵고 있냐는 질문을 받았다. 퐁루아얄이라고 대답하자, 그는 순간적으로 믿을 수 없다는 얼굴을 했다. 주인의 얼굴은 금방 원래의 상냥한 표정으로 돌아왔지만, 쓰지 시즈오는 주인의 얼굴에서 모든 걸 이해했다. 퐁루아얄도 나쁜 호텔은 아니었지만, 별 세 개 레스토랑에서 식사를 하는 손님이 묵을 호텔은 아니었던 것이다. 그때 이후, 그는 브리스톨에 묵게 되었다. 그 효과는 놀랄 정도였다. 브리스톨에 머물고 있다고 말하고 예약을 하면, 전혀 모르는 레스토랑에 가도 대체로 호젓한 테이블로 안내받게 된 것이었다. 하긴, 그만큼 팁도 듬뿍 주지 않으면 안 되게 되었다.

비엔에 도착하자, 마담 푸앵의 키스 세례가 쏟아졌다. 쓰지 시즈오는 그녀에게 교토에서 산 니시진* 오비**를 선물했다. 붉은 바탕에 금실로 고쇼구루마*** 자수를 넣은 산뜻한 모양의 오비로, 그녀는 포장을 풀자마자 멋지다며 기뻐했지만, 금세 곤란하다는 표정으로 말했다.

"시즈오. 선물 같은 거 아무것도 갖고 오지 말라고 그렇게 얘기했잖아. 기모노의 오비를 받은 게 이걸로 세 번째야. 이 오비를 갖고 내가 뭘 할 수 있겠어."

"그것도 그렇네요"

하고 쓰지 시즈오는 쓴웃음을 지었다. 그는 될 수 있으면 이국적인 것을 생각하고서 사왔지만, 마담 푸앵으로서는 전혀 쓸 길이 없는 물건이었던 것이다.

"그러니까, 아무것도 필요 없어"

하고 마담 푸앵은 웃었다.

그날 밤, 쓰지 시즈오와 아키코는 마담 푸앵이 초대한 리옹 대학의 음악사 교수와 함께 저녁을 먹었다. 마담 푸앵은, 전에는 알랭을 전문적으로 연구하는 철학과 교수를 초대한 적도 있었다. 쓰지 시즈오가 알랭의 『행복론』을 읽은 적이 있다고 말한 지 이삼일 뒤의 일이었다. 이번에도 음악을 좋아하는 쓰지 시즈오를 위해 일부러 불러 준 것이 틀림없었다. 그녀는 사람을 접대하는 데 천재였다.

식사가 끝나고 마담 푸앵의 게스트 하우스로 돌아와, 아키코가 말했다.

"역시 피라미드의 요리가 가장 맛있었어요."

---

* 西陣. 교토의 니시진에서 짠 고급 비단.
** 帶. 기모노를 입을 때 허리에 대는 띠.
*** 御所車. 수레바퀴 모양의 문양.

"그야, 그렇지"

하고 쓰지 시즈오는 말했다. "그런데, 당신의 오늘의 태도는 좋지 않았어."

"왜요?"

"다들 대화를 하고 있는데 한 번도 웃는 얼굴을 보여주지 않았잖아."

"그렇지만 나는 프랑스어를 모르는 걸요."

"모른다고 해도 다섯 번에 한 번 정도는 웃어야지."

"어떻게요?"

"적당한 때를 보는 거지. 그리고 이 부근쯤이다 싶으면 방긋 웃는 거야."

"무리예요."

"하면 할 수 있어. 이번이 처음도 아니잖아."

"하지만, 왜 그렇게 하지 않으면 안 돼요?"

"바보네. 혼자서만 웃지 않으면 다들 당신이 식사를 즐기지 않고 있다고 생각할 거 아냐. 마도도 기도 뱅상도, 우리를 즐겁게 해주기 위해 최선을 다하고 있다구. 우리 쪽에서도 그들의 호의에 답하지 않으면 안 되잖아."

"알았어요."

"알았지, 다섯 번에 한 번이야."

"알았다구요."

이윽고 두 사람은 침대에 들어가, 부드러운 새털 이불을 덮고 잤다. 아키코는 옆에서 자고 있는 남편의 숨소리를 들으면서, 어떻게 된 사람이야, 이 사람은, 하고 생각하고 있었다. 이제 그의 머릿속은 어떻게 먹을 것인가 하는 생각으로 가득해, 그걸 위해서는 아내의 사정 같은 건 전혀 문제 삼지 않는 건 같았다. 그는 그녀가 처음에 예상했던 것보다도 훨씬 진지하게 자신의 일에 몰두하고 있었다. 화가 났지만, 화를 낼 수도 없었다.

다음 날 아침, 아키코가 눈을 뜨자, 쓰지 시즈오는 창가에 놓인 책상 위에서 원고를 쓰고 있었다. 3년 전에 두 권의 책을 출판한 이래, 여성지나 신문사에서 원고 의뢰가 쇄도해 그는 어디에 있든 쉴 틈이 없었다. 그런 원고들을 모은 책이 이미 다섯 권에 달했고, 그 여행이 끝난 뒤에도 『유쾌한 프랑스 요리』라고 하는 본격적으로 프랑스 요리 만드는 방법을 소개하는 여덟 권째 책의 출간을 기다리고 있었다. 그는 자신으로서는 그렇게 바쁘게 원고를 쓰는 게 모두 학교의 선전을 위해서라고 생각하고 있었지만, 현실에서는 그의 원고를 읽고 프랑스 요리란 무엇인가를 알게 된 일본인이 많아지게 되었다. 그는 자신도 모르는 사이에, 일본의 프랑스 요리 제일인자가 되었을 뿐 아니라, 최대의 계몽가도 되어 있었다.

쓰지 시즈오가 원고를 끝낸 뒤, 비엔 역의 우체국에서 그것을 항공편으로 일본에 보내는 수속을 끝내고, 두 사람은 콜롱주에 있는 폴 보퀴즈 레스토랑에 갔다. 폴 보퀴즈는 1963년에 최초로 별 한 개를 부여받았고, 이듬해에는 별 두 개, 다시 그 이듬해에는 별 세 개가 되어 미슐랭 별점 역사상 최고의 스피드로 프랑스의 유수의 레스토랑이 되어 있었다. 이제는 가게의 분위기도 별 세 개에 어울리는 당당한 분위기가 되었고, 폴 보퀴즈는 그 안에서 30명의 요리사와 웨이터를 지휘하고 있었다.

"볼 때마다 살이 더 찌는군"

하고 쓰지 시즈오는 그에게 말했다. 보퀴즈의 멋지게 튀어나온 배는, 요리복의 단추를 뜯어지게 하기 직전이었다.

"그 말을 들으니 기쁘군"

하고 보퀴즈는 말했다. "역사에 남을 정도의 명요리사로 마른 요리사는 없으니까 말이야. 코트 도르의 뒤멘이 좋은 예지. 자네도 만나 보았을 거야. 푸앵도 엄청 뚱뚱했었어. 그런데 그렇게 말하는 자네는?"

쓰지 시즈오도 지난 몇 년 동안 급격히 살이 찌기 시작했다. 프랑스를 자주 방문하게 되기 전까지는 60킬로그램밖에 나가지 않던 체중이 75킬로그램이 되어 있었다. 움직일 때면 몸이 무거웠다.

"피차일반이군"

하고 쓰지 시즈오는 웃었다.

두 사람의 대화는, 서로의 배를 만져 가면서 이루어졌기 때문에, 무슨 얘기를 하고 있는지 아키코도 바로 알 수 있었다. 아키코는 쓰지 시즈오가 웃는 것에 맞춰 자신도 웃었다.

"아키코는 조금도 안 쪘는데"

하고 보퀴즈는 말했다. 실제로 그녀는, 희한하게도 1킬로그램도 찌지 않았다. 그들은 언제나처럼 가게 전체가 잘 보이는 코너 테이블 중 한 곳에 앉아 점심을 들었다. 쓰지 시즈오는 트뤼프를 넣은 콩소메와 우유만 먹은 새끼 양고기의 로스트, 아키코는 송어 무스에 저민 오리 고기와 피스타치오, 트뤼프 등을 넣은 오리 발로틴ballotine을 먹었다. 식사가 끝나자, 보퀴즈가 할 얘기가 있다고 위로 올라와 달라고 말했다. 보퀴즈는 가게 이층에서 가족과 살고 있었다.

쓰지 시즈오와 아키코는 조리장 옆을 지나, 이미 몇 번 가 본 적이 있는 이층의 응접실로 올라갔다. 보퀴즈는 응접실에 그들이 전에 선물했던 고쿠타니* 대접을 소중히 장식해 놓고 있었다. 쓰지 시즈오는 보퀴즈의 그런 면이 좋았다. 보퀴즈는 금방 뒤따라 와서, 자신이 밑에서 가져온 샴페인을 혼자서 마시면서 생각지도 않은 말을 꺼냈다.

"자네 파리의 그랑 베푸르 알지?"

"알지."

하고 쓰지 시즈오는 대답했다. 18세기부터 이어져 온 전통 있는 별 세 개 레스토랑으로 파리에서도 몇 손가락 안에 꼽는 가게였다. 그는 여러 번 그 가게에 간 적이 있었다.

"거기에서 세컨드 셰프로 있는 막스 레몽이라는 젊은이가 있는데, 자네 학교에서 고용할 생각 없나?"

"있어."

하고 쓰지 시즈오는 말했다. 더 바랄 나위가 없는 얘기였다. 지금까지도 프랑스인 요리사를 고용하면 얼마나 좋을까 하는 생각을 얼마나 많이 했는지 모른다. 그렇게 하지 않았던 것은, 일본에서 일하는 걸 승낙할 요리사 중에 솜씨가 좋은 요리사가 있을 리가 없다고 생각했기 때문이었다. 대중식당의 정식밖에 만들지 못하는 요리사는 고용해도 아무런 의미가 없다. 그랑 베푸르의 세컨드 셰프라면, 얘기가 다르다. 수업 내용이 완전히 달라지고 교원으로 남기려는 사람들의 기술도

---

* 古九谷. 17세기 중엽에 탄생한 색채 그림이 들어간 자기로 장식성이 우수해 압도적으로 대중들한테 인기가 있는 일본 근세를 대표하는 도자기 양식이다.

일거에 향상될 게 틀림없었다. 그러나 그랑 베푸르 같은 가게에서 세컨드 셰프로 일한 요리사가 어째서 일본 같은 데 올 생각이 든 걸까. 쓰지 시즈오로서는 그것이 의아했다. 그가 그 질문을 하기 전에 보퀴즈가 말했다.

"방랑벽이 있는 모양이야. 작년 몬트리올 만국박람회 때 정부의 요청으로 프랑스 정부관의 셰프를 맡았는데, 그걸 계기로 자신의 그런 기질이 눈을 뜬 것 같아. 그래서 이번에는 무슨 바람이 불었는지 일본에 이삼 년 다녀오고 싶다는 거야. 처음에는 도쿄의 막심에라도 갈까 했던 모양인데, 거기에는 트루아그로가 있으니까."

쓰지 시즈오는 도쿄의 막심과 셰프인 피에르 트루아그로에 대해 잘 알고 있었다. 소니가 파리의 막심과 제휴해 이삼년 전에 긴자의 소니 빌딩 안에 만든 가게로, 쓰지 시즈오가 알기로는 본격적인 프랑스 요리를 내는 일본 유일의 레스토랑이었다. 그리고 피에르 트루아그로는 보퀴즈가 가장 친하게 지내고 있는 요리사인 장 트루아그로의 동생이었다. 장과 피에르는, 피에르가 일본에 가기 전까지 로안에서 레 프레르 트루아그로라는 별 두 개 레스토랑을 둘이서 운영했고, 쓰지 시즈오는 보퀴즈의 소개로 몇 번 거기에 간 적이 있었다.

"그래서 나한테 의논하러 온 거야. 지금은 나와 자네의 관계를 모르는 요리사가 없으니까."

"이쪽이야말로 더 바랄 나위가 없는 일이지"

하고 쓰지 시즈오는 말했다. "학교에서는 내가 가르치고 있지만, 내 솜씨로는 아무래도 한계가 있으니까."

"그럼, 이걸로 얘기는 마무리됐군."

"뭐라고 고맙다고 해야 할지 모르겠어"

하고 쓰지 시즈오는 말했다.

이렇게 해서 그는 학교를 세운 9년째에 프랑스인 요리사를 전임강사로 고용하게 되었다. 일본의 조리사 학교로서는 처음 있는 일이었다.

신축 교사가 완성된 것은 그해 가을이었다. 쓰지 시즈오는 쓰지 토쿠이치가 죽은 뒤, 새로운 교장으로서 준공식을 거행했다.

새로 지은 교사는 모든 부분에서 만족스럽게 지어졌다. 구석구석에 이르기까지 세심한 배려가 느껴졌다. 냉온방이 전관에 완비되었고, 강습 수업이 행해지는 교실은 전부 계단강의실로 지어졌고, 거기에는 강사가 요리하는 손이 잘 보이도록 두 대의 커다란 모니터 티브이가 설치되어 있었다. 학생 한 사람 한 사람한테 실제로 요리를 만들게 하는 실습수업을 할 조리장도 비슷한 예가 없는 것이었다. 최신 스테인리스 조리대, 가스대, 한 대에 12마리의 닭을 구울 수 있는 오븐을 갖추어서 그곳에서는 한 번에 50명의 학생이 실습을 할 수 있었다.

"이 정도의 학교는 어디에도 없을 겁니다."

준공식에 참석한 오쿠무라 건설의 전무 오쿠무라 타케마사는 말했다. "대학에도 아직 온냉방이 완비되지 않은 데가 더 많으니까요."

쓰지 시즈오는 걱정스러운 마음으로 1억 6천만 엔을 대출받았지만, 쓸데없이 낭비된 돈은 1엔도 없다고 생각했다.

준공식이 끝나고, 쓰지 시즈오는 신축 교사의 일층에 만든 내객용 살롱에 야마오카 토루를 데리고 갔다. 야마오카 토루는 신교사 건설로 양옥 건물이 철거되어서 고베로 이사를 가 있었다.

두 사람은, 한 번에 열여덟 명이 앉을 수 있는 디너 테이블과, 바를링크스 책상과 책장이 놓인 널찍한 유럽풍의 살롱 중앙에 서서, 감개 어린 표정으로 그것들을 바라보고 있었다.

"이걸로 겨우 뭔가 모양이 갖춰진 것 같은 기분이 들어"

하고 쓰지 시즈오는 말했다.

"아뇨, 이제부터입니다"

하고 야마오카 토루는 말했다. "막스 레몽이 오는 4월부터가 학교의 진짜 출발입니다."

5

고미야마 테쓰오가 야마오카 토루한테 불려가 졸업 후에도 학교에 남지 않겠느냐는 말을 들은 건 입학하고 반년이 지났을 때였다. 벌써 취직자리를 선택할 시기에 접어들었고, 그는 도쿄의 호텔 레스토랑에서 일하기로 작정하고 있었기 때문에 어떻게 해야 할지 망설였다. 두 군데의 호텔로부터 면접을 보러 와도 좋다는 답을 받아 놓고 있었다. 하지만 학교에 남으면 부교장이 수업 때 만드는 것 같은 진짜 프랑스 요리를 만들 수 있다고 생각하니, 아무래도 그 유혹을 떨칠 수가 없었다. 그래서 그는 1966년 4월부터 학교에서 가장 젊은 교원의 한 사람이 되었다.

최초의 일은 강습수업 때 강사의 조수 역할이었다. 강사의 지시에 따라 야채나 고기를 썰거나 프라이팬에 그것을 중간까지 볶거나, 이것 저것 허드렛일을 하는 것이었다. 학교에는 어느 호텔이나 레스토랑에서 전에 요리사를 했다고 하는 전임강사도 있었지만, 현역 요리사도 이 따금 임시강사로 왔다. 고미야마 테쓰오는 전임강사의 실력이 어느 정도인지, 학생이었을 때 관찰해 알고 있었기 때문에 별로 기대하지 않았지만, 임시강사로 오는 현역 요리사로부터는 뭔가 배울 게 있을 거라고 기대하고 있었다.

그러나 그의 기대는 3개월도 채 못 갔다. 어느 날, 그는 도쿄의 유명한 호텔 요리장의 강습 수업에 조수로 따라 들어갔다. 그 호텔은 전년 가을에 그에게 면접 허가를 해준 곳으로 학교에 남지 않았다면 취직했을지도 모르는 호텔이었다. 요리장은 수업 요리로 작은 새우 코키유를 지정했다. 가리비 껍질 같은 것을 용기로 사용한 그라탱의 일종으로, 그다지 보기 드문 요리는 아니었다. 고미야마 테쓰오는 야마오카 토루와 함께 일층의 사무실에서 요리장을 맞고, 수업을 미리 상의하기 위해 학교에서 만들어 놓은 재료표를 그에게 건넸다.

"뭔가, 이건?"

하고 요리장은 물었다.

"재료표입니다."

야마오카 토루가 말했다.

"일본어가 아니군."

"예, 프랑스어입니다."

"여긴 일본이야."

"예, 알고 있습니다."

"코키유 드 크르베트coquille de crevette란 게 뭔가?"

"작은 새우 코키유입니다."

"난 알고 있어. 학생들이 모르지 않겠나 해서 하는 말이야. 나는 도쿄의 조리사 학교에도 여러 번 불려가 가르치러 갔지만, 이런 주제넘은 짓을 하는 학교는 하나도 없어."

"그러면, 선생님한테는 일본어로 된 재료표를 갖다드릴까요?"

"당연하지."

야마오카 토루는 종이를 꺼내, 그 자리에서 재료표를 일본어로 고쳐 써서 요리장에게 건넸다.

"학생들은 어떻게 할 거야?"

요리장이 물었다.

"걱정 마십시오."

야마오카 토루가 말했다. "학생들한테는 자네가 설명하게."

"예"

하고 고미야마 테쓰오는 대답했다.

"그럼, 잘 부탁드립니다"

하고 야마오카 토루는 요리장에게 말했다. 요리장은 기분 나쁘다는 얼굴로 입을 꾹 다물고서 고개를 끄덕했다.

'그랬나, 우리 학교는 주제넘은 짓을 하고 있는 건가. 어느 학교에서도 하지 않는 일을 한다는 건 멋진 일이 아니냐'

하고 고미야마 테쓰오는 생각했다.

그는 수업에서 베샤멜소스 만드는 걸 도왔다. 프라이팬에 버터를 녹여, 거기에 밀가루를 넣고 볶은 뒤, 마지막으로 우유를 더해 완성시키는 소스였다. 그것을 가리비 껍데기에 늘어놓은 작은 새우 위에 얹고, 치즈를 뿌려 오븐에서 구우면 작은 새우 코키유가 되는 것이다. 고미야마 테쓰오는 교단 위의 조리대에서 그것을 한 시간이나 들여 만들고 있었다. 도중에 요리장은 학생들한테 말했다.

"이 소스에서 중요한 것은, 밀가루를 안 뭉치게 하느냐와 얼마나 밀가루의 끈기를 제거하느냐에 있는 것이다. 그러니까 무척 시간이 걸리지만 솜씨를 보일 수 있는 요리이기도 하다. 한눈팔지 말고 잘 저어 주도록."

그리고 요리장은, 고미야마 테쓰오가 그것을 젓고 있는 사이에, 작은 새우에 약한 불을 가했다.

"이건 나중에 오븐에서 한 번 더 불에 넣기 때문에, 여기에서 너무 세게 불을 가하면 안 된다. 그러나, 양념은 이 단계에서 해둔다. 자네, 후추가 없군."

소금을 뿌린 뒤에 요리장은 말했다. 고미야마 테쓰오는 무슨 말을 하고 있는 거지, 하고 생각하며 밀가루를 젓던 손을 멈추고, 조리대 위의 후추분쇄기를 집어서 건넸다. 그것은 쓰지 시즈오가 몇 년 전에 프랑스에서 사온 것으로, 쓰지 조리사 학교에서 후추는 반드시 그걸로 갈아서 사용하고 있었다. 그런데 요리장은 그것을 프라이팬 위에서 두세 번 흔들더니, 화를 내며 고미야마 테쓰오에게 말했다.

"안 나오잖나."

고미야마 테쓰오는 어떻게 대답해야 할지 몰라서, 요리장의 손에서 그것을 받아들고 후추분쇄기의 사용 방법을 가르쳐 주지 않으면 안되었다. 물론 수업은 엉망진창으로 끝났다. 나중에 야마오카 토루한테 보고하자, 야마오카 토루는 말했다.

"그 요리장이 후추분쇄기를 몰랐다고 해서 놀라서는 안 돼. 그 요리장의 수준이 지금 일본 프랑스 요리의 수준이니까."

"그렇지만 그 사람은 도쿄의 호텔 요리장이잖아요?"

"그렇지. 그러니까 자네들이 진짜를 공부하지 않으면 안 되는 거야. 자네들이 리더가 되어야 하는 거야."

그 일이 있고 나서, 고미야마 테쓰오는 어떤 인물의 수업에서도 아무런 기대를 하지 않게 되었다. 단지 하나의 예외가 교장인 쓰지 시즈오의 수업이었다. 그는 교장의 조수로 수업에 들어갈 때에는, 학생이었을 때 이상으로 무엇 하나 놓치지 않기 위해 열심히 교장이 하는 걸 관찰했다. 그리고 밤이 되어 학생들이 없게 되면, 야마오카 토루의 허가를 받고 학교 조리장에 틀어박혀 교장의 방식대로 이런저런 요리를 만들어 보았다. 또 수업 사이의 빈 시간에는 학술부의 기타가와 모리오한테 가서, 교장이 새로 쓴 책이나 교장이 프랑스에서 사온 최신 프랑스 요리가 나와 있는 책을 보여 달라고 했다. 그렇게 혼자서 공부를 하게 되자 학교에 오는 강사 요리사들한테는 아무런 기대도 않게 되었을 뿐더러, 그들의 조수 역할을 하는 게 무슨 의미가 있을까 하는 생각조차 들기 시작했다. 후추분쇄기의 존재를 몰랐던 것은 도쿄 호텔의 요리장 한 사람만이 아니었다. 그로서는 믿기 어려운 일이었지만, 이런 걸 사용하면 적당한 양을 모르기 때문에, 병에 든 보통 후추를 갖고 오라고 호통을 치는 요리사도 있었다. 그는 맥이 풀려 버렸다.

어느 날, 그는 학교에서 검은 콧수염을 기른 프랑스인을 봤다. 일이 있어 사무실에 들렀는데, 교장과 야마오카 토루가 함께 셋이서 담소를 나누고 있었다. 고미야마 테쓰오는 그의 얼굴을 알고 있었다. 도쿄 막심의 셰프인 피에르 트루아그로였다. 얼마 전에 야마오카 토루가 막심에 데려가 주었을 때, 얼굴을 잠깐 봤던 것이다. 교장은 이런 유명한 셰프와도 친구인가 하고 놀랐다. 그리고 이런 셰프 밑에서 일했으면 하고 생각했다. 분명히 훌륭한 프랑스 요리를 배울 수 있으리라. 고미야마 테쓰오는 진짜 프랑스 요리에 갈증이 나 있었다.

그가 막스 레몽이라고 하는 프랑스인이 전임강사로 학교에 온다는 얘기를 들은 것은, 그로부터 1년 뒤인 1967년 여름이었다. 그는 다음 해 4월이 오기를 기다릴 수 없을 정도로 흥분했다.

막스 레몽이 오자, 쓰지 조리사 학교의 프랑스 요리는 하나부터 열까지 전부 바뀌었다.

그가 오사카에 와서 최초로 한 것은 재료의 점검이었다. 고미야마 테쓰오는 야마오카 토루의 명을 받고 그를 중앙 시장으로 안내했다. 막스 레몽은 30세를 갓 넘긴 정도의 외모로, 상상하고 있던 것보다 훨씬 소탈한 남자였다. 고미야마 테쓰오는 시장 안을 걸으면서, 일본에는 신선한 푸아그라나 트뤼프가 없다는 것, 푸아로와 에샬로트가 없다는 것, 허브류도 건조시킨 타임이 있을 뿐 신선한 것은 전혀 없다는 것 등을 떠듬거리는 프랑스어로 설명했다. 그러자 레몽은 어깨를 으쓱했을 뿐으로, 전혀 놀라지도 않고 말했다.

"알제리보다는 나아. 알제리에서 아무런 고생도 하지 않고 구할 수 있는 거라면 양고기밖에 없지만 여기에는 야채도 고기도 생선도 넘칠 정도로 있잖아. 난 그 알제리에도 있어 봤으니까. 조만간 양고기 요리인 쿠스쿠스*를 가르쳐 줄게. 알제리에서는 그것만 먹었어."

그러고서 그는 옆의 가게 앞에 진열되어 있던 당근을 손에 집더니, 둘로 쪼개 씹었다. 고미야마 테쓰오는 그가 뭐라고 말할지 가슴을 두

근거리며 쳐다봤다.

"약간 단맛이 덜하군"

하고 그는 말했다.

"프랑스의 당근은 좀 더 단가요?"

"응. 그러나 이걸로도, 심을 빼고 주위의 붉은 것만 사용하면 어떻게 될 거야. 특히 샐러드에 사용할 때 같은 경우는 절대적으로 그렇게 하지 않으면 안 될 거야."

양파는, 역시 씹어 보고는 단맛이 좋아 사용 분량을 줄이지 않으면 너무 단맛이 강해져 버릴 거라고 말했다. 고기하고 생선에는 완전히 만족하는 것 같았다. 처음에 정육점에 가서 새끼 양고기인 아뇨가 없다는 것을 알고 낙담하는 것 같았지만, 고베 소고기의 등심을 보고는 빙긋이 웃기만 할 뿐 아무 말도 하지 않았다.

레몽은 신교사 일층에 만든 재료 보존용의 커다란 냉장실 안도 점검했다. 거기에는 고미야마 테쓰오 외에도 신교사가 지어진 뒤, 새로이 조직된 재료부의 주임도 곁을 따랐다. 신교사가 완성되자, 학생 수가 그 때까지의 4백 명에서 7백 명으로 늘어 재료의 매입을 전문으로 하는 사람이 없이는 도저히 꾸려나갈 수가 없었던 것이다.

레몽은 두 사람과 함께 온갖 재료들을 한바탕 점검하고는, 버터 덩어리를 손에 들고 말했다.

---

* couscous. 모로코의 전통 음식으로 북아프리카에서 가장 즐겨 먹는 대표적인 요리. 밀, 보리, 옥수수 등을 넣은 세몰리나 가루를 쿠스쿠시어라는 조리기로 쪄 고기와 야채를 넣은 스튜를 함께 낸다.

"이건 무염無鹽 버터인가?"

"아뇨, 유염입니다"

하고 재료부의 주임이 말했다. 그들이 매입해 놓은 것은, 보존성을 높이기 위해 식염이 더해진 극히 일반적인 버터였다.

"그렇다면 앞으로는 모든 걸 무염 버터로 갖다 놓았으면 좋겠어"

하고 레몽은 말했다. "보존성은 떨어지겠지만, 무염 버터가 아니면 진짜 좋은 요리는 만들 수 없어. 그리고, 이것들은 오늘 안으로 전부 내버리도록."

레몽은 마가린 덩어리를 들고 재료부 주임에게 건넸다.

"이건 요리에는 유염 버터보다도 더 안 좋아."

고미야마 테쓰오는 재료부 주임과 서로의 얼굴을 쳐다보았다. 일본인 요리사 중에는, 버터가 아니라 마가린을 사용할 거라고 일부러 지정해 오는 사람도 꽤 있었던 것이다. 프랑스에서는 마가린을 사용하지 않느냐고 고미야마 테쓰오가 묻자, 레몽이 말했다.

"버터는 동물성이 아니면 안 되는 거야."

이어서 레몽은 생크림 팩을 열고 손가락으로 안을 저어 본 뒤에 말했다.

"더블 크림은 없나?"

"더블 크림?"

재료부 주임이 반문했다.

"그래. 이런 우유처럼 묽은 게 아니고 포타주처럼 걸쭉한 건데."

"프랑스에는 그렇게 여러 가지 크림이 있습니까?"

"있지. 스푼을 꽂아도, 넘어지지 않고 그대로 서 있을 정도로 진한 것도 있지."

"일본에 있는 것은 이것뿐입니다. 어떻게 하죠?"

"그럼, 더블 크림이 필요할 때는 이것을 끓여서 사용할 수밖에 없겠
군."

"그걸로 될까요?"

"해보는 거지."

레몽은 작은 어깨를 으쓱하고는 말했다.

고미야마 테쓰오는 그 뒤에 재료부의 주임과 둘이서 야마오카 토루
한테 보고하러 갔다. 야마오카 토루는 얇은 담배를 피우면서 두 사람
의 보고를 듣고 있다가, 두 사람의 보고가 끝나자 말했다.

"알았어."

"예? 막스가 말하는 대로 하는 겁니까?"

재료부 주임이 놀라며 말했다.

"그래야지."

"그렇지만 사무장님. 무염 버터는 가격이 마가린의 두 배나 됩니다.
게다가 보존도도 떨어지고. 경제적이지 않다구요."

"어쩔 수 없지. 막스를 부른 건 진짜를 만들게 하기 위해서야. 돈은
얼마가 들든 상관없어. 막스가 그 재료가 좋다고 말했다면, 그것을 준
비해 놓는 게 자네의 역할이야."

이튿날, 재료부 주임은 오사카 시내를 분주히 돌아, 국내에서 판매
되고 있는 온갖 회사의 버터와 크림을 사들여 레몽한테 테스트를 하
게 했다. 레몽은 일본제 버터는 유장이 너무 많고, 크림은 지방분이 너
무 많다고 했지만, 그중에서 하나씩을 골라, 앞으로는 이걸로 쓰라고

말했다.

또 레몽은, 구할 수 없는 재료는 자신이 만들었다. 어느 날, 고미야마 테쓰오가 재료실에 갔더니 레몽이 뭔가를 찾고 있었다. 뭐를 찾고 있느냐고 묻자, 와인 비네거라고 말했다. 와인 비네거는 없다고 고미야마 테쓰오는 말했다. 와인 비네거는 수입품으로 항상 입수할 수 있는 물건이 아니었기 때문에, 학교에서는 일본 식초를 사용하고 있었다.

"그렇다면, 와인은 있나?"

하고 레몽은 물었다. "될 수 있으면 프랑스 와인이 좋겠는데."

고미야마 테쓰오는 교장이 프랑스 와인을 많이 사왔다는 걸 알고 있었기 때문에 야마오카 토루와 의논해 보았다. 야마오카 토루는, 교장은 한두 잔밖에 마시지 않기 때문에 분명히 마시고 남은 게 있을 거라며 어딘가로 가더니, 아직 많이 남아 있는 레드와인과 화이트와인을 한 병씩 가지고 왔다. 고미야마 테쓰오가 그것을 건네자, 레몽은 레드와인과 화이트와인을 섞어, 거기에 효모균을 넣고, 재료실의 어두운 찬장 안에 넣어 두었다. 며칠이 지나 레몽이 불러서 가보았더니, 레몽이 찬장 안에서 와인 병을 꺼내 뚜껑을 열고 한번 맛을 보라고 했다. 효모균이 자연 발효해 와인은 훌륭한 와인 비네거가 되어 있었다. 레몽은 정말이지 온갖 것들을 알고 있었다. 동銅냄비 닦는 법도 그 중의 하나였다. 동냄비는 열전도가 좋아 어떤 요리를 만들 때도 없어서는 안 될 물건이었지만, 닦는 게 보통 일이 아니었다. 어느 날, 고미야마 테쓰오가 평소처럼 은식기용 마사*로 땀을 뻘뻘 흘리며 닦고 있는데, 레

---

* 磨砂. 금속제 기물을 닦는 데에 쓰는, 점성(粘性)이 없는 백토(白土).

몽이 그 모습을 보고 말했다.

"식초하고 소금을 가지고 와봐."

고미야마 테쓰오가 그것을 가지고 오자, 레몽은 그걸로 눈 깜짝할 사이에 동냄비를 번쩍번쩍하게 닦아 버렸다. 나중에 레몽이 한 대로 동냄비를 닦아 보니, 은식기용 마사를 쓰는 것보다 훨씬 쉬웠다.

'대단하네. 진짜 요리사라는 건 별걸 다 알고 있구나.'

하고 고미야마 테쓰오는 생각했다.

그리고 4월이 되어 실제 수업이 시작되자, 고미야마 테쓰오는 매일처럼 10리터의 퐁 드 보와 생선 장국인 퓌메 드 푸아송을 만들어야 했다. 레몽은 어떠한 요리를 만들 때도 그것들을 넉넉히 사용했고, 결코 고형 콩소메 같은 건 사용하지 않았기 때문이었다. 고미야마 테쓰오는 그것을 눈으로 목격하고, 교장이 프랑스 요리에서 가장 중요한 것은 소스라고 말한 게 정말이었다는 걸 비로소 이해했다.

그러나, 무엇보다도 훌륭했던 것은 그가 만드는 요리들이었다. 레몽은 4월 셋째 주의 수업 시작과 동시에, 테린, 파테, 양파 수프 그라탱, 넙치 샴페인 찜, 연어 오제유* 소스, 치킨 셰리주 찜, 오리 파이 구이 같은 요리를 차례로 가르치기 시작했다. 카레나 돈카쓰를 만드는 수업에서 조수를 할 때와는 달리 매 수업이 놀람의 연속이었다. 테린이 아무것도 첨가하지 않아도 고기 조각에 포함되어 있는 젤라틴질만으로 멋지게 굳는다는 것도 처음으로 알았고, 오리 고기를 싼 파이 반죽이

---

* oseille. 미나리과의 들풀 종류로서 잎과 줄기는 특이한 신맛을 가지고 있다.

불룩하게 부풀어 올라 오븐에서 나오는 걸 볼 때면 마치 마법을 보고 있는 듯한 기분이 들었다. 고미야마 테쓰오는 자신이 레몽 같은 요리사의 조수로 일하게 된 행운에 감사하지 않을 수 없었다.

레몽이 부르고뉴풍 소고기 찜을 만들어 보인 것은 그런 어느 날의 일이었다. 고미야마 테쓰오는 그걸 만드는 방법을 잘 알고 있었다. 강사로 온 호텔의 요리사들이 만드는 것을 몇 번이나 본 적이 있었기 때문이다. 그러나 그는, 레몽이 고기를 찌기 전에 양파, 당근, 셀러리와 함께 레드와인 한 병 전부를 부어 다섯 시간이나 재워 놓는 것에 깜짝 놀랐다.

'전혀 다르잖아'

하고 그것을 본 고미야마 테쓰오는 생각했다.

그가 알고 있는 부르고뉴풍 찜은, 소금과 후추를 친 소고기를 볶고, 거기에 고형 콩소메를 녹인 수프와 토마토케첩, 거기에 조금 끈끈하게 하기 위해 밀가루를 넣고 졸여, 글래스 반 정도의 레드와인을 뿌리는 것이었다. 조금 제대로 된 요리사는 고형 수프를 사용하지 않고, 밀가루를 갈색으로 변할 때까지 볶은 뒤, 고기를 굽고 찔 때 나오는 국물을 희석한 드미글라스demiglace 소스로 쪘다. 그것도 에스파뇰* 소스로 만든 진짜 드미글라스 소스와는 전혀 다른 것으로, 햄버거에 넣으면 딱 어울릴 만한 소스였지만, 그 경우에도 와인을 반 잔밖에 안 넣는다는 건 공통점이었다. 나중에 어째서 그렇게 대량의 와인을 사용하느

---

* 에스파냐식 갈색 소스로 농후한 맛의 요리를 내는 데 사용한다.

냐고 묻자, 레몽은 말했다.

"부르고뉴풍 찜이니까. 반 잔의 와인으로는, 그저 단순한 찜밖에 되지 않아."

고미야마 테쓰오는 새삼스럽게 충격을 받고, 자신들이 일본에서 프랑스 요리로 부르고 있는 것은 대체 뭐란 말인가, 하고 생각했다.

좀 더 시간이 흐른 뒤에는 더욱 큰 충격을 받았다. 으깬 감자를 깐 연어 수플레 강습을 할 때였다. 레몽이 베샤멜소스를 만들 수 있느냐고 물어, 고미야마 테쓰오가 만들 수 있다고 대답하자, 그럼 그걸 만들어 달라고 했다. 베샤멜소스에 잘게 썬 치즈와 계란 노른자를 더하고, 거기에 거품이 일게 한 계란 흰자를 섞어 수플레를 만들고, 그것을 으깬 감자와 연어 위에 끼얹어 오븐에서 구우면, 봉긋 가볍게 부풀어 오른 연어 수플레가 완성되는 것이었다.

고미야마 데쓰오는, 레몽이 으깬 감자에 양념을 하고, 자른 연어를 살짝 데치는 사이에 그것을 만들려고 바닥이 두꺼운 냄비에 버터와 밀가루를 넣고 나무 주걱으로 젓기 시작했다. 밀가루의 끈기를 제거하고, 뭉치지 않도록 하기 위해 그렇게 40분 동안 계속해서 섞어 젓고, 마지막으로 우유를 더해 마무리 짓는 것이었다. 그라탱이나 코키유의 강습에서 조수를 맡았을 때 몇 번이고 만들어 봤기 때문에, 이제는 눈을 감고도 만들 수 있을 정도였다.

"언제까지 하고 있을 거야?"

레몽이 냄비를 들여다보고 그렇게 말한 것은 밀가루를 젓기 시작한 지 10분 정도 되었을 때였다. 고미야마 테쓰오가 무슨 영문인지 몰라 멍하니 있자, 레몽이 다시 말했다.

"베샤멜소스에 그렇게 시간을 들이면 손님들이 전부 돌아가 버릴 거야. 어디 줘봐."

레몽은 냄비를 씻고, 새로 버터와 밀가루를 집어넣고 자신이 만들기 시작했다. 그는 5분 동안만 그것을 휘젓고는 바로 우유를 더해 약한 불로 10분간 졸이고 순식간에 용수로 베샤멜소스를 걸렀다.

"맛을 봐도 괜찮겠어요?"

하고 고미야마 테쓰오는 말했다.

"좋고말고."

하고 레몽은 말했다.

레몽이 15분 걸려 만든 베샤멜소스는 끈적이지도 않았고 밀가루 덩어리가 남아 있지도 않았다.

'제기랄'

하고 고미야마 테쓰오는 생각했다. 일본의 요리사들은 불과 15분에 만들 수 있는 것을 마치 거기에 중요한 비밀이나 있는 것처럼 밀가루를 40분 동안 휘저으라고 가르치고, 우유를 더한 뒤에도 잘 졸여질 때까지 충분히 시간을 들이라고 말해 왔던 것이다. 그것을 충실하게 지켜, 한 시간이나 들여 만들어 온 자신이 바보 같다는 생각이 들었다. 대체, 그 무의미한 시간은 뭐였단 말인가. 그는 교단 위에서 뭐라 말로 표현할 수 없는 부끄러움을 참으면서, 학생들의 시선을 받고 있었다.

막스 레몽이 교단에 서게 되자, 쓰지 시즈오는 학교에 달라붙은 채 거의 밖으로 나갈 수가 없게 되었다. 자신의 수업 외에도, 막스의 수업 통역도 해야 했기 때문이었다. 야마오카 토루나 학술부의 기타가와 모리오도 프랑스어를 할 수 있기는 했지만, 전문 용어나 재료명을 잘 모르는 그들에게 통역은 무리였다.

쓰지 시즈오는 마이크를 들고 교단 앞에 서서 레몽의 설명을 통역하면서 이해하기 어려운 대목에서는 질문을 하거나 했다. 테린용 그릇에 붙이는 돼지의 등심은 두드려 얇게 펴야 하는가. 무스의 잘 구워진 상태를 보려면 어떻게 하는 게 좋은가. 프랑스와 일본의 가리비는 어떻게 다른가. 학생들은 그의 말을 한마디도 놓치지 않으려고 열심히 귀를 기울이고, 노트에 빽빽하게 메모를 했다. 쓰지 시즈오는 그런 모습을 보면서, 겨우 오랫동안 꿈꿔 왔던 일이 실현되었다는 생각에 가슴 깊은 곳에서 그윽한 기쁨을 맛보았다. 마침내 여기까지 이른 것이었다.

그는 많은 일본 요리사들이 본고장의 프랑스 요리와는 거리가 먼 요리들을 그들 나름대로의 방법으로 만들고, 그것을 그대로 학생들한테 가르치고 있다는 것을 알고 있었지만, 굳이 그것을 바로잡으려고 하지 않았다. 요리사들 사이에 마찰이 일어날 뿐이고, 아무런 좋은 결과도 나오지 않으리라는 걸 알았기 때문이었다. 그러나 지금, 막스 레몽이 실제로 진짜 프랑스 요리를 만드는 것에 의해 그것은 바로잡히고 있었다. 이걸로 적어도 쓰지 조리사 학교에서는 가짜 프랑스 요리는 전부 구축될 것이다. 지금까지 당당하게 가짜를 가르쳐 온 일본인 요리사들도 레몽 앞에서는 더 이상 여태까지처럼 할 수 없을 것이다. 그들은 얼마 안 있어 얼버무림이 통하지 않는다는 것을 알고, 결국은 학교에서 떠나게 될 것이다.

'이제 학교에 근속해 온 요리사를 프랑스에서 수업받게 할 때가 왔다'

라고 쓰지 시즈오는 생각했다.

제1호로 고미야마 테쓰오를 보낼 생각이었다. 쓰지 시즈오는 며칠 전인가 연어 수플레를 만드는 수업에서 그가 베샤멜소스 만드는 방법에 대해 레몽한테서 지적을 받고 상기된 얼굴로 창피함을 견뎠다는 것을 알고 있었다. 그는 단련되면 좋은 요리사가 될 게 틀림없었다. 프랑스에서 마담 푸앵과 폴 보퀴즈가 그를 받아들여 줄 것이다.

제5부

1

　1970년 오사카에서의 일본 만국박람회는 사람이 많이 모이는 행사를 좋아하는 일본인들의 마음을 끌어 공전의 열풍을 일으켰지만, 동시에 일본에서의 서양 요리 보급이라는 점에서도 커다란 역할을 했다. 유럽 각국의 정부관에는 저마다 자기 나라의 대표 요리를 하는 레스토랑이 설치되었고, 거기에 수십만이나 되는 사람들이 방문했기 때문이었다. 그중에서도 프랑스관 레스토랑 앞에는 아침부터 줄이 늘어서, 몇 시간이나 기다리지 않으면 안 될 정도였다.

　그 프랑스관 레스토랑에서 셰프를 맡은 사람은 막스 레몽이었다. 레몽은 그 일을 맡으면서 쓰지 조리사 학교에서 자신이 단련시킨 두 명의 젊은 교사를 프랑스관으로 데려갔다. 두 사람은 박람회 기간 중 거기에서 세컨드 셰프와 수석 웨이터를 맡았다. 프랑스와 나란히 프랑스 요리의 왕국인 벨기에 정부관에도 다른 젊은 교사가 세컨드 셰프로 고용되어 갔다.

쓰지 시즈오는 박람회가 끝날 때까지의 반년 동안, 두 개의 정부관에 보낸 세 명에 대한 평판을 불안한 마음으로 지켜보았다. 그 자신이 기초를 가르치고, 지난 2년간은 레몽이 그 마무리가 되는 자세한 테크닉을 철저히 체득시켰지만, 학교 바깥에서 손님을 상대하는 것은 처음이었고, 손님 중에는 본고장의 프랑스 요리에 익숙한 프랑스인이나 벨기에인도 포함되어 있을 게 틀림없을 것이기 때문이었다. 그러나 그런 불안은 기우로 끝났다. 그들의 일에 대해 한 번도 클레임이 들어오지 않았을 뿐 아니라, 박람회가 끝나고 프랑스 정부로부터 감사장과 함께 에어 프랑스 도쿄 파리 간 왕복 항공권 1매를 보내 준 것이었다. 쓰지 시즈오는 마음속으로 안도의 한숨을 내쉬었다.

한편, 막스 레몽이 떠나게 되고, 학교에는 그를 대신해 샤를 콜롱비에라고 하는 프랑스인이 왔다. 프랑스 국립 조리사 학교의 교사로 있던 요리사로, 이번에도 중개역을 맡아 준 것은 폴 보퀴즈였다. 이제 폴 보퀴즈는 실질적인 면에서 마담 푸앵 이상으로 학교의 후원자가 되어 있었다.

고미야마 테쓰오가 피라미드와 폴 보퀴즈에서 1년간의 연수를 끝내고 학교로 돌아온 것도 비슷한 시기였다. 그는 젊은 교사들의 선두에 서서 교단에 오르고, 샤를 콜롱비에의 수업에서는 쓰지 시즈오를 대신해 통역도 맡게 되었다. 이제 그는 다른 서양 요리 젊은 교사들의 목표가 될 만한 귀중한 존재였다. 그러나 그는, 프랑스로부터 돌아온 뒤에 인격이 변해 버렸다.

그게 처음으로 확실해진 것은 그가 프랑스에서 배워 온 것을 선보이기 위해, 젊은 동료 교사들 앞에서 폼 수플레를 만들어 보일 때였다. 폼 수플레라는 건, 감자를 얇게 썰어 기름에 튀겨 종이풍선처럼 부풀게 한 것으로, 프랑스의 레스토랑에서는 손님들의 눈을 즐겁게 하기 위해 곁들이는 매우 일반적으로 만들어지고 있는 것이었다. 만드는 방법도 그 비결만 알면 간단해서, 누구나가 만들 수 있었다. 우선 얇게 썬 감자를 1백도 정도의 낮은 온도에서 샐러드유로 튀기고, 그런 다음 150도 정도의 기름에 집어넣으면 그 온도차의 작용으로 인해 감자의 섬유 안에 공기가 들어가 단번에 종이풍선처럼 부푸는 것이었다. 그리고 마지막으로 다시 한 번 중간 온도의 기름에 튀기면 표면이 바싹 튀겨진 모양으로 굳어지고, 시간이 흘러도 쭈그러들지 않게 되는 것이었다. 그러나 고미야마 테쓰오가 그것을 만들어 보이자, 처음으로 그것을 본 다른 교사들이 신기한 마술이라도 보는 것 같은 얼굴로 놀람을 표시했다. 그들은 고미야마 테쓰오에게 어떻게 하면 그런 식으로 부푸는 거냐고 저마다 질문을 했다. 물론 그 비밀은 기름의 온도였다.

고미야마 테쓰오는 그들의 놀란 얼굴을 보면서, 자신만이 그 비밀을 알고 있다는 우월감을 느끼지 않을 수 없었다. 그리고 그는 그 순간, 그 우월감을 언제까지고 자신만의 것으로 해두고 싶다고 하는 거부하기 힘든 유혹에 사로잡혔다. 그는 다른 교사들의 질문을 빙긋빙긋 웃으며 흘려듣고, 그 만드는 방법의 비밀은 가르쳐 주지 않았다. 수업에서도 그는 그 마술을 학생들에게 해 보였다. 그러나 만드는 방법의 비밀은 역시 가르쳐 주지 않고, 학생들이 눈이 휘둥그레져서 놀라는 얼굴을 보며 즐거워했다.

야마오카 토루는 어떤 한 교사로부터 그 얘기를 듣고 격노했다. 쓰지 시즈오와 그가 고미야마 테쓰오를 프랑스에 가게 한 것은, 그의 경력에 금박을 입혀 주기 위해서도, 자존심을 만족시켜 주기 위해서도 아니었다. 그 바보는 그걸 전혀 모르고 있다고 생각했다. 그러나 그는 고미야마 테쓰오를 불러 호통을 치는 행동 따위는 하지 않았다. 그렇게 한다고 해도 진짜 문제는 해결되지 않을 거라고 생각했기 때문이었다. 고미야마 테쓰오는 요리에 관해서는 트집 잡을 데가 없는 좋은 요리사였다. 프랑스에서는 틀림없이, 폼 수플레 같은 마술 비슷한 요리 이상의 것을 많이 배우고 왔을 게 틀림없었다. 중요한 것은 그 성과를 전부 토해 내게 하는 것이었다. 호통을 치는 건 간단한 일이었지만, 그런 행동을 했다가는 폼 수플레 만드는 방법은 토해 내겠지만, 그 외의 더 중요한 것을 영원히 숨겨 버릴지도 몰랐다.

어떻게 하면 고미야마 테쓰오한테서 프랑스에서 배워 온 것 전부를 토해 내게 할 수 있을까, 하고 생각하던 중 야마오카 토루는 문득 자신이 대학에서 졸업논문을 쓰던 때의 일이 떠올랐다. 그의 졸업논문 테마는 마르셀 프루스트의 『잃어버린 시간을 찾아서』였는데, 그는 그 논문에 자신의 지식과 연구 성과를 전부 쏟아 부었다. 프루스트의 다른 작품에 관한 지식은 물론, 그에게 영향을 주었다는 베르그송이나 프로이트, 거기에 네르발의 소설에 이르기까지의 온갖 지식이었다. 물론 그 목적은 훌륭한 논문을 쓰기 위해서였지만, 또 하나는 지도교수한테 무식한 학생이라는 생각이 들게 하고 싶지 않았기 때문이었다. 고미야마 테쓰오도 요리책을 쓰게 하면 같은 이유에서 전부 쏟아 붓지 않을까 하고 생각했다. 그리고 마침맞게, 쓰지 조리사 학교에는 책을 모으거나 출판사와 교섭을 하거나 하기 위한 학술부가 있었다.

야마오카 토루는 자신의 생각을 정리한 뒤에 쓰지 시즈오한테 계획을 보고했다. 쓰지 시즈오도 그의 계획에 찬성했다.

"그리고 한 가지 또 있습니다"

하고 야마오카 토루는 쓰지 시즈오한테 말했다. "앞으로는, 이 사람이다 싶은 직원이 있으면 차근차근 프랑스에 연수를 보내고 싶습니다만, 어떻겠습니까? 그렇게 하면 혼자만 프랑스 유학파라고 콧대를 세우지 못할 거라고 생각합니다만."

"자네도 사람이 짓궂군"

하고 쓰지 시즈오는 웃었다.

"하지만 처음에 직원을 프랑스에서 공부시키고 싶다고 말씀하신 건 교장님이십니다."

"그랬었나?"

"그랬었죠. 벌써 10년이 됐지만, 교장께서 처음으로 보퀴즈를 만났던 날 프랑스에서 편지로 그렇게 말씀하셨어요. 기억 안 나세요?"

"기억이 안 나는데."

"저는 기억합니다. 교장께서 그 최초의 여행 때 프랑스에서 보내신 편지는 전부 갖고 있으니까요."

"그럼, 그 건은 자네한테 맡기겠네."

"마담 푸앵과 보퀴즈 쪽에는 교장께서 잘 말해 주셨으면 합니다."

"아냐, 어차피 보낼 거면 라세르라든가 그랑 베푸르라든가, 여러 가게로 보내자구. 같은 가게의 요리만 잔뜩 익히게 하는 것도 재미없는 얘기야."

최초의 프랑스 여행에서 거의 10년이 흘렀고, 이제 쓰지 시즈오의 교우 범위는 프랑스 전역의 레스토랑으로 넓어져 있었다. 1970년 만국박람회가 끝나자, 그들은 프랑스 정부에서 보내 준 에어 프랑스 항공권을 이용해, 만국박람회 때 프랑스관의 세컨드 셰프를 맡았던 직원을 곧바로 라세르에 보내기로 했다. 라세르는 오리 오렌지 찜이 훌륭한 가게로, 쓰지 시즈오가 파리에서 가장 마음에 들어 하는 레스토랑의 하나였다. 주인인 르네 라세르는, 최근 외동딸이 영화배우인 리노 벤투라와 결혼해 집을 떠났다고 탄식했지만, 쓰지 시즈오의 부탁에는 두말 않고 동의했다.

한편, 고미야마 테쓰오는 학술부의 기타가와 모리오 밑에서 『프랑스의 프랑스 요리』라는 책을 출판했다. 그는 그 책에서, 자신이 쓰지 조리사 학교의 서양 요리 부문 제일인자라는 걸 나타내기 위해, 피라미드와 폴 보퀴즈에서 배워 온 요리 중에서 40가지를 골라 그 기술의 전부를 공개했다. 그 안에는, 물론 폼 수플레를 만드는 법도 포함되어 있었다.

야마오카 토루는 그것을 보고, 자신의 계획이 완전히 맞아떨어진 것에 만족했다. 책이 실로 멋지게 만들어져서, 이거라면 실습 교과서로도 사용될 수 있겠다고 생각했다. 수고했다고 칭찬하니, 고미야마 테쓰오는 우쭐대면서 이렇게 말했다.

"이 책에서 다룬 것은, 제가 공부해 온 요리의 아직 일부에 불과해요."

기다려라, 조만간 전부를 토해 내게 할 테니까, 하고 야마오카 토루는 생각했다.

2

쓰지 조리사 학교 서양요리 부문의 발전은, 이제는 약속된 것이나 다름없었다. 쓰지 시즈오가 10년에 걸쳐 쌓아 올린 프랑스의 수십을 헤아리는 레스토랑과의 우호관계가 있었고, 그곳에 보내 본고장 프랑스 요리를 배우게 할 인재들도 잇달아 커 나가고 있었다. 그러나 다른 부문은 그렇지 않았다. 그중에서도 고민의 근원은 일본 요리 부문이었다.

쓰지 시즈오는 쓰지 토쿠이치가 살아 있을 때는 그에게 일본 요리 부문을 전부 맡겨 놓고, 젊은 교원들도 그가 키워 줄 것이라고 낙관했다. 그러나 그의 갑작스러운 죽음으로 이것도 저것도 다 이상해져 버렸다. 그 이후에도, 게이안桂庵과 계약한 요리사나 요정 주인 등에게 강사를 맡아 달라고 해 그때까지도 마찬가지로 수업은 하고 있었지만, 그들에게 교원을 키우는 일까지 기대할 수는 없었다. 그리고 쓰지 시즈오도 프랑스 요리처럼 일본 요리를 가르칠 수는 없었다. 일본 요리 부문의 졸업생 출신의 젊은 교원들의 성장은, 지금은 완전히 정지되어 있었다. 이대로라면 일본 요리 부문은 뒤떨어져, 어디서나 볼 수 있는 요리밖에 못 만드는 평범한 학교가 되어 버릴 것이 명약관화했다. 어떻게든 빨리 일본 요리 부문의 중심이 될 인물을 찾지 않으면 안 되었다.

그러나 지금 상황에서는 그럴 가능성이 전혀 없었다. 이미 쓰지 토쿠이치가 사망한 지 4년이 경과했지만, 그동안에도 줄곧 정보망을 동원해 괜찮은 인물이 없는지 온갖 정보에 신경을 곤두세우고 있었던 것이다. 지구 반대편의 프랑스로부터는 막스 레몽이나 샤를 콜롱비에 같은 일류 요리사가 오고 있는데, 일본에서 일본 요리 요리사를 찾지 못한다는 것은 정말이지 얄궂은 일이었다.

'일본에서도, 프랑스에서 했듯이 일본 요리에 대해 열심히 공부를 했어야 했다.'

쓰지 시즈오는 그렇게 생각했지만, 이제 와서 어쩔 수 있는 방법은 없었다. 그러나, 프랑스 요리처럼 공부하려고 했다 해도, 두 개를 동시에 끝까지 해내는 것은 불가능했으리라. 그는 그렇게 생각하면서 자신을 위로했다.

쓰지 시즈오는 그 1970년도 그의 고민의 근원을 해소시켜 줄 인물은 못 찾을 거라고 포기하고, 적어도 서양 요리 부문의 충실함만은 세상에 보이기 위해 『에스코피에, 어느 요리장의 생애』라는 책을 쓰는 데 집중하고 있었다. 외젠 에르드보의 『조르주 오귀스트 에스코피에』라는 책을 읽고, 일본에도 에스코피에가 프랑스 요리에서 이룬 공적을 제대로 소개해 두어야겠다고 생각한 것이 그 계기였다. 프랑스 요리를 배우는 요리사가 에스코피에를 모른다는 것은 있을 수 없는 일이었다.

그는 그날도 바를링크스 가구가 놓여 있는 살롱의 책상에서 그 원고를 쓰고 있었다. 최근 들어서는 그곳이 그의 서재 역할을 하고 있었다. 물론 책상도 의자도 바를링크스로, 그는 거기에서 원고를 쓰는 걸

무상無上의 즐거움으로 여기고 있었다. 그곳으로 야마오카 토루가 온 것은, 쓰지 시즈오가 프랑스의 에스코피에 박물관에 보낸 어느 질문에 대한 답장을 읽고 있었을 때였다. 쓰지 시즈오가 관장인 조제프 가쇼라는 인물이 직접 답장을 보내 온 그 편지에서 눈을 떼자, 야마오카 토루는 일을 방해해서 죄송하다고 한 뒤에 말했다.

"다카하시라는 남자가 교장께 할 얘기가 있다고 와 있습니다만."

"누구지?"

"올해부터 강사를 하고 있는 일본 요리 요리사입니다."

"용건은?"

"교장께 직접 얘기하겠다며, 저한테는 아무 얘기도 안 합니다."

"그럼, 만날 시간을 정하고서 다음에 보지."

"지금, 밖에 와 있습니다."

"무슨 얘기일까."

쓰지 시즈오는 중얼거렸다. 약간 불안했다. "그 남자를 들여보내게. 같이 얘기를 들어 보지."

왼쪽 가슴에 쓰지 조리사 학교라는 자수가 들어간 요리복을 입은 40세가량의 남자가 살롱으로 들어왔다. 쓰지 시즈오는 책상에서 일어나 남자를 소파에 앉게 하고 용건을 물었다. 남자는 생각지도 않은 얘기를 시작했다.

"교장께서는 나다만灘万의 요리장을 알고 계십니까?"

"아니, 몰라요."

"곤도라는 사람입니다. 이 사람이 3개월 전쯤에 나다만을 그만두고, 지금은 집에서 하는 일 없이 놀고 있습니다. 이 학교에서 고용해 주실 수 없겠습니까?"

쓰지 시즈오는 놀라서 옆의 야마오카 토루와 서로 얼굴을 쳐다보았다. 나다만이라고 하면, 식대 같은 건 생각하지 않는 손님 외에는 가지 못하는 오사카에서도 손가락에 꼽는 고급 요정이었다. 정말로 그곳의 요리장이 학교에 와준다면, 일본 요리 부문의 충실은 약속받은 거와 같았다. 진짜 일본 요리로 간사이의 요정 요리를 꼽는다는 정도는 쓰지 시즈오도 알고 있었기 때문이다. 그러나 나다만 같은 고급 요정의, 게다가 요리장이 학교에 와준다는 말은 쓰지 시즈오로서는 믿기 어려운 일이었다. 이미 제대로 칼을 사용할 수 없는 나이가 되어 나다만을 그만둔 것은 아닐까?

"당신과 그 요리장의 관계는?"

이윽고 쓰지 시즈오가 물었다.

"젊었을 때, 곤도 씨 밑에서 일을 한 적이 있는데, 신세를 많이 졌습니다."

"그런가요. 그런데, 그 사람의 나이는?"

"아직 예순 정도일 겁니다."

"꽤 젊군요. 어째서 그 나이에 나다만을 관두게 된 건가요?"

"모르겠습니다. 재료비 문제로 시끄러웠다고 말하는 동료 요리사도 있지만, 저는 거짓말이라고 생각합니다. 그만둔 이유가 확실하지 않으면 고용을 안 하실 겁니까?"

"아뇨, 그런 건 아닙니다."

하고 쓰지 시즈오는 말했다. 그만둔 이유가 무엇이든 간에, 그 인물이 학교로서는 귀중한 존재가 되리라는 건 틀림없는 사실이었다. 재료비의 일부 문제로 마찰이 있었다는 게 거짓이든 사실이든, 쓰지 시즈오는 그를 고용하고 싶었다. 만약 그게 사실이고, 그가 요리장의 당연한 권리로 재료비를 자기가 썼다고 하더라도, 쓰지 조리사 학교에는 재료는 전부 재료부가 매입하고 있었기 때문에 그런 문제가 일어날 걱정은 없었다.

"하지만, 그 사람의 의사는 어떻습니까?"

쓰지 시즈오는 물었다. "정말로 우리 학교에 와줄까요?"

"문제없을 거라고 생각합니다. 아직 대학생인 딸이 둘이나 있으니까요."

"알겠습니다. 그렇다면, 그 사람한테 전해 주세요."

쓰지 시즈오는 말했다. "일본 요리의 주임교수로서 최고의 대우를 해드리고, 학교차로 매일 출퇴근시켜 드리겠다고."

야마오카 토루가 의아한 얼굴로 쓰지 시즈오를 쳐다봤다. 쓰지 시즈오는 학교 예산에 여유가 생기자, 곧바로 교장 전용차로 재규어를 사, 그것으로 드디어 신문 기자 시절의 마음이 풀렸다고 말했다. 아사히신문 기자는 맘대로 회사차를 타고 돌아다니는데, 자신은 언제나 택시를 타도 된다는 허가를 받지 않으면 안 되었다는 사실을 줄곧 잊지 않고 있었다. 그리고 이듬해에는 야마오카 토루에게도 운전사가 딸린 재규어를 한 대 주었다. 그러나 학교에는 지금 그 두 대밖에 없었던 것이다.

"어떻게 하실 생각이세요?"

강사인 일본 요리 요리사가 살롱에서 나간 뒤에 야마오카 토루가 묻자, 쓰지 시즈오는 말했다.

"한 대 더 사면 되잖아. 훌륭한 강의를 해줄 것에 비하면 싼 거지."

"재규어입니까?"

"아니, 이번에는 메르세데스로 하지."

하고 쓰지 시즈오는 말했다.

그러고서 두 사람은 젊은 직원을 불러, 커피를 달라고 했다. 살롱 옆에 넓은 조리장이 있었고, 거기에는 손님이 올 때를 대비해 항상 누군가가 대기하고 있었다. 이탈리아에서 사온 에스프레스 커피 머신을 사용해 탄 이탈리안 커피를 마시면서 쓰지 시즈오는 말했다.

"정해질 때는 어처구니없을 정도로 쉽게 결정되는군. 4년 동안이나 찾았어도 못 찾았는데 말이야. 완전히 맥이 빠지는데."

"아닙니다. 아직 멀었어요."

야마오카 토루는 고개를 가로 저었다.

"어째서? 나다만의 요리장으로는 부족하다는 건가?"

"아니, 다릅니다. 제가 말씀드리는 건 중국 요리예요."

"중국 요리 같은 건 아무래도 상관없잖아. 지망하는 학생도 없지 않아?"

"예. 지금은 그렇습니다. 하지만 이제부터는 그렇지도 않을 거예요."

"학생들이 지망한다고 해도 취직할 곳이 없잖은가."

"그게, 요즘은 그렇지도 않아요."

야마오카 토루는, 6년 전의 도쿄 올림픽을 계기로 세워진 새로운 호텔에는 속속 본격적인 중국 요리 레스토랑이 탄생하고 있다는 것을 쓰지 시즈오한테 설명했다. 그 계기는 1962년 오픈한 도쿄의 호텔 오쿠라가 최초로 본격적인 중국 요리 레스토랑을 호텔 안에 만든 것으로, 지금은 일반 손님들뿐 아니라, 그때까지는 절대로 중국 요리 가게 같은 데서는 접대나 연회를 하지 않았던 대기업까지도 그런 곳을 이용하고 있었다. 당연히, 시내에도 연회를 할 수 있는 커다란 레스토랑이 생겨나, 라면이나 만두와는 다른 중국 요리를 먹고 싶다고 하는 손님들이 몰리고 있었다.

"흐음"

그는 돼지기름을 많이 사용한 중국 요리는 아무래도 좋아할 수가 없어서 중국 요리는 거의 먹어 본 적이 없었고, 따라서 업계의 사정에도 그다지 흥미가 없었다. 그러나 모르는 사이에 사정이 변해 있었던 것이다. 곤란하다고 생각했다. 바깥 사정이 그렇다면 학교 안에도 그에 대응할 수 있는 태세를 정비하지 않으면 안 되었지만, 그는 어떻게 하면 좋을지 짐작이 가지 않았다.

"누구 없을까?"

하고 쓰지 시즈오는 말했다.

"홍콩이나 대만으로 보내 달라고 하는 남자가 한 명 있습니다"

하고 야마오카 토루는 말했다.

"어떤 작자야?"

"꽤 재미있는 남잡니다. 학생 때는 서양 요리를 목표로 했었지만, 학교에 남을 때 제가 중국 요리로 전향시킨 남자예요."

"뭐라고 말해서 전향시켰는데?"

"서양 요리에는 고미야마를 필두로 우수한 선배가 엄청 있다. 하지만 중국 요리에는 아무도 오지 않는다. 중국 요리를 하면, 일약 톱이 될 거라고 말했습니다."

"그 말을 듣고 전향했단 말이야?"

"그렇습니다. 그 자리에서 그렇게 하겠다고 했습니다."

"확실히 재미있는 남자군. 몇 살이지?"

"스물둘입니다."

"중국어는 하나?"

"예. 지난 3년간 개인적으로 중국인한테서 배운 것 같습니다."

"홍콩이나 대만에 가고 싶다는 건 무슨 이유에서지?"

"학교에 강사로 오고 있는 중국 요리 레스토랑의 요리사한테 부탁해 이곳저곳의 조리장에 드나들게 되었던 모양입니다만, 전부 엉망이었던 것 같습니다. 그래서 일본에서 공부를 해봐야 아무 소용이 없다고 말하고 있습니다."

"꽤 계획성이 있는 남자 아닌가. 자신이 스스로 프로그램을 만든다는 건 대단한 거야. 좋았어, 보내도록 하지."

"하지만 교장님, 홍콩이나 대만에 아는 분이 있습니까?"

"아니, 없어"

하고 쓰지 시즈오는 말했다. "하지만 홍콩에는 회사를 갖고 있는 일본인을 한 명 알고 있어."

쓰지 시즈오로서 의외였던 것은, 곤도 유키치가 무척이나 온후하고 상식에 어긋나지 않는 사람이라는 사실이었다. 일주일 정도 지나서 학교의 살롱으로 초대해 내일부터라도 수업을 해주었으면 좋겠다고 하자, 그는 백발의 머리를 손으로 쓰다듬으며, 쓰지 시즈오가 최고의 대우로 맞아 준 것과 학교차로 매일 출퇴근을 하게 해준 것에 대해 감사

를 표시하고, 이 학교에 뼈를 묻을 각오이니 잘 부탁한다고 말했다. 나
다만에서 요리장으로 있을 때는 왕처럼 행동했을 게 틀림없을 텐데,
오만함은 눈을 씻고 봐도 찾을 수가 없었다. 쓰지 시즈오는 휴우 하고
가슴을 쓸어내렸다.

그러나 솜씨는 기대했던 대로였다.

곤도 유키치가 수업을 하게 되고 얼마 지난 뒤, 어느 날, 쓰지 시즈
오가 살롱에서 책을 읽고 있는데 다나베 토시오가 흥분한 얼굴로 방
으로 뛰어 들어왔다. 다나베 토시오는 일본 요리의 교원으로 키우기
위해 학교에 남게 한 남자로, 쓰지 시즈오는 장래 일본 요리 부문은
이 남자가 끌고 갈 거라고 생각하고 있었다. 그는 손에 요리를 담은 접
시를 들고 있었고, 그것을 쓰지 시즈오 앞에 놓고 말했다.

"이걸 봐주십시오."

접시 위에는, 멋지게 세공되고 배색이 산뜻한 은행 열매가 다섯 개
놓여 있었다.

"마치 싸리꽃을 다섯 개 뿌려 놓은 것 같군"

하고 쓰지 시즈오는 말했다.

"그렇죠. 하기바나긴난萩花銀杏이라는 거라고 합니다. 교장께서도 분
명히 놀랄 거라고 생각해 갖고 왔습니다. 은행에 칼집을 넣어 벌리고,
거기에 계란노른자를 더한 새우와 흰 살 생선 다진 걸 넣고, 거기에다
호시코를 잘게 썬 것과 찹쌀 미숫가루를 뿌려 기름에 튀기면, 이렇게
됩니다."

"호시코라는 건 뭐지?"

"해삼의 난소를 말린 거라고 합니다. 무척 비싼 재료입니다. 저도 이

강습에서 처음 알게 됐습니다."

"그럼, 이게 전채前菜인가?"

"예, 사키쓰케先付나 핫슨八寸*으로 사용하는 것 같습니다."

"먹기가 아까울 정도군. 옛날부터 전해 내려오는 요리인가?"

"그게 아닙니다, 교장선생님. 교토를 어슬렁거리며 돌아다니다가 전통과자 가게의 진열창을 보다가 떠올리게 됐다고 합니다. 과연 일류 요정의 요리장이구나 하고 생각했습니다."

"토쿠이치 교장의 요리와 다른가?"

"예. 이런 말씀을 드리기는 뭐하지만, 전혀 다릅니다. 우선, 곤도 선생님의 요리는 감각이 새롭습니다"

하고 다나베 토시오는 말했다.

무리도 아닐 거라고 쓰지 시즈오는 생각했다. 쓰지 토쿠이치가 도쿄에서 요리사로 일했던 것은 전쟁 전의 일이고, 그의 머릿속에 있는 요리의 많은 부분은 그 무렵의 요리였다. 아마도 하기바나긴난 같은 화려한 색채의 요리는 생각지도 못했을 것이다. 3개월 전까지 현역 요리장이었던 곤도 유키치와는 비교하는 것도 어리석은 일이었다.

"거기다가 교장선생님, 곤도 선생님은 어떤 걸 물어도 숨기지 않고 가르쳐 주십니다."

다나베 토시오는 말했다.

"그거 잘된 일이군."

---

* 사키쓰케와 핫슨은 정통 일본 요리에서 식사 전에 술안주로 내는 요리를 말한다.

"예. 이런 선생님은 처음입니다. 엊그제도 그릇에 넣은 푸른 매실을 어떻게 삶으면 갈색으로 변하게 하지 않고 푸른색 그대로 삶을 수 있는지 물어봤더니 정확하게 가르쳐 주셨습니다. 지금까지 여러 강사 선생님들이 소금으로 데치면 된다든가, 불을 약하게 해서 삶으라든가 하고 가르쳐 주었습니다만, 그렇게 하지 않고 동냄비에 삶으면 아무것도 하지 않아도 푸른색 그대로 삶을 수 있다고 말입니다. 그 말을 듣고 해 보았더니 확실히 그렇게 되었습니다. 조미료의 분량 같은 것도, 입으로 말하는 것하고 손으로 실제 넣는 게 다르지 않고요."

쓰지 시즈오는 그 말을 듣고, 곤도 유키치가 이 학교에 뼈를 묻을 각오라고 말했던 게 진심이었다는 걸 새삼스럽게 깨달았다. 그가 자신이 갖고 있는 것 전부를 쏟아 부을 결심이라는 것은 재료부의 보고로도 명백했다. 재료부 주임의 말에 의하면, 곤도 유키치는 수업에서 가르칠 메뉴를 미리 정해 놓지 않고, 매일 재료부를 살펴 그날 어떤 재료가 들어 왔는지를 보고 메뉴를 생각한다는 것이었다.

"곤도 선생님은, 재료에 따라 어떤 요리도 만들 수 있는 것 같습니다. 신선도만 좋으면, 어떤 재료라도 이건 사용하지 않는다는 말은 안 합니다. 게다가, 그날의 한정된 재료로 전채 같은 건 수십 가지나 만드는데, 만드는 방법은 전부 머릿속에 들어 있는 듯 메모지 한 장 갖고 있지 않습니다"

하고 재료부의 주임은 말했다. 분명히 곤도 유키치의 머릿속에는 수백 종류의 메뉴가 가득 들어차 있으리라.

"곤도 선생이 가지고 있는 것을 남김없이 자기 것으로 만드는 게 자네들의 일이야. 곤도 선생도 그걸 원하고 있을 거야"

하고 쓰지 시즈오는 다나베 토시오에게 말했다.

"그럴 생각입니다. 분명히 몇 해는 걸리겠지만, 열심히 해보겠습니다"

하고 다나베 토시오는 말했다.

쓰지 시즈오가 일본 요리의 젊은 직원이 이렇게 흥분해 희망에 가득 차 말하는 것을 들은 것은 오랜만의 일이었다.

가사하라 요시아키가 홍콩으로 떠난 것은 그로부터 얼마 뒤의 일이었다.

쓰지 시즈오는 가사하라 요시아키를 홍콩으로 보내기로 결정하자, 곧바로 친구인 무역상과 만나 사정을 이야기했다. 그는 홍콩에 거점을 두고 세계를 무대로 활동하고 있었고, 홍콩에 대해서라면 구석구석까지 알고 있는 남자였다. 무역상은 사정을 듣고는, 자신의 회사에서 부지배인으로 있는 중국인을 소개해 주겠다고 말하고, 그 남자라면 괜찮은 레스토랑을 여러 군데 알고 있을 거라고 하면서 청을 들어주었다. 그리고 며칠이 지나서, 그 중국인 부지배인이 가사하라 요시아키를 받아 줄 레스토랑을 찾았다는 연락이 온 것이었다.

그렇게 해서 가사하라 요시아키가 홍콩으로 가는 게 정식으로 결정되자, 쓰지 시즈오는 그를 불러서 말했다.

"자네도 알고 있으리라고 생각하지만, 우리 학교 중국 요리 분야의 현재 상황은 정말로 한심하기 그지없다. 물론 그것은 나의 책임이지만, 그러나 이제부터는 중국 요리도 서양 요리나 일본 요리와 마찬가지로 제대로 만들어 보려고 생각하고 있다. 자네는 그 첨병이야. 홍콩에 가면 몇 개월이고 몇 년이고 있으면서 알아 낸 것은 전부 가져와. 돈은 얼마가 들어도 좋다. 할 수 있겠나?"

"해보겠습니다"

하고 가사하라 요시아키는 대답했다.

그러나 그는 긴장과 불안 때문에 몸이 부들부들 떨리기 시작했다는 걸 알았다. 돈은 얼마가 들어도 좋다는 것은 대체 무슨 뜻일까 하고 생각했던 것이다.

'나는 그저 요리를 공부하기 위해 홍콩에 가는 게 아닌가?'

만약 그렇다면, 교장이 일부러 돈은 얼마가 들어도 좋다는 말 같은 건 말하지 않았을 것이다. 생각할 수 있는 건 한 가지밖에 없었다. 그는 야마오카 토루한테서, 쓰지 시즈오가 어떤 식으로 프랑스 요리를 배웠는지를 기회가 있을 때마다 들어 왔다. 내가 할 일은 아무래도 홍콩에서 교장과 마찬가지의 일을 하는 것 같다고 생각했다. 연수받는 곳에서 일하면서, 홍콩의 눈에 띄는 레스토랑 요리를 먹고 오라는 말인 것이다. 그것은 더 바랄 나위가 없는 일이었지만, 과연 홍콩에서 마담 푸앵이나 폴 보퀴즈 같은 사람을 만날 수 있을까? 쓰지 시즈오가 프랑스에서 했던 것과 마찬가지의 일을 한다는 것은, 바로 그걸 말하는 것이었다. 그는 앞서 한 대답을 취소하고 싶어졌다.

"돈만 쓰고 아무것도 갖고 올 수 없었다는 보고 따위는 듣고 싶지 않네만, 문제없겠지?"

쓰지 시즈오가 몰아붙였다.

"예. 잘 알겠습니다."

가사하라 요시아키는 또 한 번 마음에 없는 대답을 하고 말았다. 이걸로 이제는 물러설 수가 없게 되었다.

'어쩔 수 없다. 죽기 살기로 하고 오자'

하고 그는 각오를 다졌다.

쓰지 시즈오는, 가사하라 요시아키가 자신한테 부여된 책임의 막중함에 동요하는 모습을 보고, 너무 압력을 넣은 건 아닌지 걱정이 됐다. 그러나 중국 요리 부문을 충실하게 하는 것은 최우선적인 급무였고, 그것을 기대할 수 있는 인물은 가사하라 요시아키 외에는 눈에 띄지 않았다. 그가 기대대로 해주기를 바라는 것 외에는 방법이 없었다.

"자네가 이번 연수에서 성과를 올리지 않으면, 우리 학교 중국 요리의 충실함은 5년은 확실히 늦어질 거야"

하고 쓰지 시즈오는 말했다. "힘들겠지만, 그것이 어떻게 되는가는 전부 자네의 어깨에 달려 있다는 걸 명심해 주게."

3

1971년, 쓰지 조리사 학교의 입학자는 8백 명을 헤아려, 1960년 개교했을 때 정원의 여덟 배에 달했다.

가네마루 코사부로는, 그런 사실을 조리사 학교 협회의 회보를 통해 알았다. 그는 그때까지도 쓰지 시즈오의 학교만 착실하게 발전해 가는 것을 곁눈질로 보며 화를 부글부글 끓이고 있었는데, 이번만큼은 뭔가 조처를 취하지 않으면 안 되겠다고 작정했다. 그의 야마노테 조리사 학원은 도쿄에서 최대의 규모를 자랑하고 있었지만, 학생 수는 불과 3백 명에 지나지 않았다. 이대로라면, 조리사를 목표로 하는 고등학생들은, 관료가 되려는 고등학생이 도쿄 대학에 입학하려는 것처럼, 전부 쓰지 조리사 학교로 가게 될지도 몰랐다. 그런 사태는 용납할 수 없는 일이었다. 조리사 학교 협회의 다른 멤버들도, 한 학교만이 커지게 되는 것을 달갑게 생각하지는 않으리라.

그는 전에도 쓰지 시즈오가 이 업계에서 이름이 올라가는 것을 저지하기 위해, 쓰지 시즈오에 대항해 도쿄대 명예교수인 스즈키 타다오한테 비슷한 책을 쓰게 해 자신의 이름으로 출판한 일이 있었다. 그러나 스즈키 타다오의 책은, 아무것도 모르는 자신이 읽어 봐도 한눈에 학생한테 프랑스의 요리책에서 베끼게 한 거라는 걸 알 수 있는 책으로, 출판은 했지만 그의 학교 이외에는 어느 학교도 교과서로 채택하지 않았다. 결국 그의 그런 시도는 실패로 끝났고, 이제는 더 많은 학교에서 쓰지 시즈오의 책이 교과서로 사용되고 있었다. 이번에는 그런 실패를 반복하지 않을 작정이었다.

그는 교장실로 사무장인 나이도 마모루를 불러, 어째서 쓰지 시즈오의 학교만 두드러지게 팽창을 계속하고 있는 건지 물었다.

"잘 모르겠습니다"

하고 나이도 마모루는 말했다.

"수업료는 어때? 싸다는 걸 무기로 삼는 건 아니야?"

"아닙니다. 오히려 반대입니다."

"반대? 반대라니 뭔 얘기야?"

"그 학교의 올해 수업료는 24만 5천 엔입니다. 우리 학교의 두 배입니다."

"제기랄. 그렇게 비싼데 어떻게 8백 명이나 학생이 모이는 거야?"

"그러니까, 그 부분이 잘 이해가 가지 않습니다."

"뭔가 이유가 있을 거야."

"한 가지 생각할 수 있는 건, 거기에서는 3년 전부터 프랑스인 요리사를 고용해 수업을 시키고 있습니다. 그게 학생들을 끌어들이는 이유일지도 모릅니다."

"제대로 된 요리사인가?"

"예, 유감스럽게도. 지금 있는 요리사는 두 번째인데, 첫 번째 요리사는 작년 만국박람회에서 프랑스정부관의 셰프를 맡았을 정도니까요."

"그랬나. 이유는 그거다. 틀림없어."

"그럴까요?"

"그게 분명해."

"그렇다면, 우리도 고용하는 게 어떻겠습니까?"

"어떻게? 요리사 구함이라는 현수막을 갖고 가서 파리의 길모퉁이에라도 내걸 작정이야!"

가네마루 코사부로는 성을 내며 목소리를 높였다. 나이도 마모루는 아무 대답도 못했다. 왜 그렇게 바보 같은 말을 했을까 하고 후회했다. 가네마루 코사부로에게는 프랑스에서 일류 요리사를 데리고 올 만한 방법이 아무리 찾아봐도 없었다. 물론 나이도 자신에게도 없었다. 우선, 두 사람 모두 프랑스에는 아직 간 적조차 없었다. 나이도 마모루는 잃어버린 점수를 회복하자고 생각해, 어떻게 하면 가네마루 코사부로의 마음을 맞출 수 있을까 이런저런 생각을 해보았다. 이윽고 그는 좋은 방법을 떠올렸다.

"그렇다면, 그 학교에서 프랑스인 요리사를 고용할 수 없게 만들어버리면 어떻겠습니까?"

"그런 게 가능하겠어?"

"교장께서 조리사 학교 협회를 움직이면 가능하다고 생각합니다."

"어떻게 하자는 건데?"

하고 가네마루 코사부로가 물었다.

"분명히 제 기억으로는, 외국인이 조리사 학교에서 가르치는 건 안 된다고 알고 있습니다."

"정말인가?"

"예. 조리사법의 교원 자격에 의하면, 교원은 학교 교육법에 규정한 자로, 강습 수업을 하기 위해서는 10년 이상의 조리 경험, 실습수업을 하려면 5년 이상의 조리 경험이 없으면 안 된다고 정해져 있을 겁니다."

"무슨 소리인지 잘 모르겠군. 쉽게 얘기해 봐."

"그러니까, 일본의 보통 학교를 졸업한 자로, 거기에 5년 이상, 혹은 10년 이상의 조리 경험을 가진 자가 유자격자라는 말입니다. 따라서, 일본에서 교육을 받지 않은 외국인한테는 교원 자격이 없는 겁니다. 게다가 프랑스인 요리사니까, 당연히 일본의 조리사 면허증도 갖고 있지 않겠지요."

"말이 되는군. 그 작자가 법률을 위반하고 있다는 말인가?"

"그렇게 되는 셈이지요."

"그것 재미있군."

가네마루 코사부로는 협회의 다음 총회를 대비해 잽싸게 행동을 개시했다.

쓰지 시즈오는 최초의 설립 총회에 참석한 이래, 조리사 학교 협회의 모임은 어떤 모임이건 간에 한 번도 참석하지 않았다. 설립 총회의 분위기를 보고 단번에 싫은 마음이 들었던 것이다. 후생성 공무원 앞에 줄을 서서, 벙긋벙긋 웃으며 앞을 다퉈 명함을 건네는 행동 같은 건 그로서는 도저히 할 수가 없었다. 그러나 학교로서는 그들을 완전히 무시하고 지낼 수도 없는 터여서, 그쪽의 일은 야마오카 토루가 맡아서 하고 있었다.

조리사 학교 협회 총회가 도쿄에서 열리고 있을 때, 쓰지 시즈오는 오사카에서 라이온즈 클럽의 모임에 가 있었다. 몇 년 전에 어느 양주 메이커 사장의 추천으로 회원이 된 이래, 그는 사회봉사를 목적으로 하는 클럽의 모임이 무척 즐거웠다. 회원으로는 많은 일류 재계 인사들이 이름을 올려놓고 있었고, 보통 때라면 좀처럼 사귀기 어려운 인물들과도, 거기에서라면 가벼운 마음으로 대화를 할 수 있었기 때문이었다. 그들의 대화에는, 경영자로서 알고 있지 않으면 안 되는 것에 관한 힌트나, 새로운 정보가 들어 있는 경우가 자주 있었다. 그리고 쓰지 시즈오는 이제는 그들 중의 몇 사람과는 각별한 사이가 되었고, 그 밖의 인물들과도 많은 우호관계를 만들어 왔다. 그들과의 사귐은 정말이지 좋은 자극이 되었다.

그 회합을 끝내고 학교로 돌아오니, 야마오카 토루가 심각한 얼굴로 살롱의 소파에 앉아 기다리고 있었다. 쓰지 시즈오는 그의 심상치 않은 분위기를 보고 도쿄에서 뭔 일이 있었다는 걸 직감했다. 아무 말 없이 야마오카 토루의 앞에 마주 앉자, 그는 말했다.

"교장님, 죄송한 일을 저지르고 말았습니다."

"무슨 일인데, 대체."

"조리사 학교 협회를 탈퇴하고 오는 길입니다."

"흐음."

야마오카 토루는 수업료를 갑자기 다른 학교의 두 배 가까이 올린 것처럼 이따금 과감한 조처를 취해 쓰지 시즈오를 놀라게 하는 남자였지만 분별없는 일을 저지르는 남자는 아니었다. 그가 협회를 탈퇴하고 오는 길이라면, 나름대로의 중대한 이유가 있을 게 틀림없었다. 쓰지 시즈오가 아무런 반응도 보이지 않자, 그는 말했다.

"콜롱비에의 교원 자격에 관해 언쟁 때문에."

"상대는 가네마루인가?"

"예, 그렇습니다. 너무도 이치에 닿지 않는 말을 해서 참을 수가 없었습니다."

그 의제가 긴급동의로 제출된 것은, 협회의 임원이 전원 재임된 직후의 일이었다. 부회장에 재임된 가네마루 코사부로가 발언을 청해, 외국인 무자격자를 교원으로 고용한 학교가 있다며 직접 이름까지 거론하면서 쓰지 조리사 학교를 비난하기 시작했던 것이다. 야마오카 토루도 발언권을 얻어 반론했다. 그도 외국인한테 일본의 조리사 학교 교원 자격이 없다는 것은 알고 있다. 그러나 그것은 법률이 잘못된 것으로, 좀 더 나은 서양 요리를 가르치기 위해서는 어쩔 수가 없다고. 중요한 것은 잘못된 법률을 지키는 것이 아니라, 좋은 수업을 하는 게 아니냐고 말했다. 그러나 가네마루 코사부로가 코웃음을 치며 투표로 결론을 짓자고 제안해, 협회로서는 어떤 이유가 있든 간에 무자격자를 교원으로 고용하는 것을 허가할 수 없다는 안이 만장일치로 가결되어 버린 것이었다.

쓰지 시즈오는 얘기를 들으며, 가네마루 코사부로에 대해 얼마나 비열한 작자인가 하고 생각했다. 일찍이 그를 한때 친구로 생각했었다는 게 부끄러웠다. 그는 좋아하는 담배를 피우는 것도 잊고 몸이 굳어 있는 야마오카 토루한테 말했다.

"사과할 건 아무것도 없네. 나라도 총회에 갔었다면, 자네와 똑같은 행동을 했을 게 틀림없을 테니까. 그런 한심한 협회에서 빠져나와 오히려 후련한 마음이야. 덕분에 앞으로는 무엇이든 내키는 대로 할 수 있게 되지 않았나."

"그렇게 말씀해 주시니 약간은 마음이 가벼워지는 것 같습니다" 하고 야마오카 토루는 말했다.

"아냐, 이건 나의 본심이야"

하고 쓰지 시즈오는 말했다.

야마오카 토루는 그제야 한숨 놓았다는 듯이 웃으며, 주머니에서 얇은 담배를 꺼내 불을 붙였다.

후생성에서 두 명의 공무원이 쓰지 조리사 학교에 온 것은, 그로부터 2주 정도 뒤의 일이었다. 그들은 야마오카 토루의 안내로 교실이나 최신 조리 기구가 설비된 실습실 등을 꼼꼼하게 보면서 돌아다니고, 몇 개의 교실에서는 걸음걸이로 측정을 하거나 했다. 조리사법에 교실의 면적은 학생 한 명당 1.65평방미터 이상이 되지 않으면 안 된다고 정해져 있기 때문이었다. 그들은 학교 설비에서 조리사법의 규정에 미치지 못 하는 부분을 무엇 하나 발견할 수가 없었다. 그것이 끝나자 그들은 쓰지 시즈오에게 말했다.

"외국인을 교원으로 고용하고 있다던데, 정말입니까?"

"아니오"

하고 쓰지 시즈오는 말했다.

"그러나, 당신은 샤를 콜롱비에라고 하는 프랑스인에게 급료를 지불하고 있지 않습니까?"

"지불하고 있습니다."

"그 사람은 교원이 아닙니까?"

"다릅니다. 직원으로서 고용하고 있는 겁니다."

"이상하군요. 그 사람이 교단에 서서 수업을 하고 있다는 얘기를 들었는데요."

"교단에는 섭니다. 그러나 교원은 아닙니다."

"그럼, 그 인물은 교단에 서서 뭘 하는 겁니까?"

"요리를 만들 뿐입니다. 실제 수업은 우리 학교의 교원이 하고 있습니다."

"지금 그가 조수라고 말씀하시는 겁니까?"

"그 말대로입니다. 그는 우리 학교 교원의 지시에 따라 요리를 만들 뿐이니까요. 그 밖의 일은 아무것도 하고 있지 않습니다."

"그런 궤변이 통할 거라고 생각합니까?"

"어째서 그렇죠?"

"그 인물이 프랑스의 국립 조리사 학교에서 가르쳤던 인물이라는 것은 알고 있어요. 그런 인물을 일부러 불러 놓고, 교원으로서 쓰지 않고 있다는 건 생각할 수 없는 일 아닙니까?"

"그러나 일본의 학교를 졸업한 자라면 정식집이나 라면집 요리사도 교원으로 고용해도 좋지만, 외국인은 허가할 수 없다는 법률을 만든 건 당신들 쪽 아닌가요? 나는 법률을 위반하고 싶은 생각은 없으니까요."

"그렇습니까? 그렇다면 교원 명부를 보여주시겠습니까? 만약 교원 명부에 그 사람의 이름이 올라 있다면, 당신은 법률을 위반한 게 되는 겁니다."

"이미 후생성장관한테 제출되었을 텐데요. 아직 못 보셨나요?"

"됐으니까 보여주세요."

쓰지 시즈오는 야마오카 토루에게 지시해 명부를 가지고 오게 했다. 두 명의 공무원은 교원 명부를 펼치고는 이마를 맞대고 그것을 점검했다. 교원의 수는 학생 17명에 대해 한 명, 그리고 전체 교원 중 3분의 1은 전임 교원이 아니면 안 된다고 정해져 있었다. 따라서 학생 수가 8백 명인 쓰지 조리사 학교에는 50명의 교원이 필요하고, 그중에서 17명은 전임 교원이어야 했다. 쓰지 조리사 학교의 교원 구성은 충분히 그 기준을 채우고 있었고, 명부 안에 샤를 콜롱비에의 이름을 넣는 따위의 부주의도 범하지 않았다. 두 공무원은 맥이 풀린 모습으로 교원 명부를 덮었다.

쓰지 시즈오는 그들이 돌아가자 분노에 휩싸여, 테이블을 내리치며 내뱉듯이 말했다.

"제기랄. 이게 일본인의 방식이야. 난 일본인 따위 정말 싫어. 야마오카, 나 머리끝까지 화가 났어. 뭔가 하자. 녀석들을 깜짝 놀라게 만들 일을 하지 않으면 난 이 화가 가라앉지 않을 거야."

4

1972년 6월 18일부터 22일까지 5일 동안, 일본 전역의 이름난 호텔의 레스토랑에서 요리장들이 일제히 자리를 비우게 되었다.

그들은 제각기, 스스로 요리복과 요리칼을 들고 오사카로 향했다. 쓰지 조리사 학교에서 보낸 안내장에, 본 연수회에서는 강습 외에 실습도 진행한다고 쓰여 있었기 때문이었다. 강사는 폴 보퀴즈, 장 트루아그로, 거기에 마르크 알릭스라는 세 명의 프랑스인이었다. 요리장들 중에는 그들의 이름을 모르는 사람들도 있었지만, 안내장에 쓰인 세 사람의 직함을 보고는 다들 가슴이 설레었다. 보퀴즈와 트루아그로는 프랑스에 12개밖에 없는 미슐랭 가이드 별 세 개 레스토랑의 주인이었고, 알릭스는 리옹의 소피텔이라는 호텔의 총요리장이었다. 그것만으로도 강습을 받을 가치는 충분히 있었지만, 더욱 놀라운 것은 세 사람은 모두 프랑스 최우수 요리인상(M. O. F.상) 수상자였던 것이다. 그 경연 대회는 프랑스 정부가 주최해 4년에 한 번 거행되고 있었는데, 그 수상자는 과거 50년 동안 불과 41명밖에 안 되었다. 요리장들은 자신들한테 갑작스럽게 찾아온 이 기회를 절대로 놓치지 않겠다고 다짐했다. 5일 동안이라고 해도 본고장 프랑스 요리를 당대 일류 요리사한테서 배울 수 있는 기회가 그렇게 자주 있을 거라고는 생각하지 않았다. 이 기회를 놓치면, 비슷한 기회는 두 번 다시 없을 것이다. 그래서 그들은 1만 5천 엔의 강습비를 내고 오사카로 가게 된 것이었다. 당연한 일이지만, 그들은 쓰지 시즈오가 앞으로 20년에 걸쳐 세계의 유명한 셰프들을 수십 명이나 일본에 초대해, 그 기술의 전부를 공개하게 하리라는 건 꿈에도 생각하지 못했다. 이것은 그 첫 번째에 지나지 않았다.

쓰지 시즈오는, 조리사 학교 협회의 따돌림과 후생성 공무원의 방문을 받은 뒤에, 그들의 코를 납작하게 만들려면 어떻게 하는 게 좋을지를 고민했다. 그 결과, 그들이 자신들의 이익과 권한을 지키기 위해 외국인 요리사를 일본에 들이고 싶지 않다고 생각하고 있다면, 이쪽은 그것을 좀 더 대대적으로 하는 게 좋겠다는 결론에 도달했다. 학생들을 대상으로 하지 않고, 일반 수강자들을 대상으로 한 강습회라면 그들도 불만을 말할 수 없을 것이다. 그리고 그렇게 하는 것은, 자신들의 기술을 숨기고 다른 사람들한테 가르쳐 주지 않는다는 일본 요리사들의 어리석은 전통을 파괴해 무의미한 것으로 만들기 위해, 언젠가 최고의 기술을 완전히 공개하자고 평소 생각하고 있던 바와도 딱 일치했다. 드디어 그 기회가 무르익은 것이었다.

"누구를 부르실 거죠?"

그 아이디어를 얘기하자, 야마오카 토루가 물었다.

"문제는 그거야."

하고 쓰지 시즈오는 말했다.

"보퀴즈 같은 사람이 와주면 좋을 텐데요."

"그건 무리야. 일본에 오게 되면, 오고 가는 날을 따져 일주일은 가게를 비워야 할 거야. 부탁하면 와줄지도 모르지만, 미안해서 부탁할 수가 없다구."

"그 밖에 적당한 요리사가 있습니까?"

"조제프 가쇼는 어떨까?"

"에스코피에 박물관의 관장 말입니까?"

"응. 그래."

그는 2년 전에 『에스코피에, 어느 요리장의 생애』라는 책을 쓸 때 신세를 진 인물로, 프랑스 요리사 단체인 에스코피에 협회의 부회장을 맡고 있었다. 쓰지 시즈오는, 그가 현역 시대에 우수한 요리사였다는 얘기를 들은 일이 있었다.

"괜찮을지 모르겠네요"

하고 야마오카 토루는 말했다. "무엇보다도, 에스코피에 박물관장, 에스코피에 협회 부회장이라는 직함이 괜찮은데요. 그 사람을 부르면 가네마루 코사부로 씨를 깜짝 놀라게 할 수 있겠죠."

"그자만이 아니야"

하고 쓰지 시즈오는 말했다. "전부들 얼마나 쓸데없는 거에 연연하고 있는가를 가르쳐 주는 거야."

그러고서 그는 프랑스로 갔다. 우선 비엔에 가서 마담 푸앵을 만나 피라미드의 요리를 먹고, 그런 다음 보퀴즈를 만났다. 조제프 가쇼의 현역 시대의 평판을 듣기 위해서였다. 이제 쓰지 시즈오와 보퀴즈는, 쓰지 시즈오가 보퀴즈를 만나러 간다고 하면 마담 푸앵이 질투를 할 정도로 친해져 있었다. 그녀는 쓰지 시즈오가 보퀴즈한테 갔다가 오면, 반드시 폴의 가게에서 뭘 먹고 왔냐고 묻고, 셰프인 기 티발한테 명해서 그것보다도 더 손이 많이 가는 요리를 만들게 했다. 그리고 쓰지 시즈오의 놀라는 얼굴을 보면서, 자랑스러운 듯이 "어때?" 하고 묻는 것이었다. 쓰지 시즈오는 그때마다 웃음 짓지 않을 수가 없었다.

보퀴즈에게 계획을 설명하고, 가쇼의 평판에 대해 묻자 그는 말했다. "자네의 목적이 최고의 프랑스 요리를 일본에 소개하는 것이라면, 난 가쇼를 추천할 수 없어. 그가 뛰어난 요리사라고 한다면 프랑스에는 뛰어난 요리사가 수만 명은 될 테니까."

"그럼, 그 말고 누구 다른 사람이 있어?"

"있잖아. 눈앞에."

"폴, 난 진지하게 얘기를 하고 있다구."

"나도 진지해. 어째서 내가 일본에 안 갈 거라고 생각하는데?"

"당신한테는 가게가 있잖아. 일본에 가게 된다면 하루 이틀로 끝나지는 않는다구. 그동안, 가게는 어떻게 하려고?"

"걱정하지 마. 폴 보퀴즈에는 나 말고도 뛰어난 요리사가 열 명이나 있어. 항상 나 혼자서 모든 요리를 만들고 있다고 생각한 거야?"

"고마워, 폴. 뭐라고 고맙다고 해야 할지 모르겠어"

하고 쓰지 시즈오는 말했다.

"그런 말은 하지 않아도 돼."

보퀴즈는 말했다. "난 자네 나라에 프랑스 요리를 보급하러 가는 거야. 이쪽에서 고맙다고 하고 싶을 정도야. 앞으로 매년 하면 어떻겠나?"

"가능할까?"

"가능해. 나도 또 갈 거고, 내 친구들도 갈 거야."

"고마워."

"그러니까 그 말은 지금도 했잖아. 그렇게 말하고 싶은 건 내 쪽이라고. 기대가 돼서, 하루라도 빨리 가고 싶어 몸이 달 정도야. 모르는 나라에 신의 가르침을 펼치러 간 기독교의 수도승이 된 기분이야. 어차피 할 거면 성대하게 하자구. 트루아그로하고 한 사람 더 리옹에서 함게 데려가는 거야. 어때?"

"더 바랄 나위가 없지. 하지만, 큰 소동이 나도 난 책임 못 져."

"좋았어, 결정됐다. 그럼, 그렇게 하자구."

이윽고 쓰지 시즈오가 세 명의 M. O. F.상 수상자에 의한 프랑스 요리 연수회의 안내장을 전국의 호텔과 주요한 레스토랑의 셰프 앞으로 보내자, 실제로 엄청난 소동이 일어 참가신청서가 쇄도했다. 쓰지 시즈오가 생각했던 건, 교실의 규모로 봤을 때 150명 정도가 참가하는 연수회였다. 그러나 그 인원은 마감 며칠 전에 돌파해 버렸다. 쓰지 시즈오는 가장 큰 교실에 넣을 수 있을 만큼 보조의자를 집어넣기로 해, 빠듯하게 2백 명까지 받아들이기로 했다. 그래도 참가신청서는 계속해서 쇄도해, 최종적으로는 5백 명에 달했다. 쓰지 시즈오는 야마오카 토루에게 지시해, 3백 명한테 양해의 답장을 보내게 하지 않으면 안 되었다.

하지만 쓰지 시즈오가 무엇보다도 놀란 것은, 호텔 오쿠라의 총요리장인 오노 쇼키치한테서의 전화였다. 그는 젊었을 때 파리의 플라자 아테네와 조르주 생크 레스토랑에서 호텔 요리 수업을 쌓은 경험이 있었고, 1961년에 호텔 오쿠라 설립 준비 위원회가 만들어졌을 때 레스토랑 부문의 책임자로서 모셔져, 그 이후로 줄곧 오쿠라의 요리를 총괄해 온 인물이었다. 쓰지 시즈오는 오쿠라가 1962년에 오픈하고 얼마 안 돼 다른 사람의 소개로 그를 만났고, 그 뒤로도 그의 인격에 끌려 교제를 계속해 오고 있었다.

"쓰지 씨, 요리사한테 중요한 것은 요령이 아니오. 성실함이지."

그는 입버릇처럼 그런 말을 했다. 그리고 그는 쓰지 조리사 학교의 졸업생을 매년 여러 명 오쿠라에 받아들여 그들을 돌봐주고 있었다.

"이번에, 자네 학교에서 하는 연수회에 관해서 말인데."

쓰지 시즈오가 전화를 받자, 오노 쇼키치는 말했다. "나도 참가하기로 했는데, 오늘 신청서의 답장이 왔어."

"정말입니까?"

쓰지 시즈오는 놀라 말했다. 듣는 순간에는 믿을 수가 없었다. 오쿠라라고 하면 일본에서 1,2위를 다투는 호텔로, 오노 쇼키치는 그곳의 총요리장인 것이다. 연수회라고 해도, 거기에 참가하는 것은 가르치는 입장에 서야 할 사람이었다. 그의 총요리장으로서의 권위에 흠이 가지는 않을까.

"오노 씨가 참가하신다는 건 말이 안 됩니다."

쓰지 시즈오는 말했다. "어떻게든 오셔야겠다면 견학이라는 형식으로 와주십시오. 오노 씨 같은 분이 참석해 주신다면, 그것만으로도 연수회의 격이 올라갈 테니까요."

"아니, 내가 전화한 건 좀 다른 부탁을 들어줬으면 해서야."

"뭡니까?"

"연수회에는 교단 위에서 사전 준비를 하거나 프라이팬을 잡거나 할 조수가 필요하지?"

"예. 그건 우리 학교의 젊은 사람들이 할 겁니다."

"알고 있네"

하고 오노 쇼키치는 말했다. 쓰지 시즈오가 정말로 놀란 것은, 그다음 순간이었다. 쓰지 시즈오는, 오노 쇼키치가 오쿠라의 요리사를 조수로 써달라는 말을 꺼내려는 게 아닌가 하고 생각하고 있었는데, 그는 이런 말을 한 것이었다.

"나를 조수 중에 넣어 주지 않겠나?"

쓰지 시즈오는 말문이 막혔다.

"어떻겠나?"

"진심이세요?"

하고 쓰지 시즈오는 겨우 말했다.

"물론 진심이고말고"

하고 오노 쇼키치는 말했다.

"제가 통역을 할 겁니다. 통역이라고 하면, 제가 이것저것 오노 씨한 테 지시를 할 수 없게 됩니다."

"그런 건 신경 쓰지 않으면 될 거 아닌가. 난 감자를 벗기는 일이든 프라이팬을 드는 일이든 뭐든 할 생각이야. 진짜 요리를 공부하는 데 이렇게 좋은 기회는 없을 테니까. 게다가 보퀴즈의 요리잖아."

쓰지 시즈오는 지금의 오노 쇼키치의 일이 오쿠라의 수백 명이나 되 는 요리사를 관리하거나, 요리부의 운영을 한다거나 하는 것으로, 현 역 요리사는 아니라는 걸 잘 알고 있었다. 커다란 호텔의 총요리장이 라는 자리는 그런 것이었다. 쓰지 시즈오는 말했다.

"굳이 오노 씨께서 그런 것까지 하실 필요는 없지 않습니까?"

"바보 같은 소리 말게"

하고 오노 쇼키치는 말했다. "요리사는 죽을 때까지 공부야. 부탁이 니까 조수를 시켜 주지 않겠나?"

쓰지 시즈오는 응낙했다. 그렇게까지 말한다면 어쩔 도리가 없었다.

"고맙네"

하고 오노 쇼키치는 말했다. "요리복과 칼도 내 걸 가져갈 테니, 특별한 준비는 아무것도 필요 없네."

"알겠습니다"

하고 쓰지 시즈오는 말했다.

오노 쇼키치가 조수로 참가하는 것은 전혀 생각지도 못한 일이었다. 쓰지 시즈오 자신도 깜짝 놀랐지만, 전국에서 모인 2백 명의 요리사들은 교단 위에서 조수를 맡은 오쿠라의 총요리장을 보고 더욱 놀랄 게 틀림없었다.

'혹시 난 엄청난 연수회를 열게 되는 건지도 모르겠군'

하고 쓰지 시즈오는 생각했다.

한편, 야마오카 토루도 참가 희망자 중에서 아는 이름이 있는 것을 보고 놀라고 있었다. 오사카의 로얄 호텔 셰프였다. 야마오카 토루는 학교 설립 준비를 하고 있을 때, 그한테 강사를 맡아 달라는 의뢰를 하러 갔다가 거절당한 일을 잊지 않고 있었다. 그때 그가 바보 취급하면서 내뱉었던 말도 똑똑히 기억하고 있었다.

"무엇 때문에 곧 문 닫을 게 뻔한 학교에 내가 가지 않으면 안 되나?"

야마오카 토루는 그의 참가신청서를 잠시 바라본 뒤 직원 한 사람한테 건네며, 말했다.

"거절하게."

연수회가 시작되기 전날, 쓰지 시즈오는 거실의 소파에 엎드려 티브이를 보고 있었다. 그의 눈은 화면을 보고 있었지만 실제로는 아무것도 보지 않고 있었다.

집 안은 무척 조용했다. 아키코는 다른 방에서 뭔가를 하고 있었고, 아들인 요시키는 침대에서 자고 있었다. 그러나 집 안이 조용한 가장 큰 원인은, 바로 얼마 전까지만 해도 온 집 안을 뛰어다니며 부친한테 애교를 부리던 딸 마키가 영국으로 가고 없기 때문이었다.

그녀를 영국의 기숙제 사립학교에 입학시키기로 한 것은, 딸이 태어났을 때부터의 계획이었다. 쓰지 시즈오와 아키코가 미국이나 프랑스에 가보고, 자신들이 얼마나 좁은 세계 속에서만 살고 있었는지를 안 것은 어른이 되어서였지만, 그 경험을 통해 아이들에게는 일찍부터 다른 세계가 있다는 것을 보여주는 게 좋을 거라고 생각했다. 그래서 쓰지 시즈오는, 그녀가 태어나자마자 바로 런던 근교의 애스컷에 있는 히스 필드라는 사립학교에 입학 예약을 신청했다. 마침 그 무렵, 고베 영국 영사관의 총영사를 만났는데, 그가 영국의 좋은 사립학교에 입학시키고 싶으면 지금부터 예약해 두지 않으면 안 된다, 입학 허가가 올 때까지 10년은 걸리고, 13세를 넘으면 입학을 못하게 된다고 가르쳐 주었기 때문이었다. 그리고 그로부터 10년이 지나, 겨우 입학이 허가된 것이었다. 마키는 일주일 전쯤에 편지를 보내, 마거릿 토드라는 미국인 여자아이와 친구가 되었어요. 엘리자베스 테일러라는 영화배우가 엄마라고 하는데 파파는 알아요? 하고 썼다.

자신이 결정했다고는 해도, 10년이나 함께 살아온 딸이 갑자기 집에서 사라진다는 것은 쓸쓸한 일이었다. 그리고 쓰지 시즈오는, 이제 조금 있으면 아들인 요시키도 영국의 다른 사립학교에 입학시키려고 하고 있었다. 아들은 학교의 후계자로 키울 생각이었기 때문에 프랑스의 학교에 넣는 것도 생각하지 않은 것은 아니었다. 독일의 엘프린츠 호텔의 헬무트 기츠도, 독일의 학교에 보낸다면 내가 맡아 주겠다고 말했었다. 그러나 그는, 교육에 관해서는 영국이 가장 뛰어나다고 생각하고 있었기 때문에 망설이지 않았다. 자식을 영국에 보낼 때까지, 앞으로 삼사 년이었다. 그때가 되면 지금보다도 훨씬 쓸쓸해질 게 틀림없었다.

"왜 그래요? 무슨 생각을 하고 있어요?"

아키코가 어느새 옆으로 와서 말했다. 그녀는 두 사람의 커피잔을 테이블 위에 놓았다.

"폴 일행의 프랑스어를 제대로 이해할 수 있을지 어떨지 걱정이야" 하고 쓰지 시즈오는 말했다.

"무슨 말이에요? 당신은 프랑스어는 술술 할 수 있잖아요."

"그렇게 생각하고 있는 건 당신뿐이야. 만약, 많은 사람 앞에서 통역할 수 없는 단어라도 나와 허둥대기라도 해봐. 나에 대한 평판은 단번에 떨어지는 거야. 게다가, 내일부터 내가 떠드는 상대는 프로 요리사들이라구. 실패한다면 무슨 말들이 나올지 뻔하잖아."

"괜찮아요. 당신처럼 프랑스어를 할 수 있는 사람은 없어요."

"어째서 당신은 모든 걸 항상 그렇게 낙관적으로 생각하는 거야? 그들 중에도 오노 씨처럼 프랑스에서 수업을 받은 적이 있는 요리사가 있을지도 모른다구."

"난 그런 것보다 보퀴즈 씨 일행이 정말로 진지하게 강습을 해줄지 어떨지 쪽이 더 걱정돼요."

"그건 걱정 없어"

하고 쓰지 시즈오는 말했다.

사실은, 그도 보퀴즈 일행 세 명이 실제로 오기 전까지는 내심 그 문제를 걱정하고 있었다. 그러나 그들이 와서 눈앞에서 커다란 여행 가방을 열었을 때, 그런 걱정은 완전히 사라졌다. 그들이 앞에 있는 옷가지들을 꺼낸 뒤에, 제각기 가방 안에서 신선한 타임이나 에스트라곤 같은 허브류, 신선한 에샬로트나 트뤼프, 거기에다 브레스 닭 같은 일본에서는 구할 수 없는 재료들을 하나하나 꺼낸 것이었다.

또 그들은 고기나 생선을 갈 때 도저히 없으면 안 되는 거라며, 한 달이나 전에 프랑스제 푸드 프로세서(식품가공기)를 항공편으로 보내왔다. 그것도 일본에는 없는 것이었다.

"그들은 진지해"

하고 쓰지 시즈오는 말했다. 보퀴즈가 미지의 나라에 신의 가르침을 펼치러 가는 기독교의 수도승 같은 기분이라고 한 말은 거짓이 아니었다.

"게다가 야마오카가 그들한테 그들이 연수회에서 만드는 요리를 그대로 컬러 사진으로 찍어 책으로 내고 싶다고 말했어. 『현대 프랑스 요리 기술』이라는 제목으로 말이야. 그래서 그들은 더욱더 하려는 마음으로 가득해 있어."

"그렇다면 안심이에요"

하고 아키코는 말했다.

"그러니까 문제는 나의 프랑스어야. 내 통역을 테이프에 녹음해, 그걸 그대로 책으로 내는 데 사용할 거니까. 통역을 하면서 허둥대면, 책에 대한 신뢰성도 나중에 의심을 받을 거야."

"괜찮다니까요."

"나는 그렇게 대단하지 않아. 당신은 조금도 내 심정을 몰라주는군."

"그만해요. 당신의 쓸데없는 걱정에 맞장구를 쳐주다가는 밤이 샐 거예요."

아키코는 쓰지 시즈오의 고민을 상대하려 하지 않고, 빈 커피잔 두 개를 가지고 부엌으로 가버렸다. 쓰지 시즈오는 다시 혼자가 되어, 쓸데없는 걱정이 아니야, 어째서 내가 정말로 걱정하고 있다는 걸 이해해 주려고 하지 않는 거야 하고 생각했다. 분명히 오늘 밤은 이런저런 생각 때문에 잠을 못 이룰 것 같았다.

이튿날, 쓰지 시즈오는 학교 살롱에서 세 명의 프랑스인을 맞이하고, 오노 쇼키치를 소개했다. 그는 호텔 오쿠라의 총요리장이지만 오늘부터 닷새 동안 본인의 희망으로 당신들의 조수를 맡을 거라고 하자, 세 명 중에 가장 연장자인 마르크 알릭스가 빙긋이 웃으며 오노 쇼키치한테 오른손을 내밀었다.

"실로 영광이오. 당신 같은 사람이 있으면 우리도 보람을 느낄 수 있죠. 고맙소."

오노 쇼키치는, 장 트루아그로가 45세, 폴 보퀴즈가 46세, 마르크 알릭스가 53세인데 비해 54세였다.

쓰지 시즈오는, 전날 밤 이런저런 생각 때문에 잠을 못 이룰 것이라고 생각했던 게 현실이 되어 머리가 멍한 상태였지만, 그런 건 전혀 내색하지 않았다. 그는 하룻밤을 뜬눈으로 꼬박 새운 지금, 앞으로 닷새동안 어떤 일이 있어도 자신만만하게 행동하지 않으면 안 된다고 자신을 타일렀다. 그도 앞으로 몇 개월만 있으면 마흔이었다.

그들은 살롱에서 커피를 마시고, 다함께 연수회 장소인 계단교실로 갔다. 연수회장에는 전국에서 모인 2백 명의 요리사가 앉아 있었고, 약간의 공간이라도 있는 곳에는 쓰지 조리사 학교의 젊은 교원들이 이 기회를 놓치지 않으려고 제각기 손에 노트를 들고 수십 명이나 서서 기다리고 있었다. 그리고 요리복을 입은 다섯 명이 들어가고, 샤를 콜롱비에와 고미야마 테쓰오의 손에 의해 강습 준비가 완전히 된 조리대 앞에 서자 일제히 박수가 쏟아졌다. 쓰지 시즈오는 박수 소리가 잦아들기를 기다려 마이크를 잡고 세 명의 프랑스인을 소개했다. 회장의 요리사들은 진지한 눈빛으로 그들의 소개를 듣고 있었는데, 마지막으로 조수를 맡을 오노 쇼키치를 소개하자 모두의 얼굴에는 놀람의 표정이 떠오르고 회장에는 웅성거림이 일었다. 쓰지 시즈오는 그것을 보고, 온몸에 자랑스러움이 가득 차오르는 것을 억제하기 힘들었다.

"자, 그러면 시작하죠."

쓰지 시즈오는 자신의 목소리가 떨리지 않기를 기도하며 말했다.

최초의 강습 요리는, 농어를 파이 반죽으로 싸서 굽고 쇼롱choron 소스*를 곁들인 것이었다. 이 요리는 보퀴즈의 대표적인 요리였기 때문에, 그가 중심이 되어 만들어 가게 되었다. 보퀴즈는 금방 잡은 농어를 손에 들고, 순서를 자세하게 설명해 가면서 요리를 시작했다. 쓰지 시즈오는 그것을 한마디도 빼놓지 않도록 주의하며 통역했다.

"농어는 등지느러미, 가슴지느러미를 떼어내고, 배를 열어 내장을 제거합니다. 이어서, 등쪽에서부터 가운데뼈 양쪽을 따라 동체의 3분의 1정도 깊이까지 칼집을 넣고, 머리 부분은 남기고 가운데뼈를 제거합니다. 양쪽의 껍질도 제거합니다. 이걸로 등과 배 양쪽이 열린 농어가 만들어졌습니다. 내장을 제거한 뒤의 배 부분에는 나중에 소를 듬뿍 채워 넣을 것이기 때문에 칼집을 깊게 해두는 게 좋을 것 같습니다."

보퀴즈는 그것이 끝나자, 소를 만드는 일에 착수했다. 그는 잘 냉장된 대하살에 계란 흰자를 넣고 소금과 후추로 간을 한 뒤, 갈아 놓은 육두구와 함께 푸드 프로세서에 넣었다. 모터 소리가 나며 기계가 돌기 시작하자, 회장에 모인 2백 명의 요리사들은 흥미진진하게 그것에 시선을 쏟고 있다가, 이윽고 보퀴즈가 모터를 멈추고 안에서 무스가 된 대하를 꺼내자 한결같이 감탄을 금치 못했다. 그들의 대부분은 푸드 프로세서를 처음으로 목격했던 것이다. 칼로 다지고, 양념절구에서 으깬다고 하는 뼈빠지게 힘든 방법밖에 몰랐던 사람들로서는 꿈과 같은 기계였다. 그들은 낮의 휴식 시간이 되자, 구입 방법을 알려고 쓰지시즈오한테 몰려왔다.

보퀴즈는 그들의 감탄 소리에 빙긋이 웃으며 대하 무스를 볼bowl에 옮겼다. 그리고 거기에 다시 생크림과 주사위 크기로 썰어 데친 당근과 꼬투리강낭콩, 그리고 피스타치오와 트뤼프 잘게 썬 것을 더해 잘

---

* 에샬로트, 계란 노른자, 토마토, 화이트와인, 화이트와인 비네거, 정제 버터, 에스트라곤 등으로 만든 소스로 올랑데즈 계열의 소스이다.

섞이게 했다.

"이 소의 양은, 대하 살이 400그램, 계란 흰자가 두 개분. 생크림은 2분의 1로 졸인 것 500cc입니다. 프랑스에서는 더블 크림을 사용하지만, 일본에는 없기 때문에 2분의 1로 졸여 사용합니다. 그러면 이렇게 만들어진 소를 농어의 배 부분에 채웁니다. 머리 옆부분까지 듬뿍 채워 주십시오. 등 쪽에는 신선한 에스트라곤을 끼워 넣습니다. 프랑스에서는 에스트라곤 대신에 같은 허브인 세르푀유를 끼워 넣기도 하는 것 같습니다."

다른 조리대에서는 알릭스가 농어를 감쌀 파이 반죽을 만들고 있었다.

"파이 반죽은, 그냥 반죽이 아니라 패스트리 반죽을 사용합니다"

하고 쓰지 시즈오는 알릭스의 설명을 통역했다.

"일류 레스토랑에서는 내부분 그렇게 하고 있습니다. 그냥 반죽으로는 파이의 가장 훌륭한 묘미, 그 바삭바삭한 느낌을 맛볼 수 없기 때문입니다."

알릭스는 1킬로그램의 밀가루에 400cc의 물과 750그램의 버터를 섞고, 거기에 약간의 소금을 더한 파이 반죽을 종이처럼 얇게 펴고, 마지막으로 여섯 번을 접어 둘로 잘랐다. 그것이 끝나자, 보퀴즈가 소를 넣은 농어를 파이 반죽으로 완전히 싸고, 등지느러미와 가슴지느러미 같은 것이 붙어 있는 살아 있는 농어 모양과 똑같은 형태로 모양을 만들었다. 지느러미에는 나이프로 칼집을 새기고, 몸통에는 비늘의 모양을 그렸다. 보퀴즈는 그것을 회장의 요리사들한테 치켜올려 보이고, 만족스러운 듯 웃음을 짓고는, 전체에다가 계란 노른자를 발라 오븐에 넣었다.

"180도에서 200도 정도의 온도로 40분 동안 굽습니다"

하고 쓰지 시즈오는 보퀴즈의 설명을 통역했다.

또 하나의 조리대에서는 트루아그로가 쇼롱 소스를 만들고 있었다. 오노 쇼키치는 이쪽 조리대와 저쪽 조리대를 바삐 오가며 조수 역할에 충실했지만, 드디어 사전 준비가 다 끝나고 트루아그로가 소스를 만들기 시작하자 거기에서 움직이지 않았다. 쓰지 시즈오가 트루아그로의 소스는 한번 봐둘 만한 가치가 있다고 알려 주었기 때문이었다.

"우선, 250cc의 와인 비네거와 잘게 썬 에샬로트, 에스트라곤, 세르푀유를 냄비에 넣고 중불을 가합니다. 에샬로트도 에스트라곤도 세르푀유도, 각각 50그램을 잘게 썰어 준비해 둡니다만, 여기에서는 반인 25그램만 넣습니다. 남은 건 또 나중에 사용합니다."

트루아그로는 야채류가 타지 않도록 나무주걱으로 저어 가면서, 그것을 와인 비네거가 완전히 없어질 때까지 바짝 졸이고, 마지막으로 후추를 뿌려 간을 맞췄다. 그리고 불을 끄더니, 냄비를 거꾸로 뒤집어 보였다.

"졸이는 방법은, 야채류가 눋지 않고 냄비 바닥에 달라붙어, 이렇게 거꾸로 뒤집어도 떨어지지 않을 정도로 충분히 저어 주십시오. 마지막에 후추를 뿌립니다만, 소금은 이 단계에서는 절대로 넣지 않습니다."

트루아그로는 이어서 거기에 50cc의 물을 넣어, 졸인 야채류를 풀어 섞었다. 잘 섞이자, 이번에는 거기에 10개분의 계란 노른자와 잘게 썬 에샬로트 나머지 25그램을 넣고, 다시 거기에 150cc의 물을 더해 중탕했다.

"물의 온도는 60에서 70도입니다. 열을 너무 가하면 실패하기 때문에, 도중에 불을 끄고 여열을 이용하거나, 냄비를 풍로에서 내리거나 해서 물의 온도를 항상 조절합니다. 그리고 끊임없이 저어줍니다. 무슈 트루아그로는, 이 단계는 갓 태어난 갓난아기를 목욕시킬 때처럼 신중하게 하지 않으면 안 된다고 합니다.

그사이에, 껍질을 벗긴 잘 익은 토마토 200그램을 잘라서, 걸죽해질 때까지 끓여 둡니다. 오노 씨, 부탁드립니다"

하고 쓰지 시즈오는 말했다.

오노 쇼키치는 고개를 끄덕 하고, 미리 준비해 놓은 잘 익은 토마토를 냄비에 넣고는, 다른 풍로에서 끓이기 시작했다.

트루아그로는 중탕을 계속했다. 이윽고 그는 나중에 넣은 계란 노른자와 에샬로트에 열이 충분히 전해진 것을 확인하고 데워 놓은 1킬로그램의 정제 버터를 조금씩 집어넣기 시작했다.

"버터를 넣고 섞을 때는 마요네즈를 만드는 것과 같은 요령으로 조금씩 넣고 거품이 일도록 젓는 게 요령입니다. 그렇게 하지 않으면 봉긋한 느낌의 가벼운 상태로 만들어지지 않습니다. 말이 나온 김에 한 말씀 드리면, 1킬로그램의 정제 버터를 얻기 위해서는, 일본의 버터는 유장이 많기 때문에 1.3킬로그램 정도가 필요합니다. 하지만 남은 유장은 생선을 포셰*할 때 등에 사용합니다."

트루아그로는 꽤 시간을 들여 정제 버터를 집어넣는 것을 끝내고,

---

* pocher. 끓기 전의 물에 살짝 데치는 것.

소금과 후추를 뿌려 마지막으로 간을 맞췄다.

"소금은 이 단계에서야 비로소 집어넣습니다."

쓰지 시즈오는 트루아그로의 설명을 통역했다.

트루아그로는 그것을 눈이 총총한 용수로 거르고, 잘게 썰어 남겨 놓은 에스트라곤과 세르푀유, 거기에 역시 잘게 썬 파슬리를 더했다. 그리고 모든 준비가 갖춰지자, 오노 쇼키치의 손에서 펄펄 끓은 잘 익은 토마토 냄비를 받아들더니, 두 개를 단숨에 섞었다. 쇼롱 소스가 만들어진 것이었다. 그것은 보퀴즈가 오븐에서 파이 반죽을 싸서 구운 농어를 꺼낸 것과 거의 동시였다.

그 놀라운 타이밍에 회장에서 오, 하는 탄성이 올랐다. 그다음 순간, 회장은 파이의 향기로운 냄새와 소스를 구성하는 야채와 버터와 토마토의 냄새가 하나가 되어, 사람을 황홀하게 만드는 냄새에 휩싸였다. 그것은 정말이지, 아직 일본인이 그다지 맡아본 적이 없는 진짜 프랑스 요리의 냄새였다.

오전 중에 다시 두 개의 요리가 만들어졌다. 프랑스풍 찜닭과 마티뇽풍 새끼양 요리였다. 프랑스풍 찜닭은 알릭스가 중심이 되어 만들었고, 마티뇽풍 새끼양 요리는 트루아그로가 중심이 되어 만들었다. 쓰지 시즈오는 두 요리를 만들 때도, 걱정하고 있던 프랑스어의 실수는 저지르지 않았다.

'난 나 자신이 생각하고 있던 것보다도 프랑스어와 프랑스 요리를 잘 알고 있는 건지도 모른다'

고 쓰지 시즈오는 생각하기 시작했다.

그리고 오후가 되자, 그 생각은 확신으로 변했다. 오후는 과거의 M.

O. F 콘테스트의 과제 요리를 강습하기로 되어 있어, 우선 보퀴즈가 자신이 수상했던 1961년의 마르그리풍 넙치 그라탱을 만들었고, 이어서 알릭스가 역시 자신이 수상했던 1952년의 쿨리비아크koulibiac를 만들었다. 쿨리비아크라는 건파이나 브리오슈 반죽으로 고기나 생선, 야채, 쌀, 찐계란 등을 싸서 오븐에 굽고, 페리괴 소스나 버터 소스 등을 곁들여 내는 요리였다. 원래는 쿨리비아카라고 하는 러시아 요리였는데, 19세기에 러시아 궁정에서 일했던 프랑스인 요리사들이 프랑스에 갖고 돌아와 널리 퍼뜨린 것이었다. 당연한 일이지만, 무척이나 옛날 스타일의 요리였다.

그 쿨리비아크를 만들고 있을 때였다. 알릭스는 브리오슈 반죽 안에 넣을 연어살, 야채, 쌀, 찐계란 등을 준비하고 난 뒤, 여행 가방 안에 넣어 가지고 온 베지가를 손에 들고 마지막으로 이것을 첨가한다고 말했다. 우무를 물에 풀어 잘게 썬 듯한 느낌의 재료였다. 쓰지 시즈오는, 베지가라고만 하면 회장의 요리사들 아무도 모를 거라고 생각해, 그것이 무엇인지를 자세히 설명했다.

"이건 철갑상어의 골수입니다. 프랑스에서는 뼈에서 빼낸 걸 말려 팔고 있습니다. 그것을 밀에 풀어 잘게 썬 것입니다. 끓이거나 구워도 풀어지지 않습니다만, 이것을 집어넣으면 음식을 찰지게 하는 역할을 하는데, 맛이 진해지고 감칠맛이 나게 됩니다."

쓰지 시즈오가 이야기를 끝내자 알릭스가 말했다.

"베지가라는 것은—"

"베지가의 설명이라면 했습니다"

하고 쓰지 시즈오는 말했다. "철갑상어의 골수죠?"

알릭스의 눈이 휘둥그레졌다.

"어떻게 당신은 이런 것까지 알고 있소?"

"에스코피에와 니뇽을 공부했거든요."

"믿을 수가 없군."

알릭스는 어이가 없다는 듯이 고개를 가로 저었다. 쓰지 시즈오는 알릭스의 반응에 빙긋이 웃었다. 생각지도 않은 일이었지만, 마음속은 만족감으로 가득 찼다. 프랑스 요리에 관해서, 처음으로 프랑스인을 놀라게 한 것이었다. 그는, 그 일 이후로는 어떤 상황에서도 전혀 불안감을 느끼지 않게 되었다.

첫날의 강습이 전부 끝나고 다함께 살롱으로 돌아와서, 알릭스가 보퀴즈한테 말했다.

"지금은 프랑스에서도 베지가를 사용하는 요리가 그다지 만들어지지 않는데 쓰지 시즈오는 베지가를 알고 있었어. 믿을 수 있겠나?"

그러자 보퀴즈가 말했다.

"그러니까 내가 말했었죠. 쓰지 시즈오는 프랑스인보다 프랑스 요리에 대해 잘 알고 있다고."

보퀴즈 일행 세 명은 전채나 디저트를 포함해서, 5일 동안 50가지의 요리에 대해 강습을 했다. 당초 예정으로는 한 사람당 열 가지 요리를 만들기로 약속했었다. 그러나, 이틀째, 사흘째 시간이 흐름에 따라, 그들은 번갈아서 예정 외의 요리를 강습 메뉴에 더하기 시작했다. 보퀴즈와 트루아그로는 젊었을 적에 뤼카스 카르통과 피라미드에서 함께 수업 시대를 보냈고, 그 이후로 줄곧 친구로 우정을 쌓아 오고 있었지만, 일에 있어서는 서로가 지지 않으려는 라이벌 관계였다. 먼저 그 두 사람이 각자의 솜씨를 경쟁하면서 예정에 없던 자신들의 특기 요리를 선보이기 시작하자, 알릭스도 그 분위기에 휩싸였다. 그 때문에, 나흘째 같은 경우는 오전 중의 강습 시간이 완전히 초과돼, 회장의 전원이 점심을 못 먹었을 정도였다.

쓰지 시즈오는 그들 세 명에게 들어가는 비용을 한 사람당 5백만 엔이라고 보고 있었다. 사례금 외에도, 퍼스트 클래스 왕복 비행기 요금, 체제비, 식사비 등 모든 것을 다 부담하기 때문이었다. 따라서 세 명에게 1천5백만 엔이 드는 셈이고, 요리의 가격으로 환산하면, 그들이 만든 요리가 50가지이니까, 요리 하나당 30만 엔이 드는 셈이었다. 그러나 그 50가지 요리는 전부 쓰지 조리사 학교의 재산으로서 흡수되고, 곧 8백 명의 학생들에게 환원될 것이었다. 쓰지 시즈오는, 그렇게 생각하면 1천5백만 엔은 아주 싼 거라고 생각했다.

마지막 날인 닷새째 오후에는, 참가한 2백 명의 요리사들이 3인 1조가 되어 실습이 행해졌다. 요리는 도몽풍 넙치 파르시farci로, 보퀴즈가 사흘째 오전 강습에서 가르친 것이었다. 넙치의 등을 벌려 거기에 작은 새우 무스를 짜넣고, 화이트와인과 퓌메 드 푸아송을 듬뿍 넣어 포셰시키고, 버터와 퓌메 드 푸아송, 야채, 코냑, 화이트와인, 생크림으로 만든 낭티에 소스를 곁들여서 내는 요리였다. 시작하기 전에, 보퀴즈가 최종적으로 완성된 요리를 보고 어느 팀이 가장 잘 만들었는지를 심사하겠다고 했기 때문에, 2백 명의 요리사들은 아주 긴장해서 솜씨를 선보였다. 쓰지 조리사 학교의 실습실은 커다란 호텔의 조리장에 비해 전혀 손색이 없게 지어졌기 때문에, 그들이 솜씨를 발휘하는 데는 아무런 불편도 없었다.

1등상을 받은 것은 가루이자와 프린스 호텔의 셰프들 팀이었다.

"이 요리에서 가장 중요한 것은 포셰의 정도입니다. M. O. F. 콘테스트에서도 무심코 넙치에 불을 너무 세게 해서 탈락한 사람이 많이 있습니다. 특히 일본의 넙치는 프랑스의 넙치에 비해 몸통이 얇아서 불 조절에 더 신경을 써야 합니다. 하지만, 이 팀의 불 조절은 완벽했습니다"

하고 보퀴즈는 그들의 요리를 칭찬했다. 그리고 그들 세 명과 악수를 하고 다시 계속해서 말했다.

"나는 이번 5일 동안 교단 위에서 줄곧 여러분들을 보고 있었는데, 여러분들의 날카로운 눈매에 감탄했습니다. 이렇게 프랑스 요리에 대해 열의를 가지고 있는 분들이 많이 있다면, 일본에서 프랑스 요리가 크게 꽃피는 것은 그리 멀지 않은 장래에 가능하지 않을까 생각합니다. 나는 약속합니다. 내년에도 내후년에도 다시 여기에 오겠습니다. 제 친구들도 올 겁니다. 여러분들과 만나 요리 강습을 통해 프랑스와 일본의 친선을 깊게 하기 위해서."

마지막으로 보퀴즈가 빙긋이 웃자, 회장에서 커다란 박수 소리가 일었다. 그러는 사이 오노 쇼키치가 가까이와 쓰지 시즈오한테 말했다.

"쓰지 씨, 고마워. 공부가 되었어."

쓰지 시즈오는 감동받았다. 처음에는 이런저런 것 때문에 화가 나서, 일본의 벽창호들한테 한번 보여주자고 해서 기획한 연수회였지만, 그런 건 이제 아무래도 상관없었다.

그날 밤, 쓰지 시즈오는 아키코와 야마오카 토루 부부와 함께 고베의 프랑스 영사관에 초대되었다.

"자네한테 너무 대접을 잘 받았으니, 우리도 한 번 정도는 답례를 해야 하지 않겠어"

하고 보퀴즈가 불러 준 것이었다.

쓰지 시즈오는, 그들 세 명이 일본에 온 첫날부터 하루도 빼지 않고 고라이바시高麗橋의 깃초吉兆에 데리고 가, 매일 밤 최고로 비싼 가이세키會席 요리를 대접했다. 보퀴즈도 트루아그로도 알릭스도 본격적인 가이세키 요리를 먹는 것은 물론 처음으로, 첫날부터 바로 흥미를 보였다. 특히 보퀴즈는, 요리 그 자체보다도, 사키즈케先付, 스이모노吸物, 쓰쿠리造り, 핫슨八寸, 야키모노燒物, 타키아와세炊合, 즈모노酢物* 등 연달아서 조금씩 나오는 요리를 내는 방식에 흥미를 느끼는 것 같았다. 그리고 그가 트루아그로한테 이런 말을 한 것은 사흘째가 되던 날이었다.

"이봐, 장. 프랑스 요리도 이런 식으로 내는 게 불가능할까? 온갖 요리를 조금씩, 여러 종류 내는 거야. 새로운 프랑스 요리가 될 거라고 생각 안 해?"

"응, 그렇겠는데."

"시즈오는 어떻게 생각해?"

---

* 스이모노는 맑은 장국, 쓰쿠리는 간사이 지방에서 사시미(생선회)란 말에 찌른다는 의미가 있어 그것을 피해 쓰는 말이고, 야키모노는 불에 가볍게 구운 생선, 닭 요리 등의 총칭이며, 타키아와세는 두 종류 이상의 끓인 음식을 한 그릇에 함께 담아내는 요리, 즈모노는 주로 해산물을 식초로 조미한 요리를 말한다.

"우리로서는 고맙지. 지금의 프랑스 요리는 우리 일본인한테는 양이 다소 많으니까."

"프랑스인한테는 어떻지, 장?"

"글쎄, 모르겠는데"

하고 트루아그로는 말했다.

하지만 보퀴즈는 그 문제에 대해 진지하게 생각하기 시작한 것 같았다.

"깃초 요리의 가격을 그들한테 가르쳐 주셨습니까?"

프랑스 영사관으로 향하는 차 안에서 야마오카 토루가 말했다.

"아니, 안 가르쳐 줬어. 가르쳐 줘도, 어차피 믿지 않을 테니까"

하고 쓰지 시즈오는 말했다.

영사관에 도착하자, 부영사가 그들을 마중 나와 영사실로 안내했다. 쓰지 시즈오는 전에 여러 번 그곳에 들른 적이 있었다. 맨 처음 들른 것은 프랑스 입국 비자를 신청할 때였다. 그때 총영사한테서 입국 이유에 관해 이런저런 인터뷰를 받았고, 그것이 계기가 되어 그 총영사와 친해지게 되었다. 쓰지 시즈오가 프랑스 요리를 공부하러 간다고 하자, 금세 싱글벙글하며 입국을 허가해 주었다. 그는 파리의 라 본이라는 레스토랑 집의 아들이었다. 마키가 태어났을 때, 영국의 사립학교에 입학시킬 생각이라면 바로 입학 예약을 하는 편이 좋을 거라고 가르쳐 준 영국 총영사를 소개해 준 것도 그였다. 그때 이래로 쓰지 시즈오는 새로 부임해 온 프랑스 총영사와 영국의 총영사들과 교제를 끊지 않고 계속 해오고 있었다.

영사실에는 이미 보퀴즈와 트루아그로와 알릭스가 모여서, 총영사

부부와 다섯 명이서 웃음꽃을 피우며 화기애애한 분위기를 연출하고 있었다. 네 명이 영사실로 들어오자, 총영사가 일어서서 말했다.

"프랑스가 자랑하는 세 명의 위대한 셰프와, 일본 제일의 조리사 학교 경영자를 디너에 초대한다는 건 제정신으로 할 일은 아니지만, 어쩔 수가 없죠. 어떻든 고베에는 폴 보퀴즈도 트루아그로도 존재하지 않으니까요."

디너에는 부영사도 더해 전부 열 명이었다. 쓰지 시즈오는 이 디너의 주빈은 보퀴즈고 자신들은 빈자리를 채워 주는 역할이라고 생각하고 있었기 때문에 아키코에게 총영사의 옆자리, 자신에게 총영사 부인의 옆자리가 주어졌을 때 어라, 하고 생각했다. 그 이유를 안 것은 농어 무스와 고베 소고기 후추 스테이크를 다 먹고 나서였다. 총영사가 보퀴즈한테 웃음을 던지며 이렇게 말한 것이었다.

"폴, 슬슬 싸구려 연극은 이제 그만할까?"

그 말을 듣고 보퀴즈가 어깨를 으쓱하고, 총영사는 부영사한테 아까 그 물건을 갖고 와 달라고 했다. 트루아그로와 알릭스가 쓰지 시즈오를 보고 빙긋이 웃었다. 쓰지 시즈오는 무슨 영문인지 알 수가 없었다. 야마오카 토루한테도 눈짓으로 뭔 일이냐고 물었지만, 그도 모르겠다고 고개를 옆으로 흔들었다.

부영사가 뭔가를 가지고 돌아왔다. 작고 빨간 벨벳 장식의 상자였는데, 총영사는 서서 그것을 받아들더니 안에서 금색의 메달을 꺼냈다. 그리고 말했다.

"나는 프랑스 정부를 대표해서 무슈 시즈오 쓰지가 다채로운 출판 활동으로 정확한 프랑스 요리의 소개에 공헌했다는 점을 인정해, 이

자리에서 명예 프랑스 최우수 요리인상을 증정합니다."

총영사는 쓰지 시즈오에게 걸어서 다가가, 그가 일어서자 그의 목에 메달을 걸었다. 총영사 부인이 가장 먼저 박수를 쳤다. 그리고 보퀴즈, 트루아그로, 알릭스의 박수가 이어졌다. 야마오카 토루와 야마오카 토루의 부인이 그 뒤에, 아키코는 다시 그 뒤에 박수를 쳤다. 쓰지 시즈오는 망연한 채로 어떤 반응도 보일 수가 없었다.

"얼굴이 왜 그래"

하고 보퀴즈가 웃었다.

"뭔 일이 일어난 건지 모르겠어"

하고 쓰지 시즈오는 말했다.

"프랑스 정부와 우리들이 프랑스 요리에 대한 자네의 공적을 인정한 거야. 지금 총영사님이 그렇게 말했잖아."

"난 이런 걸 받을 만한 일을 아무것도 안 했어."

"시즈오. 우리들은 인정하고 있어."

트루아그로가 말했다. "마담 푸앵도, 폴도, 나도, 그랑 베푸르의 레몽 올리베도, 라세르의 르네 라세르도, 루아지스의 루이 우티에도 모두 인정하고 있어. 자네한테는 명예 M. O. F.가 주어질 자격이 있어."

"고마워"

하고 쓰지 시즈오는 말했다. "이 메달의 명예를 더럽히지 않도록 하겠어."

"내가 뭔가 해드릴 일이 없겠소?"

총영사가 말했다.

"있습니다"

하고 쓰지 시즈오는 말했다. "이것은 일본의 검역 시스템 문제입니다만, 프랑스에서 야채나 고기를 수입하려고 해도 검역이 늦어서 바로 학교로 오지 못하고 있습니다. 따라서 가공식품 이외에는 수입할 수가 없습니다. 프랑스 정부 쪽에서, 적어도 프랑스에서 실어 보내고 이틀 뒤에는 우리 학교로 도착하도록 교섭해 주실 수 있겠습니까?"

"문제없소. 가능한 한 최선을 다하겠소."

"만약 그것이 실현된다면, 프랑스의 일본에 대한 식품 수출량이 적어도 지금의 백 배로 늘어날 거라고 생각합니다."

보퀴즈가 말했다. "우리는 쓰지 시즈오의 학교에서 일본 요리인들의 프랑스 요리에 대한 열의를 방금 전까지 눈으로 확인하고 오는 길입니다."

"그게 정말이오?"

"예, 정말입니다."

하고 보퀴즈는 말했다.

"그렇다면, 내일부터 신속하게 착수해야겠군. 자네."

총영사는 부영사를 향해 말했다. "본국 정부에 보낼 문서를 내일 중에 만들어 주게."

"알겠습니다."

하고 부영사는 말했다.

그날 밤, 보퀴즈는 프랑스로 돌아가기 전에 한 번 더 자네의 집에 들르고 싶다며 혼자서 왔다.

"돌아가면, 자네 집의 모습을 자세하게 마도한테 얘기해 주지 않으면 안 되거든."

하며 그는 웃었다.

쓰지 시즈오는 아키코와 둘이서 그를 거실로 안내하고 샴페인을 내왔다. 샴페인은 보퀴즈가 가장 좋아하는 술이었다.

"고마워"

하고 쓰지 시즈오는 다시 한 번 보퀴즈한테 감사를 표시했다. "M. O. F.는 당신이 추천해 준 거지?"

"아니야. 모두가 추천한 거야."

그러나 쓰지 시즈오는, 현재 보퀴즈가 M. O. F. 심사위원회의 가장 유력한 멤버의 한 사람이라는 걸 알고 있었다. 리옹 지구에서는 위원장을 맡고 있었다. 보퀴즈가 강력하게 추천해 준 게 틀림없었다. 쓰지 시즈오의 수상은 외국인으로는 처음 있는 일이었다.

"어라, 왜 여태까지 이걸 못 봤을까."

벽의 그림에 눈길을 던지며 보퀴즈가 말했다. 그것은 쓰지 시즈오가 몇 년 전인가 리옹의 화랑에서 발견한 위트릴로의 그림이었다. 언덕 위에 지어진 노란 벽의 성과, 그 정원에서 놀고 있는 부인들의 모습이 그려져 있었다.

"난 이 성을 알고 있어."

"샤토 드 레클레르라는 성이야"

하고 쓰지 시즈오는 말했다. 그것이 그림의 제목이었다.

"그래, 틀림없어. 보졸레의 작은 마을 가운데에 있는 성이야. 리옹 바로 옆이지."

"흐음."

"살 테야?"

"응. 적당한 가격이면 사도 괜찮겠지."

"1백만 프랑만 내면 살 수 있을 거라 생각하는데."

6천만 엔이라, 하고 쓰지 시즈오는 생각했다. 위트릴로의 그림과, 거기에 그려진 실제 성을 가진다는 건 꿈같은 이야기였다. 6천만 엔이라면, 대출을 받으면 어떻게 될 거 같기도 했다.

"하지만, 주인이 팔려고 할까?"

"팔 거야. 지금은 포도 재배업자들의 협동조합이 관리하고 있는데, 처분에 골치 아파하고 있다는 얘기를 들은 적이 있어."

"그럼, 얘기를 한번 꺼내 줘."

하고 쓰지 시즈오는 말했다.

그는 머지않아 그 성이 쓰지 조리사 학교의 프랑스 학교가 되리라는 것은, 그 시점에서는 꿈에도 생각하지 못했다. 거의 즉흥적으로 보퀴즈의 얘기에 응했을 뿐이었다. 그가 그 성을 산 것은 2년 뒤의 일이었다.

보퀴즈는 샴페인 병을 비우고는 한 번 더 집을 구경시켜 달라고 말했다. 쓰지 시즈오는 일어나서, 침실과 아이들 방과 부엌을 안내했다. 아이들 방에서는 요시키가 자고 있었다.

"슬슬 애한테도 요리가 어떤 건지 가르치는 게 좋지 않을까?"

하고 보퀴즈는 말했다.

"응. 내년 여름방학 때는 마도한테 데리고 가서 맡아 달라고 할 생각이야."

"그거 좋지. 나도 힘이 되어 줄게."

보퀴즈는 한 시간 뒤에 아키코의 양 볼에 두 번씩 키스를 하고 돌아갔다.

6

쓰지 시즈오가 신문 기자 시절의 친구 다섯 명을 초대해 디너파티를 갖기로 한 것은 보퀴즈 일행이 돌아가고 거의 한 달이 지난 뒤의 일이었다. 그들 가운데 적어도 세 명은, 초대를 받아들인 순간부터 대체 어떤 요리가 나올 것인지 기대에 부풀었다. 쓰지 시즈오의 디너에는 비용에 개의치 않고 최고의 재료를 쓴 요리만 나온다고 하는 소문을 여러 사람을 통해 들어 왔기 때문이었다.

실제로 그런 소문은, 고미야마 테쓰오가 피라미드와 폴 보퀴즈에서의 연수에서 돌아온 1970년에 처음으로 디너파티를 한 이래 소리 없이 퍼져 있었다. 그때 초대한 사람은 신교사를 지을 때 신세를 진 오쿠무라 타케마사와 나가이 테쓰야, 그리고 라이온즈 클럽에서 알게 된 오사카의 재계 인사 여섯 명이었는데, 그들은 한 사람의 예외도 없이 고미야마 테쓰오의 프랑스 요리를 입에 침이 마르도록 칭찬했고, 두 번째에는 제각기 친구들을 데리고 왔다. 동료 재계 인사, 정치가, 공무원, 학자, 소설가, 음악가 등이었다. 그 때문에 손님이 급격히 증가해, 지난 2년 동안 벌써 백 명 이상에 달하고 있었다. 소문이 난 것도 무리는 아니었다.

그러나 쓰지 시즈오로서는, 그런 건 아무래도 상관없었다. 디너파티를 여는 목적의 하나는 손님들한테 맛있는 요리를 대접해 즐겁게 하는 것이었기 때문에, 손님이 즐거워하는 얼굴을 보거나, 좋은 평판을 듣거나 하는 것은 기쁜 일이었다. 그러나 디너파티의 진짜 목적은 그런 게 아니었다.

쓰지 시즈오의 머릿속에는, 최초의 프랑스 여행을 마치고 돌아온 이래, 교원을 학교의 재산이 되는 좋은 요리인으로 키워낸다고 하는 것 외에는 없었다. 그것을 위해 그는 그들에게 항상 최고의 재료를 사용하는 것을 허락하고, 프랑스에서 요리사를 부르고, 이 사람이다 싶은 사람은 프랑스에까지 연수를 보냈다. 그 제1호가 고미야마 테쓰오였다. 그러나 문제는, 그들이 가령 한 사람의 당당한 요리인이 되었다고 해도, 상대하는 게 항상 학생들뿐이라는 점이었다. 학생들만을 상대하다 보면, 솜씨가 퇴보하는 일은 있어도 그 이상으로 향상되는 일은 없을 거라는 생각이 들었다.

그 좋은 예가 쓰지 토쿠이치였다. 쓰지 시즈오는 그 말고 제대로 된 요리인을 몰랐을 때는 그를 일류 요리인이라고 생각했었다. 도쿄의 황족을 상대로 하는 요정에서 요리사를 했었다고 들었기 때문이었다. 하지만 시간이 흘러 깃초나 교토의 요정 요리를 알게 되자, 쓰지 토쿠이치의 요리가 낡았다는 걸 한눈에 알게 되었다. 쓰지 토쿠이치의 요리는 예전에는 분명히 일류였을지도 모르지만, 거기에서 멈추고 만 것이었다. 그가 죽은 뒤 나다만의 요리장이었던 곤도 유키치가 학교에 오자, 그 차이는 더욱더 확실해졌다. 그것은 아무것도 모르는 학생들만을 상대해 온 요리인과, 매일매일 손님의 혀에 의해 그 요리를 시험받아 온 요리인과의 차이였다.

학교의 교원들에게도 확실한 혀를 가진 맛의 판정자가 필요했다. 그러나 쓰지 시즈오는, 새뮤얼 챔벌레인에게서 좋은 교원을 키우느냐 못 키우느냐는 자네의 혀에 달렸다는 말을 들은 이래 줄곧 그 문제를 생각해 왔지만 어떻게 하면 좋을지는 알지 못했다. 그들의 수업에 나가서 일일이 거기서 만든 요리의 맛을 보면서 다닌다는 건 불가능했기 때문이었다. 겨우 해결책을 발견한 것은 신교사의 일층에 내객용 살롱을 만든다는 걸 떠올렸을 때였다. 거기에서 정기적으로 손님을 초대해 디너파티를 하면 좋겠다고 생각한 것이었다. 쓰지 시즈오의 디너파티는 그가 교원들이 만드는 요리의 최종적으로 완성된 맛을 판정하기 위한 것이었다.

쓰지 시즈오는 신문 기자 시절의 다섯 명의 친구와 그 부인들을 초대하기로 했을 때, 요리장으로 가사하라 요시아키를 처음으로 지명했다. 그는 1년간의 홍콩 연수를 마치고 3개월 전쯤에 돌아와 있었다. 쓰지 시즈오가 그 사실을 전하자, 가사하라 요시아키는 말했다.

"그렇다면, 홍콩에 다녀오겠습니다."

"왜지?"

"재료를 사오지 않으면 안 되니까요."

"일본에서는 구할 수 없나?"

"정말로 좋은 재료는 구할 수 없습니다."

"그렇다면 어쩔 수가 없군. 다녀와."

"20만 엔 정도 들 거 같습니다만."

"괜찮겠지"

하고 쓰지 시즈오는 말했다.

그는 가사하라 요시아키가 3개월 전에 귀국했을 때의 보고로, 중국 요리라는 게, 본격적으로 만든다면 세계에서 가장 돈이 많이 드는 요리라고 하는 것을 들었다. 그런 얘기를 들으면서 조금도 의외라고 생각하지 않았다. 17세기부터 3백 년이나 이어져 온 청조 궁정이 요리에만은 사치를 부리지 않았을 거라고는 생각할 수 없었기 때문이다.

"일본에서 만드는 팔보채 같은 거, 그건 전부 가짭니다. 진짜 팔보채라는 것은, 전복이나 해삼이나 물고기의 부레 같은 진짜로 좋은 재료가 들어가 있습니다. 그렇기 때문에 팔보채八寶菜라고 부르는 것입니다"

하고 가사하라 요시아키는 말했다. 그리고, 상어 지느러미나 바다제비 집이나 말린 해삼 같은 재료는, 한 근에 수만 엔이나 한다는 것이었다. 그래서 쓰지 시즈오는, 재료비가 20만 엔이 들 거라는 말을 들었어도 그 금액 자체에는 조금도 놀라지 않았다. 그러나 그 금액을 아무런 망설임도 없이 태연히 입으로 꺼내는 가사하라 요시아키의 태도에는 놀랐다. 상당히 배짱이 좋은 작자구나 하고 생각했다.

또 가사하라 요시아키는 홍콩에서 귀국하자, 쓰지 조리사 학교의 중국 요리는 광둥요리를 기본으로 해야 한다고 주장하고 스스로 선두에 서서 그것을 가르치고 있었다. 그에 의하면 베이징 요리는 양이나 오리 같은 고기 요리가 중심이었고, 상하이 요리는 기름에 튀긴 요리가 많은 데다 양념에 당분을 너무 많이 사용했다. 그리고 사천요리는 그 내륙적 기후풍토 때문에 살균을 위해 고추를 너무 많이 사용해, 전부 일본인들의 입에는 맞지 않았다. 결국, 아열대 기후에 속하고 다양한 야채와 바다에서 잡은 생선을 사용해, 재료 그 자체의 맛을 살리는 광둥요리, 게다가 홍콩의 세련된 광둥요리가 일본인의 입맛에는 가장 잘 맞는다는 것이었다.

한편으로, 가사하라 요시아키는 인간관계를 맺는 데도 독특한 재능을 갖고 있었다. 홍콩에서 돌아오고 얼마 안 됐을 때였다. 잠깐 도쿄에 다녀온다고 하고 나가서는, 한 달 정도 소식이 끊어져 버렸다. 쓰지 시즈오는 순간, 딴 데로 도망친 건가 하고 생각했다. 홍콩에서 수업을 받고 왔다고 이야기하면, 높은 급여로 고용할 호텔이나 레스토랑은 얼마든지 있을 게 틀림없었기 때문이었다. 이윽고 돌아온 그한테 어디 있었느냐고 묻자, 그는 대답했다.

"오귀배라는 사람네 집에 있었습니다."

"누군데, 그 사람은?"

"오쿠라 호텔의 중국 요리 요리장으로, 광둥계 중국인 요리사들의 보스 같은 사람입니다."

"그래서, 자네는 뭘 하고 왔나?"

"줄곧 마작 상대가 되어 주었습니다."

쓰지 시즈오는 그때, 이 녀석이라면 학교의 중국 요리 부문을 맡겨도 제대로 이끌어 갈지 모르겠다고 생각했다. 그리고 지금은 그것이 확신으로 변해 가고 있었다.

문제는 요리 솜씨였지만, 20만 엔이라는 재료비 액수를 아무렇지도 않게 말하는 것으로 살펴보건대, 상당히 자신이 있는 게 틀림없었다. 그러나 그것은, 어찌됐든 곧 알게 될 일이었다.

가사하라 요시아키는 홍콩에서 재료를 사갖고 돌아와서는, 열 명의 스태프를 동원해 일주일에 걸쳐 재료를 손질했다. 바다제비 집, 상어 지느러미, 말린 해삼, 거기에 비단우산버섯 같은 재료를 손질하지 않으면 안 되었기 때문이다. 특히 상어 지느러미는 이틀 이상에 걸쳐 손질을 하고 나서, 지느러미 사이에 있는 심줄을 제거해, 하나씩 섬유 상태로 풀어 놓지 않으면 안 되었다. 또, 돼지고기 붉은살과 노계老鷄, 중국 햄, 소의 정강이 살로 장시간 끓여 낸 상탕上湯이라 불리는 중국 수프도 미리 만들어 놓을 필요가 있었고, 살구씨를 으깨어, 그 윗물만을 굳혀 만든 살구씨두부를 만드는 것도 간단치가 않았다. 중국 요리라는 건 돈도 들지만 손도 많이 가는 요리였다.

쓰지 시즈오는 그날을 무척 기분 좋게 맞이했다. 초대한 것은 요미우리신문의 동기 기자 세 명과, 텐노지 경찰 기자 클럽에 함께 있었던 마이니치신문과 NHK의 기자였는데, 마이니치의 기자를 제외하면 전부 요미우리를 퇴사한 이래 처음 재회하는 것이기 때문이었다. 정겹고 허물없는 자리가 되리라고 생각했다. 게다가 그는, 한 달 전의 프랑스 요리 연수회 성공의 여운에서 아직 완전히 벗어나지 못했고, 그게 아니더라도 기분이 고양되어 있었다.

손님들이 부인을 동반해 도착하자, 쓰지 시즈오는 그들에게 아키코와 야마오카 토루를 소개했다. 야마오카 토루를 출석하게 한 것은, 첫 중국 요리 디너였기 때문에 함께 맛을 보게 하기 위해서였다. NHK기자가 살롱 구석의 오디오 세트에 눈길을 주고, 탄성을 올렸다.

"대단하군. 탄노이 스피커 아냐."

"응. 괜찮지?"

하고 쓰지 시즈오는 말했다.

"우리들 1년 월급 정도 되지 않나?"

"그거보다 조금 더 나가."

"끝나고 소리 한번 들려줘."

"좋고말고."

"굉장한 소리가 나오겠지."

NHK 기자는 스피커로 가까이 가, 네모난 상자의 표면을 몇 번이나 손으로 쓰다듬었다. 쓰지 시즈오는 자신도 모르게 웃었다. 자신이 소유하고 있는 물건의 가치를 알아주는 사람이 있다는 것은 기쁜 일이었다. 그러나 테이블로 눈을 돌리자 요미우리 기자 중 한 명이 안 좋은 얼굴로 담배를 피우고 있었다. 그는 입사와 동시에 쓰지 시즈오와 함께 사회부로 배치되었던 남자였다. 쓰지 시즈오는 그에게도 웃어 보였지만, 그는 기분 나쁜 얼굴로 외면한 채 얼굴도 마주치려 하지 않았다.

이윽고 최초의 요리가 나왔다. 네 종류의 전채 모둠으로, 장어 감식초 무침, 오징어와 노란부추 무침, 깨를 묻힌 닭튀김, 거기에 향료가 들어간 콩찜이었다. 쓰지 시즈오는 어느 전채든지 전부 짠맛과 단맛이 잘 억제되어, 중국 요리라고는 생각되지 않는 무척 기품 있는 맛으로 완성되어 있는 것에 놀랐다. 다음 요리가 기다려졌다.

두 번째는 소고기 샤브샤브였다. 가볍게 익힌 얇게 썬 설로인에, 잘게 썬 당근과 오이와 셀러리가 곁들여졌고, 고추와 푸른 파를 넣은 양념간장이 따라 나왔다. 고기를 적셔 먹어 보니, 일본의 간장과는 다른 뭐라 말로 할 수 없는 맛이 났다. 이것도 분명히 홍콩에서 사온 것이리라 하고 생각했다.

세 번째는 대하 매운맛 볶음이었다. 작게 자른 껍질 붙은 대하를 기름에 튀긴 뒤, 고추, 술, 간장, 식초, 설탕, 참기름 조미료에 물에 푼 녹말을 더해 볶은 요리로, 마늘종과 엿에 졸인 호두가 곁들여 나왔다.

"우리가 먹는 칠리소스랑은 전혀 다르군."

마이니치의 기자가 믿기 힘들다는 듯이 말했다.

네 번째는 상어 지느러미 찜이었다. 희미한 간장 색깔의 국물 안에, 푸성귀와 하나하나 풀어 놓은 가랑비처럼 투명한 상어 지느러미 섬유가 무수히 잠겨 있었다. 그것을 보고, 스푼을 담그며 마이니치의 기자가 말했다.

"내가 먹어 본 상어 지느러미는 이렇지 않았는데 말이야. 이런 콩나물 같은 게 아니고 커다란 덩어리 하나였다고."

쓰지 시즈오도 어째서 이런 식으로 만들었는지 몰랐기 때문에 조리장에서 가사하라 요시아키를 불렀다. 그리고 그 이유를 묻자, 그는 말했다.

"요리 하나만을 드실 때는 작은 지느러미 모양으로 쪄서 냅니다만, 오늘은 여러 가지 종류를 드셔야 되기 때문에, 양을 생각해서 이런 식으로 내드린 겁니다. 광둥요리에서는 이렇게 내는 게 그리 드물지 않습니다."

"허어, 다 생각이 있는 거군. 하지만, 이런 식으로 하나씩 풀어 놓는 것도 엄청난 일일 텐데. 어떻게 하는 거요?"

마이니치 기자가 물었다.

"껍질을 벗긴 지느러미를 하루 동안 물에 담가 놓고, 그런 뒤에 다시 하루 동안 찝니다만, 그사이에 지느러미의 사이에 있는 심줄을 제거하기 때문에, 이런 식으로 하나씩 풀어져 투명한 상태가 되는 겁니다. 그렇기 때문에 섬유질이 두터운 지느러미가 아니면 만들 수가 없습니다. 이것은 홍콩에서 코차高茶라는 이름으로 파는 것으로, 인도양에서 잡은 최고급 상어 지느러미입니다."

"국물의 맛도 최고요."

요미우리의 동기로 경제부로 간 기자가 말했다. "보통 닭의 국물과는 다른 거 같은데."

"돼지고기 붉은살과 노계, 중국 햄, 거기에 소의 정강이 살을 여덟 시간 동안 끓인 겁니다."

가사하라 요시아키가 대답하자, 열 명의 손님들은 입을 다물고, 새삼스럽게 각자의 그릇 속을 가만히 쳐다보았다.

다섯 번째는 인삼과 오골계 수프였다. 중국 수프에 인삼과 검은색의 오골계살, 거기에 표고버섯과 구기자 열매를 더해 세 시간 동안 찌고, 마지막으로 비단우산버섯을 넣고 소금과 오래 묵은 술로 간을 맞춘 것이었다.

'아, 이 얼마나 기품 있는 맛인가'

하고 쓰지 시즈오는 다시 생각했다. 저 남자는 어떻게 이런 맛을 내는 걸까. 정말로 이것이 중국 요리라고는 생각되지 않았다.

여섯 번째는 말린 전복 굴 소스 찜이었다. 하루 동안 전복을 물에 담근 뒤에 한나절 정도 삶고, 다음에 닭고기와 돼지고기로 그 전복을 끼우듯이 해서 중국 수프, 굴 소스, 술, 설탕, 중국제 누룩 간장으로 다시 여섯 시간 끓인 것으로, 구기자를 넣은 그것의 국물이 소스였다. 얇게 썬 전복은 입에 녹을 듯이 부드러워 혀로도 씹을 수 있을 것 같았다. 쓰지 시즈오가 이렇게 멋지게 요리된 말린 전복을 먹는 것은 태어난 뒤로 처음이었다.

일곱 번째는 유키나*와 오리고기가 들어간 광둥풍 수프 메밀국수였다. 술과 굴 소스와, 간장, 설탕, 참기름으로 담백한 맛을 더한 중국 수

---

* 雪菜. 눈이 많은 지방에서 눈 속에서 재배하는 채소류.

프 안에, 손으로 실처럼 가늘게 뽑은 면이 아주 조금 담겨 있었다. 쓰지 시즈오가 한 그릇 더 달라고 하자 남자 손님들은 거의 전원이 세 그릇을 먹고, 여자 손님들은 두 그릇을 먹었다.

마지막으로 여덟 번째는 살구씨두부였다. 살구씨를 갈아 그 윗물을 우유와 우무와 설탕으로 굳힌 요구르트 모양의 살구씨두부 위에, 물에 풀어 시럽으로 찐 바다제비 집이 놓여 있었다.

"이게 뭐지?"

NHK 기자가 말했다. "메뉴에는 살구씨두부라고 써 있는데, 네모난 모양이 아니네."

쓰지 시즈오는 다시 가사하라 요시아키를 불렀다.

"네모나게 잘라 과일을 넣어 푸르츠 펀치 스타일로 내는 게 일반적이지만, 오늘은 요구르트라고 할까요, 블랑망제*풍으로 혀에 닿는 느낌도 즐기실 수 있도록 만들어 봤습니다. 물론 이런 식으로 바다제비 집을 얹어서 내는 경우는 그다지 없습니다"

하고 가사하라 요시아키는 설명했다.

"이게, 바다제비 집이래."

마이니치의 기자가 아내에게 말했다.

"처음이에요, 저"

하고 부인은 말했다.

"맛이, 모르겠는데."

---

* blanc-manger. 우유, 은행, 설탕으로 만든 젤리.

"잠자코 먹을 수 없어요?"

쓰지 시즈오는 언제나처럼 요리의 강평을 하는 것도 잊고, 가사하라 요시아키의 솜씨에 감탄하고 있었다. 불과 1년 동안에 기특하게도 이 정도까지 배워 왔구나 하고 생각했다. 4년 전에 막스 레몽이 쓰지 조리사 학교의 프랑스 요리를 일변시킨 것처럼, 저 녀석은 중국 요리를 일변시킬 것이다. 그는 나중에 야마오카 토루한테 말할 생각이었다.

"저 녀석한테는 원하는 만큼 돈을 쓰게 해. 그리고 중국 요리에 대해서는 교원의 육성부터 뭐든 전부 맡겨 둬."

그리고, 이걸로 드디어 일본, 서양, 중국의 세 부문이 완전히 갖춰졌다고 생각했다.

"슬슬 탄노이의 소리를 들려줘도 좋을 것 같은데."

NHK 기자가 그렇게 말한 것은 디저트로 과일 모둠이 나오고 커피를 마시고 있을 때였다. 쓰지 시즈오는 일어나서 오디오 있는 데로 가 베토벤의 라주모프스키 사중주곡 2번을 걸었다. 이윽고 러시아 민요의 구슬픈 선율이 흘러나오자, NHK 기자는 황홀한 표정으로 말했다.

"부럽군. 자네는 매일처럼 지금과 같은 요리를 먹고, 이렇게 음악을 듣겠지."

"부럽긴 뭐가. 봐, 내 몸을."

하고 아무도 믿지 않을 거라고 생각하면서 쓰지 시즈오는 말했다. 그는 계속해서 살이 쪄, 지금은 체중이 80킬로그램을 넘고 있었다.

"그만둬, 그런 알랑거리는 말은."

요미우리의 사회부 기자가 NHK 기자를 향해 그렇게 말한 것은 그때였다. 그러고서 그는 창끝을 쓰지 시즈오를 향해 겨누며 말했다. "이

봐, 쓰지. 오늘은 무슨 생각으로 우리들을 부른 건가?"

"오랜만에 옛날 동료들을 만나고 싶었기 때문이야"

하고 쓰지 시즈오는 말했다.

"자신이 출세한 모습을 보이기 위해서인가? 자못 기분이 우쭐하겠군."

"당신, 무슨 말을 하는 거예요?"

부인이 황급히 말했다.

"시끄러. 당신은 가만히 있어."

그는 식사 중에 마셨던 소흥주紹興酒와 마오타이주茅臺酒로 얼굴이 불콰해 있었다.

"난 출세 같은 거 하지 않았어"

하고 쓰지 시즈오는 말했다.

"그럼, 지금 먹은 요리는 뭐야. 최고급 상어 지느러미인지 뭔지 모르겠지만, 무슨 생각으로 우리한테 그런 걸 먹인 거야. 그런 걸 먹는 것에 무슨 의미가 있다는 거야?"

"아무런 의미도 없어. 그저 요리일 뿐이야"

하고 쓰지 시즈오는 말했다. 아키코와 야마오카 토루가 걱정스럽게 시선을 보내고 있었다.

"자네가 뭘 먹든 자네 마음이지만, 부르주아 흉내를 내면서 우리한테 자랑하는 건 그만두었으면 좋겠군. 자네의 정신은 썩어 있어."

"내가 뭘 자랑하려고 했다는 거지?"

"아, 자네는 아무것도 자랑해 보이지 않았지. 이게 자네의 평소 생활이니까. 내 말이 맞나? 그러면서, 이것은 최고다, 저것은 이류다라고 죽을 때까지 시답잖은 말이나 하고 있겠지. 하지만 말이야, 자네가 어떻게 말을 하든, 난 500엔짜리 라면으로 족해. 상어 지느러미니 바다제비 집이니 하는 걸 먹지 않아도, 우리들은 조금도 아무렇지가 않아. 그걸로 충분해."

"이봐, 그만둬."

요미우리의 다른 기자가 말했다.

"그만둘 거야. 하지만, 이것만은 말해 두지. 이런 요리는 쓸데없는 거야. 누구나 먹을 수 있는 게 아니니까. 자네는 아무런 소용도 없는 일을 하고 있는 거야. 라면집 아저씨가 자네보다 훨씬 더 훌륭해."

쓰지 시즈오는 모두가 돌아간 뒤에, 야마오카 토루를 한잔 더 마시고 가지 않겠느냐고 잡았다. 두 사람은 살롱과 복도를 두고 떨어진 다른 방으로 옮겨, 소파에 마주보고 앉았다. 아키코가 야마오카 토루를 위해 브랜디를 갖고 왔는데, 그녀는 그것을 두고 남자들만 남겨 놓고 자신의 방으로 물러갔다. 두 사람은 얼굴을 마주보고, 디너를 망친 요미우리의 기자를 떠올리며 쓴웃음을 지었다.

"그 남자, 호통을 쳐줄까 하고 생각했었어요."

야마오카 토루가 말했다.

"마음에 두지 마"

하고 쓰지 시즈오는 말했다.

"하지만, 그런 얘기를 들으면 화가 나요. 교장께서는 아무렇지도 않으세요?"

"그렇지는 않지."

"그렇죠?"

"하지만, 우리가 만들고 있는 요리가 쓸데없는 거라고 말한 건 사실이야. 우리가 어떤 구실을 갖다 대더라도, 그런 것은 없어도 없는 대로 상관없는 거야. 그자가 말한 대로 500엔짜리 라면 한 그릇으로도 한 끼를 때우는 데는 충분하니까. 우리가 만드는 것 같은 요리가 이 세상에서 없어진다고 해도, 아무도 항의하지는 않을 거야."

"그렇다면, 세상에 생활에 필요한 것들만 있으면 되는 겁니까. 그런 식으로 말한다면, 문학도 음악도 그림도, 전부 필요 없는 것들이 되는 거 아닙니까. 우리들은 어디에서 즐거움을 찾아야 하는 겁니까?"

"그러니까, 그 정도에 불과하다는 거야. 쓸데없는 거라는 데는 변함이 없어."

"그만하세요, 그런 말씀은. 직원들의 사기에도 영향을 줍니다."

"알고 있어"

하고 쓰지 시즈오는 말했다. "그러나 사실은 변하지 않아. 쓸데없는 것을 만들고, 그렇지 않은 척 자만에 빠져 있어 봐야 무슨 의미가 있지? 우리는 그 사실을 인정하지 않으면 안 되는 거야."

"인정해서 어떻게 하시려고요?"

쓰지 시즈오는 잠자코 있었다. 야마오카 토루는, 순간, 쓰지 시즈오가 지금까지의 교육 방침을 변경하는 말을 꺼내지 않을까 두려웠다. 이윽고 쓰지 시즈오는 입을 열고, 빙긋이 웃으면서 말했다.

"어떻게도 하지 않아."

제6부

1

1975년 10월 10일 저녁 무렵, 쓰지 시즈오는 도쿄 시부야의 다카다이에 사놓은 아파트의 한 방에서 TBS 방송국의 새로운 프로가 시작하기를 기다리고 있었다. 쓰지 시즈오와 쓰지 조리사 학교가 협력해서 만들어지게 된 프로로 〈요리 천국〉이라고 하는 새로운 취향의 요리 프로였다. 시작하기까지는 아직 15분이 남아 있었다.

쓰지 시즈오한테 그 프로 얘기가 들어온 것은 반년 정도 전의 일이었다. 찾아온 그 프로의 프로듀서는 그 내용을 어떤 식으로 할 것인지를 설명하고, 그것을 실현하는 데는 쓰지 조리사 학교의 협력을 얻는 방법 밖에는 없다고 말했다. 그에게 그렇게 결심하게 한 것은, 여태까지 쓰지 조리사 학교가 출판한 수많은 책이었다. 이제 쓰지 조리사 학교가 출판한 책은, 쓰지 시즈오는 말할 것도 없고, 고미야마 테쓰오가 『프랑스의 프랑스 요리』, 곤도 유키치가 『간사이풍 요정 요리』, 가사하라 요시아키가 『홍콩의 중국 요리』라는 요리책을 펴내 그 권수는 50권을 넘으려 하고 있었다. 물론 그중에는 보퀴즈와 트루아그로와 알릭스의 강습 요리를 모은 『현대 프랑스 요리 기술』을 비롯해서, 그 뒤, 2년 동안 초대했던 레옹 드 리옹의 장 폴 라콤브, 루아지스L'Oasis의 루이 우티에, 로뷔숑Robuchon의 조엘 로뷔숑 등의 강습 요리를 모은 책도 포함되어 있었다. 전부 프로 요리인을 대상으로 제각기 분야에서의 기술을, 조리 과정을 보여주는 사진까지 곁들여 공개한 획기적인 전문서들이었다.

"사실을 말씀드리면, 처음에는 협력을 부탁할 학교를 세 군데 정도로 좁혀서 생각해 보려고 했습니다. 그런데 그 작업을 위해 괜찮을 만한 책을 전부 구해 봤더니 대부분이 쓰지 씨 학교의 책이었던 겁니다"

하고 프로듀서는 말했다.

"하지만, 우리 학교에 요리를 만들게 하려면 돈이 들 거요"

하고 쓰지 시즈오는 말했다.

"알고 있습니다. 하지만, 그런 것은 개의치 않겠습니다. 필요하다면, 프랑스든 홍콩이든 가서 재료를 사오시면 됩니다. 그것이 우리가 원하는 바니까요. 우리들은 가정의 주부가 바로 만들 수 있는 요리를 가르치는 요리 교실 같은 프로를 만들고 싶지 않습니다. 시청자가 한숨을 내쉴 만한 요리를 매회 테이블에 내놓는, 요리 그 자체가 주역이 되는

쇼 프로를 만들려고 하고 있습니다."

쓰지 시즈오는 그렇다면 재미있을지도 모르겠다고 생각하고, 그 프로가 10년, 아니 15년이나 계속되리라는 건 꿈에도 생각지 않고 가벼운 마음으로 그 제안을 받아들인 것이었다. 그러나 티브이에 나가 유명해지는 건 바라지 않았기 때문에, 자신이 출연하는 것은 거절했다. 그 대신, 서양 요리에서는 고미야마 테쓰오를, 일본 요리에서는 다나베 토시오를, 그리고 중국 요리에서는 가사하라 요시아키를 선발해, 그들에게 모든 것을 맡기기로 했다. 일본 요리의 다나베 토시오는, 지난 5년간 나다만의 요리장이었던 곤도 유키치로부터 요정 요리의 진수를 배워, 학교 출신 근속 교원들 중에서는 가장 눈에 띄는 성장을 이루고 있었다. 그들 세 명이라면 볼썽사나운 요리를 만들어 웃음을 사는 일은 없을 것이다.

"어이, 시작한다."

쓰지 시즈오는 아키코와 마키를 불렀다.

마키는 영국의 학교에서 귀국해서, 그해 봄부터 도쿄의 성심聖心 인터내셔널 스쿨에 다니고 있었다. 도쿄에 집을 산 건 그 때문으로, 그녀를 돌보기 위해 아키코도 이리로 이사와 있었다. 쓰지 시즈오는, 그 때문에 한 달에 몇 번이나 오사카와 도쿄를 왔다 갔다 하지 않으면 안 되었지만, 그래도 마키가 가까운 곳으로 돌아왔다는 건 기쁜 일이었다.

'파파, 이대로 계속 영국에 있으면, 난 영국인이 되어 버릴 거예요. 그러니까 빨리 일본으로 돌아가게 해줘요.'

그녀가 편지에 그렇게 썼을 때 반대하지 않았던 것도, 결국은 그녀를 자신의 가까이에 두고 싶었기 때문이었다. 퇴학 수속을 밟고, 애스컷에 있는 학교로 그녀를 데리러 갔더니, 영국인 교장은 마키에게는 라틴어에 대단한 재능이 있는데 이대로 그만두게 하는 건 너무 아깝다고 말했다. 쓰지 시즈오는 교장한테 라틴어 공부를 계속 시키겠다는 걸 약속하고, 일본으로 돌아오자 곧바로 아는 라틴어 대학교수한테 부탁해 그녀를 맡겼다. 그녀는 지금 그런 사정으로 학교 공부 외에도 라틴어를 공부하고 있었다.

그러나 이제는 아들인 요시키가 없었다. 마키의 귀국과 교대로, 스코틀랜드의 에딘버러에 있는 페티스라는 사립학교에 입학한 것이었다. 쓰지 시즈오는 아키코와 둘이서 그를 학교 기숙사에 데리고 가 헤어지던 날의 일을 지금도 또렷이 기억하고 있었다. 그들은 헤어지자마자 에딘버러에서 비행기로 런던으로 돌아왔지만, 항상 묵던 콘노트 호텔에 여장을 풀고 난 뒤에도 한마디도 입을 열지 않았다. 말도 모르는 나라에서 자식이 급우들한테 괴롭힘을 당하거나 얻어맞지나 않을까 하는 걱정 때문에 어찌할 바를 몰랐던 것이다. 아키코는 그런 걱정 때문에 이미 비행기 안에서부터 눈물을 글썽였다. 두 사람은 레스토랑에 갈 마음도 안 나, 룸서비스로 로스트비프 샌드위치와 밀크 티를 들었다. 콘노트 호텔의 로스트비프 샌드위치는 쓰지 시즈오가 가장 좋아하는 요리 중의 하나였다. 그러나 그날 밤은 맛있다는 것도 전혀 느끼지 못했고, 그저 끼니를 때우기 위해 목으로 꾸역꾸역 집어넣었을 뿐이었다.

요리와 인간의 관계라는 것은 묘한 것이었다. 아무리 맛있는 요리라도 기분과 몸 상태가 완전하지 않으면 맛있다는 걸 느끼지 못하는 것이다. 쓰지 시즈오는 그날 밤, 새삼스럽게 그 사실을 뼈저리게 깨달았다. 그것은, 요리인이 아무리 맛있는 요리를 만들어도, 먹는 쪽에서 요리를 즐길 마음이 없으면 아무런 가치도 생겨나지 않는다는 사실이었다. 그 깨달음 이래, 그는 자택에서 여는 디너파티의 초대자 인선에 이전보다도 훨씬 신경을 쓰게 되었다. 최소한, 먹는다는 걸 좋아하는 사람이 아니면 안 되는 것이다.

그 후 요시키는 편지를 여러 차례 보내, 말이 통하지 않는 것은 불편하지만 그것 때문에 괴롭힘을 당한다거나 하는 일은 전혀 없다고 알려 왔다. 세 번째 편지에서는, 스코틀랜드 아이들과 친구가 되기 위해서는 뭔가를 함께하는 게 가장 좋다고 생각해서 럭비부에 들어가기로 했다고 썼다. 요시키는 견실한 생활을 시작한 것 같았다.

쓰지 시즈오가 프로그램의 프로듀서한테서 〈요리 천국〉이 대성공이었다는 전화를 받은 것은 방송이 끝나고 두 시간도 지나지 않아서였다. 고미야마 테쓰오와 다나베 토시오와 가사하라 요시아키 세 명은, 첫 회 방송이었기 때문에 전원이 가슴에 쓰지 조리사 학교 명찰이 붙은 요리복을 입고 나란히 출연해, 경쟁이라도 하듯이 제각기 자신의 특기 요리를 선보여, 프로의 사회자와 게스트 출연자, 그리고 스튜디오에 모인 일반 관객의 미각을 놀라게 했다. 그들 전부가 재료비에 제한을 두지 않은 요리를 먹는다는 건 처음 있는 일이었기 때문에, 놀라는 것은 당연했다. 그리고 전화를 건 프로듀서는, 훌륭한 프로였다고 하는 반향의 전화가 벌써 20통이나 걸려왔다는 사실을 알렸다.

그 무렵, 가사하라 요시아키는 어떤 계획을 세우고, 어떻게든 그것을 실현시키고 싶다고 생각하고 있었다. 거기에는 쓰지 시즈오와 야마오카 토루의 양해를 얻을 필요가 있었다. 돈이 적지 않게 드는 일이었기 때문이다.

그 계획을 떠올린 계기가 된 것은 〈요리 천국〉 출연이었다.

"이 프로에서는 한 번 소개한 요리를 재차 내지 않는 게 방침이기 때문에, 그걸 염두에 두어 주실 걸 부탁드립니다. 이것은 쓰지 씨의 생각이기도 합니다."

그가 그 프로의 프로듀서한테서 그런 말을 들은 것은, 고미야마 테쓰오와 다나베 토시오와 함께 세 명이서 참석했던 최초의 사전 회의 때였다. 그는 재빨리 계산해 보고, 프로듀서가 정말로 그 방침을 관철할 생각이라면, 1년 동안 100가지의 요리가 필요하게 될 거라고 생각했다.

세 명이 한 주마다 교대로 출연한다고 해도, 1년에 20회 가까이 출연하지 않으면 안 되고, 요리의 가짓수는 한 회당 다섯 가지 이상은 만들지 않으면 안 될 거라고 생각했기 때문이었다. 그는 자신이 만들 수 있는 중국 요리의 숫자를 세어 보았다. 1년 동안은 어떻게 할 수 있을 것 같았다. 거기에 이런저런 변화를 준다면, 다시 한 해 정도는 더 해나갈 수 있을 것 같았다. 하지만 그 이상은 무리였다. 그래서 그는 새로운 요리를 항상 습득하기 위해서는, 적어도 한 해에 한 번은 홍콩을 방문해, 잘 나가는 레스토랑의 요리들을 먹으러 다닐 필요가 있다고 생각한 것이었다.

문제는 비용이었다. 그는 자신 혼자가 아니라, 그렇게 하면 학교의 중국 요리 부문도 자연히 향상될 거라고 생각했기 때문에, 갈 때는 몇 명을 함께 데리고 가려고 생각하고 있었다. 게다가 그러는 편이 여러 가지 종류의 요리를 주문할 수 있기 때문에, 혼자서 가는 것보다도 더 나을 것이었다. 하지만 네 명이서 간다고 하고 계산해 보니, 일주일에 최소한 2백만 엔은 들 거 같았다.

'교장과 야마오카 선생은 그런 계획을 허락해 줄까'

하고 그는 걱정이 들었다. 가사하라 요시아키는, 쓰지 시즈오로부터도 야마오카 토루로부터도, 중국 요리 부문을 충실하게 만들기 위해서라면 얼마든지 돈을 써도 좋다는 말을 여러 번 들어 왔다. 하지만 그런 큰돈을 쓰는 것에는 아직 익숙하지 않았다. 게다가, 그저 먹는 것만을 위해 일주일에 2백만 엔이나 쓰는 것이다.

그는 각오를 다지고, 어느 날 사무직원한테서 쓰지 시즈오가 살롱의 책상에서 뭔가 원고를 쓰고 있다는 것을 듣고, 살롱의 문을 노크했다. 들어가니 쓰지 시즈오는 소파에 앉아 야마오카 토루와 둘이서 케이크를 먹고 있었다.

"자네도 먹겠나?"

쓰지 시즈오가 말했다. "지금 아베가 구운 거야."

"먹겠습니다"

하고 가사하라 요시아키는 말했다.

그는 아베 이치오에 대해 잘 알고 있었다. 입학 동기로, 1년 동안 책상을 나란히 하고 함께 공부했던 남자였기 때문이었다. 졸업한 뒤에는 중국 요리와 서양 요리로 길이 갈라졌지만, 두 사람 모두 교원으로 학교에 남았다. 그 무렵의 아베 이치오는 케이크 같은 것에는 전혀 관심이 없었던 남자였다. 그런데 2년 전에 피라미드로 연수를 가서 1년 만에 돌아와서는 완전히 케이크 쪽에 모든 관심이 가 있었다. 그 이래로 그는 단호히 칼을 버리고, 지금은 학교에 단지 한 명뿐인 제과 교수로서 서양 요리 수업에서 케이크를 가르치고 있었다.

"맛있군요"

하고 가사하라 요시아키는 케이크를 한 입 베어 먹으며 말했다. 아몬드와 헤이즐넛 스폰지 케이크를 3층으로 쌓고, 그 사이에 초콜릿과 아몬드가 들어간 생크림을 듬뿍 넣은 케이크였다.

"그렇지? 마르졸렌이라는 건데 피라미드의 명물 케이크거든. 이 정도로 기품 있는 맛을 굽는다면 합격이야"

하고 쓰지 시즈오는 말했다. "여기에 콘디의 케이크만 배운다면 완벽해질 거야"

콘디라는 건 함부르크의 피어 야레스차이텐이라는 호텔의 일층에 있는 케이크 가게로, 오래전에 엘프프린츠 호텔 주인인 헬무트 기츠가 알려줘서 먹으러 간 곳이었다. 쓰지 시즈오는 지금도 그 케이크의 맛을 잊지 못했다. 그래서 그는 지금, 아베 이치오를 거기로 연수 보내려고 생각하고서, 다음에 기츠를 만나면 교섭을 부탁해 보려고 생각하고 있었다. 기츠는 그 호텔 주인과 친구라고 했기 때문에 분명히 이야기가 잘될 게 틀림없었다.

가사하라 요시아키는 얘기를 꺼낼 실마리를 찾을 수 없어 난처해하고 있었다. 쓰지 시즈오의 얘기는 함부르크에서 빈으로 날아가, 데멜이라는 케이크 가게를 주인인 베르베티니 파라비치니 남작이 다른 사람의 손에 넘기고 말았다는 걸 유감스러워하며 전하고 있었다.

"뭔가 할 얘기가 있는 것 같은데 아닌가?"

쓰지 시즈오의 이야기가 일단락되자, 야마오카 토루가 기색을 알아

차리고 물었다.

"예, 있습니다"

하고 가사하라 요시아키는 말했다.

"뭔데?"

그는 자신의 계획을 쓰지 시즈오와 이마오카 토루한테 이야기 했다. 두 사람은 아무 말도 없이 듣고 있더니, 그의 얘기가 다 끝나기도 전에 바로 찬성했다. 가사하라 요시아키는 너무도 어이없는 일의 진행에 맥이 풀려 버렸다. 2백만 엔이나 되는 큰돈을 쓰는 건데 하는 생각을 하고 있는데, 야마오카 토루가 쓰지 시즈오한테 말했다.

"교장님, 서양 요리 쪽도 마찬가지로 프랑스로 보내죠."

"그래야겠지"

하고 쓰지 시즈오는 말했다.

"홍콩에 가는 데 2백만 엔이라면, 프랑스는 어느 정도 들까요?"

"비슷하겠지. 그러나 프랑스는 일주일 동안이면 아깝지. 장시간을 가는 거니까. 적어도 두 주에서 세 주는 보내지 않으면 안 돼."

"그렇게 하면, 5백만 엔에서 6백만 엔 정도입니까?"

"와인이 있으니까, 조금 더 들지 모르겠군. 비행기만 해도 홍콩보다는 비싸고. 하지만, 네 명이 가서 한 사람이 열 가지씩 새로운 요리를 가지고 돌아온다면 싼 거지"

하고 쓰지 시즈오는 말했다.

"그래서, 언제 가려고?"

"졸업식이 끝난 뒤 봄방학이 좋지 않을까 생각합니다만"

하고 가사하라 요시아키는 말했다.

"좋았어. 그럼, 중국 요리 쪽은 전부 자네한테 맡기지. 어느 가게에 갈지도, 누구를 데리고 갈지도, 자네가 결정해 주게. 돈은 얼마든지 써도 좋아."

1976년 3월 말, 가사하라 요시아키는 자신이 선발한 세 명의 중국 요리 교원을 데리고 홍콩으로 출발했다. 카이타크啓德 공항에 도착하자, 가사하라 요시아키가 관계를 만든 경빈주가敬賓酒家라는 레스토랑에서 연수를 받고 있던 다른 교원이 마중 나와 있었다. 그들은 호텔에서 잠시 쉴 틈도 없이, 그날 밤부터 재빨리 배워야 할 요리를 찾아 맛집 탐방을 개시했다. 가사하라 요시아키가 고른 최초의 레스토랑은 광둥 요리를 하는 복림문주가福臨門酒家였다.

"이제부터 일주일 동안, 점심 저녁, 점심 저녁 매일 먹을 수 있을 만큼 요리를 먹는다. 힘들 거야. 각오를 단단히 하고 먹는 거야."

하고 그는 다른 교원들한테 말했다.

이것이, 그 후 매년 계속 이어지게 되는 교원들의 맛집 탐방의 시작이었다.

고미야마 테쓰오는 이 맛집 탐방 여행에 참가하지 않았다. 프랑스 팀은 쓰지 시즈오 자신이 가야 할 가게를 정해, 3주간의 일정으로 짜였기 때문이었다. 그에게는 〈요리 천국〉 출연이 있어, 일주일이라면 몰라도, 2주 이상은 일본을 비울 수가 없었다. 하지만 그는 티브이에 나오는 편이 즐거웠기 때문에 여행에 못 간다는 걸 그다지 유감스럽게 생각하지 않았다. 그리고 그게, 결국 10년 후에 커다란 후회의 씨앗이 되리라고는 생각하지 않았다.

2

쓰지 조리사 학교의 학생 수는 1976년 4월에 1,200명에 달했다. 한 개의 교사로 1천 명 이상의 학생을 수용하는 것은 힘들었기 때문에, 낡은 목조 교사를 부순 자리에 신관을 증축한 것은 2년 전인 1974년이었다. 하지만 이런 속도로 계속 증가하면, 그 신관의 수용 인원도 얼마 안 있어 한계에 달할 게 틀림없었다.

야마오카 토루가 결정한 1976년의 수업료는 53만 엔이었다. 쓰지 시즈오는, 다른 학교에 가면 20~30만 엔이면 되는데 하고 생각했지만, 학생들은 수업료가 비싸다는 건 문제도 삼지 않았다. 이따금 신입생들의 면접에 나가 보면, 그들은 하나같이 이렇게 말했다.

"어차피 공부하는 거라면, 진짜 요리를 공부하고 싶습니다."

쓰지 조리사 학교의 교육 방침은, 쓰지 시즈오가 상상하고 있던 것보다 훨씬 널리 알려져 있는 것 같았다. 이제는 학생 수가 감소하지 않을까 하는 걱정은 사라졌다. 다시 새로운 교사가 필요했다. 쓰지 시즈오는 그것을 텐노지의 텐노지 캇포 학교 자리에 세우려고 생각하고 있었다. 그곳은 지금 쓰지 토쿠이치가 죽으면서 교사를 폐쇄해 철거해 버렸기 때문에 공터로 남아 있었다. 그러나 야마오카 토루는 의견이 달라, 도쿄로 진출하자고 주장하고 있었다. 그것도 매력적인 생각이었다. 도쿄는 쓰지 시즈오가 태어나 자란 곳일 뿐만 아니라, 뭐니 뭐니 해도 일본의 중심이었다. 쓰지 시즈오는 어떻게 할까 망설이고 있었다.

보스턴의 새뮤얼 챔벌레인한테서 편지가 온 것은 그런 고민을 하고 있던 어느 가을날이었다. 크레이그 클레이본이라는 뉴욕 타임즈의 요리부장이 일본 요리에 관해 쓰고 싶다고 하는데, 일본의 레스토랑을 안내해 주지 않겠느냐는 편지였다. 그리고 클레이본은 뉴욕 타임즈에 자신이 매주 한 페이지의 요리 칼럼을 쓰고 있는 미식가로 믿을 만한 사람이라고 쓰여 있었다.

쓰지 시즈오는 편지를 다 읽고 기뻐서 거의 행복감마저 느꼈다. 이걸로 조금은 챔벌레인의 은혜에 보답할 수 있게 되었다고 생각했기 때문이었다. 아키코와 둘이서 아무것도 모르는 채 보스턴을 방문한 것도 벌써 15년 전의 일이었다. 그때 이래, 이러한 기회가 오기를 마음속으로 얼마나 기다려 왔던가. 그것에 대해서는 하루도 잊은 적이 없었다. 그는 그 기회를 만들어 준 크레이그 클레이본이라는 인물에게 감사했다.

쓰지 시즈오는 편지를 받고 나서 클레이본을 어떤 가게로 안내해야 할지를 며칠에 걸쳐 생각했다. 오사카와 교토에서 안내해야 할 가게를 몇 개로 좁히는 일은 쉽지 않은 일이었다. 오사카와 교토에는 갈 만한 가게가 무수히 있기 때문이었다. 그러나 쓰지 시즈오는 고민 끝에, 그 중에서 요정, 초밥집, 덴푸라집, 스테이크집을 몇 개씩 골랐다. 전부, 그런 가게들 중에서도 최상의 재료를 갖추고 있는 가게들뿐이었다. 그러고서 그는 클레이본이 일본에 오기를 기다렸다.

클레이본은 11월에 왔다. 쓰지 시즈오하고는 동갑의 남자로, 역시 미식가 특유의 몸집을 하고 있었다. 쓰지 시즈오는 이타미 공항에 마중을 나가 그의 몸집을 봤을 때, 자신과 어느 쪽이 더 뚱뚱할까 생각하고서 그 허리둘레의 살을 가늠해 보았다. 그리고, 이 남자도 분명히 자신과 비슷하게 온갖 요리를 먹어 왔을 게 틀림없다고 생각했다.

그들은 오사카 시내로 향하는 쓰지 시즈오의 재규어 안에서 새뮤얼 챔벌레인 얘기를 했다. 클레이본은 존 베인브리지에 대해서도 알고 있었다. 쓰지 시즈오는, 존이라면 지금은 『뉴요커』의 부편집장을 그만두고 런던 교외에서 살고 있다고 알려 주었다. 그리고 거기에서 런던 통신이라는 제목의 기사를 정기적으로 미국의 『구르메Gourmet』라는 잡지에 기고하고 있었다. 베인브리지는, 런던에서 쓰지 시즈오가 가장 마음 편히 있을 수 있는 오아시스의 하나였다.

클레이본과 쓰지 시즈오는 20분도 지나지 않아서 완전히 서로의 마음을 열게 되었다. 그들의 공통의 친구들 외에도, 서로가 미식을 추구한다고 하는 직업상의 공통점도 갖고 있었기 때문이었다. 이야기를 하면서, 한마디 한마디가 자랑 얘기로 보이지 않게 신경을 쓰고, 상대에 맞춰 대단치도 않은 요리를 내는 음식점들의 이야기에 맞장구를 치지 않아도 된다는 것은 정말이지 마음 편한 일이었다. 쓰지 시즈오는 신문 기자 시절의 동료한테서 반발을 산 이래, 그런 점에는 세심하게 신경을 쓰고 있었다.

"자네는 베이징에 가본 적이 있나?"

이윽고 클레이본이 물었다.

"아니"

하고 쓰지 시즈오가 대답했다.

"난 지난달에 갔었어. 홍콩과는 다른 중국 요리를 먹을 수도 있지 않을까 생각했지. 하지만 아니었어. 제대로 된 요리인은 한 명도 없었어."

"그거 의외군. 왜 그렇지?"

"혁명으로 진짜 중국 요리를 먹을 수 있는 계층이 소멸되어 버렸기 때문이지. 그래서 뛰어난 요리인은 전부 홍콩이나 대만으로 가버린 거야. 두세 명은 남아 있는 것 같긴 하지만."

"흐음."

쓰지 시즈오는 약간 충격을 받았다. 혁명의 그러한 측면에 대해서는 생각해 본 적이 없었기 때문이었다.

"그럼, 만약 혁명이 일어난다면, 우리들도 제일 먼저 멸종될 인종이 되는 셈이군."

"그런 셈이 되지."

하고 클레이본은 웃었다.

그날 밤, 쓰지 시즈오는 클레이본을 맨 먼저 깃초로 안내했다. 여행으로 피로하지는 않느냐고 물었더니, 클레이본은 여행에는 이골이 났다고 웃으며, 쓰지 시즈오가 잡아 놓은 로얄 호텔에서 두 시간가량 잤기 때문에 몸 상태는 완벽하다고 말했다.

그들은 주인인 유기 사다이치가 신경 써서 준비한 방으로 안내되었다. 은은하게 향냄새가 감돌고, 도코노마*에는 간렌잔**의 벌레 공양*** 그림 대폭對幅 족자와 가을풀을 꽂꽂이한 꽃병으로 장식되어 있었다.

---

* 床の間. 일본 건축에서 객실인 다다미방의 정면에 바닥을 약간 높여 만든 장식 공간으로 벽에는 족자를 걸고 바닥에는 도자기나 꽃병 등으로 장식한다.

** 岸連山. 19세기 일본의 화가.

*** 蟲供養. 죽은 벌레의 껍데기를 모아 놓고 벌레의 명복을 비는 것. 약 1,300년 전부터 시작되었고 가을밤에 벌레 소리를 들으며 다도인, 화가, 가인, 승려, 풍류인 등이 개최하는 벌레 공양은 지금도 계속되고 있다.

가을밤의 정취와 어울리는 멋진 연출이었다. 유기 사다이치는 족자를 고르는 데 얼마나 시간을 들였을까. 쓰지 시즈오가 한 주 전쯤에 야마오카 토루와 왔을 때는 마쓰다이로 후마이*의 솜씨로 그린 다쿠안**의 가을 달의 노래 족자가 걸려 있었다. 그의 마음 씀씀이가 클레이본한테도 전달이 되면 좋을 텐데 하고 쓰지 시즈오는 유감스러워했다.

"저 사람이 게이샤 걸인가?"

방으로 두 사람을 안내한 기모노 차림의 접대부의 모습이 사라지자 클레이본이 말했다.

"아니, 저 여자는 나카이仲居라고 하는데 서비스를 담당하는 여성이야"

하고 쓰지 시즈오는 말했다.

"어째서 여성이 서비스를 담당하는 거지?"

"이런 요정은 예전부터 그래 왔어. 유럽의 레스토랑처럼 남자가 서비스를 하는 경우는 없지."

"그건 요정의 발달사하고도 관계가 있는 건가?"

"응. 요정이라는 데는 남자들만의 클럽 같은 곳이거든. 요리와 색色이라는 두 가지를 가지고 발달해 온 측면이 있지."

"흐음."

"하긴, 여기 깃초는 조금 다르지만 말이야. 일본의 요정 치고는 드물

---

* 松平不昧(1751~1818). 이즈모 마쓰에번(藩)의 번주로 에도 시대의 대표적인 다인 (茶人)이다. 본명은 하루사토(治鄕)이고 후마이는 그의 호다.
** 澤庵. 16~17세기 일본의 선승.

게 처음부터 요리만을 파는 가게였어. 좋은 재료만을 사용해서. 하지만 자네가 게이샤 걸을 보고 싶다면, 게이샤 걸을 불러도 쑥스럽지 않을 만한 다른 요정으로 데리고 가줄게."

"그럴 필요는 없어. 난 일본 요리를 먹으러 온 거니까. 이 가게의 요리는 최고겠지?"

"내가 아는 한은."

"그렇다면 그걸로 충분해"

하고 클레이본은 말했다.

요정의 또 하나의 특징은, 일품요리가 존재하지 않고, 게다가 손님한테는 요리를 선택할 자유가 없다는 것이었다. 가게 주인이 메뉴를 정하고, 손님은 잠자코 그것을 먹기만 하는 것이다. 그것 때문에 쓰지 시즈오는 다른 요정에서는 몇 번이고 나오는 요리에 실망한 적도 있었지만, 깃초에서는 그런 적이 없었다. 오히려, 올 때마다 오늘은 뭘 먹게 해줄까 하고 기대가 되는 것이었다.

그날 밤의 첫 요리는, 도사土佐간장과 와사비를 곁들인 참깨두부였다. 그것은 사각형 모양으로 금방이라도 무너질 것처럼 부드러웠지만, 젓가락으로 집어도 모양이 부서지지 않고 집어졌다. 그리고 입 안에 넣으면 혀 위에서 녹아 버리는 듯한 깃초 고유의 요리였다. 물에 담근 참깨를 으깨 천으로 거르고, 칡뿌리에서 추출한 전분과 물을 부어 굳힌 것이라고 가르쳐 주자 클레이본은 이상하다는 얼굴로 말했다.

"분명히 참깨 냄새는 나는데, 이게 참깨라고 하면 어떻게 이렇게 새하얗게 만들 수가 있는 거지. 보통이라면 갈색이 약간은 남아 있을 텐데, 마치 우유로 만든 것처럼 보이잖아."

듣고 보니 확실히 그 말대로였다. 깃초의 참깨두부는 우유두부라고 말하면 그대로 믿어 버릴 정도로 하얀색이었던 것이다. 어째서 나는 그것에 대해 지금까지 생각이 미치지 못했을까 하고 쓰지 시즈오는 생각했다. 이 참깨두부를 먹는 게 그날 밤이 처음은 아니었던 것이다. 하지만 무엇보다도 더 충격이었던 것은, 그게 어떻게 새하얗게 만들어졌는지를 클레이본한테 설명할 수 없다는 것이었다. 몰랐던 것이다. 그는 갑자기 등줄기가 서늘해지는 것 같은 부끄러움을 느끼고서 얼굴을 붉혔다.

핫슨八寸은, 오크라*를 곁들인 다진 게살, 우루카**와 연어알젓에 쑥갓과 송이버섯을 섞은 계란찜, 구리노시부카와니,*** 알을 밴 은어 인로니,**** 보리새우회의 다섯 가지였다. 로산진*****의 오리베****** 요호사라*******

---

* 아욱과의 한해살이풀. 높이는 2미터 정도이며, 잎은 어긋나고 3~9개로 갈라진다. 여름부터 가을까지 목화꽃 비슷한 노란 꽃이 피고, 열매는 삭과(蒴果)로 길이 15cm 정도이다. 채소로 재배하고, 열매는 생식하거나 맛을 내는 데 쓴다.

** 은어의 내장과 알로 담근 젓갈.

*** 栗の澁皮煮. 밤의 속껍질을 까지 않고 그대로 여러 번 끓인 뒤, 설탕, 간장 등을 넣고 졸인 음식.

**** 印籠煮. 예전에 여행을 떠나는 무사를 위해 여행길에 먹으라고 정어리를 구워준 게 녹슨 칼과 비슷하다고 해서 돈토니(鈍刀煮)라 불렸는데 그 무사가 여행 갈 때 허리에 차는 인로란 상자에 정어리를 보관했다고 해서 그걸 인로니라고 불렀고 현재에는 정어리뿐 아니라 다양한 해산물로도 만든다.

***** 魯山人(1883~1959). 일본 근대의 예술가로 전각, 그림, 도예, 서도, 칠공예, 요리, 미식 등 다양한 분야에서 뛰어난 업적을 남겼다.

****** 織部. 일본의 생활 도자기 양식.

******* 四方皿. 사각접시, 찬합 등의 총칭.

에 그것들이 조금씩 섬처럼 먹음직스럽게 담겨 있었다. 클레이본은 그것을 보고 자꾸 젓가락을 댈까 말까 망설였다.

"사진에서 본 료안지龍安寺의 석정石庭* 같군"

하고 그는 말했다.

이어서 맑은 장국이 나왔다. 모자반이 들어간 대합 장국으로, 그릇의 뚜껑을 열자 가다랑어의 풍미와 솔잎 냄새가 감도는 유자의 강한 향기가 푹 하고 코끝까지 끼쳐 왔다.

"대합이군"

하고 클레이본이 말했다.

"응. 하쓰모노初物야"

하고 쓰지 시즈오는 말했다.

"하쓰모노?"

"음식에는 제철이 있잖아. 그 제철의 맨 처음에 거둔 것을 말하는 거지. 일본인들은 그것을 하쓰모노라고 해서 아주 귀중히 여겨. 그리고 이 대합으로 말하면, 대합은 겨울에 많이 나니까, 이게 나오면 우리는 얼마 안 있으면 가을도 지나가는구나 하는 생각에 일말의 쓸쓸함을 느끼는 거지."

"무척이나 델리케이트하군"

하고 클레이본은 말하며, 그릇을 손으로 들고 국물을 한 모금 마셨다. 그리고 입 안에서 충분히 그 맛을 음미하고, 다시 입을 열었다. "이

---

* 료안지는 교토에 있는 절이고 료안지의 석정은 일본의 대표적인 정원으로 손꼽힌다. 세계 문화유산으로 등록되어 있다.

건 무엇으로 국물을 내는 거지?"

"다시마라는 해초와 가다랑어야"

하고 쓰지 시즈오는 말했다. "둘 다 일단 건조시킨 다음, 사용할 때 물로 끓이는데 그때에 맛이 나오는 거야. 물론 여기에는 대합의 맛도 들어 있지만."

"이것도 부용bouillon처럼 여러 시간 끓이는 건가?"

"아냐, 다시마는 물이 끓기 직전까지 끓이지만, 가다랑어는 종이보다도 얇게 깎아 사용하기 때문에, 불과 몇 초 동안만 불에 올려."

"그 정도로 이런 훌륭한 맛이 나온다니 믿기지가 않는군. 조미료는 뭔가 들어가겠지?"

"소금하고, 아주 약간의 청주하고 묽은 간장."

"어쩌면, 콩소메보다도 이 장국 쪽이 세련도는 더 높을지도 모르겠는데."

"장국은 일본 요리의 기본이니까. 이것의 맛이 모든 요리의 맛을 결정하지. 요리인의 솜씨도, 가게의 품격도 말이야. 장국이 맛없으면 나머지 요리는 먹지 않고 그냥 돌아가는 게 좋다고까지 나는 생각하고 있어."

클레이본은 고개를 끄덕이고, 그릇을 손에 들고 이번에는 대합을 먹었다. 그리고, 말했다.

"이건 어떻게 삶은 거지?"

"왜 그러는데?"

"대합을 삶으면 살이 딱딱해지기 마련인데, 이건 너무도 부드러워서. 뭔가 비밀이 있지는 않을까 해서 말이야."

쓰지 시즈오는 다시 한 번 허를 찔린 기분이었다. 확실히 클레이본이 말한 대로였다. 쓰지 시즈오는 이미 대합을 먹은 뒤였지만, 깃초의 대합 장국은 언제 먹어도 마치 불을 대지 않은 게 아닐까 할 만큼 부드럽고 매끈매끈했던 것이다. 정말이지 멍청했구나. 참깨두부가 새하얀 것이나 대합이 부드러운 것이나, 어째서 바로 왜일까 하는 의문을 갖지 않았을까.

'지금까지 난 대체 뭘 해온 건가'

하고 그는 자신의 부주의에 속으로 화가 났다.

그 원인은 이제 명확했다. 일본 요리에 대해서는, 특별히 공부 같은 거 하지 않아도 알고 있다고 머리로만 굳게 믿고 아무것도 해오지 않은 탓이었다. 자신이 일본인이니까라는 이유만 가지고 어떻게 그런 식으로 믿어 올 수 있었던 것일까. 정말이지 제멋대로 그런 줄로 믿고 있었기 때문에, 어떤 것에 대해서도 의문을 가지지 않게 되었을 뿐이었다. 하지만 실제로는 아무것도 모르고 있었던 것이다. 결국 아무 생각도 없이 그저 꾸역꾸역 일본 요리를 먹어 왔을 뿐이라는 말인가 하고 생각하니, 그는 자기 자신에 대해 몹시 부끄러웠다.

클레이본의 의문에 대답을 주기 위해서는, 이제는 주인인 유기 사다이치의 도움을 청하는 것 외에는 방법이 없었다. 부탁하면 그는 분명히 비밀을 설명해 줄 게 틀림없었다. 유기 사다이치는 쓰지 토쿠이치와 알던 사이로, 유기 사다이치의 큰며느리가 예전에 텐노지 캇포 학교의 학생이었던 일도 있었다. 쓰지 시즈오가 깃초에 드나들게 된 것도, 그런 관계가 있었기 때문이었다. 만약 그런 관계가 없었다면, 40세 안팎의 남자가 깃초 같은 요정에 마음 편히 드나들지는 못했을 것이다. 그러나 쓰지 시즈오는 결국 유기 사다이치를 불러 달라는 부탁을 할 수 없었다.

자신의 무지를 만방에 드러내는 게 부끄러워서 도저히 그럴 수가 없었던 것이다.

그 뒤로, 도미와 참치회, 아나고와 토란과 시금치 타키아와세, 꼬치고기 소금구이, 오우미소* 필레살 철판구이, 그리고 밤을 넣은 팥밥이 나왔다. 그러나 쓰지 시즈오는 뭘 먹고 있는지 전혀 모를 지경이었다.

클레이본은 오사카에 일주일간 머물렀다. 쓰지 시즈오는 그 기간 동안 클레이본과 매일 행동을 같이해, 미리 생각해 놓은 오사카와 교토의 주요 요정과, 초밥집, 덴푸라집, 스테이크집 등으로 안내했다. 클레이본은 계산은 자신이 하겠다고 주장했지만, 쓰지 시즈오는 한 번도 그가 계산을 하게 하지 않았다. 클레이본은 요리의 가격도 몰라서야 취재를 했다고 할 수 없다고 불평했다.

"프랑스의 별 세 개 레스토랑의 세 배라고 생각하면 틀림없어"

하고 쓰지 시즈오는 가르쳐 주었다. 클레이본은 놀라서 눈이 휘둥그레졌다.

마지막 날 밤은 학교의 살롱에서 다나베 토시오의 일본 요리를 대접했다. 다나베 토시오는 곤도 유키치로부터 그 요리 기술을 흡수하는 것 외에도 쓰지 시즈오와 이따금 깃초에 동행했기 때문에, 쓰지 조리

---

* 近江牛. 시가현에서 비육된 소로 일본 최상급 비육우 중의 하나이다.

사 학교 일본 요리의 에이스로 무럭무럭 실력을 키워 가고 있었다.

그러나, 쓰지 시즈오는 이제 일주일 전의 쓰지 시즈오가 아니었다. 그는 요리의 모양부터, 그것을 먹고 난 뒤의 뒷맛에 이르기까지, 온갖 것들에 세심하게 주의를 기울여 관찰했다. 그렇게 하고서 맛을 보니, 다나베 토시오의 요리는 아직 완벽하다고 말하기에는 거리가 있었다. 특히 깃초의 요리와 비교해 보니 역시 못해 보였다. 그걸 확실히 안 것은, 갯장어 신조*와 송이버섯 장국이 나왔을 때였다. 국물은 가다랑어의 풍미가 잘 우러나 있었지만, 갯장어 신조에는 깃초의 갯장어 신조처럼 입에 부드럽게 느껴지는 감촉이 없었던 것이다. 쓰지 시즈오는 곧바로 다나베 토시오를 조리장에서 불러, 그 자리에서 호통을 쳤다.

"이 신조는 뭔가. 이건 완전히 시골 요리잖아. 어째서 깃초 같은 부드러운 감촉이 없는 거야. 자신이 먹어 본 건가?"

"예."

"그렇다면, 이런 건 내지 마."

다나베 토시오는 고개를 떨구고, 얼굴을 붉히며 조리장으로 돌아갔다.

"무슨 일이야?"

쓰지 시즈오의 서슬에 놀란 클레이본이 물었다.

"이 장국의 재료를 잘못 다뤘거든. 그래서 꾸짖은 거야."

"난 무척 맛있다고 생각했는데"

---

* 擊潰. 다진 생선, 닭, 새우 등의 살에 강판에 간 참마 등을 넣고 찌거나, 삶거나, 튀기거나 한 요리.

하고 클레이본은 고개를 갸웃거리며 말했다.

"아냐, 완벽한 것과는 아주 약간 차이가 있어. 아주 약간의 차이라도 차이가 있다면 진짜라고는 말할 수 없겠지. 자네한테 대접하고 나서 이런 말을 하는 것도 미안하네만"

하고 쓰지 시즈오는 말했다.

하지만 냉정하게 생각해 보면, 그것도 그 자신이 일본 요리를 철저하고 진지하게 다루지 않았기 때문이었던 것이다. 좀 더 일찍 그것을 깨닫고 있었다면, 이제 와서 갯장어 신조의 맛이 이렇고 저렇고 할 일은 없었으리라. 훨씬 전에 깃초의 갯장어 신조와의 차이를 지적해, 다나베 토시오한테 같은 것을 만들도록 연구시켰을 것이기 때문이다. 쓰지 시즈오 자신의 책임이었다. 이제부터 그것을 하지 않으면 안 된다고 생각하고 있는데, 클레이본이 말했다.

"한 가지 질문을 해도 되겠어?"

"응, 그럼"

하고 쓰지 시즈오는 말했다.

"지난 일주일 동안 줄곧 생각하고 있던 건데, 어느 요정을 가도 요리가 한 가지씩 나왔잖아. 어째서 모든 요리를 한 번에 전부 내는 방식을 볼 수 없었던 거지?"

"한 번에 전부 내오는 방식은, 무척 오래된 방식이야. 그런데 어떻게 그런 걸 알고 있는 거야?"

"자네는 레비스트로스를 알고 있나?"

"알지. 프랑스의 문화인류학자잖아."

"응. 그의 책을 읽었더니, 일본 요리라는 건, 전채도 메인 디쉬도 디저트도 전부 한꺼번에 낸다고 써 있었어."

"『요리의 삼각형』에 나오는 문장일 거야."

"제목은 잊어버렸어. 내용은 일본 요리의 민속학적인 역사 연구였어. 그래서 나는 틀림없이 그렇게 나올 거라고만 생각했었어."

"그는 일본에 와보고 그것을 썼지만, 깃초 같은 요정에는 가지 않았던 거야. 시골의 여관 같은 곳에만 가보고 쓴 거지. 시골의 여관에서는 지금도 그런 방식으로 음식을 내고 있으니까."

"어느 쪽 방식이 진짠데?"

"둘 다 진짜지. 한 번에 전부 내는 방식이 더 오래됐을 뿐이야."

"새로운 방식이라면 언제쯤 생긴 건데?"

"아직 백 년도 채 안 됐지. 요정에서 본격적으로 한 가지씩 내게 된 것은 다이쇼*라고 하는 시대부터니까."

"어째서 그런 식으로 음식을 내게 된 거지? 프랑스인이 전채와 메인 디쉬를 나눠서 내는 걸 러시아궁정 요리에서 배웠던 것처럼, 일본인도 어떤 나라의 방식을 모방한 건가?"

"아냐, 일본에는 옛날부터 차요리茶料理라는 게 있었어. 다도회에서 주인이 손님한테 대접하는 요리를 내는 방식이 기본이 되었던 거야."

"티 세레머니 말이군."

"응."

"자네도 티 세레머니를 하나?"

* 大正. 1912~1926년.

"아니, 난 하지 않아."

"하지만 요리와 그렇게 관계가 깊다면, 자세히 알고 있을 거 아냐?"

쓰지 시즈오는 대답이 궁해졌다. 그는, 요정 요리는 차요리가 기본이 되었다는 사실은 알고 있었다. 그러나 새삼스럽게 생각해 보니, 차요리 그 자체에 대해서는 거의 아무것도 몰랐다. 어째서 옛 다인茶人들이 쓴 책을 한 권이라도 읽어 두지 않았던가 하고 생각했다. 만약 읽어 두었더라면, 여러 가지 요리를 담아 내오는 걸 핫슨八寸이라고 부르는 건, 차요리에서 산해진미를 낼 때 핫슨시호八寸四方라는 삼나무 판에 담았기 때문이라는 것 정도는 알 수 있었으리라. 쓰지 시즈오는 잇달아 명백해지는 자신의 무지에 기가 막혀 버렸다. 그러나, 모르는 걸 안다고 할 수는 없었다. 그는 부끄러움을 무릅쓰고 말했다.

"내가 모른다고 말해도 웃지 않을 거야?"

"웃지 않을게."

"고백하자면, 자네한테 지금 질문을 받기 전까지, 나는 자신이 차요리에 대해서 아무것도 모른다는 사실조차 깨닫지 못했었어."

"한 인간이 뭐든 다 알 수는 없는 거 아냐"

하고 클레이본은 말했다.

"하지만, 내가 일본인이라는 사실을 잊어서야 곤란하지."

쓰지 시즈오는 말했다. "지금까지 나는, 너무 프랑스 요리에만 힘을 너무 쏟았던 모양이야."

3

쓰지 시즈오는 그때 이후로 미친 사람처럼 깃초를 드나들기 시작했다. 그는 아키코와 마키가 살고 있는 도쿄 집을 정기적으로 왔다 갔다 하면서, 사이사이 프랑스나 영국이나 독일이나 이탈리아를 여행했기 때문에, 오사카에는 1년에 7개월 정도밖에 있지 않았다. 그러나 그 2백 여 일 동안 몇 년에 걸쳐 하루도 빼놓지 않고 발걸음을 옮기게 되었다.

그런 손님은 물론 깃초가 생긴 이래 처음이었다. 얼마 안 있어, 쓰지 시즈오의 객실에는 다른 손님들과는 다른 요리가 나오게 되었다. 어느 날부터인가, 주인인 유기 사다이치가 조리장에서 특별히 솜씨가 좋은 요리사를 몇 명 골라, 쓰지 시즈오만을 위한 요리를 만들게 한 것이었다. 그만큼 열심히 다니게 되자, 유기 사다이치로서도 1년에 한두 번 들르는 손님과 같은 요리를 낼 수는 없게 되었던 것이다. 그리고 유기 사다이치는 그 요리사들에게 항상 최고의 재료를 쓰라고 명해 놓았다.

한편 쓰지 시즈오의 이 깃초 통근으로 가장 바빠지게 된 것은 다나베 토시오였다. 그는 그때까지도 쓰지 시즈오가 깃초나 교토의 요정에 갈 때는 한 달에 한두 번 꼴로 함께 동행했다. 그것이 일본 요리 교원들의 맛집 탐방과도 같은 것이었다. 그러나 이번에는 그것이 더욱더 빈번해지게 된 것이었다.

맨 처음, 다나베 토시오는 자신의 그런 행운을 뭐라 표현해야 좋을지 모를 정도로 기뻐했다. 깃초만이 아니라, 요정이란 곳은 가려고 생각한 대도 쉽게 갈 수 있는 곳이 아니었기 때문이다. 처음 오는 손님은 받지도 않았고, 만약 손님이 되었다고 해도 그의 급료로는 한 달에 한 번 가는 것도 불가능했다. 그런데 한 주에 두세 번이나 갈 수 있게 된 것이다. 게다가 깃초의 요리는 기술과 맛뿐 아니라, 곤도 유키치에 의하면 차요리의 전통을 가장 잘 살리고 있는 곳이었고, 제철의 재료를 요리하는 방식이 단연 발군이었다. 다나베 토시오는 그런 것들을 전부 차분하게 배우자고 생각하고 있었다. 그러나 그것은 잘못된 생각이었다. 그는 첫날부터 요리를 여유 있게 맛볼 틈도 없을 정도의 질문 공세를 만나게 된 것이었다.

"이렇게 요리를 한 가지씩 내는 가장 큰 이유는 뭔가?"

하고 쓰지 시즈오는 물었다. 그것이 그로부터 몇 년 동안이나 계속되게 되는 질문 공세의 첫 번째 질문이었다.

"만든 요리를 맛있게 손님이 드시게 하는 데는 그 외의 방법이 없기 때문이라고 생각합니다."

하고 다나베 토시오는 대답했다.

"어째서인가?"

"그러니까 한꺼번에 요리를 전부 내면, 하나의 요리를 먹는 사이에 다른 요리가 식어 버리고, 그 이전에 조리장에서 먼저 만든 요리가 식어 버리고 마니까요. 여관이나 호텔의 연회 요리가 그 좋은 예입니다. 덴푸라 같은 건 아침부터 튀기기 시작하니까요. 게다가, 요리사가 애써 맛의 밸런스를 생각해서 만들었는데, 두서없이 맛이 진한 요리부터 젓가락을 댄다면, 요리가 전부 엉망이 되어 버리니까요."

"음. 지극히 실질적인 이유 때문이군."

하고 쓰지 시즈오는 말했다.

다른 날에는, 장국에서 가장 중요한 것은 뭐냐고 물었다.

"가다랑어의 향이라고 생각합니다"

하고 다나베 토시오는 말했다.

"어떻게 하면 좋은 향이 나는가?"

"곤도 선생님은, 장국을 만들기 직전에 깎은 가다랑어포로 국물을 내라고 하십니다. 가다랑어 국물은 맛이 우러나는 것도 빠르지만, 향이 날아가는 것도 빠릅니다. 십 분만 내버려두면 이미 향이 다 날아가니까요. 따라서 장국에서 진짜로 좋은 가다랑어의 풍미를 맛보시려 한다면, 국물을 낸 뒤 이삼 분이 한도라고 생각합니다. 조리 시간을 포함해서요."

"여기 깃초라면, 조리장에서 이 객실까지 날라 오는데 다시 일 분은 걸리겠지. 날라온 뒤에 무심코 얘기라도 하고 있다가는, 완전히 못 쓰게 되어 버린다는 건가?"

"그렇게 됩니다. 그래서 여기 깃초에서는 장국만은 객실의 바로 옆에서 만드는 것 같습니다."

"맛을 얼버무리는 거는 어떻게 하지?"

"화학조미료는 최후의 수단이고, 우선 술과 미림*이겠죠."

"그런 걸 넣으면 음식이 달게 되겠지."

"예, 그렇습니다. 하지만 사람의 혀라는 건 약간 단 편이 맛있다고 느끼는 것 같습니다. 그래서 한 입 넣었을 때 맛있다는 생각이 들게 하려

---

* 味淋. 소주에 찐 찹쌀과 쌀누룩을 섞어 빚어서 재강을 짜낸 단술.

면, 달게 하는 게 가장 손쉽고 빠른 방법이죠. 거기에 술을 집어넣으면 향을 나게 하는 것도 가능하고요."

다나베 토시오는 장국을 맛보고 있을 시간이 거의 없었다.

또 다른 날은 도미 회가 나왔는데, 쓰지 시즈오는 잽싸게 자기만 젓가락을 대며 물었다.

"지금의 도미하고 봄의 도미하고는 어느 쪽이 좋은가?"

"도미의 산란 시기는 5, 6월이니까, 산란 전까지 봄의 벚꽃도미 쪽이 지방이 올라 있어 맛있습니다. 그리고 산란 후의 여름 도미는 밀짚도미라고 해서 지방이 빠져서 맛이 없어져 버립니다만, 10월 정도가 되면 단풍도미라고 해서 다시 기름이 올라 있어 맛있어집니다. 일본해의 뒷도미는 1개월 정도 시기가 어긋납니다만."

"어째서지?"

"바닷물이 차기 때문에 태평양의 앞도미보다 산란 시기가 늦습니다."

"이건 어디 도미인가?"

"깃초라면, 아와지섬* 부근에서 잡은 도미를 사용할 거라고 생각합니다만."

"왜 아와지섬의 도미가 좋은가?"

"살이 탱탱합니다. 세토瀬戸 내해의 조수 간만이 아주 빠른 곳에 살고 있으니까요. 도미라는 것은 한 곳에서 살고, 그다지 돌아다니지를 않습니다. 그렇기 때문에 세토 내해의 도미는 조류의 빠른 흐름에 지

---

* 淡路島. 일본의 혼슈와 시코쿠 사이 세토 내해에 있는 섬.

지 않기 위해 필사적으로 몸을 움직이지 않으면 안 됩니다."

"앞도미와 뒷도미는 어느 쪽이 더 좋은가?"

"앞도미 쪽이 가격이 비쌉니다. 세토 내해 정도는 아니지만, 태평양의 조수의 흐름이 빠르니까요. 물론 이것은 천연 도미일 때의 이야기입니다만."

"천연인지 양식인지는 어떻게 구분하지?"

"꼬리지느러미의 크기와 색깔로 바로 알 수 있습니다만, 먹을 때도 제대로 주의를 하면 알 수 있습니다. 양식은 정어리를 먹이로 주기 때문에 기름기가 너무 올라 있습니다. 간장에 찍어 보면, 바로 간장에 기름이 둥둥 뜨게 됩니다."

"와사비에도 여러 가지가 있나?"

"예, 있습니다. 시즈오카나 나가노에서 채취하는 간토關東 와사비는 향과 매운맛이 한순간에 날아가 버리지만, 오카야마나 히로시마에서 채취한 것은 끈기가 있고 향도 매운맛도 오래 갑니다."

"어떻게 구분해서 사용하나?"

"산뜻한 맛의 흰 살 생선에는 간토의 것을 사용하고, 기름기가 많은 참치나 줄전갱이 같은 것에는 간사이關西의 것을 사용합니다."

"그럼, 이건 간토 와사비겠군."

쓰지 시즈오는 그렇게 말하며 마지막 남은 도미회 하나를 입에 넣었다.

"예. 틀림없습니다"

하고 다나베 토시오는 말했다.

그때까지 그는 아직 도미를 한 조각밖에 먹지 못했다. 생선회는 일단 칼을 대면 공기와 접촉하는 그 순간부터 1초가 지날 때마다 신선도가 떨어진다는 것을 알기 때문에 안타까움을 금할 길이 없었다.

다나베 토시오는 식사가 끝나면 언제나 녹초가 되어 아파트로 돌아왔다. 그러나 그에게는 자신의 아파트도 이제는 마음 놓고 쉴 수 있는 곳이라고 할 수는 없었다. 깃초에서는 손님한테 내는 요리를 하나하나 기록해 두는지, 같은 손님한테는 좀처럼 같은 요리를 내지 않기 때문이었다. 그 때문에 쓰지 시즈오의 질문에 대비해 요리책을 보거나, 곤도 유키치가 가르쳐 준 것을 메모를 보고 기억을 되살리거나 하지 않으면 안 되었기 때문이다. 잠을 자는 건 둘째 일이었다.

'대체, 언제까지 이런 일이 계속되는 걸까'

하고 그는 생각하지 않을 수 없었다.

거기에다가 그는, 학교에서는 수업 외에도 갯장어 신조의 연구도 하지 않으면 안 되었다. 크레이그 클레이본을 초대했던 디너 때, 어째서 깃초의 갯장어 신조처럼 매끈매끈한 느낌을 못 내느냐고 질책을 들은 이후로, 요리 면에서는 그것이 최대의 과제가 되어 있었기 때문이었다.

다나베 토시오는 그 문제로 곤경에 빠져 있었다. 갯장어 신조를 만드는 방법은, 갯장어 으깬 살에 계란 흰자와 갈분葛粉과 참마를 섞어 찰지게 하고 다시마 국물에 넣어 찌거나 삶는 것 외에는 생각할 수 없었다. 그러나 그것만으로는, 갯장어를 철저히 으깨거나, 찰지게 하는 재료들의 양을 조절하거나, 찌는 방법을 바꾸거나 하는 궁리를 해보아도, 도저히 완벽한 매끈매끈함에는 도달하지 못했던 것이다. 만드는 다른 방법이 있냐고 곤도 유키치한테도 물어봤지만, 그도 그 외의 방법은 몰랐다.

겨우 그 비밀을 밝혀 낸 것은, 해가 바뀌어 1977년의 초여름이 되었을 때의 일이었다. 완전히 손을 쓸 도리가 없어져 반쯤 포기하고 있었는데, 텐노지 역 플랫폼에서 친구와 딱 마주쳤던 것이다. 거기에서 잠시 서서 얘기를 하다가 푸념을 늘어놓았더니, 친구가 말했다.

"그건 간단해. 계란 흰자 대신에 계란 노른자를 넣으면 돼."

"정말?"

"정말이야."

"어떻게 그런 걸 알고 있어?"

"전에 깃초에 있었잖아."

다나베 토시오는 학교로 달려가, 서둘러 재료를 준비해 당장 만들어 보았다. 믿을 수가 없었다. 마지막에 계란 노른자에 샐러드유를 섞어 넣고 쪘더니, 그때까지 만든 것들하고는 전혀 다른 참으로 매끈매끈한 갯장어 신조가 만들어진 것이었다. 그는 그 자리에서 다시마와 가다랑어포로 국물을 내고, 장국을 만들어 교장실로 가지고 갔다. 다나베 토시오는 그것을 한 입 먹은 쓰지 시즈오의 얼굴이 만족스러운 웃음을 짓는 걸 봤다. 그러고서 쓰지 시즈오는 천천히 고개를 들고, 빙긋빙긋 웃으면서 말했다.

"백 점이야."

다나베 토시오는 이걸로 겨우 한 가지는 끝냈다고 생각해 안도의 한숨을 내쉬었다. 알고 나니 실로 간단한 비밀이었다. 계란 흰자 대신에 계란 노른자를 사용한다고 하는 방법은, 새우나 넙치 신조에도 이용할 수 있을지도 몰랐다. 그러나, 그것에 맨 처음 착안한 인물은 누구일까. 깃초의 주인일까. 누가 됐든, 그 인물은 계란 흰자를 사용한 평범한 신조에 만족할 수 없었던 것이다. 그것을 생각하자, 요리의 심오함은 무한히 깊고 넓구나 하는 생각을 하지 않을 수 없었다. 온갖 재료를 상상 조차 못해 본 조합으로 구성하는 게 가능한 것이다.

"무슨 생각을 하고 있나?"

쓰지 시즈오가 물었다.

"아무것도 아닙니다"

하고 다나베 토시오는 말했다. 그는 쓰지 시즈오가 다 먹은 갯장어 신조 그릇을 치워 돌아가려고 했다.

"자네는 깃초의 참깨두부를 먹어 봤지?"

"예"

하고 다나베 토시오는 말했다.

"그것과 똑같이 만들 수 없겠나?"

"해보겠습니다."

"우유두부처럼 새하얀 녀석이야."

"예."

다나베 토시오는 참깨두부라면 간단하다고 생각했다. 볶은 참깨를 물에 불려 믹서에 갈고, 몇 번에 걸쳐 천에 걸러낸 뒤 갈분으로 굳히기만 하면 되는 것이었다. 하루만 하면 만들 수 있으리라. 하지만 실제로 착수해 보니, 그는 갯장어 신조 때와 마찬가지로 몇 달 동안이나 고민에 휩싸이게 되었다. 어떻게 해도 참깨의 색깔이 우러나 버려, 새하얗게 만들어지지 않았던 것이다.

그는 분명히 갈분에 비밀이 있을 것이라고 생각해, 요시노吉野칡, 치쿠젠筑前칡, 이세伊勢칡, 와카사若狹칡 등 온갖 산지의 갈분을 주문해서 시도해 보았다. 그러나 그걸로 안 것은 참깨두부에는 와카사칡이 가장 잘 어울린다는 사실뿐, 결국 어떤 걸 사용해도 새하얗게 만들어 지지는 않았다. 마지막으로 볶은 참깨가 아니라, 생참깨를 으깨 사용 하면 된다는 걸 안 것은, 온갖 시도를 다 해본 뒤의 일이었다. 알고 보 니 이 비밀도 실로 별거 아니었지만, 참깨 요리에는 볶은 참깨를 사용 한다는 게 머릿속에 박혀 있었기 때문에 시간이 걸린 것이었다. 볶은 참깨를 사용한다는 걸 모르는 아마추어였다면, 아마 하루 만에 똑같 이 만들 수 있었으리라.

쓰지 시즈오한테 그 이야기를 하자, 그는 말했다.

"그러니까 일본의 요리사들은 옛날부터 만드는 방법을 다른 사람들 한테 숨겨 온 거야. 가르쳐 주면 누구라도 같은 걸 만들어 버릴 테니 까. 그러나, 우리 학교에서는 그런 건 용납할 수 없어."

"알고 있습니다"

하고 다나베 토시오는 대답했다. 고생해서 발견한 비밀을 모두에게 가르쳐 준다는 게 아깝다는 생각도 들었지만, 어쩔 수가 없었다.

"그럼, 이번에는 대합 장국을 연구해 봐"

하고서 쓰지 시즈오는 이어서 말했다. "깃초의 장국에 들어간 대합 은 마치 생대합처럼 부드러워."

"정말입니까?"

다나베 토시오는 아직 그 장국을 먹어 본 적이 없었다.

"정말이야"

하고 쓰지 시즈오는 말했다.

다나베 토시오는 믿을 수가 없었다. 대합 장국은, 대합의 맛을 우려내기 위해 국물에 넣고 어느 정도 끓여야 했다. 끓이면 살이 단단해지기 때문에, 가열하지 않은 것처럼 만든다는 것은 생각할 수 없었다. 대체 어떻게 끓이는 걸까.

하지만 그것도 이런저런 방법을 시도해 보았더니, 비밀은 단순하다는 걸 알았다. 그는 처음에는 끓이는 방법에 비밀이 있을 거라고 생각해, 불의 세기를 조절하고, 국물 안에 술을 많이 집어넣거나 해보았다.

그렇게 해서 마지막으로 겨우 떠오른 것은, 국물에 넣고 끓여 맛을 우려낸 대합과 그릇에 넣어 손님한테 내는 대합은 다른 게 아닐까 하는 점이었다. 맛을 우려낸 대합은 버리고, 그릇 안에는 불을 살짝 댔을 뿐인 다른 대합을 새로 넣어서 내는 건 아닐까. 그것 외에는 생각할 수 없었다.

그러나, 깃초에서 과연 그런 식으로 할까. 그런 식으로 한다면 재료비가 두 배가 되어 버리는 게 아닌가 하고 생각했다. 게다가 그가 떠올린 방법이라면, 누구라도 간단하게 만들 수 있다. 깃초에서 그런 간단한 방법으로 만들고 있다고는 생각할 수 없었다. 하지만, 그것 말고 어떤 비밀의 방법이 있다는 것인가. 다나베 토시오는 생각다 못해, 어느날 깃초의 조리장에서 학교 졸업생 한 사람을 몰래 불러냈다. 그리고 자신이 떠올린 방법을 말하고, 깃초에서는 어떤 식으로 하고 있는지 물어보았다. 그러자 그는 말했다.

"같아요. 국물의 맛은 버리는 대합으로 우려내고, 그릇에는 다른 대합을 넣어요."

다나베 토시오는 기뻐서 손뼉을 치고 싶은 기분이었다. 쓰지 시즈오가 기뻐할 모습이 눈에 선했다.

쓰지 시즈오가 『JAPANESE COOKING』이라는 영문으로 된 책을 미국에서 출판한 것은, 그로부터 3년 뒤인 1978년의 일이었다. 다나베 토시오에게 220가지의 대표적인 일본 요리를 만들게 해, 그것을 미국인을 위해 이해하기 쉽게 해설한 책이었다.

그때, 쓰지 시즈오는 샌프란시스코로부터 M. F. K 피셔를 일본에 초대했다. 그리고 그녀와 함께 온갖 요리를 먹으러 다녔고, 그러지 않을 때는 다나베 토시오가 실제로 요리를 만드는 모습을 보여주었다. 미국인에게는 일본 요리의 어떤 부분이 이해가 가지 않는지를 상세하게 지적해 달라고 해, 의문의 여지가 없는 해설을 하기 위해서였다. 그녀는 이 계획에 찬동하고, 2주 동안 백 개 이상의 질문을 퍼부었다. 쓰지 시즈오는 그 모든 것에 완벽한 답을 준비하고 있었다. 마지막 날이 되자 그녀는 말했다.

"난 이번 일을 계기로 아마도, 미국에서 최고의 일본 요리 권위자가 되지 않았을까요."

이 책은 520페이지에 90달러 95센트라고 하는 높은 가격이었음에도 불구하고, 발매와 동시에 10만 부가 넘는 베스트셀러가 되었다.

가사하라 요시아키가 타이페이 공항의 매점에서 자신의 책 해적판을 발견한 것도 정확히 그 무렵이었다. 『펑팡』이라고 하는 중국 요리 전채 장식 책이, 조리법과 해설이 중국어로 바뀌어 있을 뿐 완전히 그대로 출판되어 있었다. 얼마 안 있어, 홍콩과 중국 본토의 사천성에도 같은 책이 돌아다니고 있다는 게, 그곳으로 맛집 탐방을 떠난 다른 교원 그룹에 의해 발견되었다. 가사하라 요시아키는 그 책을 만든 타이

페이의 출판사에 편지를 보내 항의했지만, 타이완에는 저작권법이 존재하지 않았기 때문에 어떻게 할 수 있는 방법이 없었다. 그는 야마오카 토루한테 그 책을 보여주고 불평을 터뜨렸다. 그러자 야마오카 토루는 책을 집더니 잠시 페이지를 펴보다가, 이윽고 기쁜 듯 눈을 가늘게 뜨고 말했다.

"그런가. 우리 학교의 요리를 중국인이 흉내 내게 된 건가."

"나 참. 감탄하고 있을 때가 아니잖아요. 어떻게 조처를 취해 주세요."

"좋은 거 아냐."

야마오카 토루의 눈은 점점 더 가늘어졌다. "공짜로 번역해 주었다고 생각하면 되는 거야. 이 책으로 수업에서 사용하면, 중국어 공부에도 좋을 거 아닌가?"

"그거야 그렇지만."

"사온 책은 이 책 한 권뿐인가?"

"아니요. 얼마든지 있습니다. 공항의 매점에 있는 걸 전부 사왔으니까요."

"그렇다면 한 권 얻을까. 학술부의 진열장에 갖다 놓고 오지 않겠나?"

4

가네마루 코사부로는 후생성의 공무원으로부터 그 얘기를 듣고, 드디어 올 것이 왔다고 생각했다. 쓰지 조리사 학교가 도쿄 학교의 설립 인가를 신청해 왔다는 것을 알려 준 것이었다. 그리고 그 공무원에 의하면, 쓰지 조리사 학교 도쿄 학교의 모집 정원은 400명으로 설정되어 있다는 것이었다.

'제기랄'

하고 가네마루 코사부로는 생각했다.

그의 야마노테 조리사 학원의 학생 수는 불과 350명이었다. 1971년에 쓰지 조리사 학교의 학생 수가 800명에 달했을 때, 그의 학교는 300명이 되었지만, 그 뒤로는 좀처럼 학생 수가 늘지 않았다. 하지만 야마노테 학교는 그래도 도쿄에서는 최대의 규모를 자랑하고 있었다. 하지만 쓰지 조리사 학교가 도쿄 학교를 설립해서 400명의 학생을 모집한다면 그 명성을 잃게 되는 것이다. 녀석들은 반드시 400명의 학생을 모을 거라고 가네마루 코사부로는 생각했다.

티브이의 〈요리 천국〉은 쓰지 조리사 학교에는 절호의 선전 역할을 하고 있었고, 서점에 가면 요리 전문서 코너에는 쓰지 조리사 학교의 책이 넘치고 있었다. 프랑스의 유명한 레스토랑 셰프를 매년 정기적으로 오사카로 불러 공개 강습을 하고 있는 것도 요리계의 주목 대상이었다. 그해 1977년에는, 피라미드의 기 티발, 타유방Taillevent의 클로드 들라뉴 등이 왔다. 다들 별 세 개 레스토랑의 셰프들로, 가네마루 코사부로로서는 부르려 해도 부를 길이 없는 요리사들뿐이었다.

한편 야마노테 조리사 학원의 선전 재료는, 쓰지 조리사 학교의 58만 엔에 비해 훨씬 싼 25만 엔의 수업료 이외에는 아무것도 없었다. 그러나 그런 차이에도 불구하고 오사카의 쓰지 조리사 학교에는 1,200명의 학생이 입학했고, 야마노테 조리사 학원에는 350명밖에 오지 않은 것이었다. 그걸 생각하면, 수업료가 저렴하다는 게 유효한 대항 수단이 되리라고는 도저히 생각할 수 없었다. 그러나 오사카라면 몰라도, 자신의 눈이 미치는 도쿄에서 쓰지 시즈오한테 진다는 것은 아무래도 싫었다.

"인가는 거부해 주시겠죠"

하고 가네마루 코사부로는 후생성 공무원한테 말했다.

"그건 어렵겠는데요"

하고 공무원은 말했다.

"어째서요?"

"거부할 이유가 없어요."

"이유는 찾으면 될 거 아닙니까. 당신은 신바시新橋의 요정과 긴자의 클럽에서 내가 얼마나 많이 당신을 접대했는지 잊었습니까?"

"잊지는 않았어요. 하지만, 가네마루 씨. 우리들로서는 신청 서류가 제대로 다 갖춰져 있는 한, 어떻게도 할 수가 없어요. 관청 일이라는 게 어떤 건지는 알고 계시잖아요."

"그런 건 개나 주워가라 그래요."

가네마루 코사부로는 호통을 치고 싶은 걸 가까스로 억누르고서 말했다. "당신은, 내가 단순한 호의로 당신을 접대해 왔다고 생각합니까? 변명 같은 거 할 생각 말고, 자신의 재량으로 거부할 이유를 생각해 보세요."

"무척 무섭게 말씀하시는군요."

공무원은 이죽거리면서 말했다. 전혀 지금 상황을 심각하게 생각하지 않는 듯했다.

"어째서 그렇게 쓰지 시즈오라는 남자를 신경 쓰십니까?"

"당신한테까지 말할 필요는 없는 일이에요."

"그렇습니까? 그렇다면, 그 얘기는 그만두죠."

공무원은 담배에 불을 붙였다. 그러고서 천장을 향해 담배 연기를 내뿜고는, 다시 입을 열었다.

"가네마루 씨. 우리들은, 스스로 불이 없는 곳에 연기를 피우는 일 같은 건 하지 않아요. 하지만, 누군가가 연기를 피우면, 불이 없다는 것을 알고 있어도 개입은 합니다."

"어떻게 하면 좋겠습니까?"

하고 가네마루 코사부로는 말했다. 불쾌했지만 어쩔 수가 없었다.

"도쿄의 조리사 학교들이 결속해서, 지역권이 침해된다고 이의를 제기하는 건 어떻겠습니까? 그렇게 하면, 그것을 이유로 인가를 질질 끌 수가 있습니다. 사오 년만 끌면, 그사이에 포기하겠죠."

"당신의 머리가 좋다는 건 알아줘야겠군요"

하고 가네마루 코사부로는 말했다.

"아닙니다. 우리들 일이란 게 그런 겁니다"

하고 공무원은 말했다.

5

1979년 4월, 쓰지 시즈오는 텐노지 캇포 학교 자리에 700명을 수용할 수 있는 신교사를 세웠다. 도쿄 학교를 설립하는 데는 후생성과 도쿄도都의 새로운 인가가 필요해서, 그것을 기다리고만 있다가는 계속해서 늘어나는 학생 수가 넘쳐 버리기 때문이었다.

그 교사가 지어졌을 때, 쓰지 시즈오는 이걸로 당분간은 교실 부족 때문에 고민하지 않아도 되겠구나 하고 한숨 돌렸다. 700명이면, 오사카에서 두 번째로 큰 조리사 학교를 두 개 합친 것보다도 더 많은 인원이었다. 하지만 야마오카 토루의 의견은 달라서, 3년만 있으면 다시 꽉 차 버릴 거라고 말했다. 그리고 실제로 학생을 모집해 보니, 야마오카 토루의 말대로였다.

조리사법에 정해진 학생 수와 교원의 비율에 비추어 보면, 쓰지 조리사 학교가 새로 모집할 수 있는 학생 수는 400명이었다. 쓰지 시즈오는 학생이 모이지 않으면 꼴사나우니까 늘어나는 모집 정원은 300명으로 해놓으라고 말했다. 그런데 300명은 말할 것도 없고, 400명이나 순식간에 돌파해, 최종적으로는 500명 이상의 입학 희망자가 쇄도한 것이었다. 입학계 직원들은 선착순으로 400명을 입학시키고, 나머지 백수 십 명한테는 창구에서 머리를 숙이며 돌아가 달라고 말하지 않으면 안 되었다. 쓰지 조리사 학교의 학생 수는, 이것으로 단번에 1,600명에 달했다.

"역시 도쿄 학교 설립 인가를 신청해 두기를 잘했군요."

그 결과를 보고, 야마오카 토루가 싱글거리며 말했다. "이런 추세라면, 내년에 벌써 수용 인원을 넘어 버리겠어요."

"그렇겠군"

하고 쓰지 시즈오는 말했다. "하지만 난 다시 은행에서 대출을 받지 않으면 안 돼. 자네는 대체 나한테 얼마나 대출을 받게 해야 속이 시원하겠나?"

"죄송합니다. 하고 싶은 게 너무 많아서요."

"도쿄 학교 말고도 뭐가 있나?"

"예. 여러 가지가 있습니다."

"괜찮다면 가르쳐 주겠나?"

"하나는 제과 학교입니다."

야마오카 토루는 말했다. "학생들 사이에서는, 제과 수업을 좀 더 늘려 달라는 목소리가 높습니다. 여자 학생들 중에는, 애초부터 제과를 배우려고 입학한 사람들도 있구요."

"그 밖에는?"

"각 요리의 전문 코스 학교를 별도로 세우면 어떨까 하고 생각합니다. 프랑스 요리라면 프랑스 요리의 길을 걸으려고 처음부터 작정하고 있는 학생한테 일본 요리와 중국 요리를 강제로 가르쳐도 소용이 없다고 생각합니다. 그러니까 그런 학생에게는 조리사법에 속박받지 않는 학교를 만들어, 처음부터 희망하는 요리만을 가르치는 거죠. 그러면 조리사 면허는 못 따지만, 원하는 사람은 나중에 국가시험을 보면 되니까요."

"또 있나?"

"있습니다. 각 코스의 대학원 같은 상급 학교를 만들면 어떨까 합니다. 실제로, 1년만이 아니고 좀 더 공부하고 싶다는 학생이 꽤 많습니다."

"그러면, 완전히 종합 칼리지잖아. 그 밖에도 또 생각하는 게 있으면 지금 가르쳐 주게."

"지금 상태에서는, 대충 그 정도입니다."

"기쁘군. 전용 야채 농장이라든가, 그리스 요리 전문 코스라든가를 만들지 않아도 된다니 한숨 놓았어."

"그리스 요리는 몰라도, 이탈리아 요리는 넣어도 좋을지 모르겠습니다."

"잠깐 좀 기다려. 자네는 정말로 그걸 전부 실현시킬 작정이야?"

"예."

야마오카 토루는 딱 잘라 말했다.

"교사를 짓는 데 대출을 받는 건 나라구."

"알고 있습니다."

쓰지 시즈오는 어이가 없어 야마오카 토루의 얼굴을 쳐다보았다. 즐거운 듯이 눈을 가늘게 뜨고 웃고 있었다. 분명히 이 녀석은 전부 실현시키고 말 거라고 쓰지 시즈오는 생각했다.

그러나 목하 두 사람의 과제는 도쿄 학교의 개교였다.

야마오카 토루는 700명을 수용할 신교사를 짓기 전부터 도쿄 학교의 개교에 전력을 기울였다. 쓰지 시즈오는 그렇게 서두를 건 없다고 했지만, 그에게는 서둘지 않으면 안 될 커다란 이유가 있었다. 가네마루 코사부로의 세력권 안에서 그의 학교보다도 규모가 큰 학교를 만들어, 그때 그가 어떤 표정을 지을지 하루빨리 그 얼굴을 보고 싶었던 것이다. 야마오카 토루는, 가네마루 코사부로가 조리사 학교 협회를 움직여, 쓰지 조리사 학교가 프랑스인 교원을 고용하는 걸 방해하려 했던 것도 잊지 않았다. 그때 이후로 야마오카 토루는 줄곧 가네마루 코사부로에게 뼈아픈 패배감을 맛보게 할 기회를 노리고 있었다.

야마오카 토루는 그날도 도쿄로 향하는 신칸센 안에서 가네마루 코사부로가 분해할 얼굴을 상상하면서 혼자서 즐거워하고 있었다. 그런 학교는 일거에 밟아 주겠다고 그는 생각하고 있었다.

도쿄에 도착하자 그는 전화를 걸어 놓은 부동산 회사로 가, 담당 직원의 안내로 교사를 짓기 위한 땅을 보러 갔다. 땅을 보는 것은 이번이 일곱 번째였다. 야마오카 토루는 도쿄를 잘 알지 못했기 때문에, 부동산 회사의 직원이 이번에 볼 땅은 오기쿠보荻窪역으로부터 걸어서 15분 거리여서 입지 조건이 무척 좋다고 말해도, 거기가 어디 부근인지 전혀 짐작이 가지 않았다. 그러나 차에서 내려 그 땅을 보니, 주택 밀집 지역에서 약간 떨어진 조용한 곳이어서 한눈에 마음에 들었다. 그는 부동산 회사 직원에게, 주위 환경을 보고 싶으니 차로 그 주변을 한 바퀴 돌아보자고 말했다. 부동산 회사의 직원이 오기쿠보역 쪽으로 차를 향해 달리자, 5백 미터도 못 가 전방의 빌딩에 스기나미 조리사 학교라는 커다란 간판이 보였다. 야마오카 토루는 그 자리에서 거기에 학교를 짓는 걸 단념했다. 가네마루 코사부로의 학교 이외에는 어느 학교와도 분쟁을 일으키고 싶지 않았기 때문이었다. 부동산 회사의 직원은 야마오카 토루 이상으로 유감스러웠지만, 어쩔 도리가 없었다.

야마오카 토루는 부동산 회사 직원과 헤어져, 그 걸음으로 후생성으로 향했다. 도쿄 학교의 설립 인가를 신청한 지도 어언 2년이 되어 가려 하는데, 후생성으로부터는 아직 아무런 답변도 없었다. 느닷없이 담당 공무원의 방을 방문하자, 그 공무원은 왜 미리 전화를 주지 않았나며 노골적으로 싫은 얼굴을 했다. 그러나 야마오카 토루는 그런 그의 얼굴을 못 본 척하고 빙긋빙긋 웃으며 말했다.

"바로 요 앞까지 올 일이 있어서, 인사라도 할까 해서요. 문부성과의 조정은 어떻게 진행되고 있나요?"

그러자 공무원은 간단히 말했다.

"그 일이라면 이미 끝났어요."

야마오카 토루는 의외의 경과에 놀랐다. 그가 눈앞에 있는 공무원한테서 문부성이 몇 년 안에 전수학교법이라는 법률을 입법화한다는 이야기를 들은 것은 도쿄 학교의 설립 인가를 신청하고 나서 얼마 안 됐을 때의 일이었다. 그리고 그 공무원은, 그것이 입법화되면 모든 각종 학교가 그 범주에 들어가기 때문에 조리사 학교를 관할하는 후생성도 문부성도 그 권한과 역할에 관해 조정을 하지 않으면 안 되고, 그 사전 조정이 끝날 때까지는 어떤 것도 허가해 줄 수 없다고 말했던 것이다. 한 달 전에 방문했을 때는 그 공무원의 말에서 그것이 매듭지어질 것 같은 기색은 조금도 느낄 수 없었다. 그러나 그사이에 무슨 일이 있었든 그것이 매듭지어졌다는 것은 반가운 일이었다.

"그렇다면, 인가가 나겠군요."

하고 야마오카 토루는 말했다. 가네마루 코사부로의 얼굴이 마음속에 떠올랐다. 드디어 그 남자한테 커다란 패배감을 맛보게 할 때가 왔다는 생각에 그는 가슴이 뛰었다. 야마오카 토루는, 가네마루 코사부로의 학교 학생 수가 지난 5년 동안 300명에서 350명으로밖에 늘지 않았다는 걸 알고 있었다. 그런 그의 눈앞에 단번에 400명의 학생을 모집해서 보여주는 것이다. 인가만 나오면, 1년 후인 1977년에는 그것이 실현될 것이다.

"그런데, 그렇게 간단하게는 될 것 같지 않아요. 약간 번거로운 문제가 발생했거든요."

공무원은 담배에 불을 붙이고 말했다.

"어떤 문제인가요?"

"아시다시피, 도쿄에는 고등학교의 음식과와 조리과도 포함해 스물두 개의 조리사 학교가 있습니다. 그 스물두 개의 조리사 학교가 댁의 학교가 도쿄에 진출하는 것을 지역권 침해라고 해서 모두 반대하고 있어요."

"그런 말도 안 되는"

하고 야마오카 토루는 말했다. "프로야구의 프랜차이즈 제도도 아니고."

"뭐, 그렇게는 말씀하지 말아 주시죠. 우리도 갑작스러운 진정으로, 어떻게 처리해야 할지 고민하고 있습니다."

"고민하고 말고 할 것도 없지 않습니까?"

"그렇지도 않아요. 사실을 말하자면, 조리사 학교 협회 쪽에서도 각 학교의 지역권은 침해되어서는 안 된다는 약정 문서를 보내 왔으니까요. 우리로서는 업계의 운영은 가능한 한 그 업계 자율에 맡긴다고 하는 입장을 취하고 있어, 업계가 결정한 것에 일일이 참견하기는 어렵습니다."

"그러나 그런 약정을 한다는 것 자체가 독점금지법에 위반되는 거 아닌가요?"

"저는 공정거래위원이 아니니까요. 어쨌든 우리는 업계의 문제는 업계 내에서 해결해야 된다는 입장을 취하고 있습니다. 댁의 학교도 다시 한 번 협회에 가맹해, 내부에서 해결을 해보는 게 어떻겠습니까?"

"요컨대, 인가를 내줄 수 없다는 거군요."

"아니요. 그렇지는 않습니다. 오해하지 말아 주십시오. 문제가 해결 되면 인가는 합니다. 지금은 인가를 하기에는 문제가 너무 많다는 말 씀을 드릴 뿐입니다."

야마오카 토루는 금방 전까지의 고양된 기분과는 반대로, 비참한 패 배감에 풀이 죽었다. 또 한 번 가네마루 코사부로의 발에 걸려 넘어진 것이다. 그러나 무엇보다도 분했던 것은, 자신의 판단이 너무 안이했다 는 것을 싫을 정도로 뼈저리게 느끼게 되었다는 점이었다.

'어째서 나는 도쿄 학교의 개교를 가네마루 코사부로가 방해하지 않을 거라고 생각했던 걸까'

야마오카 토루는 그날로 신칸센을 타고 오사카로 돌아갔지만, 화가 나서 어찌할 줄을 몰랐다. 도쿄 학교의 개교에 그는 더 이상 1퍼센트 의 희망도 갖지 않았다. 그는 도쿄 학교를 만드는 대신에 뭔가 다른 걸 할 수 없을까 하고 열심히 생각했다. 이대로는 너무 분해서 어떻게 되 어 버릴 것 같았다. 가네마루 코사부로로서는 절대로 방해할 수 없는, 게다가 흉내도 낼 수 없는 일은 뭘까?

야마오카 토루가 그 아이디어를 떠올리고, 다시 활력을 되찾은 것은, 자택에 돌아와서 뜬눈으로 밤을 꼬박 새우고 난 다음 날 아침이었다. 그는 샤워를 하고 몸을 산뜻하게 하고는, 쓰지 시즈오가 운전수를 붙 여 준 재규어를 타고 학교로 갔다.

쓰지 시즈오는 이미 살롱에 모습을 나타내, 커피를 마시면서 바흐의 프랑스 조곡을 듣고 있었다. 야마오카 토루는 그런 그의 앞에 앉아 도쿄 학교를 열 수 없게 된 경위를 보고했다.

"그자들이 할 만한 짓이군."

이야기를 다 듣고 나서 쓰지 시즈오는 말했다.

"그들은 우리가 포기하면, 금방이라도 축배를 들겠죠."

"포기하지 않고 학교를 여는 방법이 있나?"

"아니요. 그 공무원이 인가권을 갖고 있는 이상 어떻게도 할 수 없습니다."

"이대로 가만히 후퇴하는 것도 분하군."

"도쿄에 학교를 만들지 못한다면, 프랑스에 만들면 어떻겠습니까?"

야마오카 토루는 말했다. 그것이 날이 샐 때까지 잠을 안 자고 생각했던 아이디어였다.

"어떻게?"

"교장께서는 리옹에 성을 갖고 계시잖아요."

"샤토 드 레클레르 말인가?"

"예, 맞습니다. 그 성을 이용하는 겁니다."

"하지만, 그 성은 폐성이나 마찬가지인 성인데"

하고 쓰지 시즈오는 말했다. 폴 보퀴즈가 말을 꺼내 순간적인 기분으로 손에 넣기는 했지만, 벌써 수십 년이나 사람이 살지 않은 곳이라 수도도 전기도 가스도 끊어져 있었다. 쓰지 시즈오 자신은 그 성을 산 다음 한 번밖에는 방문하지 않았다.

"손을 보면 되지 않겠습니까? 가네마루로서는 방해도 흉내 낼 엄두도 못 낼 일을 해보는 겁니다."

"어떤 형태의 학교를 만들려고?"

"글쎄요. 규모는 100명 정도로 조촐하게 하고, 여기 학교를 졸업한 학생 중에서 희망자를 모집해, 다시 1년 동안 철저히 본고장 프랑스 요리를 가르치는 겁니다. 교원은 물론 이쪽에서도 보내지만, 중심이 되는 것은 프랑스인입니다. 교장께서 얘기를 해주신다면, 보퀴즈나 트루아그로도 한 주에 몇 번은 가르치러 와주지 않을까요?"

"상당히 매력적인 학교군."

"그렇죠?"

"하지만, 더 매력적으로 만드는 방법이 있어."

"어떤 방법입니까?"

"학교에서 가르치는 건 반년만으로 하고, 나머지 반년은 파리나 리옹의 레스토랑에서 연수를 받게 하는 거야."

"그게 가능할까요? 한 가게에서 두 명을 봐준다고 해도, 50군데는 필요할 텐데요."

"보퀴즈와 의논해 보지"

하고 쓰지 시즈오는 말했다. "보퀴즈의 힘은, 이제는 상당해졌으니까."

"만약 그게 실현된다면 획기적인 학교가 되겠군요"

하고 야마오카 토루는 말했다.

"자네의 다음주 스케줄은 어떻게 되나?"

"전에 말씀드린 『제과 편람』 출판 건으로 효론샤評論社의 편집자와 수요일에 만나기로 되어 있습니다만."

"그럼 취소시켜."

"무슨 일입니까, 대체?"

"프랑스로 가는 거야"

하고 쓰지 시즈오는 말했다. "프랑스 학교가 실현될지 안 될지, 둘이서 분위기를 보고 오는 거야."

두 사람이 리옹 공항에 도착하자, 폴 보퀴즈가 자신의 푸조를 운전해 맞이하러 나와 있었다. 쓰지 시즈오가 조수석에 오르자, 보퀴즈는, 우리 가게로 갈 거야 마도한테 갈 거야, 어느 쪽이야 하고 물었다.

"자네하고 의논할 게 있어. 자네 가게로 가지"

하고 쓰지 시즈오는 말했다. "그런데, 그전에 샤토 드 레클레르에 잠깐 들러 주겠어?"

"좋고말고. 자네의 성이잖아"

하고 보퀴즈는 말했다.

거기는 리옹 북쪽의 빌프랑슈라는 마을로, 보퀴즈의 가게에서 차로 20분 정도 거리에 있었다. 그리고 쓰지 시즈오는 거기를 가는 도중 차 안에서 보퀴즈한테 프랑스 학교의 계획을 설명했다. 보퀴즈는 멋진 계획이라며, 쓰지 시즈오가 학생을 현지의 레스토랑에서 연수시키는 게 가능하겠느냐고 묻자, 아무 문제도 없을 거라고 약속했다.

"계속해서 학생을 보내겠다는 것만 약속하면, 어느 레스토랑이고 기꺼이 받아들일 거야. 이미 기초를 다진 요리사를 거저 쓸 수 있는 거니까. 그렇지 않아도, 요즘은 기술도 제대로 익히지 않고서 곧바로 셰프가 되고 싶어 하는 건방진 요리사들뿐이라서, 어느 레스토랑이고 전부 견습 요리사 부족으로 골머리를 앓고 있거든. 연수받을 곳에 대해서는 전부 내가 돌봐 줄 것을 약속하지."

"자네나 트루아그로는 학교에서 수업도 해주었으면 해."

"쉬운 일이야. 자크한테는 말했어?"

"아니, 아직. 하지만 부탁할 생각이야."

하고 쓰지 시즈오는 말했다.

자크 피크는 페르낭 푸앵과 어깨를 나란히 했다고 하는 앙드레 피크의 아들로, 리옹 남쪽에 있는 발랑스에서 여전히 피크를 별 세 개의 레스토랑으로 지키고 있었다. 그리고 그와 쓰지 시즈오는 나이가 같다는 점도 있어 서로 마음이 맞아, 보퀴즈 다음으로 친한 사이가 되어 있었다. 그한테는 마담 푸앵을 만난 다음에 갈 생각이었다.

그들은 빌프랑슈로 가, 수확이 끝난 사방의 포도밭 사이를 지나 성이 있는 대지 안으로 들어갔다. 커다란 포플러와 플라타너스와 호두나무가 무성한 가운데 두 개의 노란 사각뿔 지붕을 이고 있는 성이 세워져 있었는데, 5년 전에 샀을 때보다도 더 퇴락해 있었다. 그들은 뒤로 돌아갔다. 거기에는 보졸레 와인 양조장이 있어, 마을 사람들이 곧 있으면 보졸레 누보로 출하할 와인을 담그고 있었다. 그 양조장은 예전부터 이 마을의 포도 재배 협동조합이 사용해 와서, 쓰지 시즈오는 거기만큼은 마을 사람들에게 마음대로 쓰게 한다는 조건으로 협동조합으로부터 성을 사들인 것이었다. 마을 사람들은 그런 조처에 감사해, 쓰지 시즈오를 위해 샤토 드 레클레르라는 보졸레 와인을 만들어 주고 있었다.

"이 대지 안에서 숨을 쉬고 있는 곳은 이 공장뿐이군."

하고 쓰지 시즈오는 쓴웃음을 지으며 말했다. "성을 사용할 수 있게 되살리는 건 엄청난 일일 거야."

"문제없을 겁니다."

"그래. 걱정하지 마."

하고 보퀴즈도 말했다. "프랑스의 건물 보수 기술은 세계적으로도 손꼽힌다구. 무엇보다도, 백 년이나 이전부터 오래된 교회나 성의 보수 작업만 해오고 있으니까."

"문제는 론 현의 지사입니다."

야마오카 토루가 말했다.

"여기를 학교로 쓰려면 지사의 허가가 필요하니까요."

"그건 문제될 게 없다고 생각해."

하고 보퀴즈가 말했다. "백 명의 학생이 이 마을에서 생활하고, 매일 리옹의 시장에서 수천 프랑의 재료비를 사용할 거 아냐. 게다가 자네들은 그렇게 일본의 돈을 사용하기만 할 뿐, 프랑스로부터 1프랑도 갖고 돌아가지 않아. 프랑스로서 이렇게 좋은 거래가 어디 또 있겠어. 거기에다가, 만약 지사가 허가하는 걸 머무적거린다 해도, 응 이라고 말하게 할 최후의 방법이 있으니까 걱정하지 마."

"어떤 방법인데?"

하고 쓰지 시즈오는 물었다.

"우리 가게에 데려가면 돼."

하고 보퀴즈는 웃으면서 말했다. "내가 만든 요리를 앞에 놓고, 어떤 일이 됐든 거부할 수 있는 사람은 없으니까."

쓰지 시즈오는 그날은 야마오카 토루와 함께 보퀴즈의 가게에서 저녁을 먹고, 셋이서 다시 세부적인 사항들을 논의하고 나서 리옹 호텔로 갔다. 이튿날은 야마오카 토루와 둘이서 리옹의 거리를 걸으며, 아는 와인 상점을 방문해 1949년산 샹베르탱*을 한 다스 사고, 고서점에 들러 진기한 책을 몇 권 샀다. 그러고서 그들은 메르세데스 렌터카를 빌려 비엔의 마담 푸앵한테 갔다.

마담 푸앵은, 쓰지 시즈오가 프랑스 학교의 계획에 관해 얘기하자 자신의 일처럼 기뻐하면서, 수업에 필요하다면 언제라도 기 티발도 모리스 뱅상도 루이 토마지도 부르라고 했다. 쓰지 시즈오는, 프랑스 학교는 백 명의 학생을 세 팀으로 나눠, 한 팀은 요리, 한 팀은 서비스, 또 한 팀은 손님 역할을 번갈아 맡고, 매일 역할을 교체해 철저히 종합적인 교육을 할 생각이었기 때문에, 셰프인 기 티발 이외에 서비스의 뱅상이나 소믈리에인 토마지까지 빌릴 수 있다면 그것보다 더 좋은 일은 없었다. 그러고서 그녀는 토마지를 부르더니, 오늘 밤은 1945년 로마네 콩티를 따라고 지시했다.

"45년의 로마네 콩티야. 알겠지?"

그리고 토마지가 대답을 하고 사라지자, 쓴웃음을 지으며 말했다.

"루이는 내가 따면 돈이 안 들어오니까, 이따금 잘못 가져온 척하고 얼마 안 된 로마네 콩티를 가져오거든."

무리도 아니었다. 손님한테 내면 5천 프랑에 팔 수 있는 와인이었다. 쓰지 시즈오도 45년 로마네 콩티를 마셔 보는 건 처음이었다. 33년이나 전에 만들어진 와인이란 건 대체 어떤 맛이 날까 하고 생각했다.

---

* Chambertin. 로마네 콩티와 더불어 부르고뉴에서 가장 강건한 레드 와인으로 알려져 있다. 남성적이며 강력한 향기, 고급스러움에서 부르고뉴를 대표한다. 술이 약했던 나폴레옹이 샹베르탱에 물을 타서 즐겨 마셨다고 한다.

마담 푸앵이 정한 그날 저녁의 메뉴는, 굴 샴페인 찜과 사슴고기 스테이크였다. 그것 외에는 피라미드가 자랑하는 에크르비스 샐러드도 푸아그라로 채운 브리오슈도 없었다. 쓰지 시즈오는 내심 한도의 한숨을 내쉬었지만, 너무나도 산뜻한 메뉴에 놀랐다. 그러자 그의 마음을 눈치 챈 듯 마담 푸앵이 말했다.

"로마네 콩티 같은 위대한 와인을 마실 때는, 너무 인상적인 요리는 먹는 게 아니야. 산뜻한 요리를 가볍게 먹는 거야. 요리가 와인의 시중을 들 때도 있는 거지."

쓰지 시즈오는 그녀의 말을 기억에 담아 두었다. 그는 1945년 로마네 콩티는 갖고 있지 않았지만, 1950년대의 로마네 콩티나 샤토 라피트 롯실트는 갖고 있었다. 그것들은 10년 뒤에 딸 때를 위해서였다.

그리고 그는 2주 전쯤 에딘버러에서 도착한 편지에서 요시키가 여기에 또 식사를 하러 왔었다고 쓴 것을 떠올리고서 마담 푸앵한테 감사를 표시했다.

"됐어, 그런 건"

하고 그녀는 말했다.

"한 가지 질문을 해도 되겠습니까?"

야마오카 토루가 마담 푸앵한테 물었다.

"좋아요."

"요시키 군은 요리의 맛을 이해하는 혀를 갖고 있는 것 같던가요?"

그것은 쓰지 시즈오도 물어보고 싶은 것이었다. 그는 마담 푸앵이 뭐라고 대답할지, 가슴을 두근거리며 기다렸다.

"뭐라고도 말할 수 없어요. 요시키는 아직 고등학생인 걸"

하고 마담 푸앵은 말했다. "하지만 지난번에는 항상 먹기만 하는 것으로는 아무것도 알 수 없으니까 조리장에 들어가게 해달라고 해서, 사흘 정도 에크르비스 껍데기를 벗기고 갔어요."

"그렇다면 기대할 수 있겠는데요, 교장님"

하고 야마오카 토루는 말했다.

쓰지 시즈오는 웃기만 하고 대답은 하지 않았지만 자식이 요리에 흥미를 갖게 된 것 같다는 것을 알고 안도의 한숨을 쉬었다.

이윽고 식사 시간이 되었다. 그들이 마담 푸앵의 특별실로 옮기자, 토마지가 굴 샴페인 찜과 함께, 우선 1961년산 동 페리뇽* 마개를 조용히 땄다.

쓰지 시즈오는, 마담 푸앵과 식사를 할 때는 그녀가 항상 좋은 와인을 따주었기 때문에 자신이 술에 약하다는 게 마음에 걸려 항상 미안한 마음이었는데, 그날 밤은 야마오카 토루가 함께 있었기 때문에 아무런 걱정도 들지 않았다. 야마오카 토루는 마담 푸앵이 1945년 로마네 콩티를 갖고 오라고 했을 때부터, 기대에 가득 찬 눈을 하고서 입가에 웃음이 떠나지 않았다.

요리를 담은 접시에는, 굴 국물과 샴페인을 함께 끓여 생크림을 더하고, 그것을 다시 살에 발라 오븐에서 구운 굴 샴페인 찜이 여섯 개놓여 있었다. 먹으니, 오븐에서 알맞게 잘 구워진 소스의 향기로운 맛

---

* Dom Perignon. 프랑스의 샴페인 전문 회사 모에 샹동에서 만든 세계 최고 수준의 샴페인. '샴페인의 아버지'라고 불리는 17세기 베네딕트 수도사 동 페리뇽을 기려 만든 작품이다. 숙성된 깊은 맛을 내기 위해 한 병을 출하하는 데 최소한 8년이 걸린다고 한다.

과 굴 살 특유의 독특한 맛이 감미롭게 입 안으로 퍼졌다. 그것을 먹은 뒤에 동 페리뇽을 약간 입에 머금으니, 입 안이 시원해지는 게 아주 기분이 좋았다.

그리고 그 접시를 내가자, 마담 푸앵의 글래스에 로마네 콩티가 따라졌다. 토마지의 손놀림은 마치 금방이라도 부서질 것 같은 물건을 다루는 것 같았다. 글래스로 떨어진 로마네 콩티는 33년이란 오랜 세월로 인해, 젊었을 때의 석류색에서 약간 오렌지빛을 띤 옅은 색으로 바뀌어 있었다. 마담 푸앵은 글래스를 흔들어 공기와 접촉시키고, 향을 맡고, 입에 머금었다. 그러고는 토마지를 향해 생긋 웃으며 말했다.

"좋은 로마네 콩티야, 루이."

토마지는 전혀 웃음을 띠지 않고 고개만 끄덕 하고, 쓰지 시즈오와 야마오카 토루의 글래스에 로마네 콩티를 따랐다. 쓰지 시즈오는 마담 푸앵과 마찬가지로 글래스를 흔들어 충분히 공기와 접촉시킨 다음 향을 맡고, 입에 머금었다. 계피 향이 났다. 좋은 향이다라고 생각하고 있는데, 문득 바닐라향이 콧구멍을 스쳤다. 쓰지 시즈오는 놀라서, 확인해 보기 위해 다시 한 입 입에 머금었다. 믿을 수 없게도, 이번에는 희미한 숲의 향이 섞여 들어왔다. 풀 속에서 금방 캐낸 버섯 같은 향이었다.

'대체 이게 어떻게 된 거지'

하고 그는 생각했다. 머리가 혼란스러웠다. 이렇게 복잡하고 섬세한 와인과 만난 것은 처음이었다. '아니면, 내 코가 이상한 걸까?'

"왜 그래?"

쓰지 시즈오가 머리를 갸웃거리며 생각에 잠겨 있는 걸 보고 마담 푸앵이 말했다. 쓰지 시즈오는 지금 느꼈던 것을 그녀에게 설명하고, 이런 일이 있을 수 있는 거냐고 물었다. 그러자 그녀는 기쁜 듯이 양손을 벌리며, 생글생글 웃으며 말했다.

"향을 제대로 구분했어, 시즈오. 스파이스나 버섯 향이 나는 것은, 이렇게 나이를 먹은 와인의 특징이야. 이미 꽃이나 과일 향의 단계를 넘어서 있는 거지. 잘 해냈어. 당신은 와인을 맛볼 줄 알게 된 거야."

쓰지 시즈오는 처음으로 피라미드에서 샤토 디켐과 코트 로티를 마셨을 때의 일을 떠올렸다. 샤토 디켐은 황도의 향기가 나고, 코트 로티는 카시스 열매의 향이 난다고 마담 푸앵이 알려 주었지만, 그 차이조차 잘 알 수 없었다. 그때, 그러한 차이를 확실히 식별하고, 제대로 와인을 맛보게 될 수 있게 되는 건 언제쯤일까 하고 아득한 기분을 느낀 게 불과 어제 일처럼 느껴졌다. 하지만, 그로부터 벌써 20년이 지나 있었다.

"마도, 일본에 한번 오시지 않겠어요?"

하고 쓰지 시즈오는 말했다. 그리고 그렇게 말하고 나서, 나는 어째서 여태까지 20년 동안이나 그녀를 일본에 한 번도 초대하지 않고 그냥 지나왔을까 하고 자신을 책망했다.

"안 돼"

하고 마담 푸앵은 말했다.

"어째서요? 저는 저의 나라와 저의 학교를 마도한테 보여 드리고 싶어요."

"그 마음은 기쁘지만, 난 어디에도 가고 싶지 않아. 여기를 벗어날 생각은 없어."

"삼사일이라도 좋아요."

마담 푸앵은 머리를 옆으로 저었다.

"내가 몇 살인지 알잖아, 시즈오. 지금 마신 로마네 콩티는, 로마네 콩티의 포도밭을 소유하고 있는 리즈 가家의 아가씨가 병에 담아 그 해에 양손에 세 병씩 들고 갖고 와 준 건데, 그때 난 이미 지금의 시즈오 정도의 나이였어. 지금은 파리는커녕, 리옹에 가는 것도 겁이 나. 나이를 먹으면 사람은 완고해지는 거야."

"그러면, 제가 어떻게 해야 당신을 기쁘게 해드릴 수 있을까요, 마도?"

하고 쓰지 시즈오는 말했다.

"아, 시즈오. 당신은 그런 걸 생각하고 있었어?"

마담 푸앵의 주름 잡힌 눈가에 갑자기 눈물이 맺혔다. "빌프랑슈 학교가 생기면, 당신은 좀 더 빈번하게 이쪽에 오게 되겠지. 그때 나한테도 들러서 얼굴을 보여주기만 하면, 그걸로 돼. 자, 두 사람 모두 사슴 고기 스테이크를 들어, 식으니까."

쓰지 시즈오는 나이프와 포크를 손에 쥐고, 후추의 풍미가 듬뿍 느껴지는 알자스 숲의 사슴고기를 먹었다. 얼마 안 있어 문득 이상한 느낌이 들어 야마오카 토루 쪽을 보았더니, 그가 안경을 벗고서 냅킨으로 눈가를 훔치고 있었다.

"왜 우는 거야. 울고 싶은 건 나라구."

하고 쓰지 시즈오는 말했다.

6

1980년, 쓰지 조리사 학교는 쓰지 조리사 전문학교로 명칭을 변경했다. 전수학교법이 시행되어, 쓰리 조리사 학교도 그 지정 학교가 된 것이었다. 야마오카 토루는 이걸로 점점 더 규제가 늘어나 하고 싶은 대로 할 수가 없게 되어 떨떠름한 얼굴을 했지만, 그로서는 어쩔 수가 없는 일이었다.

그리고 쓰지 시즈오가 4억 엔의 비용을 들여 샤토 드 레클레르를 개수改修해, 빌프랑슈에 프랑스 학교를 연 것도 그해의 일이었다.

4월이 되자, 3월에 조리사 학교를 막 졸업한 80명의 학생이 최초의 입학자로서 일본에서 출발했다. 그리고 그 뒤에는, 그들이 연수생으로서 프랑스 전역의 레스토랑으로 흩어진 뒤인 10월에 입학할 다른 80명의 학생들이 대기하고 있었다.

쓰지 시즈오는 빌프랑슈 학교 정원에서 거행된 입학식에 참석했다. 호두나무 밑에 다리가 열 개인 둥그런 흰 테이블이 놓여졌고, 모두가 거기에 격식을 차리지 않고 앉아 커피와 케이크를 먹으며 입학을 축하하는 가정적인 입학식이었다. 식에는 폴 보퀴즈도 참석해 학생들을 놀라게 만들었다. 그리고 그는 학생들에게 다음과 같은 약속을 해 또 한 번 그들을 놀라게 했다.

"무슈 쓰지와 나는 친애하는 오랜 친구입니다. 따라서, 여러분들이 무슈 쓰지의 학생이라면, 나한테도 마찬가지입니다. 나는 여러분들이 진짜 프랑스 요리의 맛을 배우고 일본으로 돌아갈 수 있도록 전력을 다 해 여러분들을 지도하겠습니다."

"고마워"

하고 쓰지 시즈오는 말했다.

"내가 생각하고 있던 걸 말했을 뿐이야"

하고 보퀴즈는 말했다.

쓰지 시즈오는 보퀴즈의 얼굴을 바라보며 감격해 있는 학생들을 보며, 이것으로 일본에도 조금씩 진짜 프랑스 요리가 퍼져 가겠다는 생각이 들어, 뭐라 말할 수 없는 감회에 젖었다. 적어도, 서양 요리 요리사가 부끄러운 줄도 모르고 테린을 모른다는 말 따위를 태연하게 하는 시절은 두 번 다시 오지 않을 것이다. 호텔의 레스토랑뿐 아니라, 지나가다가 가볍게 들를 수 있는 프랑스 요리 레스토랑도 거리에 늘어갈 것이 틀림없었다. 그리고 그것은 쓰지 시즈오가 오랫동안 꿈꿔 온 일이었다.

'그렇다고 해도, 프랑스에까지 학교를 만들게 될 줄은'

하고 그는 생각했다. 전혀 예상하지도 못한 일이었다.

"가네마루, 자네한테 고맙다고 해야겠어"

하고 쓰지 시즈오는 입 속에서 작은 소리로 말했다.

쓰지 시즈오가 병원에서 간에 이상이 있다는 것을 알게 된 것은, 그로부터 얼마 안 지나서였다.

그의 체중 증가는 해가 갈수록 심해져, 이제는 걷기만 해도 어깨가 들썩일 정도로 숨을 몰아쉬게 되었다. 체중이 증가하는 속도에 쓰지 시즈오 자신도 불안할 정도가 되었고, 3년 전에 85킬로그램을 넘은 뒤로는 체중계에 올라가는 것도 피하고 있었다. 그것을 염려해서, 아키코가 눈물을 흘리며 병원에서 검사를 받아 보라고 설득한 것이었다.

그는 검사를 받고 나서 일주일 뒤에, 검사 결과의 설명을 듣기 위해 다시 병원에 갔다. 대합실에서 이름을 부르기를 기다리고 있을 때, 양복 아래의 셔츠가 뜯어져 버릴 듯한 배나, 부어오른 손을 보고, 이건 누가 보더라도 이상 비만이라고 새삼스럽게 생각했다. 그러나 이렇게 될 때까지 먹어 오지 않았더라면, 프랑스 요리는 물론, 일본 요리에 관해서도 중국 요리에 관해서도 건성으로밖에는 이해할 수 없었을 것이다. 그가 이렇게 되기까지 먹어 온 것은, 즐거움을 위해서가 아니었다. 즐겁게 식사를 할 수 있었다면 얼마나 좋았을까. 하지만 그는 웬만큼 배가 불러도, 필요를 위해 계속 먹어 오지 않으면 안 되었다.

'나는 먹는다는 것의 즐거움을 박탈당한 인간이다'

하고 그는 생각하지 않을 수 없었다.

이윽고 그는 담당 의사한테 불려 진찰실로 들어갔다. 검사 결과는 충격을 받지 않을 수 없는 것이었다.

"간의 기능이 정상이 아닙니다"

하고 의사는 말했다. "간의 장애 정도를 나타내는 GOT라고 하는 혈청산소가 있습니다만, 선생님은 그것이 200도 넘습니다. 정상치는, 5에서 많아야 40정도까지이니까, 상당히 안 좋다고 할 수 있습니다."

"상당히라는 건 어느 정도인가요?"

"이 상태로 수치가 계속 증가하면, 틀림없이 생명을 잃을 정도로 안 좋다고 해도 지장이 없겠죠. 지금처럼 생활을 계속하면 그렇게 됩니다."

"설마."

"겁을 드리는 게 아닙니다."

의사는 전혀 웃음기 없는 얼굴로 말했다.

"어떻게 하면 좋겠습니까?"

"유감스럽게도, 간의 장애에는 아직 결정적인 치료법이 없습니다. 하지만 선생님이 비만이 심하다는 건 틀림없습니다. 우선 살을 빼야 합니다. 적어도, 20킬로그램은 감량할 필요가 있습니다. 그렇게 하지 않으면 생명을 보장할 수 없습니다."

그러고서 의사는 감량을 위한 지시를 전달하고, 한 달에 한 번씩 정기검사를 받을 것을 쓰지 시즈오한테 약속하게 했다.

쓰지 시즈오는 집에 돌아와 아키코한테 검사 결과를 보고했다.

"이제 나는 앞으로 아무것도 마음대로 먹을 수 없게 되어 버렸어" 하고 그는 말했다.

"가엾게도"

하고 아키코는 말했다. "하지만 당신은 이미 다른 사람의 백 년분이나 먹어 왔잖아요. 하느님이 당신한테 잠시 쉬라고 하시는 거예요."

제7부

1

고미야마 테쓰오는 고베의 자신의 아파트 한 방에 앉아, 티브이로 심야 뉴스를 보고 있었다. 캔맥주가 비었다는 것을 알고, 냉장고에서 두 개째를 꺼내 자신의 컵에 따랐다. 이 얼마나 한심한 생활이냐 하고 그는 생각했다. 지금의 그한테는 티브이를 보고 있어도 얘기를 나눌 상대도 없었다. 아내와 두 아이가 그의 곁을 떠나간 지도, 벌써 얼마 안 있으면 3개월이었다. 쓰지 조리사 전문학교를 그만둔 뒤, 그는 되는 일이 하나도 없었다.

고미야마 테쓰오가 결혼한 것은 11년 전의 일이었다. TBS 티브이의

〈요리 천국〉에 출연하게 되고부터 5년째의 일로, 그는 인생의 절정에 서 있었다. 결혼식에는 쓰지 시즈오와 야마오카 토루 외에도, 방송국의 스태프나 스튜디오에서 알게 된 탤런트들까지 여러 명 참석했다. 그무렵의 그는 누가 뭐래도 쓰지 조리사 학교 제일의 프랑스 요리 교수였다.

그는 그 뒤에도 방송국에 조수를 대부대로 데리고 가, 스튜디오에서 이 이상은 없다고 할 정도의 호화로운 요리를 무수히 만들어 게스트로 나온 탤런트들이 그 맛에 놀라는 모습을 보고 즐거워했다. 얼굴이 알려져 유명해지고, 거리에서 다른 사람들이 지나가다가 뒤돌아 쳐다보는 것도 짜릿한 쾌감을 주었다.

한편, 다른 교원들은 매년 네 명씩 프랑스로 여행을 가, 유명한 레스토랑의 요리를 먹고 돌아다니면서, 해마다 새로 태어나는 최신 요리들을 바로 옆에서 자신들의 것으로 만들고 있었다. 고미야마 테쓰오는 서양 요리의 주임교수였기 때문에, 자신이 가려고만 하면 언제라도 자신을 그 여행단 안에 집어넣을 수 있었다. 그러나 티브이 출연을 생각하면, 이삼 주나 일본을 비운다는 건 생각도 할 수가 없었다. 티브이 출연의 특권을 누구한테도 넘기고 싶지 않았다.

얼마 안 있어 그의 요리는 해가 갈수록 낡은 것이 되고 있었다. 그가 그런 사실을 확실히 자각한 것은, 그보다도 젊은 교원 한 명이 강습 수업에서 푸아그라 샐러드 만드는 것을 봤을 때였다. 대체 어떻게 하려는 거지 생각하며 보고 있으려니, 그 교원은 야채 위에 얹을 푸아그라를 버터로 볶기 시작했다. 고미야마 테쓰오는 자신의 눈을 의심했다. 푸아그라를 버터에 볶는다는 건 그가 알고 있는 요리법은 물론, 어떤 오래된 문헌에도 실려 있지 않은 것이기 때문이었다. 그런데 나중에 그 교원한테 물으니, 그 푸아그라 샐러드는 보르도의 포토푀Pot au feu라고 하는 별 세 개 레스토랑에서 내고 있는 현재 최첨단의 요리라는 걸 가르쳐 주었다. 고미야마 테쓰오는 충격을 받았다. 그는 그 포토푀라는 레스토랑의 이름조차 몰랐다. 그는 티브이 출연을 즐기고 있는 사이, 요리 면에서는 완전히 뒤처지고 만 것이었다.

고미야마 테쓰오는, 오래된 요리를 변형해 새롭게 보이게 하는 것밖에는 할 수 없게 되어 가는 자신에게 점점 비참한 생각이 들게 되었다. 그리고 무엇보다도 한심한 것은, 그런 사실이 교장인 쓰지 시즈오에게도 알려지고 말았다는 것이었다. 교장의 디너파티에서 좀처럼 셰프를 맡을 수 없게 되었다는 게 그것을 확실히 증명하고 있었다.

"젊은 친구들한테도 기회를 주지 않으면……"

하고 쓰지 시즈오는 말했지만, 고미야마 테쓰오는 그게 자신이 셰프로 뽑히지 않는 진짜 이유가 아니라는 것을 알고 있었다.

그는 1970년에 피라미드와 폴 보퀴즈에서의 연수를 마치고 돌아왔을 때, 얇게 썬 감자를 종이풍선처럼 부풀게 한 폼 수플레를 만들어 보여 모두를 놀라게 한 때가 그리워졌다. 그로부터 벌써 15년 이상이나 지나 있었다. 그사이에 쓰지 조리사 학교는 쓰지 조리사 전문학교로 이름을 바꿨을 뿐 아니라, 하나부터 열까지 모든 게 변했다. 특히 크게 변한 것은, 그 무렵은 전임 교수가 50명도 되지 않았는데 지금은 무려 400명으로 늘어났다는 것이었다. 그중에서 서양 요리 교원은 150명 정도였는데, 그 전원이 주임교수인 그를 목표로 요리 실력을 경쟁하고 있었다. 그리고 그는, 그중에서 적게 잡아도 10명한테는 추월당했다는 걸 알고 있었다. 그는 학교 밖에서는 얼굴이 알려진 유명인이었지만, 학교 안에서는 몰락해 가는 요리인에 지나지 않았다.

안면이 있던 부동산 회사의 사장이, 장소를 제공할 테니 자신의 레스토랑을 해보는 게 어떻겠냐는 얘기를 건네 온 것은 그런 어느 날의 일이었다. 그 사장은, 자네라면 티브이를 통해 얼굴이 알려져 있으니까 반드시 성공할 거라고 말했다.

그런 얘기를 들은 건 처음 있는 일은 아니었다. 유명한 호텔의 지배인으로부터 총요리장으로 맞이하고 싶다는 제안이 들어온 것도 한두 번이 아니었다. 그는 그때마다 그런 제안을 거절했고, 호텔의 지배인들은 그를 대신해 학교의 졸업생을 채용했다. 쓰지 조리사 학교의 졸업생은 쓰지 시즈오와 교원들이 20년 이상에 걸쳐 축적한 수많은 요리를 메모한 노트를 갖고 있었기 때문이었다. 실제로 고미야마 테쓰오는 취직한 가게의 요리장들이 학교의 수업을 메모한 노트를 가지고 갔다는 얘기를 여러 졸업생으로부터 듣고 있었다. 고미야마 테쓰오는 자신이 그런 학교의 교사라는 사실을 자랑으로 생각해 학교를 그만두고 밖에서 요리사가 되려는 마음은 조금도 없었다. 하지만, 이때는 마음이 움직였다.

'내 요리는 학교에서는 낡았을지도 모르지만 아마추어들은 그런 걸 모를 것이다'

하고 생각했다.

그렇게 생각하자, 자신의 요리로 얼마만큼 손님을 끌어들일 수 있는지 시험해 보고 싶어졌다. 부동산 회사 사장이 말한 대로, 그는 티브이로 얼굴이 알려진 유명한 요리사였다.

사람들은 분명히 티브이에서 만들었던 것 같은 요리를 자신도 먹어 보고 싶다고 생각할 게 틀림없었다. 분명히 성공할 것이다. 그는 다시 한 번 자신감에 가득 찼다. 스스로에 대해 자신을 가지게 된 게 대체 얼마만의 일인지 몰랐다.

부동산 회사 사장이 소유한 빌딩은, 고베의 한큐선 산노미야 역에서 기타노자카를 조금 올라간 곳에 있었다. 바로 앞이 외국인 주택 거리로 장소로서는 더 이상 바랄 나위가 없는 곳이었다. 고미야마 테쓰오는 그것을 확인하자, 다음에는 경쟁 상대가 될 만한 레스토랑이 가까이에 어느 정도나 있는지 걸어 다니면서 확인해 보았다. 아마 다섯 군데 정도는 프랑스 요리 가게가 자리 잡고 있을 거라고 생각했다. 그가 쓰지 조리사 학교에 입학한 것은 1965년이었는데, 당시에는 오사카에도 고베에도 양식당洋食堂이 몇 군데 있었을 뿐, 프랑스 요리를 하는 가게는 한 군데도 없었다. 하지만 그로부터 벌써 20년 이상 지났고, 몇 년 전인가 쓰지 조리사 학교 졸업생 중 한 명이 락 다누시라고 하는 가게를 냈다고 하는 얘기는 들은 적이 있었다.

그는 기타노자카 말고도, 히가시몬 일대나 외국인 주택 거리나 투어 로드를 구석구석까지 샅샅이 걸어 다니면서 눈에 띄는 가게의 숫자를 셌다. 그는 곧 이게 대체 어떻게 된 거지 하고 당황했다. 그가 걸은 건 불과 사방 4~5백 미터였는데, 그 안에만 프랑스 요리 간판을 걸고 있는 레스토랑이 20곳이나 있었던 것이다. 믿기 힘들 정도의 변화였다.

그러나 자신의 요리라면 손님을 끌어 모을 수 있다는 그의 자신감은 흔들리지 않았다. 그는 호텔과 레스토랑의 요리장이 졸업생을 앞다퉈 채용하는 학교의 주임교수였다. 경쟁 상대인 가게가 몇 채가 있든,

개점한 그날부터 고베 제일의 레스토랑이 될 거라고 믿어 의심치 않았다. 테이블이 비기를 기다리며 손님이 입구에 줄을 서 있는 광경조차 뚜렷이 눈앞에 떠올랐다.

그는 아내 이외에는 누구에게도 자신의 계획을 알리지 않고서 은행에서 자금을 빌려, 개점 준비를 했다. 개점할 때까지는 누구한테도 알리고 싶지 않았던 것이다. 그러기 위해 내장 공사도, 테이블이나 의자나 식기 구입도, 전부 도쿄의 업자를 통해 했다.

그리고 그는 마지막으로, 그해의 교원 프랑스 맛집 탐방 여행을 떠날 네 명의 멤버 중에 자신을 끼워 넣었다. 그는 그 여행에서는 최근 네 명에 1천만 엔까지 사용한다는 것을 알고 있었다. 그런 사치스러운 여행을 자신의 돈으로 한다는 것은 불가능했다. 게다가 대부분의 레스토랑은 쓰지 시즈오가 안면이 있는 가게여서, 특별 요리를 기대할 수 있었다. 그런 까닭으로 그만두기 전에 가두지 않으면 안 된다고 생각했다. 그의 여행 참가는, 오히려 그때까지 한 번도 참가하지 않은 게 이상했기 때문에, 아무도 이렇다 하게 생각하지 않았다.

모든 게 놀랄 정도로 잘 진행되었다. 고미야마 테쓰오는 여행에서 돌아오고 나서 개점 준비가 완전히 된 것을 확인하고, 야마오카 토루를 만나 학교를 그만두겠다는 말을 꺼냈다.

"장인의 몸이 갑자기 안 좋아지셔서, 아무래도 아내의 친정에서 하고 있는 양식당을 제가 이어받아야 할 것 같습니다"

하고 그는 거짓말을 했다. 아내의 친정은 실제로 와카마에서 양식당을 하고 있었지만, 이미 처남이 뒤를 잇고 있었다.

"그런 일이라면 어쩔 수가 없군"

하고 야마오카 토루는 기분 나쁜 듯이 말했다.

만류하면 어떻게 조리 있게 설명을 해야 할까 고민했었기 때문에, 고미야마 테쓰오는 안도의 한숨을 내쉬었다. 그러나 한편으로는 분명히 만류할 거라고 생각하고 있었기 때문에, 너무도 쉽게 퇴직을 허락해서 맥이 풀렸다. 그 뒤에 쓰지 시즈오와도 만나 인사를 했지만, 그도 그런가 하고 짧게 한마디 했을 뿐이었다. 고미야마 테쓰오는 학교를 뒤로 하고 떠날 때, 새로운 인생의 발걸음을 내디딘다는 사실에 기뻐해야 하는데도, 왠지 자신이 패배자 같다는 생각이 들었다.

그러고서 한 달 사이에, 그는 쓰지 조리사 전문학교의 젊은 교원 한 명과 쓰지 제과 전문학교의 젊은 교원 한 명, 거기에다가 쓰지 호텔 스쿨 서비스 부문의 젊은 교원 한 명을 빼갔다. 최고의 레스토랑을 만들기 위해서는 최고의 교육을 받은 종업원이 불가결했기 때문이었다. 그렇게 해서 그는 1988년 봄에 자신의 레스토랑을 열었다. 가게에는 19년 전에 연수받으러 갔던 피라미드의 소재지였던 비엔이라는 이름을 붙였다. 피라미드에 대해서는 쓰지 시즈오가 수많은 에세이에서 거듭거듭 프랑스 최고의 레스토랑이라고 써왔기 때문에, 비엔이라는 이름을 붙이면 피라미드와 연관지어 생각하는 손님이 꽤 많을지도 모른다고 생각한 것이었다.

그는 가게를 열기 전에 다른 가게의 요리 가격을 조사하고, 다섯 가지를 내는 코스 요리의 가격이 대체로 7천 엔에서 1만2천 엔 정도라는 걸 알았다. 그러니까 재료비로는 2천 엔부터 4천 엔 정도밖에 들이지 않는다는 얘기였다. 그는 그런 싸구려 요리는 만들 생각이 없었다. 그의 눈으로 보면, 그런 건 요리라고도 할 수 없는 것이었다. 1백 그램에 3~4백 엔의 고기로 만드는 요리를 제대로 된 요리라고 말할 수 있을까. 다섯 가지 코스 요리를 2천 엔에서 4천 엔의 재료비로 만든다는 건 그런 것이었다.

그는 이렇게 저렇게 생각한 끝에, 다섯 가지 코스 요리에는 적어도 1만 엔의 재료비를 들이기로 했다. 그래도 그가 학교 수업에서 사용해 왔던 재료비에 비하면 3분의 1에서 5분의 1정도에 지나지 않았지만, 판매 가격을 생각하면 그것이 한계라는 생각이 들었다. 3만 엔 이상의 가격을 붙이기는 어려웠다. 하지만 3만 엔이라면, 다소 비싸긴 하지만 티브이에 나온 유명한 셰프의 요리를 먹어 보자고 손님들은 생각하리라. 그리고 당연한 거지만, 일품요리에는 통조림에 든 푸아그라 같은 건 사용하지 않고, 좀 더 넉넉하게 재료비를 들일 생각이었다. 생푸아그라를 사용해 푸아그라 소 브리오슈 같은 걸 내면, 다들 어떤 얼굴을 하고서 놀랄까 하고 생각했다. 판매 가격은 2만 엔 정도가 되겠지만, 2만 엔의 요리 같은 건 누구도 본 적이 없을 게 틀림없었다. 평판을 듣고 분명히 전국에서 돈 있는 사람들이 먹으러 오리라.

고미야마 테쓰오는 개점 전날, 요리의 가격을 써넣은 메뉴표를 부동산 회사 사장한테 보였다. 부동산 회사 사장은 말없이 그것을 보고 있다가, 이윽고 걱정된다는 듯이 말했다.

"3만 엔의 코스 요리라는 건 너무 비싼 거 아냐. 게다가, 이 1만 8천 엔짜리 푸아그라 소 브리오슈나, 1만 7천 엔짜리 트뤼프 샐러드라는 것도 과연 어떨까?"

고미야마 테쓰오는, 이 남자는 돈 버는 방법은 잘 알고 있을지 모르지만 요리에 대해서는 아무것도 모른다고 생각했다.

"진짜 재료를 빠짐없이 넣어서 만들면 그 정도의 가격이 되어 버립니다"

하고 고미야마 테쓰오는 말했다.

"하지만 말이야, 이런 가격의 요리를 먹는 사람은 그렇게 많지 않아. 아무도 먹으러 오지 않으면 어떻게 하려고 그래. 내 생각에는 이보다는 좀 더 싼 요리를 만드는 게 좋을 거 같은데."

"걱정하실 필요 없습니다. 훌륭한 요리를 내면, 손님은 옵니다. 한번 보십시오. 반드시 성공할 테니까요."

고미야마 테쓰오의 자신감은 전혀 흔들리지 않았다.

최초의 한 달 동안, 비엔에는 끊임없이 엄청난 손님이 몰려왔다. 반 이상은 고미야마 테쓰오가 아는 손님이었지만, 그렇지 않은 손님들도 왔다. 그들은 3만 엔의 코스 요리를 먹고, 와인을 마시고 돌아갔다. 두 명이 와서, 푸아그라 소 브리오슈와 오스트레일리아에서 수입된 우유만 먹은 새끼양 스테이크를 먹고, 크뤼 비조를 마시고 13만 엔이나 계산하고 간 손님도 있었다.

그러나 두 달째로 접어들어 안면이 있는 손님들이 한 바퀴 다 돌고 나자 손님이 딱 끊어졌다. 심할 때는 하루에 두세 팀밖에 안 오는 날도 있었다. 고미야마 테쓰오는 크뤼 비조를 마시고 두 명이서 13만 엔이나 계산하고 간 손님이 또 오지 않을까 기대했지만, 그도 두 번은 오지 않았다. 세 달째에도 그런 상태는 변하지 않았다.

그는 자신의 요리를 먹으려 하지 않는 손님들의 마음을 알 수가 없었다. 내 요리가 비싸다고 한다면, 한 사람당 6, 7만 엔이나 하는 깃초吉兆의 요리는 뭐란 말인가. 그 깃초의 요리는 먹으면서, 왜 불과 3만 엔인 내 요리는 아무도 먹지 않는 건가. 결국 그들은 내 요리를 이해해 주지 않는 거다라고 고미야마 테쓰오는 생각하며, 오지 않는 손님들을 경멸했다. 가격과 고객층이 일치하지 않을지도 모른다는 생각은 한 번도 하지 않았다.

네 달째가 되자, 제과 전문학교에서 데리고 온 파티셰와 호텔 스쿨에서 데리고 온 서비스 담당이 같이 모습을 보이지 않았다. 둘 다 학교로 돌아갔다는 소문을 들은 것은, 그로부터 얼마 지나지 않아서였다. 고미야마 테쓰오는, 그들한테서 얘기를 듣고 예전의 동료들이 전부 자신에 대해 비웃고 있을 거라는 생각에, 참을 수 없는 기분이 들었다.

다섯 달째가 되자 운영 자금이 바닥나, 재료의 매입도 쉽지 않게 되었다. 그는 그제야 겨우 메뉴를 변경하기로 결심했다. 코스 요리를 과감하게 5천 엔으로 내렸고, 푸아그라 소 브리오슈나 트뤼프 샐러드는 없애 버렸다. 그러나 그렇게 해도, 한번 끊어진 손님은 기대한 반도 늘어나지 않았다. 고미야마 테쓰오는 생각지 못했지만, 급격한 가격 인하로 오히려 경영 악화를 공포한 셈이 되어, 손님이 오지 않는 볼품없는 가게라는 인상을 결정적으로 주고 만 것이었다.

이윽고 그는 자신이 지금 하고 있는 일에 진절머리가 났다. 이제 비엔에 간간이 들어오는 손님들은 싼 요리만이 목적인 사람들뿐으로, 그는 그런 손님들을 위해, 소뼈로만 국물을 내고, 화학조미료를 팍팍 집어넣어 맛을 얼버무릴 수밖에 없었다. 고기도 생선도 만족스러운 것은 사용할 수 없었다. 어째서 내가 이런 재료로 요리를 만들지 않으면 안 된단 말인가 하고 생각하니 화가 부글부글 끓었다. 나는 그런 요리사가 아니란 말이다.

아내가 두 아이를 데리고 그녀의 친정으로 돌아가 버린 것은, 그런 어느 날의 일이었다. 그녀는 집에 돌아오면 안 좋은 얼굴로 아무 말도 없게 되어 버린 남편을 보다 못해 얼마 전부터 생각하고 있던 걸 입으로 꺼냈다.

"저기요, 교장선생님한테 사과하고, 다시 학교로 돌아가는 게 어때요. 분명히 용서해 주실 거예요."

고미야마 테쓰오는 대답을 하지 않았다.

"당신은 장사와 맞지 않아요. 이제 깨달았을 거 아니에요."

그 말이 그녀가 남편한테 한 마지막 말이 되었다. 고미야마 테쓰오가 고함을 치며 아내를 때린 것이었다. 그로부터 두 사람은 일주일 동안 서로 말을 하지 않았다. 그리고 8일째에 그녀가 집을 나간 것이었다.

12월이 되자, 끝까지 남아 있던 젊은 요리사도 떠나게 되었다. 그는 쓰지 조리사 전문학교에서 고미야마 테쓰오가 가장 아끼고 돌봐주던 남자 중 한 명이었다. 고미야마 테쓰오는 세상 모든 일이 다 귀찮아졌다. 이제 그의 곁에 남은 것은 은행에서 빌린 2천만 엔의 빚뿐이었다. 그는 티브이에 출연해 유명해지는 것에 마음을 빼앗겨, 나날이 새로워져 가는 요리로부터 눈을 돌리고 있었다는 걸 처음으로 깊이 후회했다.

2

자신의 몸에 간 장애가 발견되자, 쓰지 시즈오는 의사의 지시에 따라 그때까지의 생각 없이 마구 먹던 식습관을 버렸다. 결코 배가 부를 때까지 먹으면 안 되고, 먹고 난 뒤에는 적어도 한 시간은 누워서 휴식을 취하라는 것이 의사의 명령이었다.

그는 또, 그때까지 한 주에 한 번씩 했던 프랑스 요리 수업에서도 손을 뗐다. 정해진 스케줄 때문에, 식사 뒤의 휴식을 충분히 취하지 못해서였다. 같은 이유로 사람을 만나는 것도 될 수 있으면 피했고, 많을 때는 한 주에 두세 번씩이나 열었던 오사카와 도쿄 자택에서의 디너파티도 삼가게 되었다.

그는 여름이 되면, 일본 요리, 서양 요리, 중국 요리, 거기에 제과 부문의 젊은 교원들로 이루어진 한 부대를 이끌고 가루이자와의 별장에서 체류했다. 거창한 디너파티는 삼가고 있었지만, 그들의 교육까지 그만둘 수는 없었기 때문이었다. 그는 거기에서 피서를 와 있는 지인이나, 아주 친한 친구들을 도쿄나 오사카에서 두세 명씩 초대해, 젊은 교원들한테 매일 밤 번갈아서 각자의 요리를 만들게 해 맛을 보았다. 그들은 솜씨를 경쟁하고, 쓰지 시즈오는 그들이 만든 요리를 칭찬하거나, 잘못된 점을 지적하거나 했다.

이따금 뛰어난 재능을 가진 젊은이들을 만났다. 그럴 때는 마음껏 그 젊은이의 요리를 맛보고 싶다는 유혹에 시달렸다. 그러나 쓰지 시즈오의 접시에는 아무리 그가 원해도 충분한 양이 담기는 일은 없었다. 교원들은 전원 아키코한테서 교장한테는 다른 사람들의 반 이상의 양은 결코 담아서는 안 된다는 분부를 받았기 때문이었다. 쓰지 시즈오는 그 불만을 골프로 발산했다. 의사한테서 적당한 운동을 권유받은 것과 동시에 아키코와 둘이서 구 가루이자와 골프 클럽의 회원이 된 것이었다. 하지만 골프로는 그 불만을 완전히 발산할 수가 없었다.

프랑스에 가도, 내오는 요리가 변했다. 간 장애가 발견된 뒤에 처음으로 피라미드에 가서, 마담 푸앵한테 그 얘기를 하고 지방분을 많이 사용한 요리는 더 이상 먹을 수 없게 되었다는 걸 말하자, 그녀는 한쪽 눈을 찡긋하고는 말했다.

"괜찮아. 그 밖에도 먹을 거는 얼마든지 있으니까."

그녀가 그날 밤 고른 요리는 옹브르 슈발리에에* 뫼니에르였다. 그것은 스위스 주네브 가까이에 있는 안시 호수에서 잡은 송어과의 담수어로, 잘 잡히지 않는 물고기라고 마담 푸앵은 말했다. 확실히 쓰지 시즈오는 어느 레스토랑에서도 메뉴에서 그런 이름을 본 적이 없었다. 그는 함께 나온 한 바구니의 레몬 세 개를 나이프로 반으로 잘라 껍질째 뫼니에르 위에 짜서 먹었다.

폴 보퀴즈에 가자, 보퀴즈도 마담 푸앵과 마찬가지의 말을 했다.

"걱정하지 마. 먹을 건 얼마든지 있으니까. 오늘은, 가만있자. 아주 좋은 가자미가 있으니까, 가장 두툼한 부분을 숯불구이 해주지. 올리브유와 레몬을 짜서 먹으면 맛있을 거야."

실제로 그 가자미는, 회로 간장을 찍어 먹고 싶을 정도로 싱싱했다. 쓰지 시즈오는, 옹브르 슈발리에에도 가자미에도 매우 만족했다. 하지만 며칠이나 계속해서 그런 담백한 요리만을 먹자니, 원하는 걸 마음대로 먹을 수 있었을 때는 그 냄새만 맡아도 얼굴을 돌렸던 버터나 생

---

* ombre chevalier. 곤들매기.

크림을 듬뿍 사용한 기름진 프랑스 요리를 먹고 싶어졌다. 푸아그라나 시커멓게 보일 정도로 트뤼프를 많이 넣은 페리괴 소스를 끼얹어 먹는 등심 스테이크의 맛도 잊을 수가 없었다.

그는 리옹에서 벗어나면 그런 요리를 먹을 수 있을 거라고 생각해, 알자스의 일호이제른이라는 독일과의 국경 마을에 있는 오베르주 드 릴이라는 레스토랑으로 갔다. 폴 에베를랑과 장 피에르 에베를랑이라는 형제가 하고 있는 별 세 개 레스토랑으로, 쓰지 시즈오가 아는 한에서는, 프랑스에서 최고의 푸아그라를 먹을 수 있는 가게였다. 그러나 테이블에 앉아, 수석 웨이터를 맡고 있는 동생 장 피에르한테 푸아그라를 주문하자, 그는 빙긋이 웃으면서 고개를 옆으로 젓고 말했다.

"시즈오. 당신은 그런 거 먹으면 안 되는 거 아냐?"

쓰지 시즈오는 놀라서 물었다.

"누구한테서 들었어?"

"마도지. 전화를 주셨어."

"조금이라도 좋아. 먹게 해줘."

이 가게에서는 푸아그라를 커다란 단지에 담아와, 테이블 위에서 부드러운 표면을 큼직한 스푼으로 긁어내, 그것을 한 스푼 푹 떠 접시 위에 놓아 주었다. 쓰지 시즈오는 그걸 할 때의 장 피에르의 능숙한 손놀림을 떠올리며 애원했다. 하지만 소용없었다.

"그것 말고도 맛있는 건 얼마든지 있어."

장 피에르가 그렇게 말하고 가져다준 것은 식용 개구리 무슬린이었다. 개구리 뼈로 국물을 내고, 그 안에 발라낸 살과 계란을 넣어 푸딩 같은 모양으로 구워낸 것으로, 과연 몸에 좋을 것처럼 보이는 요리였다. 게다가 먹어 보니, 자라 차완무시* 비슷한 아주 멋진 맛이었다.

하지만 맛이 좋고 몸에 좋은 요리라 하더라도, 그런 요리로는 아무래도 만족할 수가 없었다. 재미없는 인생이 되어 버렸다고 쓰지 시즈오는 생각했다. 그는 아키코가 말한 것처럼 이미 다른 사람의 백 년분이나 되는 여러 가지 요리를 먹어 왔지만, 과거의 추억만으로 즐거움을 발견하고 살아간다는 건 불가능했다.

어느 해에는 마담 푸앵의 게스트 하우스에 혼자서 한 달 동안 체재했다. 빈의 친구인 요제프 벡스베르크가 알려 준, 에두아르 니뇽의 『식도락가의 7일 이야기』를 완전히 독파해 보고 싶었던 것이다. 벡스베르크가 그 책에 대해 알려 주었을 때는 요리를 만드는 방법 부문만 읽었는데, 그 외의 부분은 아폴리네르의 서문을 포함해 너무도 난해해서, 파리 국립도서관에서 복사한 뒤에 그냥 내버려두었던 것이다. 처음에는 20세기 초두의 한 요리인에 대해 쓴 책이 왜 그렇게 난해한지 잘 이해할 수가 없었다. 하지만 얼마 안 있어, 사실은 모차르트나 몰리에르 연구로 잘 알려진 베르트랑 게강이라는 당시 일급 지식인의 손에 의해 쓰인 책이라는 것을 알고서 납득할 수 있었다. 그는 니뇽의 레스토랑에서 요리를 공짜로 먹는 대신에, 니뇽의 이름으로 요리책을 몇 권 써서 남긴 것이었다. 그중에서도 『식도락가의 7일 이야기』는 7일간의 가공의 여행 중에 매일 니뇽의 다른 메뉴를 먹는다고 하는 매우 압축적인 구성의 책으로, 게다가 그리스어와 라틴어가 뒤섞인 문장으

---

* 茶碗蒸し. 가다랑어포 등을 우린 국물에 달걀을 풀고, 고기, 표고버섯, 은행, 어묵 등의 고명과 함께 공기에 넣어 뚜껑을 닫고 찐 요리.

로 쓰여 있었다.

마담 푸앵이 개인교수로서 소개해 준 사람은 엑상프로방스 대학을 정년퇴직한 고전 전공의 노교수였다. 첫날 비엔 외곽의 아파트를 방문하자, 그는 책의 복사본을 보고 생각했던 것보다 훨씬 만만치 않은 내용이라며 어렵다는 얼굴을 하고, 둘 다 정신을 똑바로 차리고 읽지 않으면 도저히 다 읽을 수가 없을 거라고 말했다. 그로부터 한 달 동안, 쓰지 시즈오는 매일 아침 아홉 시에서 오후 한 시까지, 그리고 오후 네 시부터 여덟 시까지, 하루에 두 번씩 노교수의 아파트를 드나들었다. 노 교수는, 그 한 달 동안 그리스어와 라틴어 사전을 노상 참조하면서 강독을 행했다.

그것은 정말이지 즐거운 경험이어서, 먹고 싶은 요리를 먹지 못한다는 쓰지 시즈오의 결핍감을 여러 차례 잊게 해주었다. 그리고 그것이 야말로 그가 그 난해한 책을 읽자고 결심하게 만든 가장 큰 이유였다. 한 달 뒤에 읽기를 완전히 끝냈을 때, 쓰지 시즈오는 마담 푸앵이 노교수를 초대한 자리에서 감사의 마음을 표현하고 싶으니 수업료를 받아달라고 말했다. 그러자 노교수는, 마담 푸앵이 딴 1976년산 샤토 오존 Château Ausone을 마시면서 말했다.

"말도 안 되는 소리. 마담 푸앵한테는 미리 얘기를 드렸지만, 여생을 보내고 있는 나로서는, 지난 한 달 동안은 하늘이 주신 선물이라고밖에 얘기할 수 없을 정도로 충실한 시간이었소. 당신 덕분이었지. 나한테는 그걸로 충분하오. 그러니까, 당신한테서 새삼스럽게 사례를 받을 건 없는 거요. 즐거웠소."

쓰지 시즈오는 뭐라고 말해야 좋을지 알 수가 없었다. 마담 푸앵의 얼굴을 보자, 그녀는 고개를 작게 옆으로 흔들면서, 그 이상은 아무 말도 하지 말라고 말하고 있었다.

하지만 그 경험도 시간이 흐르자 퇴색해 버렸다. 난해한 문장을 끝까지 다 읽었다는 충실한 성취감은 있었지만, 니뇽의 요리를 만들어 먹어 보는 일은 더 이상 불가능했기 때문이었다. 버터나 생크림을 4백 그램, 5백 그램이나 넣어 니뇽의 요리를 만들어 먹는 일은 지금의 쓰지 시즈오한테는 자살 행위나 마찬가지였다. 학자라면 몰라도, 만들어서 먹어보지도 못하는데 요리책을 읽는 게 무슨 의미가 있을까. 그렇게 생각하자, 사용도 못할 지식을 아무 보람도 없이 머릿속에 담아 두는 것 같은 기분이 들면서 마음이 공허해지는 것이었다.

그동안에 쓰지 시즈오는 프랑스 정부로부터 농업 문화 훈장과 예술 문화 공로장이라는 두 개의 훈장을 받았다. 둘 다 프랑스 요리를 널리 일본에 보급시킨 공적에 의한 것이었다. 하지만 그것도 커다란 위로는 되지 못했다. 누군가가 자신의 일을 지켜봐주었다는 것의 증명이었기 때문에 싫지는 않았지만, 그 정도의 느낌뿐이었다.

그렇게 해서 몇 년이 지나갔다. 살을 빼려는 노력은 결실을 맺어, 쓰지 시즈오는 조금씩 체중이 줄어 갔다. 하지만 한번 고장 난 간은, 두번 다시 원래 상태로 돌아올 기색이 없었다. 따라서 그가 그 후에도 마음대로 요리를 먹을 수 없다는 사실에는 변함이 없었고, 그는 그 사실을 받아들일 수 없었다. 받아들이기에는, 그는 너무도 자신의 생활을 먹는 것을 위해 바쳐 왔던 것이다.

그가 겨우 자신의 그러한 운명을 이해하고, 그 모든 것을 받아들일 마음이 된 것은 그로부터 다시 몇 년 뒤의 일이었다. 그 계기가 된 것은, 생각지도 않았던 고미야마 테쓰오의 배신이었다.

3

그날, 쓰지 시즈오는 야마오카 토루와 둘이서 오사카의 니혼바시 1번지에 있는 홋키즈시福喜鮨에서 점심을 먹었다. 그곳은 그가 가장 좋아하는 초밥집으로, 특히 간이 망가진 뒤로는 오사카에 있을 때는 거의 매일 거기에서 점심을 먹고 있었다.

뉴욕 타임즈의 크레이그 클레이본이 일본 요리 취재를 위해 왔을 때 안내한 초밥집도 홋키즈시였다. 쓰지 시즈오는 그때, 일본 요리에서 재료의 신선도가 얼마나 중요시되는지를 클레이본에게 보여주기 위해, 주인한테 수조 안에서 헤엄치고 있는 도미를 회로 떠 달라고 부탁했다. 주인은 뜰채로 힘이 좋은 도미를 건져 옆의 도마 위에 올려놓고, 칼끝을 눈과 코 사이 부근으로 잽싸게 집어넣어 머리 가까이의 가운데 뼈를 단번에 잘라내, 피를 빼내고, 칼 등으로 비늘을 긁어냈다. 머리를 떼어 내고, 내장을 제거하고, 가운데를 갈라, 비칠 듯이 투명한 흰 살이 나타날 때까지는 불과 3분밖에 걸리지 않았다. 그것은 클레이본이 숨을 삼킬 사이도 없을 정도로 멋진 칼놀림이었다. 카운터를 끼고서 주인의 그런 시원시원한 동작을 보는 것도 쓰지 시즈오가 여기로 발걸음을 옮기는 즐거움의 하나였다.

"저기, 말이야."

쓰지 시즈오는 피조개 초밥을 먹으면서 야마오카 토루한테 말했다.

"만약이야. 다른 직업이 있고, 지금 정도로 요리의 맛을 이해할 수 있다면 즐거울 것 같지 않아?"

"하지만, 그것은 불가능하죠."

야마오카 토루는 말했다. "다른 직업을 갖고 있고, 즐거움을 위해 요리를 먹는다면, 지금 정도로 맛을 이해할 수는 없었을 테니까요."

"어찌됐든 매우 불행한 직업이라고 생각하지 않아? 친구들은 다들 부러워하지만, 난 다른 사람이 부러워할 만한 일이라고는 한 번도 생각해 본 적이 없어."

"하지만, 그 말은 어떤 직업에 대해서도 할 수 있는 말이겠죠. 즐거워야 할 음악도, 음악가에게는 고민과 고통의 대상밖에는 아닐 테니까요."

그러고서 야마오카 토루는 말을 끊고, 잠시 생각한 뒤에 말했다. "교장님도 학교의 경영 쪽에 흥미를 가져 보시는 게 어떻겠습니까? 그렇게 하면, 조금은 기분이 밝아지지 않을까 생각합니다만."

"흥미가 있었다면, 애초부터 자네한테 맡기거나 하지 않았을 거야." 쓰지 시즈오는 말했다. "게다가, 해야 할 일은 전부 이미 자네가 다 해 놓았잖아. 이 이상 뭘 더 하라는 말이야?"

실제로, 쓰지 시즈오의 간이 손상된 지 아직 7년밖에 안 지났지만, 학교는 그사이에 두 배의 규모로 팽창해 있었다. 조리사 학교의 최대 수용 능력은 2,200명이었는데, 그것이 가득 차는 것과 동시에 야마오카 토루가 연달아서 새로운 학교를 설립해 왔기 때문이다. 제과를 전문으로 가르치는 제과 전문학교, 조리사 학교와는 별도로 프랑스 요리만을 가르치는 프랑스 요리 전문 칼리지, 조리사 학교를 졸업한 학생들한테 더욱 고도의 요리를 가르치는 조리사 기술 연구소 등이었다. 거기에다가 다시 2년 전에는 거기에 더해, 서비스 전반을 전문으로 가르치는 호텔 스쿨을 만들겠다고 해 쓰지 시즈오를 놀라게 했다. 야마오카 토루는 그런 쓰지 시즈오의 얼굴을 보고는 말했다.

"하지만 교장께서는, 먹는다는 것은 요리를 만드는 사람과, 그것을 서비스하는 사람과, 먹는 사람이 삼위일체가 되어야 비로소 완전한 것이 된다고 말씀해 오시지 않았습니까?"

정말 그의 말대로였다. 쓰지 시즈오는 프랑스나 영국에서의 경험으로, 일본에는 어째서 프로페셔널의 서비스라는 게 없을까 하고 생각해 왔다. 그저 테이블에 접시를 날라 오는 것만이라면 로봇이라도 할 수 있는 것이다. 유럽의 일류 레스토랑의 웨이터처럼 손님이 1년 전에 먹었던 메뉴까지 기억하지는 않아도, 사소한 것, 예를 들면 손님한테 메뉴판을 건넨 뒤에는 살짝 테이블에서 물러나, 손님이 메뉴판을 덮고 테이블에 놓은 뒤, 간발의 차이로 웃는 얼굴로 주문을 받으러 가는 것 정도만 신경 써도 손님은 얼마나 유쾌한 기분이 들 것인가. 그리고 그런 서비스는, 손님의 움직임을 주의 깊게 보고 있기만 하면 간단히 할 수 있는 일인 것이다. 쓰지 시즈오는 일본에 그러한 서비스가 존재하지 않는 가장 큰 원인은 전쟁이 끝난 뒤, 팁 제도가 없어져 버렸기 때문이라고 보고 있었다. 아무리 좋은 서비스를 해도 그저 접시를 나르는 웨이터와 같은 급료밖에 받을 수 없다는 것을 아는데 누가 열심히 손님을 접대하려고 하겠는가. 호텔의 웨이터도 마찬가지 경우라고 할 수 있다. 앞으로 일본에서 팁 제도가 부활할 거라고는 생각할 수 없기 때문에, 서비스라는 게 무엇인가를 가르치는 것은 필요할지도 몰랐다.

쓰지 시즈오는 야마오카 토루에게 호텔 스쿨을 만드는 걸 허가했다. 야마오카 토루는 곧바로 빌프랑슈 프랑스 학교를 통해 파리와 런던의 호텔에서 두 명의 프랑스인을 스카우트했다. 두 명 모두 스위스의 로잔 호텔 학교를 졸업한 호텔 업무의 전문가였다. 레스토랑의 서비스에 관해서는, 이미 조리사 학교에서 소믈리에를 포함해 서비스 전문 교원을 여러 명 육성하고 있었기 때문에 아무런 문제도 없었다.

이렇게 해서 쓰지 조리사 전문학교는 이제는 호텔 스쿨을 포함해 완전한 종합 칼리지가 되었고, 학생 수가 4천 명을 넘는 거대한 학교가 되어 있었다.

"이 이상은 더 넓힐 거 없어"

하고 쓰지 시즈오는 야마오카 토루에게 말했다. "이제 충분하잖아."

"아뇨, 아직 있습니다"

하고 야마오카 토루는 말했다.

"아직 더 있다고?"

"예."

"뭔데?"

"도쿄 학교입니다."

"그건 이제 포기해도 되잖아"

하고 쓰지 시즈오는 말했다. 하지만 야마오카 토루는 듣지 않았다.

"가네마루 씨를 납작하게 만들 때까지는 마음이 풀리지 않습니다."

"하지만, 또 방해하지 않을까?"

"아뇨, 이번에는 방해할 수 없습니다."

"어째서?"

"조리사 학교가 아니라, 제과와 프랑스 요리와 일본 요리 전문 칼리지이기 때문입니다. 그거라면 조리사법의 규제를 받지 않을 거고, 학생 쪽도 지난 몇 년 동안 전문 칼리지의 성공을 생각하면, 오히려 전문 요리만을 배우기 원하는 사람이 매년 증가할 거라고 생각합니다."

"자네한테 맡기지"

하고 쓰지 시즈오는 말했다. 그러고서 그는 어떻게 할까 하고 망설이던 아나고 초밥을 주문했다. 그러자 야마오카 토루가 말했다.

"벌써 여덟 개째예요. 그만 드시는 게 좋을 거라고 생각합니다만."

아키코는 쓰지 시즈오한테 초밥은 일곱 개까지만이라고 못을 박아 놓고 있었다.

"알았어. 그럼 그냥 달걀 하나만 줘"

하고 쓰지 시즈오는 말했다.

그날, 쓰지 시즈오는 평소처럼 자신의 방 침대에 누워 식사 뒤의 휴식을 취했다. 그런데 30분도 지나지 않아서, 방금 전에 헤어졌던 야마오카 토루한테서 전화가 와, 긴급한 용건이 생겨서 그리로 가겠다고 말했다. 서둘러 옷을 갈아입고 기다리고 있으니, 야마오카 토루가 고미야마 테쓰오를 데리고 왔다. 그리고 쓰지 시즈오는 고미야마 테쓰오한테서 그 자리에서 돌연 학교를 그만두겠다는 말을 들은 것이었다.

그는 고미야마 테쓰오의 말을 아무 말 없이 듣고, 얘기가 끝나자 그런가 하고 한마디만 하고 퇴직을 허락했다. 그리고 그 이상은 아무런 말도 않고 온화하게 웃으면서 방에서 내보냈다. 물론 그 이상으로 무슨 말을 하게 되면, 욕을 퍼붓고, 험악한 풍경이 펼쳐질지도 모른다고 생각했기 때문이었다. 속이 부글부글 끓어올랐다. 그는 그때까지도 배은망덕한 교원들이 학교 돈을 써서 필요한 기술과 지식을 익힌 뒤 학교를 떠나는 쓰라린 경험을 여러 번 맛보았지만, 지금 정도로 그것을 자신에 대한 배신이라고 강하게 생각한 적은 없었다.

"저 바보 같은 녀석. 개도 한번 먹이를 얻어먹은 사람한테는 꼬리를 흔든다고 하는데, 저 녀석은 대체 어떻게 된 녀석이야."

야마오카 토루와 둘만 남자, 쓰지 시즈오는 몸을 부들부들 떨면서 내뱉었다. 지금은 프랑스에서 연수를 받은 교원이 수십 명이나 되었지만, 고미야마 테쓰오는 그 제1호로 피라미드와 폴 보퀴즈에 보낸 이래, 특별히 지켜봐 왔던 것이다. 서양 요리의 주임교수를 시키고, 티브이에 출연시키고, 학교 돈도 얼마든지 사용하게 해왔다. 그 한 사람을 어엿한 요리인으로 만들기 위해, 그렇게 해서 대체 어느 정도의 시간과 돈을 들여왔던가.

화가 더 나는 것은, 고미야마 테쓰오가 퇴직한다는 사실을 숨기고서 그 직전에 자신을 프랑스 맛집 탐방 여행에 끼어 넣고 아무렇지도 않은 얼굴로 학교 돈을 사용하고 왔다는 사실이었다. 한 사람의 요리인으로 만들어 준 것을 잊고 그저 퇴직하는 것으로도 모자라 뒷발질로 모래까지 뿌리고 간 것이었다. 그리고 쓰지 시즈오는 다시 한 달 뒤에, 그가 조리사 학교와 제과 학교와 호텔 스쿨에서 젊은 교원을 한 사람씩 빼갔다는 것도 알게 되었다. 실로 치밀하게 계산된 배신이었다.

"죄송합니다. 제가 좀 더 주의를 기울였어야 했는데"

하고 야마오카 토루가 말했다.

"자네 탓이 아냐. 이런 배은망덕한 짓을 하는 녀석은, 원래부터 올바른 인간이 아니야."

"부인 친정집의 양식당을 잇는다는 얘기도 거짓말 같습니다."

"거짓말인 게 뻔하지. 누군가가 뒤를 밀어줘서 가게를 여는 거야."

"밟아버릴까요?"

"내버려둬. 어차피 실패할 게 뻔하니까. 여태까지 페라리를 타왔던 녀석이, 갑자기 트럭으로 바꿔 타고 만족할 리가 없지. 그 녀석은 닭 뼈만으로 국물을 내는 일 같은 거 못해."

"하지만 재료를 빼는 방법은 잘 알고 있지 않을까요? 여태까지 가르쳐왔으니까⋯⋯"

"알고 있는 것과 실제로 하는 것과는 다른 거야. 장사에는 장사의 재능이 필요해. 대학선생이 이런저런 원리나 원칙을 가르치지만, 현실 사회에서는 제대로 역할을 못 하는 거나 마찬가지지"

하고 쓰지 시즈오는 말했다.

그러나 고미야마 테쓰오가 취한 행동은, 쓰지 시즈오로서는 어떻게 생각해도—자신의 요리가 낡은 것이 되었다는 사실을 참을 수 없게 되었는지도 모른다고 생각해도, 레스토랑이 분명히 실패할 거라는 장래의 비극을 생각해도, 마지막의 그 치밀하게 계산된 배신 방식을 생각하면 도저히 용서할 마음이 들지 않았다. 쓰지 시즈오는 그가 취한 행동에 그만큼 깊은 상처를 받았다.

그로부터 몇 달 동안, 쓰지 시즈오는 고미야마 테쓰오와 그가 취한 행동에 대해 빨리 잊어버리려고 노력했다. 마음의 상처를 치유하는 데는 그 원인이 되었던 일을 잊어버리는 게 가장 빠른 길이라는 것을 지금까지의 인생 경험으로 잘 알고 있었기 때문이었다. 그렇게 해서 그는 안 좋은 기억을 오랫동안 마음속에 담아 두는 일로부터 셀 수 없이 여러 번 빠져나온 것이었다. 하지만 이번 일은 좀처럼 잊을 수가 없었다.

그는 그해에도, 여름이 되자 일본 요리, 서양 요리, 중국 요리, 제과의 교원들 팀을 이끌고 가루이자와의 별장으로 갔다. 그들 대부분은 쓰지 조리사 학교를 졸업한 지 10년 정도 된 젊은이들이었다. 그중에는 어엿한 교원으로 강습 수업을 맡기 시작한 자도 있었지만, 아직 선배 교원의 조수를 맡고 있는 자도 있었다. 지금은 교원 수가 400명 이상이 되어 있었기 때문에, 쓰지 시즈오는 이들 젊은 교원들의 얼굴을 대부분 몰랐다. 따라서 가루이자와에서의 이 여름 행사는 그들을 직접 접할 수 있는 아주 좋은 기회였다. 그리고 쓰지 시즈오는 그들 중에서 재능 있는 젊은이를 찾아내는 것을 즐거움으로 삼고 있었다.

또 이 행사는 그들 교원들로서도 즐거움이었다. 쓰지 시즈오와 그가 초대한 손님이 먹는 것과 완전히 똑같은 요리를 그들도 먹기로 되어 있었기 때문이었다. 각 팀이 돌아가면서 요리를 만들었기 때문에, 비번인 팀은 그날의 담당 팀이 만든 요리를 교원용의 별관 테이블에서 먹으며 서로 비평을 하는 것이었다. 당번인 팀은 안채의 쓰지 시즈오와 초대객을 포함해 약 20인분의 요리를 만들지 않으면 안 되었기 때문에 일이 엄청났지만, 그들이 자신의 전문 분야 이외의 요리 맛을 보는 데는 이보다 좋은 기회가 없었다. 당연한 일이지만 이 행사에 드는 재료비는 크게 불어나, 2주 동안 체재하는 데 1천만 엔을 넘는 경우도 드물지 않았다.

그날도 쓰지 시즈오는 세 명의 손님을 초대해, 안채 테이블에서 그들이 만든 요리를 먹고 있었다. 그날의 담당은 일본 요리 팀이었다.

그들은 훌륭한 맛을 선보였다. 그중에도 갯장어와 푸른 매실을 넣은 장국은 가다랑어포를 우려낸 정도나 소금 간의 정도나 거의 완벽했다. 이 정도면 깃초의 장국에도 뒤지지 않을 거라고 생각해, 졸업하고 10년 정도밖에 안 된 자들이 이런 맛을 낼 수 있게 되었나 하고 스스로도 놀랐다. 다나베 토시오를 끌고 매일처럼 깃초 본점을 드나든 게, 아직 불과 10년밖에 안 된 일이었다. 그 무렵의 일을 떠올리니 믿기 힘든 기분이었다.

하지만 그 뒤에 나온 야채 타키아와세를 입에 넣는데, 자신도 모르게 쓴웃음이 터져 나왔다. 호박, 연근, 토란줄기, 동아,* 거기에 새끼 토란을 졸여 여름에 알맞게 차갑게 식히고, 향으로 으깬 유자를 뿌린 것이었는데, 맛이 너무 진했던 것이다. 너무 의욕이 넘쳐 장국에 사용하는 국물로 졸인 게 틀림없었다. 먹고 난 뒤에도 계속해서 그 뒷맛이 입 안에 남아 있었다. 그는 그날 일본 요리의 책임자를 테이블로 불러 말했다.

"오늘의 타키아와세는 장국 국물로 졸인 거지. 아직도 입 안에 뒷맛이 남아 있어."

"예"

하고 젊은 교원은 대답했다.

"타키아와세의 맛을 이렇게 강하게 하면 안 돼. 애써 낸 다른 요리들

---

* 박과의 한해살이 덩굴성 식물. 여름에 노란 종 모양의 꽃이 피고, 열매는 호박 비슷한 긴 타원형이고 익으면 흰 가루가 앉는다. 과육, 종자는 약용한다.

의 맛이 소용없게 되어 버려. 타키아와세에 사용하는 국물은 좀 더 묽게 하는 게 좋아. 어떤 요리든지 맛있으면 되는 게 아냐. 중요한 건 전체의 밸런스다. 알겠지?"

"예. 지적해 주셔서 감사합니다."

젊은 교원은 부동자세로 대답하고 나서 조리장으로 돌아갔다.

쓰지 시즈오는 그 뒷모습을 보면서, 나는 이자들한테 왜 이런 짓을 하고 있는 거지 하는 생각이 문득 들었다. 거금과 시간과 수고를 아끼지 않고 들이는 건 무얼 위해서일까. 그들도 필요한 것을 배우고 한 사람의 요리사가 되면, 가게를 내보지 않겠느냐는 누군가의 달콤한 속삭임에 이끌려 학교를 떠나 버릴지도 모르는 것이다.

물론 그는 그것은 누구를 위해서도 아니고, 자신이 그렇게 해야 한다고 생각하고 있기 때문에 그렇게 하고 있다는 것은 알고 있었다. 먼 과거로 거슬러 올라가 자신이 해온 일들을 생각해 봐도 답은 마찬가지였다. 교원들을 프랑스나 홍콩으로 연수를 보내기로 한 것도, 거금을 들여 맛집 탐방 여행을 보내기로 한 것도, 누군가를 위해서라고 생각한 적은 없었다. 그때 하지 않으면 안 되는 일을 실행했을 따름이었다. 당연한 일이지만, 그는 누구로부터도 그것에 대한 보답을 얻으려는 기대 같은 건 하지 않았다.

거기까지 생각했을 때, 쓰지 시즈오는 자신이 왜 그렇게 고미야마 테쓰오에 대해 화가 났는지를 겨우 이해했다. 그는 가장 오랫동안 눈여겨봤다고 하는 이유로 고미야마 테쓰오한테 보답을 바라고, 고미야마 테쓰오가 그의 그런 기분을 채워 주지 않은 채 떠났기 때문에, 그 행위를 배은망덕한 배신이라고 느낀 것이었다. 하지만 고미야마 테쓰오가 계속해서 줄곧 학교에서 근무하게 되었다고 해도, 쓰지 시즈오한 테 어떤 보답을 줄 수 있었을까.

충성이라는 말을 쓰지 시즈오는 떠올렸다. 하지만 고미야마 테쓰오는, 쓰지 시즈오와 학교에 대한 충성이라면, 티브이 출연에 마음을 빼앗겨 자신의 기량을 녹슬게 한 것에 의해, 퇴직하기 훨씬 전부터 배신을 계속해 왔던 것이다. 그의 요리는 티브이에서라면 통용되겠지만, 쓰지 시즈오의 디너파티에는 낡아서 다른 사람들 앞에 낼 수 없는 것이 된 것이다. 어느 쪽이었든, 그는 쓰지 시즈오한테 보답을 안겨 줄 수 없었던 것이다.

'결국, 인간이 할 수 있는 건, 자신이 해온 일에 만족하는 것뿐이다' 하고 쓰지 시즈오는 생각했다.

그가 자신의 운명을 이해하고, 자신의 운명 전부를 받아들일 마음이 된 것은 그날 밤 혼자가 되어 침대에 누웠을 때였다. 모든 일은 자신이 그렇게 해야 한다고 믿고서 해오는 과정 중에 일어난 것이고, 그것은 피할 수 없는 것이었다는 사실을 겨우 깨닫게 된 것이었다.

발단은, 아키코와 아키코의 자식들한테 자신의 요리 학교를 이어받게 하고 싶다는 쓰지 토쿠이치의 희망에 따른 것이었다. 그는 그것을 피할 수 없는 운명으로서 스스로 짊어지고, 거기에서 도망치려고는 한 번도 생각하지 않았다. 가네마루 코사부로나 조리사 학교 협회나 요리 연구가로 자칭하는 대학교수와의 아이들 장난 같은 싸움도, 전부 그 과정 중에 일어난 일이었다. 그리고 마지막으로는 간을 해쳐 자신의 몸을 배신하게 된 것이었다. 그러나 그것도 자신이 그렇게 해야 한다고 믿고서 해온 과정 중에 일어난 일이었다. 그는 그것들 전부를 받아들였다.

몇 달 뒤, 그는 고미야마 테쓰오가 자신의 가게에서 갑자기 모습을 감췄다는 이야기를 들었지만, 불쌍한 녀석이다라고 생각했을 뿐이었다.

4

1991년 4월, 쓰지 조리사 전문학교 도쿄 학교인 에콜 퀼리네르 구니타치國立가 구니타치시市에서 개교했다.

쓰지 시즈오와 함께 입학식에 참석한 야마오카 토루는 700명의 학생들을 앞에 놓고, 이걸로 드디어 오랫동안의 바람이 이루어졌다는 기쁨을 깊이 음미하고 있었다. 학생 수는 600명의 야마노테 조리사 전문 학원을 제치고, 단번에 도쿄에서 제일 큰 학교가 되었다. 하지만 유감스러운 것도 한 가지 있었다. 그것은 야마노테 조리사 전문 학원의 학생을 빼앗아 가네마루 코사부로한테 철저하게 패배감을 맛보게 해주지 못했다는 것이었다. 야마노테 조리사 전문 학원의 학생 수는 전년도와 전혀 변화가 없었다. 처음부터 예상했던 대로, 70만 엔의 수업료를 내는 학교를 노렸던 학생은 160만 엔의 수업료를 내는 학교에는 역시 오지 않았다. 어쩔 수 없는 일이었다.

"이제 이걸로 제가 해야 할 일은 전부 다 했습니다."

입학식이 끝나고 야마오카 토루는 새로운 학교의 교장실에서 쓰지 시즈오와 둘이 커피를 마시며 말했다.

"은퇴할 생각인가?"

하고 쓰지 시즈오는 물었다.

"예. 이제 슬슬."

"나도 그걸 생각하고 있었어."

"이제 그럴 때가 아닌가 생각하고 있었습니다"

하고 야마오카 토루는 말했다.

쓰지 시즈오가 뉴욕의 투자 신탁 회사에 근무하고 있던 요시키를 일본으로 돌아오게 한 건 정확히 한 달 전의 일이었다. 그는 요시키가 에딘버러의 사립학교를 졸업하자, 이번에는 미국의 친구인 하워드 스타인이라는 투자 신탁 회사의 사장한테 부탁해 롱아일랜드의 그의 집에서 사우샘프턴 칼리지를 다니게 했고, 졸업 후에도 미국을 잘 이해할 수 있도록 그의 회사에 잠시 맡겨 놓았다. 하워드 스타인을 소개받은 건 크레이그 클레이본을 통해서였지만, 그도 약간의 시간이 나자 오로지 본격적인 일본 요리를 먹기 위해 자가용 제트기로 오사카까지 날아올 정도로 쟁쟁한 미식가였다.

"하지만 아직 안 돼. 하다못해 3년만이라도 기다려 줘"

하고 쓰지 시즈오는 말했다.

"알겠습니다"

하고 야마오카 토루는 말했다. "하지만, 저는 그렇게 기다릴 필요는 없다고 생각합니다. 요시키 군은 리더십을 지니고 있으니까, 금방 학교 전체를 장악할 겁니다."

"그럴까?"

"리더십이 없었다면 일본인이 스코틀랜드의 사립학교에서 럭비부 주장 같은 건 할 수 없죠."

요시키는 입학하고 6년 뒤인 고등학교 3학년에 해당하는 해에 페티스 고등학교의 럭비부 주장을 맡았을 뿐 아니라, 포워드의 한 명으로서 19세 이하 스코틀랜드 대표로도 뽑혔었다.

"걱정하실 필요 없습니다"

하고 야마오카 토루는 말했다.

"자네한테는 마지막까지 신세를 지는군."

"말도 안 되는 소립니다."

"아냐, 줄곧 신세만 져왔어."

"아닙니다. 저는 그저 교장께서 달려 나가고 난 뒤에 서서, 제가 하지 않으면 안 되는 일을 의무감으로 해왔을 뿐이니까요."

"자네한테 신세를 졌다는 사실은 변함이 없어"

하고 쓰지 시즈오는 말했다.

"아닙니다. 저로서는 그게 무척 즐거운 의무감이었습니다"

하고 야마오카 토루는 말했다.

그날 밤, 그들은 쓰키지의 깃초로 가, 아키코와 셋이서 식사를 했다.

"우선, 앞으로 무얼 할까요?"

기름이 잘 오른 봄도미 회를 집으면서 야마오카 토루가 말했다.

"프랑스 학교의 살롱에서 파티를 하자구"

하고 쓰지 시즈오는 말했다. "피셔 부인, 베인브리지, 클레이본, 스타인 씨, 보퀴즈도 트루아그로도 피크도 초대해서, 마담 푸앵을 위해 커다란 파티를 여는 거야. 하루로 끝나는 게 아냐. 프랑스 요리 팀도 이탈리아 요리 팀도 일본 요리 팀도 중국 요리 팀도 제과 팀도 서비스 팀도, 전부 여기에서 데리고 가 매일 우리가 요리를 만드는 거야."

"하죠"

하고 야마오카 토루는 말했다.

"어떤 얼굴을 하실까요?"

하고 아키코는 말했다.

"이제 마도도 아흔이야. 눈물이 많아지셨으니 우실지도 모르겠군"

하고 쓰지 시즈오는 말했다.

"챔벌레인 씨도 계셨으면 좋았을 텐데."

아키코가 아쉬운 듯이 말했다. 그는 5년 전에 보스턴의 자택에서 사망했다.

그들은 그날 밤 셋이서 그 파티에 대한 계획을 시간이 가는 줄도 모르고 나눴다.

'이번에 책으로 나온 『미식 예찬』은 오사카 아베노에 있는 쓰지 조리사 전문학교 교장인 쓰지 시즈오 씨를 모델로 한 요리 소설이다. 지금까지의 나를 알고 있던 사람들은 야구나 F1 같은 스포츠를 소재로 한 작품을 많이 써온 내가 요리 소설을 썼다는 것을 알고 놀라고 있는 것 같은데, 나로서는 그런 반응이야말로 놀라운 것이다. 내가 야구에 관한 작품을 쓴 것은 히로오카 타쓰로 씨한테 흥미를 느껴서였고, F1에 대해 쓴 것은 혼다의 엔지니어들한테 흥미를 느꼈기 때문이었다. 나는 그들에 관해 쓴 것뿐이고, 그들이 했던 게 야구이고 F1이었던 것

에 지나지 않는다. 이 책도 마찬가지이다.'

『야구 감독』을 비롯해 박진감 넘치는 스포츠의 세계를 소재로 다양한 작품들을 발표해 일본 독서계에 새로운 바람을 몰고 온 에비사와 야스히사가 요리를 소재로 한 이 책『미식 예찬』을 발표했을 때 사람들은 다들 의외라는 반응을 보였던 모양이다. 그런 반응에 대해 작가는 이 책을 발표하고 난 뒤 마이니치신문에 위의 내용이 들어간 기고문을 발표하여 자신의 생각을 밝혔다. 그러니까 소재 이전에 어디까지나 인간 그 자체에 대한 관심이 우선이라는 얘기이고 그들이 몸담고 있는 분야는 부차적이라는 이야기이다. 다소 강변으로 들리기는 하지만, 어쨌든 이 작가가 기존에 주로 다루던 스포츠 분야를 넘어서 일반인들의 눈에는 새로운 분야로 보이는 요리의 세계를 아주 성공적으로 다루었다는 것은 이 책을 읽은 독자들은 다들 수긍할 것이다. 요리라는 소재를 이렇게 스포츠 못지않은 박진감으로 다룰 수 있으리라고는 아마 이 책을 읽어 본 독자들도 처음에는 기대하지 않았으리라.

『미식 예찬』은 본고장 프랑스 요리를 처음으로 일본에 소개하고, 자신의 요리 학교를 일본 최대의 요리사 학교로 키워 낸 쓰지 시즈오라는 인물의 생애를 다루고 있다. 미국과 유럽을 오가며 세계 최고의 미식가들과 교류하고, 세계 최고의 레스토랑인 피라미드나 20세기 최고의 셰프로 불리는 폴 보퀴즈를 비롯해 프랑스 요리의 '황금의 대광맥'에 자리 잡은 최고의 셰프들과 우정을 쌓고, 그들과의 교류를 밑바탕 삼아 자신의 학교를 키워 나가는 과정이 소설 전체를 통해 극적으로 그려져 있다.

그것을 가능하게 한 것은 『야구 감독』과 마찬가지로 이 책도 주인공을 비롯한 실제 인물들과 허구의 인물들을 적재적소에 배치하여 논픽션과 픽션을 혼합한 형식으로 서술되고 있기 때문이다. 허구적인 인물들은 강렬한 캐릭터로 드라마의 재미를 주는 역할을 하고, 실제 인물들을 통해서는 전기적인 사실들을 독자들에게 전달하는 식이다. 작가 에비사와는 자신이 창안한 이런 방식의 논픽션과 픽션의 혼합을 자유자재로 사용하여 실재했던 한 인간에 대한 탐구를 어느 누구도 보여주지 못한 인상적인 방식으로 펼쳐 놓는다. 그래서 이 책도 일단 손에 잡으면 좀처럼 손에서 놓기 힘든 강한 흡인력을 갖고 있다. 대중 소설이라는 측면에서 이러한 미덕은 결코 쉽게 이룰 수 있는 성취는 아닐 것이다.

책 속에는 프랑스 요리가 세계에서 가장 뛰어난 요리가 된 비밀이 '프랑스인은 그저 배가 고프기 때문에 먹는다는 사람과 맛을 제대로 음미하고 즐기면서 먹는다는 사람을 엄중히 구별하는 데 비상한 열의를 불태우는 민족이다'라는 말이 나온다. 문화의 한 요소로서의 요리는 먹는 걸 즐기는 사람을 위해 만들어진 요리에 의해 항상 이끌어지고 보존되어 온 것이다. 최근에는 상황이 조금씩 바뀌어 가는 것 같기는 하지만, '한 끼 때운다'는 말에서 드러나듯이 우리는 먹는다는 것에 대해 애써 가치를 낮게 보아 왔던 게 아닌가 하는 생각이 든다. 요리가 당당한 문화의 한 요소로서 자리매김되기 위해서는, 누군가가 정성을 다해서 만든 요리가 그것을 먹는 사람에게 주는 그 행복감의 크기가 결코 작지 않다는 것을 인정하는 것에서 시작되어야 하지 않을까 하는 생각을 책을 옮기면서 해봤다. 그리고 새삼스럽지만, 인터넷이 없었더라면 이 책을 옮기기가 참 막막했을 것이다. 그래도 남는 번역의 오류들은 전적으로 옮긴이의 몫이다. 눈 밝은 독자 여러분들의 질정을 바란다.

옮긴이 | 김석중

1969년 서울에서 태어났다. 연세대학교 철학과를 졸업했다. 출판계에서 편집과 기획 일을
하고 있다. 옮긴 책으로 『소년 시대』, 『야구 감독』, 『미식 예찬』, 『교양 노트』, 『유모아 극장』,
『이야기가 있는 사랑수첩』, 『리스타트 공부법』 등이 있다.

미식 예찬

초판 1쇄 발행 2015년 11월 15일

지은이 에비사와 야스히사
옮긴이 김석중

펴낸곳 서커스출판상회
주소 서울 마포구 월드컵북로 400 5층 24호(상암동, 문화콘텐츠센터)
전화번호 02-3153-1311
팩스 02-3153-1389
전자우편 rigolo@hanmail.net
출판등록 2015년 1월 2일(제2015-000002호)

ISBN 979-11-955687-2-7 03830